绿 宝 石

Fall into your light

她与灯

朕和她

大结局

她与灯

TA YU DENG

【著】

北京联合出版公司
Beijing United Publishing Co.,Ltd.

　　我待你如春木谢江水，汲之则生，生之则茂，不畏余年霜。

　　但愿你待我如江水过春木，长信前路，尽向东流，不必回头顾。

# 目 录

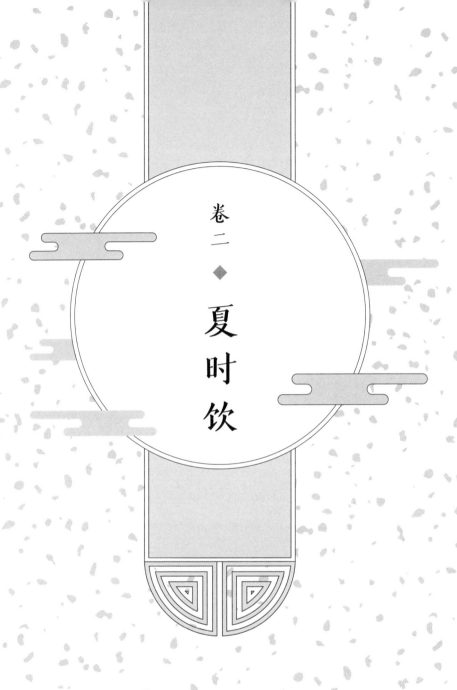

卷二 ◆

# 夏时饮

寒甲铁衣，荣木花。
高塔金铎，小铃铛。

第十三章

# 夏蓬

...

你把这天下最好的珍珠玉石都捧到她眼前，
尚抵不过那一串铜铃铛。

张府的玉兰蓬勃地开了，远见如雪覆青瓦顶。

张平宣身着牡丹花绣的襦衣，拖曳着朱色间银丝的广摆裙，腰系流仙绦带，从居住室内走出。

穿廊下，琴声伶仃，雅香徐徐。

两个青衣女婢跪坐在岑照身边，替他周全香炉与茶炉。岑照尚未系上眼前的松涛纹青带，他静静地闭着眼睛，手指上可见刑伤的淡痕。他身穿一身青色的宽袍，为求不拂扫琴弦，以致袖口挽折，腕骨裸露。青衣女婢望着那随着琴音一时抬一时抠的手腕，双双怔住了。

张平宣走进穿廊，轻咳了一声，两个女婢回过神来，忙跪伏在地。

岑照按住琴弦，琴声戛然而止，独剩余韵回荡在廊下清潭水面上。两只水鸟从芙蕖丛里飞起，落在岑照对面的莞席上，盯着琴台。


"怎么不弹了？"

张平宣在岑照身边坐下，看了一眼他身上的衣袍。养杖伤时，他多散发、着禅衣，今日倒是戴了小冠，束之以银簪，腰间却不系带。

"谁让你们给他奴人所穿的青袍？"

两个女婢跪在地上互望了一眼，皆不敢出声。

岑照伸手将琴边的松涛纹青带系于额上。

"殿下，是岑照自己所求。"

张平宣道："换了。"

"不必，衣冠而已。"他说着，弹指又拨了一个音。

张平宣站起身，低头道："不只是衣冠，也关乎你我。"

岑照手指顿住。

"殿下何意？"

"你日后自然会明白。"她说完，对跪在地上的女婢道："我今日要出府入宫，你们照顾好岑公子的饮食、药饮。"

"是。"

"都把头抬起来。"

两个女婢不敢违逆，战战兢兢地抬起头来。

只见张平宣指了指二人的眼目，吓得她们忙叩首认错。

岑照道："殿下，她们怎么了？"

"没什么，不守本分，欺你眼盲罢了。"

岑照拱手弯了弯腰："还请殿下不必为岑照介怀。"

张平宣道："我说过，有我一日，就无人可欺辱你。"

岑照不再回应，廊外忽然落起了细雨，打在宽大的芙蕖叶面上。

张平宣拢了拢衣袖："我走了，天冷你莫忘唤人添衣。"

"殿下要入宫？"

"是，母亲前日在金华殿自戕，我要去看看母亲，也要去见一见……那个人。"

岑照点了点头，从袖中取出一串铜铃铛："能否替我把这个交给阿银？后日，是她的生辰。"

张平宣犹豫了一下，终究伸手接了过来，细看道："我记得，她脚腕上好像有一对类似的。"

"是啊，不过已经残旧了。"

张平宣道："你不顾伤势，一连打磨了三日的东西，就是这个？"

"是。"

张平宣一把将铃铛捏入掌中："你究竟当她是什么？"

岑照垂头笑了笑，轻道："妹妹。从无非分之意。"

张平宣倾身迫近岑照："你不要一直念着她，好不好？你身边的人，是我。"

岑照侧过脸，温声说："恐负殿下深恩。"

"我不在乎，也不惧怕。"张平宣的声音破入雨声之中，有些急促，"你想要什么，我就去替你争什么，就我争得来，席银不可能替你争。"

"如此……"岑照放慢声音，"殿下也许会痛。"

"呵……"张平宣肩膀颓塌，"父亲死了，二哥……枭首在即，母亲自戕。我本来就什么都没有了，早就不在乎了，我如今觉得，冬日里喝凉水、夏日间吞滚炭也不是什么痛事。"她说完，仰头忍回泪，起身从琴台边走了过去。流仙绦带拂过岑照的手指，残落一丝女香。周遭叶声细细，潭面水汽蒸腾，雾失楼台，遮住了张平宣的背影。

岑照按住琴弦，香炉里的烟气也断了线。

平宁时，暗流在底。无言时，人常思报应。尤其是他这样通周易、善批命理的人，一向深知愚弄人心的下场唯有"孤绝"。然而想到张铎，他又恍惚感受到

了，他的命理与自己殊途同归。

＊　＊　＊

此时张府外，赵谦牵着马在门口盘桓，马蹄子把春尘扬成了一层薄雾，又被细雨浇降。

张平宣的通幰车尚候在树荫下，牵马的马夫劝道："赵将军，下雨了，您不如过几日再来吧。"

赵谦咳了一声："滚一边去。"

话刚说完，漆门开启，张平宣交握着手从门后跨出，抬头看了一眼赵谦，一言不发地向平乘车走去。

"平宣！"赵谦唤了她一声，她这才回过头来。

"明日即要监斩，将军不查刑场、不鉴犯由吗？"

赵谦早料到了她会说这样的话，喉咙里叹了一声："我即时就要回廷尉狱见李继，我来劝你一声，明日——"

"你放心！我不会像母亲那样自戕，也不会蠢到去劫廷尉狱和法场！"她说完，胸口上下起伏，红色的血丝逐渐在她眼中蔓延开来，她不想让旁人看见，不得不别开了头。

赵谦想上前几步，却听她喝道："你别过来！"

赵谦忙摆手退后，一大片玉兰花瓣被从枝头吹落，隔在二人之间。

"对不起。"

张平宣摇了摇头："不必，赵将军，荣华富贵我也想要，又有什么立场斥责你？再有，你被他救过性命，一向奉他的话为圭臬，这么多年了，你也没必要为了我去变更，跟着他，走你们的独木桥吧。"

这话，拆开来看，说不出多犀利；劈头而来，却戳得赵谦肺痛。

"你以前不会这样说话的。"

张平宣忍泪笑了一声："那你指望我说什么呢？说我二哥通敌该死，说我母亲不识大局、愚昧无知？"她说完，陡然加快了语速，"谁睡着、谁醒着，世人眼目雪亮，你心里也明白！"

赵谦脑中空白，鼻腔里闻到的明明是花香，却又含着不知道什么地方钻来的血腥气。

"你还想跟我说什么？"

"没有，我来只是想劝你，明日……不要去刑场。"

张平宣抿了抿唇，仰头望着浓荫掩映下的雨阵。

"你怕我看见你行杀戮？"

"你知道的，我赵谦只在阵上杀敌，我——"

"那是以前！"

"我不是那样的人，我……"

他说着说着手足无措起来，然而，张平宣却笑了一声。

"你是什么样的人，与我究竟有何干系？"

这一句话，如一只手，精准地揪住了他的心肺。

"无话与我说了，是吧？"

赵谦松开马缰，摇了摇头。

张平宣的眼泪夺眶而出，她抿了抿唇，哑声道："你怕是根本没想过，我的亲族，要么命在旦夕，要么已然半死。如今，长姐被夫家所困，明日刑场，若我不去，谁来替二哥收尸？赵谦？"她说完这一番话，望着赵谦沉默。

赵谦虚点着头，侧身让出了车道。

张平宣也不再说话，吞了一口唇边的泪，扶着仆婢的手跨上了车。

马在细雨中长嘶了一声，前蹄扬起，似有不平之意。赵谦握缰摁下马头，而后翻身而上，拍了拍马背，自嘲道："下一次离开洛阳，她怕是连我的花都不会要了。"说着，他遥遥地看了一眼道上的车影，可惜那车子此时已经转上了御道，渐不见踪影。

\* \* \*

张平宣一路沉默，身旁的女婢道："殿下……对赵将军未免过于……"

"绝情？"

"奴不敢胡言。"

张平宣心里有些刺痛，也不知道赵谦这个人是怎么和张铎并行的，他过于磊落、坦荡，这也是为什么自己身边的奴婢都能看穿他的心，为他的遭遇不平。可有的时候，同情并不能开解人生。张平宣皱眉垂下眼睑，深吸了一口气，却不知为何哽咽，呼吸不顺畅。

她想试着为岑照争来真正尊贵的地位和磊落的人生，最好利用的人分明就是手握整个内禁军的赵谦，可如今她偏偏想要避开他。张奚和徐婉教养了她二十多年，教给她最多的是如何自敬，不以色惑世人，不戏弄人心，哪怕张奚已经死了，徐婉试图自戕，张平宣也很难颠覆他们灌给她的为人之道。

"殿下……您哭了……"

女婢的声音，将她从那阵说不清道不明的心痛之中拽了回来。张平宣这才发觉，为了赵谦，她竟然流得出眼泪，然而，她立马觉得有愧，忙抬袖擦拭。

车在阖春门外停下。

张平宣收敛所有的思绪，下车径直朝太极殿行去。

太极殿东后堂，刚刚召读完江州军报。

席银侍立在殿外。落雨天，有些薄冷，她不由得朝着手心呵了一口气，还未及搓掌，便见一个内侍匆匆过来道："内贵人，长公主殿下来了。"

席银忙隔着门隙朝里面看了一眼。

张铎伏在案上，正在小睡。旁人不知道，席银却晓得，自从徐婉自戕，张铎没有一日睡安稳过，今日也不知道是不是雨声助眠，邓为明等人走后，他竟趴伏在案上，得以睡实。照梅辛林的话来说，让他多睡一会儿比什么药都养人。

于是席银忙令所有的人都退了出来，自己一个人在门外守着。

"伞呢？"

"有，不过……内贵人要去什么地方？"

"我去迎殿下。"

雨细若烟尘。

张平宣在席银面前停住脚步，抬头打量伞下的人。她独自一人来迎，没有宫外传言中的身段和架势，眉目之间的神色和在清谈居里时一样，无非是身上不再穿奴人所穿的青衣，而是身着退红色对襟襦衫，下衬云纹银丝绣的间色裙，头簪素银簪，耳上悬垂的珍珠随着她行礼时的动作轻轻晃荡。

"殿下。"

张平宣没有应声，径直从她身边行过，谁知她忙退了好几步，仍然躬身挡在自己面前。

张平宣顿住，低头看了一眼席银，又抬头朝朱漆殿门望去："我去请他的准，至金华殿见母亲，你也敢挡？"

席银将头垂得很低："陛下并未禁锢金华殿娘娘，殿下大可不必请旨。"

张平宣面上略怔，一时说不上来究竟为何，但她的确不习惯此时大胆挡在她面前的席银。

"你凭何传这样的话？"

席银没有直身，颔首应道："奴掌太极与琨华二殿，殿中事务由奴一人担责。

8

陛下在东后堂休憩，殿下若无急事，请在殿外立候。"

周遭殿宇舒翼飞檐，漆瓦金踏，银楹金柱，即便掩在雨幕之中，也见张牙舞爪之势，如同要腾跃一般，各处皆见动势。而人恰恰是最无定性的，一旦受到这些冰冷的高阁巨殿影响，久而久之，言辞、仪态也会在潜移默化之间改变。

张平宣听完席银的应答，心中不快，着实不愿意被这种看似卑微恭敬、实则不容置喙的气势压制。

"退下。"

"奴不敢。"

张平宣不肯再多言，回头对身旁的女婢道："把她拖走。"

女婢应声就要上前，却见席银抬起头道："此处是太极殿，你不得碰我。"其声不厉，平缓但不失威严。

女婢迟疑地看向张平宣。张平宣见此，忽笑了笑道："岑照若见你如此，真不知道是欲哭还是欲笑。"

此话一出，果令眼前的人神色慌变。

"哥哥……"

"你还知道你有一个被折磨得遍体鳞伤的哥哥。我看你如今维护他的模样，以为你早就把你哥哥忘了。"

"奴并没有。"

"你不用跟我解释，我无意听那些虚言。"她说完，从袖中取出一串铜铃铛，拈着串线，垂落在席银眼前，"你哥哥，托我带给你的。他说你脚腕上的那一对过于残旧。"

席银忙伸手要去取那铃铛，张平宣却又一把握回。

"你果然下贱。"

席银撑伞上前一步："请殿下相赐。"

张平宣望着她笑道："你心里对岑照，是不是还存着妄念？"

席银惶然摇头，耳边的珍珠乱打，与碎发不安分地缠在一起。

"奴没有……"

张平宣道："再说一遍你没有，好好说，说得我信了，我就把铃铛给你。"她说着，把铃铛放到女婢手中，低头凝视着席银的面目。

席银望了一眼那串铃铛，又看向自己的脚腕。张铎好像不止一次想要把她脚上的这串铃铛铰了，可每一次她都像一只惊疯的母兽一样，不要命地维护。

离开北邙山和青庐已逾一年，岑照和她的日常关联全部被切断，只剩下脚腕上的铃铛。它们象征着她的归属，不论是肉身还是心灵，一旦铰断，也就是铰断

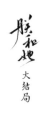

了她从前所有卑微而实在的信念。

"奴没有。"

"嗯。"

张平宣点了点头，却没有把铃铛给她的意思。

席银张开嘴，吸了一口气，提了声道："奴真的没有妄——"

"住口。"

话被身后的人声打断。

席银脖子上的青筋猛然一抽，她还不及回头，又听那人道："席银，回来。"

张平宣抬起头。张铎立在阶上，似乎真的是小憩刚起，身上的袍衫并未周全，松散地披在肩上。他看了一眼张平宣身旁的女婢，寒声道："把人带上来。"

江凌闻话，立即示意内禁军，将那女婢押至张铎面前跪下。张铎看着女婢的手，内禁军即抬起她的手臂，掰开其手掌。那串铃铛叮的一声落在阶上，顺着玉阶滚了下去。席银试图去追捡，却被张铎喝住。与此同时，宋怀玉等人已追了下去，捡回铃铛，送到席银面前。席银此时却不敢伸手了。

"拿吧。"张铎的声音尚算平稳。

席银这才将铃铛接了过来，用袖子轻轻地擦拭着上面的雨污，而后小心翼翼地收入怀中。

张铎没有刻意去看席银，然而这一系的动作都落入他的余光之中。他什么也没说。从前的呵斥与威逼，并没有让她少在意岑照一分，此时，即便他心里闷躁，也强迫自己冷静下来，不要在张平宣面前伤她身上那一点点自己花了一年的时间才逐渐给她铸就的自尊。于是他索性把余光也收了回来，对宋怀玉道："带张平宣进来。"说完，返身回殿，走到席银身边的时候又道："你在此处候着。"

席银心有余悸，忙轻应了一声："是。"侧身让开道，供张平宣随张铎入殿。

漆雕门合闭。张铎没有去东后堂，而是孤立在正殿中的鹤首炉前。炉中并没有焚香，但十二对鎏金莲花铜灯都燃着，烘出张平宣的影子，静静地落在张铎脚边。

"张退——"

"开口前先行礼。"

张铎打断张平宣的话，看了一眼她膝前的地面。

张平宣抬起头道："羞辱了我，你就好受了吗？"

张铎冷言道："跪，不要让朕动内禁军。"

　　张平宣摇头道："我不会跪你。"

　　张铎看向殿门："好，那就和徐氏一道受封，你们就可以立在我面前。"

　　张平宣低头笑了笑："你已经是皇帝了，为了这个位子，父亲、二哥，都被你杀死了，你又何必在意我和母亲受不受封？"她说完，屈膝在张铎面前跪了下来，"如此，又怎样？"

　　张铎的牙齿轻轻摩擦："不怎么样。"

　　他说完，走到御案后坐下，低头握了手掌。好在此处是太极殿的正殿，朝阳腾涌于天际时，从他所坐之处可抛震慑山河的军令，可掷令洛阳权贵身首异处的酷诏，所以，此处是最易砍断情感羁绊的地方。张铎闭上眼睛，逐渐平复下来。

　　"你去金华殿见徐婉吧。告诉她，朕没有禁锢她。"

　　"去看母亲之前，有一件事，我要告诉你。"

　　"何事？"

　　"我……要嫁人。"

　　张铎睁开眼，凝视着张平宣。

　　"岑照？"

　　"对，我要嫁给岑照。"

　　"张平宣，你自视为洛阳高门之后，自取其辱一次不够，还要再蹈覆辙？"

　　张平宣笑了一声："当年我救不了陈孝，眼睁睁看着他被腰斩，这一回，我不管是不是老天作祟，总之，我绝不会再丢开他。"

　　"啪"的一声炸响，惊得张平宣头皮发麻。张铎的手掌狠压在案上，声音暗暗削出了锋刃。

　　"此人心术非正，必要亡于刀斧，我不准你张平宣与此人沉沦。"

　　"心术……非正？"张平宣歪首反问，"你已在这四个字上做绝了！"

　　"放肆。"

　　"这两个字，你留给外面那个奴婢吧。"

　　张铎放平不由自主耸起的肩膀，直视张平宣道："我已将该说的话都说给你听了，你要一意孤行，我不会阻你，但你是我唯一的妹妹，即便你不肯认我这个哥哥，我也绝不能容忍你背叛我。他日，你若行歧路，不得怨我什么都不念。"

　　张平宣点了点头。

　　"张退寒，母亲的生死，你都视而不见，遑论我这个妹妹。你放心，即便我有一日被你凌迟，我也不会怨你绝情，因为你这个人本来就没有心。"她说完，拄着地面，慢慢起身，"我要嫁人了，你呢？你何时娶你的皇后？"

　　"住口。"

张平宣摇头笑道："都说你喜欢席银，不立后位，只尊她那个内贵人——"

"住口。"

张铎抬头重复了一遍。

张平宣却没有住口的意思，转身道："你让我住口可以，那天下人呢？你弑君弑父得了帝位，可谓离经叛道至极，不想在婚嫁之事上也如此荒唐。世人倒是不敢置喙你的身份和地位，可没有人会顾及奴隶的体面。说到底，你也自恨喜欢席银吧？呵……喜欢一个没有半分见识的女奴，而那女奴的心思未必在你身上，你把这天下最好的珍珠玉石都捧到她眼前，尚抵不过那一串铜铃铛。"她说着，手指已经触到了门壁，"你说我自取其辱，你自己又何尝不是自取其辱？"

话声落定，门也被她徐徐推开。侍立在外的宫人纷纷下跪，唯有席银捏着那串铃铛静静地立着。

张平宣侧头看了她一眼，倒是没再说什么，撑伞走下玉阶，带着女婢往金华殿去了。

"席银。"

"在。"

"进来。"

席银忙将那串铃铛重新藏入怀中，挪着步子，走进正殿。

张铎独自坐在御案后，目视案上的云鹤铜雕灯盏，一阵沉默。

良久，忽听他道："你让朕，被自己的妹妹狠戳了一回脊梁骨。"

席银低垂着眼，紧紧地捏着袖子，生怕那串铃铛从袖中落出来，奈何，她越是小心，越是招惹金属刮擦，嚓嚓作响。她本就慌张，偏偏张铎甩过来的话又是那么毫无章法。

脊梁骨。

张平宣怎么会用自己去戳张铎的脊梁骨呢？席银没想明白，自然不敢答话。

雨声渐渐沥沥地摩挲着窗面，风渐渐起来，带着雨雾一阵一阵地扑向席银的背，她不由得咳嗽了一声。

张铎站起身，走到她身后，一把合了殿门。

"别再捏了，藏袖子里，就当朕看不见吗？"他说着，朝她伸出一只手。

席银慌忙摇头："我……"

"宫人与外男私受，你是嫌你自己命长还是觉得岑照死不干净？"

席银闻言喉咙哽塞，她屈膝就要跪，却被他拧着手臂一把拽了起来。

"给朕站好。"

　　席银的身子有些发抖，被张铎拧着的胳膊几乎要折断了，她不敢大声呼痛，只在喉咙中逼出了一个弱弱的"疼"字。

　　张铎看着她那副拼着挨打也不肯跟他妥协的模样，内里气血翻涌。一年前，就是在太极殿的正殿上，席银跪在殿中，试图伸手去捡从郑皇后头上坠落的东珠。张铎踩住那颗东珠不准她去捡，告诉她女人喜欢金玉无妨，以后向他讨。如今想来，这句出自他口中的话，甚是扎肺。正如张平宣所说，如今张铎即便把金玉捧到她面前，她也未必贪取。这一年来，他那阴暗见不得光的爱意，随着他逐步登极，反而越见屠卑。如今看着她如此珍视岑照送她的铃铛，他竟连恶言斥骂她的气焰都烧不起来了。

　　"你就知道疼，从来不去好好想想到底是谁在让你疼。"他气急之下，甩开了席银的胳膊。

　　席银跟跄了几步，脚腕上的铃铛磕碰，发出脆弱而伶仃的声响，她勉强稳住了身子，抬头朝张铎看去。在铜灯的光照下，张铎的脸色却是黯然的，然而并不像从前那样阴森可惧。

　　"每回，不都是你嘛……"她越说，声音越小，犹豫了一阵，她把铃铛从袖子里取了出来，低头捧到张铎面前。

　　张铎回头扫了一眼。

　　"做什么？"

　　席银轻声应道："你别生气，就是一串铃铛而已。你如果不想我收着，我就交给你。只求你别把它毁了。"

　　张铎望着席银的脚腕："你坐下来。"

　　"什么？"

　　"朕让你坐下来。"

　　他的语气已然不耐，席银只好席地坐下，下意识地蜷缩起双腿，抱膝护着自个儿的身子。

　　张铎蹲下去，伸手撩起席银的裙摆。

　　"你——"

　　"住口。"

　　席银抿了唇，不敢再言语。

　　张铎仍然看着她的脚踝："把袜褪了。"

　　太极殿上，除了张铎，无人能着履，褪下袜，席银的脚就裸露在张铎面前。他虽不是头回看，但像如今这样认真地审视还是第一次。

　　席银是真的生得极好，无论是容貌还是身段，甚至是皮肤，都挑不出一点瑕

疵。上天造物之用心，就连足这等不轻易示人之处都为她精心雕琢。张铎将脑子里如潮水般冲涌的乱念压了回去，定睛朝她脚腕处的铃铛看去。

那是一串有年头的铃铛，上面的青燕雕纹已经看不清了，划痕却十分清晰。同时也能看得出来，这串铃铛是在她年幼的时候为她戴上的，随着她年岁的增长，越箍越紧。铃铛下的皮肤有几处青紫，都是她不留意间摁压所致。

张铎试图伸手去触碰那串铃铛，谁知席银的脚却好像感知到了什么，立即往后缩了缩。张铎的手指狠狠一握。突然意识到了自己的荒唐，他捏掌沉默。

席银捏着自己的裤腿，却并不理解他内心的纠缠。她有些不解地望向张铎。他此时半屈一膝，一只手摁着她的裙摆，另一只手搭在膝上，弯着脖子，姿态上不见一分傲慢之气。灯焰的光落进他的衣襟，衣襟处裸露的皮肤微微泛红，陈年旧伤看不真切，竟令他一时显得有些……柔和？认识他这么久，他可从来没有如此沉默、温顺地蹲在她身边，什么都不说，什么都不做，就这么静静地和她挨着。

"你……别看了。我觉得……羞。"

她说着说着，把头别向一边，耳旁传来他似乎刻意压制的声音。

"这串铃铛，你戴了多久了？"

他这么一问，席银倒是认真回忆了一番。

"嗯……有十年了吧。"她说完，把头枕在膝盖上，凑得离张铎的额头很近，"你……准我说过去的事吗？"

张铎抬起头，正触上她的目光，那双眼睛在放下戒备和恐惧之后，十分清澈、晶莹。

"朕问你就讲。"

"好。"她应声露出笑容，眉目弯弯，牵魂摄魄，"哥哥捡到我的时候，我几乎要饿死了，但是胃已经被灼坏了，什么都吃不下，只能在榻上躺着。哥哥照顾了我大半个月，我才稍微好些。那会儿，我就特别想帮着哥哥做点什么事。哥哥不在的时候，我自己一个人爬起来，想去青庐后面抱几捆柴火，结果不小心摔下了青庐后面的小坡，痛得昏了过去。只听见哥哥四处寻我的声音，他那会儿眼睛已经很不好了，而我又没有力气说话，所以差点冻死在坡下。好在，第二日哥哥终于找到了我，然后就给我做了这串铃铛。"她说着，晃了晃膝盖，让铃铛碰撞出声来，"哥哥说，他以后也许就看不见了，但是，只要我戴着这串铃铛，无论我以后身在何处，他一定会找到我。哥哥给我这串铃铛，是那年的三月十五。我就把那一日当成了我的生辰，也就是后日。"她说至此处，语调明快起来，"后日，阿银就十八岁了。"

张铎静静地听她把这段不算太短的话说完，将摁住她裙摆的手收了回来。

"你知不知道，洛阳城里什么样的女人会戴这种东西？"

"知道，伶人。"

"既然知道，为什么还不肯铰了？"

"我就是伶人啊。"

她脱口而出的应答，令张铎心中愤懑，但他并没有对席银施以严词。

"为伶人者，无非受人亵玩，贱赠之以交游，虐杀之以娱兴。"

席银怔了怔。

张铎指向她的脚腕，续道："你脚腕上这个东西每响一声，都让人更想践踏你一分。习字读书的这一年，朕要你修身明理，你却还是看不明白，一日复一日，痛了就知道哭，从来不知好好想想究竟是谁在伤害你。"

他似乎要把一些话挑明，但是，一旦挑明，又会把他对岑照不能见光的妒意全部暴露出来。于是他也只能说到这里，他期盼着这个在人情上极为敏感的姑娘可以顺着他的话仔细地去想想。

而席银似乎真的听出了些什么，迟疑道："我……我知道，你不想伤我……"

"嗯。"张铎别过脸，鼻中应了这一声。

席银松开抱在膝盖上的手："我虽然觉得自己不配那样去想你，可我一直觉得，你和我一样，是身世可怜的人。你看，你是皇帝，但洛阳宫里没有你的兄弟姊妹。我也是，我在洛阳宫中也没有一个亲人。所以，我现在好像有点明白你为什么不肯放过我。你和永宁寺塔上的那些铃铛一样……你很孤独吧……"

张铎不知道应该说什么。她的声音和张平宣的全然不同，屦软，带着卑微的试探之意，于张铎而言，却像一把又一把犀利的刀，割得他心肺乱颤。从前他要聚起周身所有的力气去与之对抗，从而保持一个皇帝应有的姿态。而这一句"你和永宁寺塔上的那些铃铛一样……你很孤独吧……"入耳，他却连自己的姿态都维持不住了。

而她还在等他的回应。

他惶然之间又垂目"嗯"了一声。那从鼻腔中带出的气声，比他从前所有的言语都要温柔。

席银低头，凑到他的鼻子前。

"你放心，我不会走了。除非你娶了皇后，纳了嫔妃，她们能长长久久地陪着你，照顾好你的饮食起居……到那个时候啊，你愿意放我走，我才走。"

她离得太近，鼻息温柔地拂过张铎的脸。此时，他原本有很多的话可以说，比如，他可以斥她自以为是，他身边难道缺一个奴婢伺候吗？再比如，他可以坦诚，他根本无心立后纳妃，他这一辈子所有的心都因她而起，所有的念也都动在她心上。然而，这两番话语，他说不出口。他索性站起身，无措地"嗯"了第三声。

"陛下。"

"什么？"

席银也跟着他站起身来，抬起手，又把那串铃铛送到他面前。

"你到底做甚？"

"给你。"

"刚才千般护着。"

"哥哥还愿意送我铃铛，我就心安了。"

张铎听完，一把推开她的手："朕不要。"

不要就不要吧，席银倒是早已习惯了他的喜怒无常。

"你不生我的气了吧？"

殿上梁木高悬，十二铜柱灯照影如阵。而她细柔的声音若丝绸抚皮，不知关照到了张铎的哪一缕魂魄，竟令他的心绪潮退波平，再也翻不起大浪来。

"朕根本没有必要为你动怒。"这话说出来，张铎自己都没有底气，说没有必要动怒，那适才五内翻腾的又是谁？念及此处，他一时懊恼，不由得沉下脸来，对她正言道："你跟着江沁和朕学了这么久，一直没有修明白如何立身处世。"

席银收回手中的铃铛，轻声道："我记得你教过的，士人修身治国平天下……那是他们必有的志向。可是女子……也要懂立身处世的道理吗？"

"朕要你懂。"

岂止是要她懂，他甚至希望，她能比洛阳城中那些门阀氏族的子弟懂得更多些。

"但是，席银，你一直令朕失望。"

"不是……"她仰着脖子，轻声辩驳，"我……我觉得我还是有长进的，只是在你面前，我……"

"你时时沉湎于过去，沦于私情，以致如今还是战战兢兢的模样。"说着，他看了一眼她手中的铜铃铛，寒声逼道，"怕此物被毁而屈膝于人，他日若有人要你为此物交付性命，你也拱手奉上吗？"

人与人之间，似乎总是在微妙之处，欠缺一丝默契。他刚才给了席银一个缝隙，去表达自己在他面前的窘迫，却立马又拿出她最害怕的态度把那一丝缝隙给填上了。

席银不敢看他的脸，垂头望着脚尖，"哦"了一声。

"不要跟朕狡辩，你已经为岑照交付过两次性命了：第一次在太极殿，朕救了你；第二次在廷尉狱大牢，朕救了你。席银，后日你就十八了，可你都不知道怎么活。"

16

席银被他说得红了眼，低声道："对不起……"

张铎朝她走近几步。席银感觉到那道青黑色的人影迫近，忙将头埋得更低了。张铎伸手抬起她的下巴，她迫于张铎的手力，不由自主地踮起脚来，眼睛却还是垂视着地，眼角的泪水悬而未落。

"再哭。"他说着，用拇指擦去了她的眼泪。他手指的皮肤并不似岑照那般细腻、光滑，使力也不温柔，但好在他望着席银的目光很诚恳，不夹杂丝毫的挑逗和揶揄。

"我不屑诋毁中伤任何一个人，你应该明白。"

"我知道。"

"那你就不要哭了。"他说完，松开她的脸颊，朝外唤道："宋怀玉。"

"老奴在。"

"传江沁入宫。"

"陛下，这个时辰了，不如明日……"

张铎仰起头沉默了一阵，应道："也成，那就明日，在太极殿东后堂见他，召尚书省、赵谦一道议事。"

宋怀玉道："陛下，赵将军明日奉旨监斩。"

"嗯。"

张铎的手指一捏一放。

"不用召他。"

\* \* \*

席银是在张熠被枭首的那一日知道岑照与张平宣的婚讯的。

那日阴云蔽日，无数乌青色的云朝着东边的一个光洞翻涌而去，一看就要落雨。江沁从东后堂走出来，见席银在漆柱旁立着。

"内贵人。"江沁唤了她一声。

席银闻声，忙回头屈膝行礼："江大人，不敢当。"

江沁笑道："自从陛下亲自教授以来，很久没有见到内贵人了。贵人功课必有长进。"

"不曾……"席银低下头，"字仍旧写不好，书也念得不顺畅。陛下前日才说，我一直令他失望来着。"

江沁摇了摇头："内贵人不须自谦，刚才见内贵人在东后堂替陛下掌墨、顺笔，其间行仪端正，替大臣们传递奏疏也神色泰然、不卑不亢，想来陛下的用心

17

不曾白费。"

席银听他说完这番话，倒是露了笑容。

"我私下也觉得，自己是有长进的……"她说完，压低声音问道："江大人，我能问您一件事吗？"

江沁应道："内贵人请问。"

"我刚才在里面听到，陛下要大人为长公主殿下拟定封号。"

"是。长公主殿下一直未曾受封，因此未入宗务，如今殿下要行婚礼，自然要先行册礼，方可论婚仪。"

席银悻悻地点了点头。

"内贵人不是要问什么吗？"

"是……我想问，若长公主殿下行过册礼，再嫁给哥哥，那哥哥就是驸马督尉了吧？"

江沁点了点头："若长公主殿下受封，其夫君自然以帝妹婿的身份受封驸马督尉。不过，岑照其身有残，此位实为虚职。"

席银抿了抿唇。岑照终于要结亲了，新妇是一朝的长公主，出身高贵，通晓礼乐，堪为其知音，一定不会辱没了他的清白之性，而且又能带给他尊位……

想到这些，席银心里虽有酸涩，却由衷地为岑照欣喜。

"真好……"她说完，双手合十，下颌抵着指尖，闭着眼睛踮了踮脚，发髻上的蝴蝶流苏钗轻轻颤动。

江沁的声音却渐渐沉下来。

"内贵人何出此言？"

席银睁开眼睛："哥哥有了良配，再也不需要受苦……"

"内贵人难道不担忧吗？"

"担忧什么？"

江沁朝前走了几步，避开殿外侍立的宫人，轻声道："岑照究竟是什么样的人物，内贵人心中可有计较？"

席银道："我当然知道。他将我养大，是我最亲的人。我愚昧无知，但他是青庐的高士，他懂很多很多的东西。"

"他教过你什么呢？"

"他教我音律，我的琴技都是他授的。"

"除此之外？"

"他……他眼盲，不然他会教我写字读书的。"

她急于替岑照辩驳，以致说得有些急促，胸口微微起伏。

江沁道："真正教内贵人读书写字、立身处世的人，内贵人为何不肯似维护岑照般维护……"

江沁说的人自然是张铎。但这样的问题，张铎自己是绝对问不出口的。他只会一味地呵斥她，有的时候甚至会拿生杀大权来恐吓她，让她几乎忘了，他那只握过刀剑的手也曾经捏着她的手写过很多字。如今，她的那一手字虽不传神，但从字骨上来看大半都像他。而从前那些令人毛骨悚然的言语也潜移默化，逐渐渗入她的皮骨，让她慢慢地明白，究竟何为羞耻、何为侮辱。

"我……"

江沁的话，令她着实有些羞愧。但要说她全然不维护张铎，倒也不是实情。实是张铎过于刚硬，除了那一顿几乎要了他命的杖刑短暂地打破了他的肉身，致使他被迫流露出血肉之身本质的脆弱，大多时候，他都自守孤独，不给旁人一丝余地。

江沁见她不言语，正声又道："从北邙山青庐到长公主府，岑照其人，或许并非如内贵人所想的那般超然世外。如今，长公主与陛下不睦，岑照之后的路会如何走，我尚不敢妄言，但为臣者时常为主君先忧，我不得不提醒内贵人一句，莫为前事遮眼，枉做眼盲人。"说完，拱手一礼，撩袍朝柱后走去。

席银追了几步道："大人的话，我听得不明白。"

江沁道："都是字面之意，并不值得深想，内贵人肯记着，时时回念便好。"

席银仍未停步，追到他面前道："可我听大人的意思是，哥哥有异心……不会的，哥哥这一生只想和阿银守在青庐，哥哥到今日这个地步，也是为世道所逼。"

江沁摇了摇头。

"所以，是长公主殿下逼亲？"

"不是……"

席银的言语有些混乱，思绪也绞成了一团。之前她尚想急切地替岑照辩解，可听了江沁的这一番话，她竟不知该如何辩解。

"江沁。"

江沁闻声忙拱手行礼，席银回过头，见张铎已从后堂跨了出来，身后跟着胡氏和宋怀玉。

"谁让你跟她说这些的？"

"是，臣有罪。"

江沁撩袍跪下，伏身请罪。

张铎揉了揉握笔后发酸的手腕，走到他面前道："你以后不得再把她视为你的生徒。"

19

"是。"

张铎至此不再多说，径直朝玉阶下走去。

席银忙追到张铎身边道："为什么不能和我说这些？"

张铎侧面看了她一眼："你身边的人是什么样的，你得有眼力，自己去看，而不是轻信旁人所言。你今日若因人言而生疑，他日也会因人言弃己。"

席银跟在他身后，亦步亦趋。

"我现在有些害怕……我没有那个眼力。"

张铎顿住脚步，转身正视她道："你并不愚蠢，你比这世上很多人都看得清楚，但你过于柔善。"他说完，又觉得说得并不够痛快、彻底，索性挥手示意宋怀玉和胡氏退下，低头看着她道："朕唯一的妹妹要嫁给岑照，这实非朕所愿。从前朕可以杀了岑照，为平宣另觅好的夫婿，但朕如今在这个位置，就没有必要了。"

席银轻声问："为什么？"

张铎仰起头，阴云未散，云涌处的光洞却越撕越大。

"自从张奚死后，朕明白了一件事：这人一旦死了，世人看到的就只有他生前的虚名，至于他们背后的卑劣和懦弱，就都被抹去了。张平宣也好，你也好，朕不想你们被蒙蔽一辈子，所以，纵使有豺同行的路险一点，朕也可以走。"

席银似懂非懂地点了点头，又急忙摇头。

"席银，没有人逼你，以后就算你真的做了什么错事，也不会有人敢处置你。如今朕斥你，也只是不想看自己身边的女人一味作践自己。"

第十四章

# 夏橘

. . .

毕竟爱意渡到了孽海的尽头，
难免转成摧残之欲。

张熠伏法那一日，赵谦并未入太极殿复命。

第三日，张铎在太极殿召见光禄卿顾海定与尚书右仆射邓为明议江州战事。天气转大暖，江水暴涨，江上战事胶着。席银与宋怀玉一道撑展开江州地势图，顾海定陪着张铎立在图前，轻声道："南方正值雨季，刘令退守南岸，已起拖战之意。"

张铎屈指在东海郡处敲了敲，其力不弱，令席银险些脱手。

"刘令要拖，我军拖不得。"他说完，返身走到案前，拿起江州呈来的战报，一面取笔，提圈要害，"一旦拖入夏，就给了刘灌与刘令会军的余地，到时候，龙散关必要派军截堵刘灌的军队。"

顾海定顺着张铎所言，重观战图。

"龙散关守将是中领军大将军赵谦的父亲赵淮，此人已年逾六十，确——"

"这并非症结。"张铎头也未抬，反手将笔掷回笔海，又道，"荆地战乱，今年秋冬，北羌定生滋扰。龙散关大部属郑扬旧部，常年镇守金衫关，熟悉关外地形与羌人作战习惯。云州之战后，这些人被调到南方，为的是补给、休养，入秋前北上金衫关换防。这一部，是朕先手留下的，绝不能在龙散关久驻。"

邓为明道："如此一来，江州战事务要在入秋前见一分晓。"

顾海定应声道："许博已奏报渡江之计。"

"嗯，朕看过了，他向朕要一个人。"

邓为明道："许博已是最熟水战之人，还要向陛下要谁啊？"

顾海定转身笑了笑，暗嗤邓为明是文官，不谙军务。

"渡江之后即为关隘之战，多半是向陛下要赵将军。"

张铎不置可否，抬头对席银道："把图收了。"

席银应声，同宋怀玉一道卷图。顾海定与邓为明明白此时是辞出的时候了，双双拱手告退，待要走到门口，忽听张铎道："邓为明，你留下，朕今日要复许博那道奏疏，你来秉笔。"

邓为明只得在堂门前立住，应声侍立。

"坐。"

"是，谢陛下。"

席银知道，这一坐就是要久议的意思，便取了炉水，替邓为明布茶。

邓为明倒也习惯了这个常在东后堂伺候的奴婢。看着她如今的举止行仪，想起她初入太极殿的模样，他深觉其行仪举止比之从前进退有度多了。

张铎看着奏疏，人却在灯影下理袖沉吟。席银端茶与他，他也没有接。席银只得将茶放到他手边，直起身，独自走到漆窗前朝外看去。

殿外的廊柱下，赵谦垂首跪着，人影被即将落尽的夕阳拉得老长。他没有披鱼鳞甲，而是穿着一身月白色的袍子，脱了冠带，有些落寞。

席银回头看了一眼见张铎，见他暂时没吩咐，便朝宋怀玉使了一个眼色，绕到屏风后，重新倒了一盏茶，小心端着从殿侧门悄悄绕了出去。

殿外的昏光已被天际吸了大半。

赵谦嗅到了席银身上的沉香气，不由得吸了吸鼻子，抬头见席银娉婷走来，勉强露出笑容。

席银将茶盏递到赵谦手中。

"你辰时就来了，跪到现在，喝口水吧。"

赵谦的确是渴了，接过茶盏正要饮，忽又想起什么，对席银道："陛下若传召会让宋怀玉来传话，你偷跑出来的？"

席银道："你还顾得上我呀？"

赵谦端着茶盏，吹了吹额前的一缕碎发，笑道："也是，我这个不遵圣旨的罪人自身难保。"说完，他笑着望向席银，"你以后要自求多福了，张退寒再责罚你，我可没法保你了。"

席银蹲下去："将军不要胡说，陛下不会处置将军。"

赵谦歪头道："你怎么知道，你做他……枕边人了？"

席银忙站起身退了一步："我好心来的！"

赵谦笑得仰起头："小银子，我这几日心里闷死了，你让我乐一乐成不成？"

席银见他这样说，倒是不忍心怪他。

赵谦和张铎是全然不像的两个人：一个泰山崩于前也面不改色，孤独鬼生了一颗寒铁心；另一个却是军中痞将，修一颗痴情种。如今他尚肯跪在太极殿前说笑，全仰仗他这二十几年的修为。席银看着他眼角露出的笑纹，心中有些怅然。

"因为哥哥和长公主殿下？"

赵谦摆了摆手："这是迟早的事，我是担心，殿下那个人执念过于重了，日后……也不知道会怎么样。"他说完，冲席银扬了扬下巴，"你这个小银子呢？你

兄长要娶亲了，我看你也开怀不起来吧。记着啊，不要在陛下面前表露出来，不然，你也不好过。"

"嗯。"

两人正说着，宋怀玉推开殿门走出来。

席银忙让到一旁。

宋怀玉冲席银颔了颔首，走到赵谦面前躬身道："赵大将军，陛下让您起来。"

赵谦应了一声："是。"人却早已跪得站不起来，但他这种在军营里混惯了的人除非被开膛破肚，哪里肯让人搀扶，更别说是宋怀玉、席银这等内侍、女流。他一把挡开这二人。

"你们别给我惹烦。"

说完，他一个人撑着阶面，挣扎了好一会儿才勉强起身。

"陛下在什么地方？"

宋怀玉道："陛下在东后堂。"

"好。"他说着，转过身对席银道："你就别跟我一道进去了吧？仔细他又责罚你。"

席银接过他手中的茶盏笑笑："我来照看将军，不会受责罚的。"

赵谦道："你如今是越发眼毒了。讨你这个吉言。"

席银不再与他贫嘴，亲手推开殿门，轻声道："进去吧。"

东后堂灯火辉煌，赵谦在堂心处跪下行礼，见邓为明跪坐在侧面，又朝他拱了拱手。席银也跟了进来。殿门一合闭，灯火烧出来的热气便在殿内堆叠，不一会儿，邓为明的脸就被熏红了。他试图从袖子里掏绢子出来擦汗，但扫见张铎的面色，他又缩回手作罢。

"江州战况，怎么看？"

张铎直截了当，说完顺势将手中的战报一把抛给了赵谦。赵谦扬手接住，也不翻看，径直道："罪臣以为，待罪之时不堪议论军务。"

张铎将手撑在案上，身子稍向前倾道："赵谦，朕忍了一日。伏室的内禁军就在下面。想受刑责，尽管妄言。"

赵谦闭了口。

席银见张铎的手指渐渐在案上收握成拳，手背上青筋暴起，知他在极力隐忍。

"答话。"

好在赵谦不再进虚言，直声道："若依臣看，刘令守在南岸不战，多是为刘灌

24

拖延。龙散关驻军开拔在即。他们想趁入秋之后陛下分兵西北，而一举在龙散关会合。唯今之际，是渡江。"

邓为明听完此话，附道："将军果能为陛下解忧。"

赵谦并没有应承他，而是伏身下拜道："渡江之战后，便应一举拿下荆州。臣请戴罪立功！"

张铎并未立即应他的请。

殿内烛摇影颤，一阵沉默。

须臾之后，赵谦破寂道："陛下对臣存疑？"

张铎不置可否，转向邓为明道："照朕刚才述与你的，拟诏。"

邓为明拱手应承了之后，跪直身子，取笔铺纸。

"席银。"

席银忙应了一声："在。"

张铎抬手指向邓为明处，说道："去研墨。"

一时邓为明拟完诏书，起身呈上，张铎只命宋怀玉接过，目光一直落在赵谦的背脊上，抬手示意邓为明退下。

邓为明是个文臣，议了一整日的战事，早已心血拼尽，见张铎令退，他忙拱手行礼，跟着宋怀玉退了出去。

月出，东升。灯焰的灼烧之气渐渐被夜里寒气逼退。

赵谦仍然跪伏在地，席银立在张铎身后，听着这两个男人的呼吸逐渐汇成一个节律。

"为何抗旨？"

从张铎的声音中仍然窥探不出其意。

"自负是陛下旧友。"

"朕等了你两日。"

"是。"

"你大可再拖一日，等朕复了许博，你再来见朕。"

"那不成，那罪臣岂不是去不了江州了吗？不成的，不成的。"

他说着，就要起身，却听张铎喝道："跪好。"

赵谦抬起头冲席银笑了笑，又屈膝跪伏下去。

"平宣跟你说了什么？"

"你该知道的。"他虽然跪着，言语却是放肆无度的。

张铎却并没有苛责，低头看了一眼他，只说道："好好回话。"

"也没什么，无非说我助纣为虐，是走狗之徒。反正这么多年你做的事，她都要在我头上算一份。我初听这些话倒是气得很，可转念一想，你这个妹妹也实在可怜，就让她骂吧。我如今担忧的，是——"他知席银在侧，后话不好说，索性转道，"算了，我也不骗你，我请战江州，还有一个原因——我不想留在洛阳城里看着平宣和岑照成亲。"说着，他咳了一声，不再顾及席银，狠心道，"席银在这儿，我也要说，岑照其心不正，我实怕平宣终会为他所害。"

张铎闻言看了席银一眼，席银低头捏着绦带，没有说话。他扯了扯那半截垂在她腿上的绦带，席银身子一偏，侧头便迎上了张铎的目光。她不知道张铎这一举是何意思，只得将目光避向旁处，一点一点地试图把绦带从他手中拽出来。

自从那日听了江沁和张铎的一番话，席银的内心之中生出了一丝异样的感觉。如今再听赵谦如此说，她竟然纠结起来。

十八年的人生，从她慌乱爬上张铎的马车时起一切为二。之前的十六七年，席银觉得存活比什么都重要。正如张铎所批，"身为下贱，仰慕高洁"，在情欲和贪欲的妄念之中浸淫，越是腌臜，越是把岑照往心里放。如今，她仍然想要活着，但当她坐在张铎身边，写字读书的空当儿，她似乎逐渐会试着学那些书中的人去想，人活一世究竟应该行什么样的事、修什么样的身。

"你始终喜欢去担待你担待不了的事。"

窈窕的火焰舞动着曼妙的身姿，一道影子遮面，赵谦抬起头来，见不知什么时候张铎已经站在他的面前。他握住袍袖，垂眼道："臣知罪。"

张铎笑了笑："你放心，你担待不了，我会担待。"说完，径直朝赵谦伸出一只手。

赵谦望着地面，自嘲般地摇了摇头，而后抬起手臂一把用力握住张铎的手，直膝站起来。

两个男人之间互相借力，不比男女之间的单方面依赖或者单方面的怜惜。认识张铎十几年，不管他认不认同张铎的处世之道，张铎都是他一腔热血和孤勇的源头。

"我明日就整军，后日出发。"

张铎松开手道："送你。"

赵谦笑道："不必，臣有臣想见的人。"说完，他转了个话道，"对了，臣出洛阳之后，中领军事务，陛下打算交给谁？"

张铎道："你荐一个人？"

赵谦想了想，道："此时我只能想到光禄卿顾海定一个人。"

张铎闻话，拍了拍赵谦的肩膀，不置可否。

席银送赵谦一路行至阖春门。

夜浓风细，将二人适才在东后堂蒸出的薄汗都吹干了，赵谦走在席银前面，少有地沉默。席银也没有多言，不近不远地跟在赵谦后面，走至阖春门外方停住脚步，目送赵谦翻身上马。

此时月已东升，银白色的月光落在席银身上，衬得她越发唇红齿白。赵谦在马上看了她一眼，笑道："回去吧，张退寒生怕你要出这道门。"

席银抬起头道："将军此去要保重。"

赵谦听了这句话，不禁调侃道："你喜欢我呀？"

"你……"

席银被他那没正形的模样说得恼了，转身就要走，忽听赵谦道："哎，我说说而已，小银子别生气。"

席银一面走，一面回头道："我以后再也不跟你说话了。"

"你只要还肯和张退寒说话就成，理不理我，倒没关系。"

席银闻言不由得停住了脚步。

赵谦的声音从她背后追来："小银子，你别看张退寒那孤高样，其实他那个人比我还没意思呢。洛阳城的人大多是迫于他的威势和杀伐手段。我此行出洛阳，他身边的可信之人就剩下江凌和你这个小丫头了。他可是我过命的兄弟，你看在我这么维护你的分儿上，可千万不要背弃他啊。"

席银摇头道："我怎么会背弃他呢？只不过，他的很多话，我都听不懂。我……也不敢问他。"

赵谦道："你一向糊里糊涂的。"

席银顶了一句："我不傻，我如今……我如今有分寸的。"

赵谦不再回嘴，扬了扬马鞭子，朗声道："成，小银子受了教，有大分寸的。你不要那么怕他，他让你跟在他身边，连东后堂的事务都交给你打理，你就该知道，张退寒啊，没有什么事是避讳你的。"

席银听完这句话，垂眼沉默下来。

赵谦见她戳在这里想深了，笑着催促道："你站在这里想，还不如去问他。赶紧回去吧，我走了啊。"

席银点了点头，朝赵谦欠了欠身子，目送他打马撞入茫茫夜色。

这边张铎已回至琨华殿，江凌从伏室上来，垂目正立在他面前。

张铎则望着头顶的观音像一言不发，直至席银回来，方撞破殿中的沉默。

"你先下去。"

席银没有应声，反倒走到他身边，替他将案上的冷茶换了。

"朕的话，你没听见？"

席银端着茶壶从屏风后面绕出来，弯腰添盏，一面道："我不下去。"

张铎抬起头，灯下她的皮肤泛着玉器沐光后的色泽。

"席银。"

"嗯？"

她温顺地朝他望去，见他也正望着自己，严肃之余，有一层无奈。

"赵将军说，他出了洛阳之后，你身边就没什么可信之人了，我要守着你的。"

席银这句话……怎么说呢？若是此时江凌不在面前，张铎定会暗悦万分，然而，因为江凌在殿中，他竟感觉烫了耳，恨不得立时就把席银的嘴捂住。但他万不能当真如此荒唐，只得尴尬地咳了几声，不再去接席银的话。

江凌不明白这一咳嗽的意味，也不敢抬头。

张铎端茶喝了一口，把一时的窘迫逼了回去，抬头对江凌道："赵谦出洛阳后，内禁军指挥使一职，由你暂承。"

江凌领命，而后略有一丝迟疑。

"你想说什么？"

"臣心里有些不安。"

"有何不安？"

"自从陛下登位，赵将军从未离过洛阳。赵将军走后，中领军的事务需人承接，听闻……顾海定这个人在前一朝就觊觎赵将军之位，且近来不知为何，与长公主府过从甚密，每每长公主邀清谈会，他定然在席。这不禁令臣起疑。臣记得，当年顾海定与张司马并无甚交游啊。"

与张奚没有交游，那如今交游的人就显而易见了。

张铎仰起头，看着头顶纤长的人影，沉默不语。席银的袖子窸窸窣窣地扫过案面，淡淡的女香扑鼻，他一把扯住她的袖子，不让她再动。

"怎么了？"

张铎低头看了一眼自己的手，倒为自己这个下意识的动作愣了愣。他很困惑，不知道为什么，此时自己是那么想要去触碰她，牵扯她。也许，杀人对他而言曾经是最简单的一件事，毕竟他的威势本就来自炼狱，是靠着一条条人命、一具具白骨累起来的。如果不是这个被他扯住袖子的女人，岑照在被他利用完之后是不可能活下来的。所以，他很想要席银理解她与自己的羁绊，却又绝不能直白地告诉她，"与豺狼同行"也许是一个高傲的借口，事实上，为了留下她的人、护住她的心，他张退寒已卑微至极。

江凌没有抬头，因此也就没有看见这一幕，仍在自顾自地说："陛下，臣怕洛阳初定，人心不稳当，易生事变。"

席银见张铎没有出声，忙悄悄唤了他一声："陛下。"

张铎这才松开席银的袖子。从混乱的情绪里抽拔，面色难免惶恐，他倾身从案上取了一支笔，掐扯毫尖做掩饰，而后放平声音，应江凌道："所以，中领军事务，不能交给顾海定。"

江凌道："那陛下拟定何人？"

"尚书右仆射邓为明。"

江凌一怔："尚书省的人……"

江凌不甚明白，但张铎也不多做解释，抬笔示意他退下，而后站起身往屏风后走去。


席银仍然立在原处，拧着眉头，似乎在想什么。

张铎回过身道："你不过来，就去传胡氏进来。"

席银像没听到他的声音一般垂着头，反而将眉头皱得更厉害了。

张铎没有呵斥她，就站在屏风前静静地看着她。

席银一个人纠结了好久，终于抬起头来，朝他走了几步，刚要开口，却听张铎道："你问。"

"啊……你知道我有事要问你。"

张铎道："你问不问？"

"我不知道……我有没有资格问。你答应我，如果我问了一个奴婢不该问的事，你不要责罚我。"

张铎自己脱掉袍衫，抛挂熏炉之上，说道："朕百无禁忌。"

席银开口轻声道："赵将军出洛阳，洛阳……是不是不安定啊？"

张铎低头理了理衣襟："可以这么说。"

"那你为什么还要让赵将军离开洛阳啊？"

张铎看向席银："只守洛阳一处安稳，则终失洛阳。"

席银抿了抿唇："你可不可以说得再简单些，我很想明白，可你总是说得……很深……我又太笨了。"她说着，脸色有些发红。

张铎看着她的模样，沉默了须臾。

"一处草房子，四处着火，你若把所有灭火的水都浇在一处，最后会怎么样？"

席银的眼睛亮了亮："你这么说，我就都懂了。"

张铎望着她笑了笑。这个女人的恐惧、欢愉都是最真切的，以至他根本不用费一点心神去猜她到底是不是为了其他的目的在做戏。而他自己也忽然发现，除了孤独难解的话语，他也说得出平实的话。

"我……还有一个问题，没有想明白。"

"你说。"

"嗯……这个问题，你也简简单单地跟我讲呀，因为我刚才想了好久，觉得……很难很难理解。"

"嗯。"

席银屈膝在张铎的陶案后跪坐下来，铺开一张官纸，又从笔海里取了张铎惯用的那支笔。

"你过来呀。"

不知道为何，这一句"你过来呀"顿时让张铎回忆起她在清谈居里召唤雪龙沙时的语气。他站在屏风前不肯动。

谁知，席银竟站起身，走到他面前，弯腰牵起了他的袖子："你过来，看我写。"

鬼使神差地，张铎竟真的被她牵动了。席银屈膝重新跪坐下来，蘸墨在纸上写了一行字。那字形虽然还是欠缺很深的功力，却已有七分似张铎的字体了。

风卷纸尾，张铎下意识地伸手，一把替她压平。席银收了字尾，纸上落下的字是邓为明的官职。

张铎心里升起一丝异样的感觉，若是胡氏之流妄图染指官政之事，他定会将人杖毙示众。然而，这几个字出自席银之手，他竟看得血气暗涌，分明亢然。

"这个尚书……右仆射是……文官，对吧？"

"对。"

席银点了点头，又在其下写出了赵谦的官职。

"中领军是武官，你为什么要让文官做武官的官职呢？"

张铎在席银身后坐下来。

影子一矮，席银面前的官纸便曝在灯下，陡然明亮起来。

席银架着笔，回过头去望向张铎。说实话，他穿禅衫的样子有一种衣冠不整的落拓之态。人不在正室，坐姿也随意，一腿曲盘在席银身后，一腿曲顶在侧，不着痕迹地把席银圈在自己面前。

席银下意识地朝前面挪了挪膝盖，小腹顶到了陶案的边沿。

"往后来，你挡了大半的光。"

"哦。"

席银又把身子往后挪，一面挪一面悄悄地向后看，生怕自己的脚触碰到张铎曲盘的那只腿。

张铎并没有留意到席银的窘迫，他直起身，从背后握住席银写字的那只手。席银想要挣脱，腕力相拮，又被霸道地拽了回来。

"你这个字啊。"他说着，一把将一旁的玉尺抓了过来，啪的一声拍在席银手边，骇得她浑身一颤。好在他并没有立时发作，而是拧着席银的手，一面带着她重写那两个官职名称，一面道："你让我过来看你写，你又害怕。"

"我……"她被张铎说得有些羞愧，低垂着头，耳朵烧得绯红。

"文武两道，皆能安天下，若论功，则各不相同。"

席银看着他把着自己的手写下的字，邓为明的官职写得字体浑厚，赵谦的官职则笔画锋利。

"你知道，前朝的皇帝为什么会怕我吗？"

"因为……他身边能保护他的人，只有宋常侍。"

这话听起来没说到症结，实则正落要害，张铎惊异于她的敏锐，顿了顿笔，低头看着她道："怎么看出来的？"

"我去……杀过他呀。"她说着，抿了抿唇，仔细回忆了一阵道，"我当时拿一把短匕首去刺他，他被我刺中了，大声呼救，可当时他身边只有两个娘娘，她们好像被吓住了，没有一个人敢上前。后来，只有宋常侍前来救驾。"她说完，抬头看向张铎，"但你不一样，琨华殿外有江凌，琨华殿下面有伏室，室中有那么多披着鱼鳞甲的内禁军值守，如果我要杀你，你一声令下，我就成肉泥巴了。"

张铎听她说完，鼻腔中"嗯"了一声，摘掉她手中的笔，倾身投入笔海。

席银目光一闪，似乎忽然想明白了什么，却又碍于言辞，说不出来，张了张口，欲言又止。

张铎靠在凭几上，挽起沾了墨渍的袖子，将手臂随意地搭在膝上。

"你说的大多都对，不用朕来解释，你自己接着想。"

席银转过身，面朝着张铎跪坐："他怕你，是因为中领军和内禁军听赵将军的话，而赵将军听你的话，你才是那个能保护他的人，但如果有一天你不想保护他了，他甚至会很容易地就被我这样的人杀死。"她说得有些激动，面色发红，额头上也起了一层薄薄的汗，不由自主地抓住了张铎的胳膊，冲着他道，"对不对呀？"

张铎看了一眼她的手，笑了笑应道："对。"

席银意识到自己失态了，忙把手缩了回来，背在身后，抿着唇规规矩矩地坐好。

张铎伸手把刚才共写的那张官纸拿了起来："你以为把手藏在背后，朕就不打

31

你了吗？伸出来。"

席银犹豫了一阵，还是认命地把手伸了出来。玉尺并没有落下，张铎只是将那张官纸摊到她手中。

席银睁开眼睛，见他正用手点着尚书右仆射一职，声音平和："赵谦出洛阳之后，未免中领军指挥权旁落，方以文官易武将之位。邓为明此人，不谙军务，束手束脚，遇事不敢私定。"

席银听完他的话，偏了脑袋，着力地去理解他话里话外的意思。张铎没有打断她，将就喝了一口冷茶，陪着她一道沉默。

良久，席银忽然开了口："所以……所以，他遇事就一定会来向你禀告。我懂了！以前曲子里的唱词说，大人物要能指挥军士，要把什么……什么权……握在手里。你让邓大人来替赵将军的职，就是要把那什么权握在自己手里吧？"

"兵马之权。"

"对，就是那个权。"她说完，转而又急问道，"那如果有人质疑你呢，比如，那个光禄卿顾什么……"

"顾海定。"

"对对，江凌说，他很觊觎赵将军的位置，如果他在朝上质疑你，文官不能担武职，你会如何？"

张铎看着席银，须臾反问道："你觉得呢？"

席银吞了一口唾沫，小心翼翼道："会……你会弃掉他，或者杀了他？"

张铎笑了笑，竟对着她"嗯"了一声。

席银松了一口气，同时天灵盖颤抖。这一刻，她把她能想到的东西尽可能地表达了出来。在她看来，这些道理从前都是盘旋在洛阳城上空，如同鸿雁之影的东西，她这一生都不配窥其门径。如今，顺着张铎的话，她竟一点一点地自己悟了出来，虽仍然言辞粗陋，但她还是由衷地兴奋、欢喜。她想着这些便要站起身，谁知起得过于匆忙，膝盖狠狠地撞到陶案边沿，痛得她一屁股坐了下来，喉咙里的声音也被痛哑了。

"身为宫人该有的行仪呢？忘了？"

席银抱着膝盖，抬起头道："对不起，是我错了……"

说完，她又把手伸了出来。

张铎却站起身朝屏风后走去，甩下四个听不出情绪的字："得意忘形。"

席银看着屏风后面的人影，悄悄把手收了回来，暗自庆幸，弯了眉眼，险些笑出声。

　　那日夜里，张铎在屏风后面看书，席银则坐在他的御案前把之前那本《急就章》翻了出来，模仿他的笔力，一遍又一遍地写字。从前写字，她不过是怕受皮肉之苦，可这一夜她却起了心，想要认认真真地写好张铎的这一体字。

　　日长夜短，二更天时就听见了鸡鸣。席银抬头朝屏风后面看了一眼，张铎在亲自剪灯。

　　席银问了他一声："要茶吗？"

　　里面隔了半晌，才应了一个字："嗯。"

　　席银放下笔，走到门前的红炉旁取水。她抬头一望门外，有几朵凤仙花随着夜风寂静地打着旋儿落下，明月当空，云疏星灿，风轻轻地敲着门壁。席银站直身子，认真朝外面看去。隔着雕花和碧纱，她隐约看见了天穹的鸟影。而当她闭上眼睛时，又听见了那遥远的金铎之声，孤独、绵长，和屏风上那个等茶的人影彼此为衬。

＊　＊　＊

　　赵谦如期领兵出了洛阳城。

　　七月中旬，洛阳城中的荣木开了花。外郭的冰井台和凌室都在为长公主殿下的婚事筹储冰器。这一日，凌室的凌人来张府送冰，在绕潭的廊下瞥了岑照一眼，出府便对人言："长公主长居张府，不肯结姻，果真是在府中藏了一绝色。"

　　俗人多爱俗艳之事，聚则凑恶趣。

　　"听说，那人之前是一个死囚，长公主殿下在太极殿外跪求了好几日，陛下才没有杀他，改了八十杖。人嘛，被打得皮开肉绽，差点死了。后来，长公主殿下、太医正亲自用药，才又把他的性命救了回来。你今日瞧着，是个什么模样？"

　　"哎哟，好身段，好模样啊，素衣宽袍，邀香引月，说他如松似鹤也不为过，只是可惜，眼睛是瞎的，蒙着一条青带。我进去看见他的时候啊，他正在潭水边坐着，身旁的那些绝色女婢都被他那风姿衬得没了意思。"

　　"有这么美的男子吗？"

　　"你还真别不信啊，我冷眼看着那些女婢啊，一个个想去看他又不敢去看他，面色羞得跟桃花一样。"

　　"这般说来，也难怪公主喜欢他。"

　　这话说到此处，却不知为何，越发难听起来。

　　有人腌臜地说道："长公主殿下喜欢又如何，那也是个没羞耻的内宠，大丈夫要在四方天下建功立业，哪个喜欢做裙钗之臣，每日捧着女人的脚嗅的？"

33

那凌室的凌人道："你这话说得倒也有些道理。要是我，也情愿做手上这份差事，回去让家里的女人伺候我。"

"这不结了？什么如松似鹤，我看是如粪似土……"

这些话，经添油加醋之后，在市井里传谈，多多少少有几句落入张平宣耳中。

"岂有此理！去把凌室的那个人带回来，我要亲自问他。"

女婢看了一眼岑照，见他抬起一只手摆了摆，便识趣地退了下去。

那一日，顾海定亦在张平宣府上，一手执麈尾，一手翻佛书，正与岑照论一则公案，见张平宣动怒，转向岑照道："一贤公子倒是稳坐莲台。"

岑照笑了笑："本就是残命之人，何必纠缠于言语？"

张平宣道："伤你就是伤我，你不纠缠，我却不肯就此作罢。"

顾海定道："长公主维护岑兄之意，我见赤忱。"

岑照摸索着挪膝转过身，朝张平宣拱手弯腰，行礼道："殿下一贯错爱。"

顾海定道："公主何曾错爱？'商山有四皓，青庐余一贤。'岑兄虽然眼盲，却比这洛阳城中所有人都要清明。这次多亏岑兄提点，我才不至于在朝上犯浑。"

岑照含笑摇了摇头。

"陛下驭人，擅借历法以压制人心，而又眼力颇深，顾大人只有退得远些，才能在陛下面前将自己的心念藏好。"

顾海定点了点头，转而扼腕道："不过，我意有不平之处。"

岑照不语，待他详述。

顾海定转过身道："赵谦尚不至而立之年，虽在金衫关和霁山峡道之战上建过功，到底资历过浅。"

岑照搁置麈尾，抬头道："赵谦此人，自初出军帐后，从无一日弃离军务，无论是兵法、阵法，皆有心得，并非全然借力而上。若说资历过浅，倒失之偏颇。"

顾海定一时黯然，应了个"是"字。

岑照续道："不过，他内掌宫城内禁军，外节洛阳城郭所有中领军军力，无外乎将洛阳城中所有世家大族捏于手中，一令守之，一令杀之。"

顾海定拍股而道："正是此理！恰如此次，若非岑兄指引，我非在太极殿驳邓为明领职之事。如今想来，前日我若果真在殿上出言，必遭廷尉狱锁拿，人命、官位，尽皆相赔。"他说着，面露愤懑，又续道，"岑兄，在我看来，满朝如此战战兢兢，并非良态啊。"

岑照点头，摸索着撑案，欲起身。

张平宣一直在听二人说话，见此忙伸手试图搀扶他，然而手指才将将触碰到岑照的手臂，他便弯腰行礼："殿下，不必。"连拒避时的仪态也窥见修养。他时常在张平宣面前显露的"谦卑"，一直带着一种令张平宣心碎的痛感，若漆黑的蛇尾鞭凌厉地抽开贴肤的禅衣，衣料后渗出血来，而受伤的肉身却因极力地隐忍而微微颤抖。

在张平宣的记忆里，陈孝的身上也一直带着这样的痛感。和张铎不同，当年陈孝在政治之外活得甚是平和，书拣静心的来阅，琴中亦不闻鹤唳之声，多年修炼甚至修出了一双温柔的手，得以关照时令的花木和辞赋之中那些曼妙的言辞。哪怕后来身受重刑，着囚服、戴镣铐，枯坐囹圄之中时，他仍然是洛阳城中最好看的男人。

至善至美之人，不容亵渎。

由于其肉身过于干净，其性情过于平宁，以至张平宣从来不忍去想象阖春门外那把砍腰的刀落下之时，他是如何被血污扑面、如何被莞草裹身。

"殿下。"

张平宣远走的神思被女婢的声音牵了回来。她挽着耳发抬起头来，见岑照已经走到顾海定面前，两人同立廊檐下。廊下是烂漫的夏日芙蕖，莲枝出水，亭亭净植。

张平宣重新坐下来，将手叠放在案上，静静地望着岑照。他在与顾海定交谈，说的仍是赵谦出洛阳、邓为明领职中领军的事，虽说每一句都是即时应答，却字字得体，句句通透。张平宣一面听着他的声音，一面揉了揉眼角，心中温热、熨帖。岑照活了下来，他的性命、他如今言谈的立场、他在洛阳的地位、他参与朝堂的资格，都是她带来的。因为嫁娶之事，好像把过去所有的遗憾、愧恨全部弥补了。

"殿下，药房的下奴来说公子的药备好了，是现在煎吗？"

张平宣闻话，摆手道："叫放着，我亲自去看。"

女婢应声传话去了。

张平宣起身。廊下的二人已停了交谈，顾海定正看向她，岑照则笼手垂头，松涛纹青带静静地垂在肩上。他没有出声去拂逆她的好，似是无意地在顾海定面前遮掩了她不慎流露的卑微。

"你们论你们的，我去去就来。"

顾海定拱手行礼："不敢劳殿下相顾。"

张平宣冲他颔了颔首，离去时又望了岑照一眼，他仍静静地立在满池芙蕖前，青带遮眼，看不出神情。

顾海定待张平宣行远了，方开口道："刚才我说满朝战战兢兢，没说对。"

岑照抬起头："何解？"

"岑兄不在满朝之中。"说完，仍然望着张平宣的背，续道，"有殿下庇护，岑兄无虞啊。"

"无人肯一生躲于妇人钗裙之下。"

顾海定收回目光，朝岑照看去，试图从他的脸上窥出些话声中听不出的情绪，然而无果。

盲目之人，最擅于从面目上掩心。

顾海定不再勉力，而是掸了掸袖上的灰尘，望向面前的芙蕖浓影。

"岑兄志不在小潭之内。"

岑照摇了摇头："名誉尚无处自证，谈志，尚有愧疚。"

顾海定道："总好过性命无处保全之人。"

岑照道："性命无虞并不难。"

"愿闻岑兄高见。"

"也无甚高见，若要性命长久无忧，顾大人还是当取中领军统领一职。"他说完，抬手将肩上的垂带拂于背后，解释道，"此职从赵谦手上移出，不受太极殿上之人实掌，洛阳士族、周礼儒学，才有生息的余地。"

顾海定笑道："先生所言见血。然而，我险因莽夺此职而丧命。且荆州若传捷报，赵谦回洛阳重领中领军不说，更会加受封赏，是时，定更无人敢置喙半句。"

岑照背过身："顾大人，已言及要害之处。"

顾海定一怔，忙追问道："是何要害？"

一只青雀落栖莲叶之上，一下子折断了莲枝。鸟羽上的青灰抖落，羽翼震颤之声袭入岑照的耳中，他细辨了辨方位，伸手扶栏，朝潭中虚望而去，语声平和，语意则将破未破。

"要害在于其人归洛阳之日。"

\* \* \*

夏昼绵长。

这日江沁与太常卿在东后堂奏禀张平宣婚仪之事。

张铎为自己的妹妹拟了"宜华"二字为封号，席银曾问张铎为什么是这两个字，张铎却并没有出声解释的意思。

其实，就算他不说，席银也多少明白。对张平宣和徐氏，他一直想把极致的

36

富贵和尊荣给她们，连封号都定最好的字，即便他自己并不大在意这些虚妄的意义和礼节，但若她们肯要，他也就有耐性仔细斟酌。

江沁和太常卿奏事奏到亥时方出。而后尚书省承诏拟旨，又耗了个把时辰，等里面叫传膳的时候，亥时已经过了。

席银引着胡氏摆膳，张铎正立在博古架前扫看书脊。

胡氏摆好膳之后，行礼退到了一旁。席银在案前跪坐下来，看着张铎的背影，也不敢贸然唤他。

半晌，他方从架上取下一本书，转过身来。

"怎么摆这儿了？"

胡氏闻言，忙伏了身。

席银看了一眼胡氏，轻声道："是你叫传的。"

"算了。"

他也没再多说，走到席银身旁坐下，抬手让胡氏退下。他取箸夹了一片炙肉，一手将刚才取出的那本书翻开。

"你吃东西的时候……能不看书吗？"

"住口。"

席银毫无悬念地挨了斥，而张铎竟然连头也没抬。

席银悻悻然闭了嘴，挪膝过去，帮他压平书页，小声道："我替你摁着，你用膳吧。"

张铎这才松开手，口中咀嚼炙肉，目光却仍然落在书上。

席银看他神色专注，不由得跟着他一道去看。她原以为是什么议论军政大事的册子，认真看时却发现是一本营造图鉴。张铎翻的那一页上绘着金铎的图样，和永宁寺塔上那几个硕大的金铃铛很是相似，只是看起来要精小得多。

"你……看这个做什么呀？"

"住口。"

他今日好像没有什么多余的话，席银只好抿了抿唇，仔细压好页角，过了半晌，忍不住又问道："你要造铃铛啊？"

张铎忍无可忍地抬起头："你信不信，朕传宫正司的人铰了你的舌头？"

"我不说了。"

张铎看了她几眼，合上书道："明日朕要看你写的《千字文》。"

席银点头道："好，我夜里会好好写。"

张铎咳了一声，有些刻意，似乎在掩饰什么。

"不要在朕那里写。"

席银怔了怔，她从前巴不得不在他面前写，生怕他冷不防地拿玉尺打她的手掌。奈何他从来不准她离开琨华殿的陶案，观音像下，牢狱一般，今日他要赦她，席银惊诧之余，也甚是欢喜。

"好，我去我自己房中写。"

张铎随口问道："笔墨？"

"这……我不曾备。"

张铎反手指了指御案上的笔海："去拣你顺手的。"

"好。"

席银应声站起身，走到御案前，却忽然看见一只从前不曾见过的锦盒。

"陛下。"

"嗯？"

"这个是……"

张铎回头看了一眼她手中的东西，说道："你自己看吧。看完仔细放好。"

席银听完，弯腰慎重地挑开锁扣。盒子上却并没有其他的机巧，锁扣一弹开，盒盖便可掀起。盒中躺着一朵大半枯萎的荣木花。

席银想起什么，迟疑道："是不是……赵将军的东西呀？"

"你如何知道？"

席银低头望着那朵花："我以前听赵将军说过，每回他离开洛阳，出征沙场之前，都会给长公主殿下送一朵花。"说着，她小心地将锦盒合上，"荣木花真好看，就算枯了也这么香。"

张铎闻话，吞咽了口中的炙肉，那经过烈火烤过后的肉辛辣柴干，刺激着舌头和喉咙，也刺激着他长年不败的杀欲和战欲。可再入骨的执念，好像偶尔也会被"情"字所破。

寒甲铁衣，荣木花。高塔金铎，小铃铛。

赵谦临走之前，要张铎把这朵花送给张平宣，贺她婚喜。张铎恼其气短，可自己却又想送席银一只小小的金铎悬在腰间。


申时过后，席银真的不在琨华殿。宋怀玉亲自进来照看博山炉中的沉香，见张铎在阅奏疏，殿中因无人走动，致使烟气不破，蜿蜒成画。他瞅了个张铎换本的空当儿，轻声禀道："陛下，禁库司的人来了。"

张铎将奏疏扣合，习惯性地递向身旁："席银，传送中书省。"

半晌无人应答，只有碧纱上的浓影轻轻摇晃，门户开合，偶见一丝熟悉的宫裳袖角，却不是席银的。

张铎这才记起，她在侧室里写《千字文》，不由得自嘲一笑，反手将奏疏递向宋怀玉，复了一遍："传中书省。让内禁库进来。"

宋怀玉领命而出。

不多时，内禁库掌理亲自捧着一木托进来，跪呈案上，伏身道："陛下命臣所寻之物，臣寻来了。"

张铎放低书，就着书脊挑起木托上的缎盖看了一眼，里面是一块实金并数只刀、凿、锥、扁、锤等镂刻之具。

"是西汉左夫人印玺熔毁后的那一块？"

"是，两汉时金印回库熔烧制度森严，虽因两汉败政时多有遗散，但库中尚存的都有明文记其来历。这一块啊，正是西汉越王左夫人的印玺熔毁之后所剩，因是女大人所用，就收了内禁院，十二年前辗转到了臣的禁库。陛下一提，臣立时就想了起来。"

张铎放下书："好，你退下。"

禁库掌理看了一眼托中的雕具，小心问了一句："此金所造之印，可要在内禁苑内造册？"

"不必，是私物。"

掌理见此不敢多问，拱手再拜，起身恭敬地退了出去。

\* \* \*

过了亥时，席银才从偏室过来。她捧着一沓官纸，放在灯后，屈膝在张铎身边坐下。

陶案上有些狼藉，散着大大小小的金屑。

"坐在朕的右面，不要挡着朕的光。"

席银这才看见张铎手中握着一只扁刃的刀，而那案上的金屑都是从一块实金上锉下来的。

"这是什么东西呀？"

张铎没应声，席银只好挪到他的右面，规规矩矩地坐好。

其实，那块实金已见雏形，和她在那本金银图鉴里看到的金铎极其相似，只是要小很多。

"你……竟会雕这个。"

"锉金削铁。"他说着看了席银一眼，"偶一娱兴。"

39

席银挽起袖取了发髻上的银簪拨灯，轻声道："我有一件事求你。"

"什么？"

"嗯……等你雕完，我再说。"

说着，她仔细地盯着张铎的手，弯眉笑了笑。

"笑什么？"

"没有，就是想起了些事，觉得……好像有意思，但又说不清楚。"

张铎没有逼问，席银却反而有了向他述说的欲望。

"嗯……我这会儿可以说话吗？"

"可以。"

席银将银簪重新簪回发中，抬袖一面拢着耳后的碎发，一面道："赵将军常年披甲征战沙场，我以前以为他粗莽得很，想不到他竟会送长公主殿下那么多软软的花。而哥哥文弱，却也和你一样，偶尔会用刀锉镂刻金银。"她说着，望向张铎手中，"那你呢？"

张铎的影子落在玉簟上，如一摊翻倒的墨迹。他没有抬头，只是将手上的动作停了下来，稍侧身道："我什么？"

"你这样决绝的人，会不会也像哥哥那样，通音律、擅辞章，是一个温柔的男子呢？"

张铎抬起头，见那春雾氤氲的眼睛此时正带着盈盈之光。然而他起不了怜惜之意，顺手抽起灯旁的玉尺，席银吓得忙站起身退了几步。

"过来。"

"……"

"过来。"

席银知道逃不掉，迟疑了半晌，她还是屈膝重新跪坐下来，闭着眼睛将手伸了出去。

"你都还没看过我写的字，就要打吗？"

"你的话，让朕听出了试探的意思。"随着话音一道落下的，是他毫不留力的一尺，席银疼得顿时红了眼。

"朕是一个什么样的人，朕心里明白。你不要以为你什么都知道。"

席银并没有全然明白他为何恼怒。她红着眼睛朝着手掌吹气，而后又悄悄地搁在膝上搓摸，以此缓解疼痛。张铎也没有说话。两个人就这么坐着，挨得很近，可谁都不敢逾越一步，破开肌肤之亲的屏障。

良久，席银吸了吸鼻子，仰头抹了一把眼泪，但好在忍住喉咙里的啜泣，没有哭出声来。

张铎看着她的模样，又看了一眼手中的玉尺，莫名自悔。

席银刚才的话提到了金甲，金甲存在于世的意义是什么呢？

赵谦定会说，是一人入万军时的勇气，哪怕知道自己终会被刀剑穿破，也会逼着自己相信，披甲在身就可刀枪不入。

那对于张铎而言呢？

应该是断情绝爱的护心之物。心脏是由血肉组成，对世人生杀予夺时会软，与女人阴阳交合时也会软，所以才要给它一层金甲。久而久之，那层金甲就和心脏长在了一起。二十多年来，他不止一次地被人伤过肉身，但却从来没有人敢穿过他的肉身去触碰那一层内甲。如今身旁的女人伸出了手，不仅如此，她手上还握着一把无形的刀。

张铎知道，自己是因为惧怕，才用力打伤了那只手。可是，他究竟为什么会怕这个女人呢？他好像隐约明白，却又不敢想得过于明白。毕竟爱意渡到了孽海的尽头，难免转成摧残之欲。想要在这个乱世里雕琢、维护席银这个人，除了一条鞭子，他也需要一副镣铐，必要时，反过来给自己戴上，锁住自己的手。

"席银。"

"在。"

"朕——"

"是我乱说话。"她打断了他的话，一面说，一面揉了揉眼睛，"我就是笨，到现在还不知道怎么避你的忌讳。若是让胡氏知道我还在为规矩挨你的打，她定又不肯服我了。"说完，她小心地避开手掌的红肿之处，撑着案面站起身，低头柔声道，"我没有怄气，我认罚的。我去给你端茶。"

"等等。"

席银停住脚步，回过头来，静静地等着张铎吩咐。

"你不是有事要求朕吗？"

席银此时倒是怔了怔，犹豫道："我……我不敢求了。"

张铎捏着"金铃"站起身："你是不是想去看岑照与平宣的婚仪？"

席银喉咙一紧。

"我……"

"你如果像上次在廷尉狱一般不肯回来，朕怎么处置你？"

"我如果不回来，你就让宫正司的人把我抓回来，当众杖毙。"

她隐约从张铎的话中听出了大赦之意，应得又快又急，生怕他过后会后悔。

张铎偏头看着她。

"好，这是你自己说的。"他说完，返身走回案内，把赵谦留下的锦盒拿了出来，递到她手上，"替赵谦把这朵荣木花送给平宣。"

"是。"

"朕给平宣大婚的赏赐，你也一并带去。"

"是。"

"还有一样东西。"

"是。"

她连应了几个"是"，忽地反应过来，这句话并不是一个指令，忙小声追问道："是什么？"

张铎立在灯影下面，看不清面目，只闻得声音冷冽。

"把盒子放下，过来。"

席银依言放了锦盒，小心地走到他面前。张铎一把握住席银刚才挨打的手，她下意识地又往后缩，却被张铎的手指扣得死死的。与此同时，一块尚带着他手掌余温的金属落进她的手中。

席银低头一看，竟是张铎适才雕琢的那只"金铃"。

"给我的……"

"对。"

席银伸出另一只手将它拈起来，轻轻地晃了晃。

"为什么……它不会响啊？"

"它没有铃舌。"

"没有铃舌，怎么能算是铃铛？"

"它不是铃铛，它是铎。它是除了朕，谁都不可以轻易出口的东西。朕把它给你，不是为了找到你，也不是为了让你招摇于人群，所以它不需要铃舌，不需要响。"

席银垂下头："你……为什么要把它送给我？"

"戴着它。"

席银闻话，险些脱了手。这么多年来，除了脚腕上的铜铃铛，她身上从来没有佩戴过别的东西。她一直认为，身有所属，则心亦有所属。这是她的妄念，也是她的执念。

"可我已经有一串……"

"不要把它和你脚腕上的东西相提并论！"

"是……"

被他威吓之后，她不敢再说什么，望着手中的金铎发愣。

42

面前的人从喉咙里慢慢地吐了一口气，似是在极力地压抑气性，声音虽不厉，却有些不稳。

"这只金铎的金料是西汉女官左夫人的印玺，它曾是官印，朕不准你辱没它。"

席银听完他的话，沉默了良久，忽然往前走了一步，脚腕上的铜铃铛发出了几个零碎的响声。

"你虽然跟我说过很多次，可我一直都没有听得太明白，后来，我私底下也自己回想过，虽混乱，但也多少有些体悟。"她说着，抬起头来道，"你是不是认为哥哥在侮辱我？"

张铎寒声道："朕跟你说过，朕从不屑于诋毁，或者说，评述洛阳城中任何一个人。"

席银抿了抿唇。

"我都知道……"她说着说着，声音颤抖起来，肩膀轻轻地耸动着，"可我不信……我就是不想信嘛……"

张铎低头看着她："站好，朕没有逼过你。"

"我知道你没有逼过我，是我自己要去揣测他……明明是他把我养大的，没有他我早就死了，可我如今……"

第十五章

# 夏山

· · ·

最尊贵冷静的心，
只有最卑微惶恐的心才能够伤透。

张铎不想看见席银哭，尤其不想看见她为岑照哭。他扳着席银的肩膀，将她转到自己面前，伸出拇指，粗暴地把她眼角的泪抹干净。

"不要得了便宜还对着朕卖乖。"

席银咬着唇，默默地点头。张铎接过席银手中的金铎，又一手挑起她腰间的束带，将金铎穿了上去。观音像的影子落在他的脸上，由于他半垂着头替席银系带，温暖的鼻息就扑到席银的肩头。

"从洛阳宫里过去替朕观婚仪，对上尊重，对下自重，去了就不准怯，不准退。"

这一番话，席银从前很熟悉，将将认识张铎的那段时间，他一直拿着鞭子逼她听进去，那时说这些话对席银而言无异于揠苗助长，全然不顾她从前的人生多么淫靡、荒唐，多么怯弱无助，只一味地拧拉她的四肢百骸，试图重塑造她，以至把她从内到外都伤得生疼。如今，当他为席银弯腰系金铎的时候，他又说出了这些话。而在席银听来，比起从前的霸道已平和了不少。如同此时他这个人一样，被观音像的阴影锈蚀了体态、轮廓，而悄现温柔。阎罗、佛陀，一时竟很难分清楚了。

"我知道了。"席银抿了抿唇，轻声应他。

张铎手上的动作顿了顿："每次都说知道，也不晓得你究竟知道什么。"

席银低头看着张铎的手，目光柔静。

"我知道，我也读书识字、知礼守礼，不能被洛阳城权贵随意践踏、侮辱。"

张铎听她说完，沉默地笑笑，没有再说什么，直起身看了一眼她腰间的金铎。

一只艳妖，在观音座下修炼久了便对男人的精气不再倚赖，不肯为了存活而轻易让人得手，然而越是这样，其艳容、其丽姿越是让人心痒。

张铎伸出手，掂了掂那只金铎，灯下铎身光华流转。席银的手就垂在金铎边。不知道为什么，张铎对这个女人最原初的欲望，是起于这双无辜而柔软的手。

"去摸一摸它们吧，或者让它们伸过来摸一摸自己吧。"这种想法算是他人生的第一道裂隙，为了修补，他又会起了杀席银的念头……

"谢谢你。"

面前的人像是感知到他的杀欲一般，及时出声，温柔地摁灭了他尚未成形的念头。

46

张铎觉得，自己喉咙里有一丝喷不出来的血腥气，耳后一红，脑中一时间翻涌过去很多言辞，却都没有出口。

＊　＊　＊

七月下旬，日渐流火。

江州呈报，渡江之战许博与赵谦首捷，破刘令五万水军，刘令大军不得已，退守荆州城。原本打算挥军北上与刘令会军的海东王见此情况，不得不按兵不动。

这日太极殿大朝后，邓为明立在张铎面前战战兢兢地汇述军务，显然是怕露怯，因此腹稿、纸稿都打得老长，从死伤清理到战马、粮草的运送、补给，哇啦哇啦地说了半个时辰不止。张铎默默地听着，并没有打断他。

"臣请陛下示下。"

邓为明好不容易说了结语，拱手退到一旁。张铎伸手揉了揉稍有些僵硬的脖子："别的先不慌，你并中书省、尚书省今日之内把粮草不继的处置法议出来。"

邓为明道："是……"脑门却在渗汗。

顾海定见邓为明为难，在旁开口道："如今秋收之时尚且未至，洛阳与近畿能收上来的粮赋都已经收了，若要再等个把月，倒是能凑足，可臣怕赵将军他们等不了。况且，入秋之后，北羌难免南下侵扰边境，抚疆之战也颇费军力。"

张铎抬头道："你想说什么？"

顾海定拱手退了一步："依臣之见，不如暂与刘令休战。"

邓为明正为粮草筹措一事焦虑，听顾海定这么一说，忙要附和，谁知还未出声便听张铎道："这话并非为朝廷计长远。"

顾海定闻言，只得撩袍跪下，拱手听训。

张铎低头看着他续道："此时休战，则白渡一江，江州战死的人、朝廷耗费的粮马都作白捐，这一笔，何处讨还？"

顾海定不敢再应，垂头应道："是。"

张铎道："别说杀军马充粮了，即便赵谦和许博在江州杀人为粮，朕也会下诏恩准。"

邓为明心惊胆战地应下，与顾海定双双辞出。

此时席银从外面走进来。她今日穿着一身朱红色的鲤鱼纹对襟大袖，袖口缀着芍药绣的袖贴，下衬月白、银红相间的间色裙，腰缠水红色的绸绦，灵蛇为髻，饰以银质雕梳一把，柔妩、娉婷。门前与邓、顾二人擦肩时，她垂眸退到柱后行

47

礼，其容色、仪态令邓为明和顾海定都不禁出了神。

邓为明脚步一软，险些被门槛绊倒。顾海定忙一把拽住他。

"邓大人，太极殿上，你我慎行。"

邓为明忙理了理衣衫，轻声道："倒从未见这位内贵人如此装饰。"

顾海定道："今日是长公主殿下大婚之日，这位内贵人曾是岑照的家婢。听宗正说，陛下已准了她今夜前去长公主府观仪。"

邓为明回头又看了席银一眼，见她已合门走进殿中，眼中空落落的，心里却意犹未尽。

"真是好模样。可惜毁在出身上，即便衣红着紫，也不是正经的尊贵。"

顾海定道："邓大人有染指之意？"

邓为明忙道："哎！要死要死。"


这边席银在张铎面前行了礼，说道："陛下，江大人来了。"

"传。"

席银应声在门前一让，示意江沁进去。

江沁跪地行礼，张铎头也没抬，只道了一句："起来。"

江沁起身，拱手道："为今夜长公主殿下的婚仪来询陛下。"

张铎仍在看江州的军报，随口道："宗正不来说，怎么是你来了？"

"宗正和太常卿……有他们的顾虑，是以请臣来问。"

"说吧。"

"金华殿娘娘是长公主殿下的母亲，今夜行仪，娘娘应当在典仪之中。"

张铎搁下军报，那硬面的封页与御案一敲，发出"叩"的一声脆响。

"这件事就不用问了，不受封就不在宗族之列，长公主的婚仪，她不配在其中有位。"

"是。"

江沁没有再问，张铎也没有令他退下的意思。

殿中沉默了良久，江沁望着张铎手中那封军报道："陛下在想江州军粮的事？"

张铎点了点头："想得差不多了。"

江沁道："前朝本就不算殷实，当年因刘璧作乱，消耗甚大，各处秋粮未缴、赋税不齐，顾海定这些人敢上议休战，实则是在尚书省和中书省两处都通议过的。陛下不肯休战，此举是逼江州诸官，也是逼赵将军啊。"

"逼江州诸官不假，但朕从来不逼在外的军队。"

"那陛下意欲如何解此局？"

张铎压平军报，说道："洛阳巨贾，你说几个出来。"

江沁应道："魏丛山居首，王霁次之，秦放再次之。"

"好，杀秦放。"

江沁闻言，不由得看了席银一眼。她正在拨博山炉中的香灰，听到张铎的话，肩膀缩了缩，抬头见江沁正看着自己，连忙垂下头，走到殿外了。


江沁目送她出去，回头对张铎道："杀秦放以攫秦家私粮，逼魏丛山贡私粮。陛下现在连这些过经过脉的话也不避她了。"

张铎看着那消失在门前的朱纱衣角："她听就听了。"

江沁又道："她午时便要随臣一道出宫，陛下不担忧他将这些话说给公主府的那人听吗？如此一来，必打草惊蛇，陛下难免被动。"

张铎一时沉默，良久方道："江沁。"

"臣在。"

"梅辛林曾对朕说过，朕应该杀了这个女人，你觉得呢？"

"臣不是梅大人，臣是陛下的家奴，不敢妄言。"

张铎笑了笑，仰面道："朕和她之间讲的不是奴役，也不是背弃。"说完，他不由得闭上眼睛，继续道，"朕喜欢看着她在朕面前行走。以前她走得很难看，没有仪态，没有定力，但不算有什么大过错，现在好了很多，朕看着还算舒服。不过，朕没有因此就把眼睛完全闭上。"

"臣知道，陛下也在等着她走错。可万一她错得不可转圜，陛下又该如何？"

张铎沉默了一时，再开口时，声音里满是冷冽之气。

"她是不是错得不可回转，由朕来定。若是，朕也会杀她。"

江沁不再多言。张铎究竟能不能杀掉这个女人，他并不知道。他只是觉得，如今席银身在龙潭虎穴，却也活在花团锦簇之中，她的私情、怯懦都还缺少一把真正无情的砍刀彻底地斩断。当这把刀落下时，她还能不能活下去，这就要看张铎还肯不肯救她。

"臣……告退了。"他说完，拱手欲退出，却听张铎唤道："席银。"

"在。"

"你与江沁一道出宫。"

席银看着江沁，迟疑道："江大人也要去观仪吗？"

江沁笑了笑："长公主大婚，洛阳城中士族皆要入宴观仪。"

"那……不是会有很多人？"

江沁道："姑娘惧怕吗？"

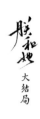

席银看了看张铎，张铎也看着她。

"你答应朕的话，不要忘了。"

　　张平宣与岑照的婚仪在洛阳城中一直有非议。

　　其一是由于岑照曾是罪囚之身，孤身一人，无家族支撑。在门第观念深重的洛阳，他被很多人视为张平宣的内宠，虽明面上不敢说，但背地里说得要多腌臜有多腌臜。唯有寒门不弃，仍奉他为青庐一贤。

　　其二是因婚仪之中六礼未全。前朝《仪礼·士昏礼》对士族婚姻的聘娶过程做了详尽的规定，认为婚姻上尊崇祖宗，下对后世有深远的影响，因此不可行事过于简单，整个过程须有纳彩、问名、纳吉、纳征、请期、亲迎，初婚六步，六礼完备，方算礼成。然而张平宣的父亲张奚已死，母亲自因于金华殿，因此六礼之事皆由太常卿和宗正掌理。太常卿与宗正都知道张平宣与张铎不睦，再加上岑照身份尴尬，无法独立对长公主行纳采、问名等礼仪，所以太常卿和宗正在参订的时候更重公主的册封之礼，而并未将六礼定全。诸如纳彩、请期、亲迎等礼仪，在婚仪册上皆语焉不详。如此一来，这场婚姻便更像长公主纳男宠。

　　张平宣为了这些非议，将太常卿斥得没脸。至婚期这一日，她仍不开怀。

　　张府之内倒是热闹非凡，正厅上，中书监、尚书令并邓为明、顾海定几人皆在。其余的人散集在张府后苑之中，一时间，红散香乱，茶烟酒气撩着芙蕖潭里的水鸟，文士携酒清谈佛理，雅者奏琴品茗，皆有心得。

　　内室之中，张平宣的姐姐张平淑正为她梳婚髻。张平宣闭着眼睛，一言不发。张平淑将她的碎发仔细地篦好，朝镜中看了一眼。

　　"怎么不说话？"

　　张平宣摇了摇头。

　　张平淑笑着放下篦子，对着镜子端正她的脸道："岑照也好，大郎也好，都如你所愿了，你还有不顺意的事吗？"

　　"姐姐还叫他大郎？"

　　张平淑没反应过来她的意思，随口道："是了，也该改口称'陛下'了。"

　　张平宣笑了笑："早就该改口了，否则姐姐不怕他治你个不敬之罪，令你阖族腰斩吗？"

　　张平淑怔了怔，知道她在说当年陈家的旧事，不想再惹她恼，转而轻声道："你亲眼看到他杀了父亲，姐姐也亲眼看着他杀了二郎，对于这些事，姐姐什么都不敢为他辩驳。可这么久以来，姐姐倒是经常做梦，梦到咱们小的时候。那会儿咱们都淘气，他却是最有分寸的那一个。可每回咱们闯祸惹了事，你的母亲、我们的父亲，却都是让他一个人在祠堂受罚，他也忍了，从未说过我们一句不是。每每回想起这些，我心里就不好受，大郎从前真的不是什么大恶之人啊。"

张平宣道："那都是小时候的事了，都不是大是大非。如今说起来，姐姐不觉得可笑吗？"

张平淑悻悻地从新拿起篦子，蘸了蘸铜盆之中的花水，细致地篦顺她肩上的头发，从而也把话顺到她的意思上。

"你说得对，都是小时候的事情了。"她说着，轻轻叹了一口气，"姐姐糊涂，不该说这些。"

张平宣道："姐姐是仁义，才会轻易饶恕他，才会受制于夫家。去年，姐姐夫家因为惧怕他，不放姐姐回张府，姐姐就当真连父亲的丧仪都不现身。"

之前的话倒还算好，言及父亲，张平淑的心一阵一阵地疼起来。被张平宣说得一时眼睛发红，她回过神来时忙抹了一把眼泪道："是了，姐姐是不孝之女，姐姐不提了，今日是你大喜的日子，姐姐想你开心些。"说着，静静地朝铜镜里望去，勉强堆出笑容，"你看你如今多好啊，做了公主殿下，也嫁了自己心仪的男人。"

张平宣望着镜中的姐姐，她眉目间没有一丝戾气，温柔若水烟，好似挥臂一打，就会散了一般。

"这不够的，姐姐。"

"你还想要什么呀，傻丫头？"

"我受公主的尊位，嫁给岑照，就是不想让他卑微地活着，被人当成罪囚或者内宠。"

张平淑捏着篦子，怔怔地说不出话来。铜镜里，张平宣红妆精致，明艳非凡。

其实要说血脉传承，张平宣和张铎倒不愧为兄妹。

张平淑是个温顺的女人，十四岁的时候就遵父命嫁给了当时的颍川陆氏。十几年来，她与夫君倒也算相敬如宾，夫君的几房姬妾也都尊重她。张平淑自认为，自己此生再没什么执念。不像眼前的张平宣，她对情意、公义，似乎都有执念。而这种执念并不比张铎对权欲的执念浅。

"你的话，姐姐听得有些害怕。"

张平宣回过身来，握着她的手道："姐姐，你放心，平宣绝不会辜负母亲和父亲的教诲，我只是想让我的夫君堂堂正正地在洛阳城立足。"

张平淑摇了摇头："你这样做，也是与虎谋皮，大郎如何能纵着你？"

"我不需要他纵容我，我和岑照都没有过错。错的是他，他为了一己的私利，要把洛阳所有不顺服他的人都逼死。不该是这样的，姐姐，你忘了父亲跟我说过

吗？仁义、明智的君主，应该让有志者、有才学者各得其位，让儒学昌明、世道安宁，而不是像如今这个样子，洛阳人人自危，生怕哪一日就要横尸于市。"

张平淑闭了口，她实在是说不过自己这个妹妹，只能悻悻然点着头。

篦头的水已经静了下来，只剩下荣木花的花瓣还在沉浮。

门外女婢来报："殿下，宫里的那位内贵人来了。"

"席银？"

女婢轻声道："殿下，内贵人的名讳，奴等是要避讳的。"

张平淑道："是跟在大郎身边的那个姑娘吗？"

张平宣点了点头："是，也是岑照的妹妹。"

张平淑弯腰扶着她的肩轻声道："既是宫里来的人，又与你夫婿是亲人，你也该以礼相待。"

张平宣别开张平淑的手，起身道："让她在偏室等着。"

"平宣，何必呢？"

"姐姐不要说了，她是贱口奴籍，今日莅临张府的都是清流文士，她怎配与之同席？我让她立于偏室，也是不想羞辱她。否则，我会在正堂置一把筝，与众人助兴。"

这边女婢的话传出去，未几便有话传了回来，张平淑甚至来不及为张平宣簪妥金簪。

"殿下，内贵人不肯去偏室。"

"为何？"

"她不肯说，只说要见殿下，人已经去了正堂。"

"为何不拦阻？"

那女婢女脸色惶恐道："殿下有所不知，内宫司的宋常侍随内贵人一道来的。奴等如何敢拦？"

张平淑听完，不禁道："都已经让宋怀玉从着她，大郎为什么不肯给她名分呢？"

张平宣随手取了一支金钗簪稳发髻，窥镜道："喜欢是一回事，纳娶又是另外一回事。况且，他那样自傲的人，怕是连'喜欢'都是认不了的。"说完，她拂袖走了出去，却在廊上看见静坐琴案前的岑照。张平宣转下廊去，意欲避开。

"去什么地方？"

张平宣顿了一步："你要守仪，礼尽之前，不得见新妇。"

廊上的人笑笑："无妨，岑照……是眼盲之人。"

张平宣回过头，见他穿着乌黑的松涛纹袍衫，眼睛上仍然遮着寻常的青带。

"既然已经更衣，为何不去正堂？"

岑照轻声应道："这便去。"

他说着就要转身，张平宣忙追道："不想去就不去吧。我知道你在顾忌什么。"

廊上的人摇了摇头："我门族已散，孤身一个，残名早就不足惜，唯一不平的是，玷污了殿下的声名。"

"过了今日，你和我就是夫妻一体，再不分彼此。"

"多谢殿下。"他拱手弯腰，行了一礼，抬头道，"若今日阿银能来，请殿下允我与她一见。我有些话，尚想与她说。"

张平宣抿了抿唇，不肯应声，转身往正堂而去。

观仪的客人此时皆在正厅与后苑中集饮，堂上并无旁人。只有一尊巨木根雕的佛像摆在一座刻香镂彩、纤银卷足的木案上。

席银立在佛像前，身后的宋怀玉垂手而立，另有两个宫人，一个捧着锦盒，另一个捧着一本册子，皆垂头屏息，不落一丝仪态上的错处。

张平宣从连门处跨了出来，走到席银面前，其余都没留意到，却是一眼就看见了她腰上的那只金铃。然而她并没有问其出处，抬头径直道："席银，退到堂下去。"

席银叠手在额前，伏身向张平宣行了一礼。

张平宣低头望着她弯折的脖子，又道："你既知尊卑，又为何要逆我的意思？"

席银慢慢站起身。

"奴虽卑微，亦是宫中内人，奴待殿下以礼，望殿下亦然。"这一番话很谦卑，与她的身份相合，又十分得体。

张平宣平视着席银，问道："你要与我论理吗？"

席银摇了摇头："奴并不敢。"

张平宣听出了她的话音之中那一丝细微不可闻的怯意，抬头道："上回在太极殿前，你狷狂得不准我的女婢碰你，我不与你计较。今日是在我张府的正堂上，我却不能由着你。"说着，她上前一步，逼至席银面前，"我张家自立族起就家规森严，为奴者，不得主人允许，皆不得立于正堂。我今日，念你是岑照的妹妹，不想伤你体面。"她说着，抬臂指向外面，"你自己退到偏室去，我的婚仪之所，不准为奴者玷污。"

宋怀玉见此正要说话，却被席银伸手拦了下来。她望着张平宣，轻轻地抿了抿唇道："奴请问殿下，洛阳士族敬赠殿下的大婚之礼，入不入得正堂。"

张平宣一怔，张口却哑了声。

席银看向她身边的女婢："你来答我。"

那女婢忙道："回内贵人，自然是……入得。"

席银点了点头，回身，从宫人手中接过锦盒，走到张平宣面前，双手敬呈。

"这是中领军将军赵谦送给殿下的大婚之礼。"

张平宣看着那方锦盒，竟不知如何应对。

席银也没有迫她接下，转而将锦盒交给了那女婢，立直身道："还有一样东西，请殿下跪接。"

张平宣闻言，脱口道："你说什么，不要放肆！"

席银被这一声惊得肩头颤了颤，却没有退后。

"奴说，还有一样东西，请殿下跪接。"

张平宣的手不由自主地抖起来："你要我在你面前下跪？"

席银摇了摇头："不是跪我，是跪陛下。"她说完，将那本朱壳册本捧到手中，"这是陛下赏赐长公殿下大婚的物名册，请长公主殿下跪受。"

张平宣的脖子上渐渐凸起几根青红色的筋，她抿唇不出声，朝后退了几步，身旁的女婢忙撑住她的身子，却又被她一把甩开。

"他有意羞辱我——"

"殿下慎言，奴近来也在读春秋时的《礼记》，虽念得不好，但奴知道，君之赐，当敬受。殿下言及'羞辱'，当视为对陛下不敬。"

张平宣不明白，一年多前，她还是那个被张铎罚跪在苑中，一遍一遍苦写《急就章》而不得要领的奴婢，如今这些言语究竟是从何处学来的。

"来人……来人，把她带下去！"

宋怀玉出声道："奴请殿下息怒，内贵人今日前来，除了替陛下行赏，也是奉陛下之命，代陛下观殿下的大婚之仪，殿下，您实在是冒犯不得。"

张平宣喉咙之中隐隐发腥，血气翻涌，连脸都跟着涨红。

席银走近她几步，将手中的物名册送至她面前。

"殿下，请跪受。"

张平宣抿着唇，含泪将脸转向一旁，口中牙齿紧咬，却又听席银道："殿下要奴为殿下背诵抗旨不遵当如何处置的刑责吗？"

此话与她之前的话语相比，忽而有了咄咄逼人之势。

"席银……你……"

"阿银。"

张平宣的话尚未说完，屏后忽传来一个柔和的声音，若月光穿户，温雅地落入人耳。

席银听到这个声音，顿觉全身一颤。她错愕地抬起头，见屏风后的人已经走了出来。他没有握盲杖，试探着堂中的案几，一点一点摸索着朝她走来。

张平宣忙过去扶住他。

"你怎么过来了？"

岑照笑着摇了摇头，拂开她扶着自己手臂的手。

"殿下，不用扶着我。"

说完，他抬起头来。

"阿银，你在什么地方？"

这是一句过于简单的话，说话的人也没有刻意地宣泄或者抒发任何一种情绪，他好像在北邙山青庐中一样，平平常常地问了一句："阿银，你在什么地方？"而她，也许就在院中，刚刚做完一碗羹汤，脚腕上的铃铛一路轻响，走回陋室内，应一句："阿银在了，哥哥，洗了手，我们好吃饭了。"

就这么一句，把过去那些甜软而温柔的记忆全部带了回来。若说柔弱是蜜糖、自强是砒霜，谁又不是舔着蜜糖又灌着砒霜，死去活来，不停地挣扎呢？

席银整个人僵在那里。

"阿银，说话呀。"他又问了一句。

席银此时却根本说不出话来，她下意识地晃了晃腿，脚腕上的铃铛轻轻地响了一声。

岑照寻准她的方向，转过身来冲着她温柔地笑了笑，扶着屏风的壁面，慢慢地向她走去。

席银这么僵着背脊，一动不动地走看着岑照走到自己面前。多日不见，他的容颜、声音、风姿，一样都没有改变。

"阿银，不要逼公主，哥哥代她，向陛下请罪。"

他说完，撩起袍衫，在席银面前屈膝，慢慢地跪了下去。

膝盖与地面接触的那一刹那，席银的脑子里突然"嗡"地响了一声，像一样她珍藏多年的珍宝忽然被摔碎在眼前。她顾不得宋怀玉在场，忙跟着跪了下去。

"哥哥起来。"

岑照却没有应席银的话，反而叠手弯腰，在她面前将身子深深地伏了下去。席银亲手所绣的那条松涛纹青带顺势垂了地，扫过她的膝盖时，竟让她觉得如同刀掠过一般地疼。

席银这一生从来没见过岑照以这样的姿态面对自己。她急于说些什么、辩解什么，却忽发觉得，无论她此时说什么，好像都带着上位者的垂怜。想着，她无措地闭上了眼睛，手无意间触碰到了张铎送给她且挂在她腰上的金铃。诚然张铎

给了她行走于世间的底气。这种底气，帮助她面对等级森严的洛阳宫，面对一朝内外充满鄙夷和恶意的目光，面对张平宣，面对她自己过去的罪行和如今的人生。可是，她偏偏无法用这种底气来面对这个跪在她面前的岑照。

"内贵人，皇命未达，不能跪啊。"

宋怀玉见席银如此，忍不住在旁提醒。说完，见她没有动，他又赶紧对身后的宫人摆了摆手，示意他们上前去扶。

"阿银起来吧。"

岑照的声音，遮在袍袖后面，有些发闷。

席银低头望着他："哥哥为什么要这样？阿银受不了。阿银……阿银很难过。"

"阿银不要难过。"他说着，慢慢抬起头来，"是哥哥对不起阿银。"

"没有，哥哥从来没有对不起阿银。"

岑照摇了摇头："阿银长大了呀，也变了好多，这一年多，你一定吃了好多苦。"

这一年多，她很辛苦吗？

在张铎身边，的确是动辄得咎，轻则遭呵斥，重则受皮肉之苦。然而张铎那个孤贵人也根本不懂得如何去消解一个女人天生的恐惧还有悲伤。

此时，在岑照温柔的声音里，席银在这一年间所受的委屈也好，身上的疼痛也好，心中的忧虑也好，好像突然间找到了一个宣泄的出口，疯狂地奔涌、流泻。席银什么也不想说了，若不是张平宣和宋怀玉在场，她只想趴在岑照的膝上，像从前那样哭一场。

"我不逼殿下了……阿银不逼了……哥哥，你起来，你起来好不好？"

"好。"岑照温和地应了一声。

席银忙试图去扶他，却被张平宣替了手。她只得将手藏回袖中，低头朝后退了几步。

张平宣命女婢替岑照拂去身上的尘土，亲自帮他理整衣襟和袖口，而后看了一眼席银，没有再疾言厉色："你不用站那么远，内贵人。"说完，抬头对岑照道："你不是有话要和她说吗？去后苑说吧，把正堂留出来，晚上的婚仪在此处，尚要布置。"

岑照点了点头，回头对席银道："阿银，来。"

席银应声刚要上前扶他，却听张平宣冷声道："不要碰他。"说着，她接过女婢递来的盲杖，放到岑照手中，抬头又道："你是我的夫君。"

"是，殿下。"岑照的声音不大，淡淡的，除了尊重，听不出别的情意。后面的那句话却说得很温柔，"但阿银是我的妹妹。"

说完，他转身朝席银伸出一只手："阿银，过来吧。"

席银看了一眼张平宣，却并不敢把手伸过去。

"阿银……跟着哥哥走就是了。"

岑照听她这样说，只是淡淡地笑了笑，垂下手臂，不再坚持。

这边席银刚要跟上去，又听身后道："你们跟去做什么？"

席银回头，见宋怀玉并两个宫人也跟了过来。

宋怀玉道："殿下，宫里的内贵人出宫是不得私见外男的，奴等自得跟着。"

张平宣还要说什么，岑照却回身道："无妨。岑照明白陛下的意思。宋常侍请。"

张平宣见此，也不再出声，让开面前的路，由着宋怀玉等人跟了过去。

几人一道穿过内廊，向后苑走去。

内廊是张府的私禁之地，苑中宾客并不能行走。

到了廊下，宋怀玉等人便不再跟近，随着女婢一道在青苔道上侍立。

廊外是芙蕖潭，此时芙蕖花期将过，凋零的残花上尚停着几只蜻蜓，风一来，它们便都飞入叶丛，不见了。芙蕖潭对岸，宾客正在饮酒清谈，依稀可听见什么"菩提""八卦""阴阳""草竟"等词。女婢窈窕的身影穿梭其中，酒香随风飘来，沁人心脾。

岑照的盲杖在木质的廊板上"叩叩"作响，席银跟在他后面，情不自禁地去和那盲杖的节律。

岑照走到琴案前，屈膝跪坐下来，抬头对席银道："阿银坐。"

席银望着那座琴台，黄花梨木雕莲花，名贵得很，而台上的琴仍是岑照在青庐常奏的那把。

"阿银是不是很久没调过弦了？"

席银顺着他的话回想了一阵。好像她真的有一年没有碰过琴了。不过，她倒是记得，在清谈居的时候，张铎倒是给她买过一把琴，不过买的是古琴，她并不会弹。后来，他好像还是习惯看她写字写得抓耳挠腮的样子，那把琴也就不知道被扔到什么地方去了。总之，张铎不主动让席银弹，她自己是万万不敢提的。

"是啊……手也许都生了。"她说着，垂头挽了挽耳边的碎发，抚裙在岑照对面坐下来，伸手摸着琴弦，"阿银真的很想哥哥，很想很想。"

"哥哥也很想阿银。"

席银抬起头，芙蕖残影下的岑照身骨单薄，虽已换上大婚用的玄袍，却尚未束冠顶，只用一根青玉簪束着发，双手静静地按在琴面上，笑容淡淡地，温如晨

57

间的静阳。

"哥哥……与长公主殿下结亲，阿银是不是不开心？"

"没有，长公主高贵、识礼，哥哥能娶她，阿银怎么会不开心？"

"哥哥和阿银一样，不由己。"

席银没有说话。对岸忽然喧闹起来，席银侧面看去，却见一个喝醉酒的宾客在潭边调戏张府的女婢。此人穿着香色金丝袖袍衫，腰系白玉带，看起来十分富贵。他把着酒杯，一手搂着女婢的腰，醉笑道："都说长公主府的女婢好看，今日见识了，果不一般，袖里藏的是什么香，好香啊……"

一旁的家奴劝道："郎君，您醉了，且松手吧，这可不是在您的私苑啊。"

那人却不以为意，一把扔掉手中的酒盏，那女婢连忙趁机掩面跑开了。

那人见此，一下子恼了："愣着做什么，还不快去把她追回来？"

家奴道："郎君啊，这可是在公主府……"

"我没醉，我知道是在公主府，但那又怎样，谁不知道这里腌臜啊？不说别的，就说那什么岑照……你们称他是什么'商山四皓，青庐一贤'的，从前吧……可能还真是洁身自好的贤人，如今……我呸，廷尉狱里出来的罪囚，靠着长公主求情才苟活下来，说是驸马……谁不知道，他就是男宠，拿着那副身子伺候女人？我告诉你们，哪日，我拿两块金锭子，也叫他跪着，好好伺候伺候我……"

家奴听不下去了，忙去四下看了看："您别说了，叫人听见可就不好了。洛阳城里的人都知道，长公主殿下珍视驸马得很。"

"那是因为她贱……"

这人是酒中意乱，趁着四下没人发起酒疯来，该说的、不该说的，全部说了出来，全然不知道那珠帘后的内廊上有人。


席银听到这些话，不由得牙关紧咬，手掌在琴弦上一拍，起身对青苔道上的宋怀玉道："宋怀玉，把那个人带来。"

宋怀玉应声，刚要过去，却听岑照道："宋常侍，稍慢。"

席银回过头来："我不准哥哥受这样的侮辱！"

岑照摇了摇头，伸手摸索着，握住席银的衣袖。

席银只得顺着他的力道，重新跪坐下来。

"我知道，哥哥是洛阳最清白的人，绝对不像他们口中说的那样！"她说着说着，有些急了，两腮涨红，耳朵上的珠珰叮当作响。

岑照将手叠放在琴案上，含笑道："我还是第一次听你这样说话。"

"我……"

席银怔了怔，之前她是气极了，倒真没意识到自己究竟说了什么，此时气焰一下子弱了下来。她低头又见宋怀玉还立在先前的青苔道上，等着她的后话，迟疑了一时方道："哥哥是长公主殿下的驸马，他们出言污蔑哥哥，就是对长公主还有陛下不敬，我不许他们这样放肆。"她说完，下意识地捏了捏腰间的金铃，又重新鼓足一口气，对宋怀玉道："去把他带过来，我要他给我哥哥赔礼。"

"阿银，不必的。"

"哥哥！"

岑照摇了摇头。

"我不想看阿银这个样子。"

席银闻言，声音细了下来。

"为什么……"

"你这样，我会觉得是我没有把你护好。"

席银说不出话来。

岑照抬起头："你从前，一直是这世上最温柔的姑娘。"

有些话，不需要寒若霜刃，就可以瞬间划破人的皮肤，顺着肌理，直入心脏。

如果张铎此时听到岑照这句话，一定会自叹自己在玩弄人心一事上技不如人。他以为，他的话已经足够犀利，能够将席银剥皮剔骨、改头换面，却不知道，这世上对女人来讲最能诛心的话，往往饱含着最温柔的情意，令她们情不自禁地沉沦。

席银哑然，愣着跪坐在琴案前，一句话也说不出来。明明岑照没有怪她，可她却觉得她自己变得不那么可爱了，一时间，她竟也有些厌弃自己刚才的气焰。

"哥哥……是不是不喜欢阿银了？"

"没有。"

岑照伸出手，轻轻摸了摸她的头。

"你一直都是我最疼爱的妹妹。我只不过是不想你因为我的事不开心。"说着，他转向芙蕖潭的对面，轻声道，"刚才说话的那个人，若我没有听错的话，应该是洛阳城中的富贾秦放。你如今是宫中的内贵人，为了我与他相争，不好。"

席银听到秦放这个名字，不禁一愣。

"秦放……"

岑照听她迟疑，转而问道："怎么了？"

席银忽然想起了张铎在太极殿上那一句"杀秦放"，不禁脱口道："若是他倒也罢了，反正他应该……也活不长。"

59

琨华殿内的灯一直烧到起更。

宋怀玉比席银早回了一个时辰，却在琨华殿中立不到一盏茶的时间便走了出来。

胡氏迎上来道："宋常侍，奴等可要候着？"

宋怀玉摆了摆手："在这里仔细听着，仔细陛下要什么，但万不能私自进去。"说完，他仰头查了一回天时，"等内贵人回来，你们就退下。"

胡氏不知出了什么事，但见宋怀玉面有隐忧，也不敢多问。


天上流云卷月。

这日不愧是太常卿推出的黄道吉日，天上的月光十分清亮。楸树荫里，几只长着灰色羽毛的无名鸟张开硕大的翅膀腾枝而起，从永宁寺塔上空飞过，直直地向月亮冲去。鸟羽上的尘埃轻盈地落在塔顶的金铎上，虽然轻，却渗入了锈蚀的缝隙，任凭高风如何吹也吹不掉。

席银回来的时候，在琨华殿外犹豫了很久都不敢推门进去。代天子行赏，她没有做到，若要交宫正司论罪，打死也不为过。可是，比起从前惧怕棍杖，她现在好像更怕见到张铎这个人。

"内贵人。"胡氏唤了她一声，见她没有回神，又试着拽了拽她的衣袖，"内贵人……内贵人。"

"啊？"

"您进去吧。内殿灯还亮着呢。"

这话的意思很明显了，她想躲过今夜，怕是不能够了。

席银绞着绦带，轻轻地挪了几步，殿门前的宫人屏息为她推开殿门，侧让到一旁。

殿内的那人靠在凭几上，似已睡过去多时，手边垂着一本书。席银轻手轻脚地走过去，蹲下身捡起来看，见书封上写着《月灯三昧经》。是一本佛经。

张铎懂不懂佛理，大多数的人都不知道，只知道他恨玄学清谈，自然就猜他对佛家道理甚为慎重，轻易不沾染。很多揣测都是空穴来风，但对这一桩事倒是猜到了七八分。所以，适才他定然是起心动念了，不得已，才拿了经文出来镇压。

席银想不到这一层，她只是觉得，面前的人好像比从前更加压抑，不过这种压抑不是向外的，而是向内，用于约束他自己的。有了这样的感觉，她才敢渐渐靠近张铎，摆好书后，靠着他屈膝跪坐下来。

无人的孤殿深夜，人亦睡得实，席银终得以肆无忌惮地去审视他的容颜。

人的容光可以被饮食、情绪左右，可皮下的风骨却需要一些冷冽的东西来雕琢，比如刀枪剑戟、无边的执念，又或者滔天的血仇。

席银忽然觉得眼睛像是被什么刺到了一般，疼得她低下了头。她不明白，自己是不敢面对这张她早已看熟悉的脸，还是不敢面对他皮相之下的那副孤骨。混沌之中，她有些想哭，索性将膝盖曲抱入怀，低头怔怔地望着自己的膝盖。

有些事她还没有想明白。自己今日的行径究竟是错还是对？要她一时就分出是非黑白来，她着实没有头绪，可是，她却实实在在地感觉到……自己很羞愧。于是，她坐在灯下，闭上眼睛，迫使自己回想了一遍张平宣府上发生的事情。

那应该是她第一次严正决绝地面对贵族的羞辱和践踏，也是她第一次有了凭自己的力量去保护另外一个人的念头，她真的不再惧怕洛阳城里的那些男人，再也不会成为他们可以随意凌虐的玩物。而教她这些道理、给她力量支撑的人，此时就在她面前，她却没有勇气唤醒他，对他说一声"谢谢"。

"你又在那儿哭什么啊？"

席银闻话，浑身一颤，缩腿向后挪时，险些撞翻头顶的观音像。她有些惶恐地抬起头，张铎仍然靠在凭几上，正睁着眼睛看着她。

"婚仪如何？"他的语气听起来似乎颇为随意，就好像根本不知道张府发生了什么事一样。

"你……不问我今日做错了什么事吗？"

"我问你婚仪如何。"

他坐直身子，去端案上的冷茶。

"婚仪……很隆重。"

席银恨不得把头埋到胸口去。

张铎喝了一口冷茶，抬头看着席银，半晌方重新开口。

"在你回来之前，我动了弃你的念头。"

席银肩头颤了颤，没有说话。

张铎将手撑在陶案上，倾身逼近她。

"我浪费了一年多的时间，在一个根本没有慧根的蠢物身上！"

席银面色潮红，鼻腔里酸得厉害。可是她不敢委屈，也不敢哭，而是慢慢地伏下身去，默默地承受着他的责备。

张铎低头看着她："就这么难吗？啊？席银？"

他的声音有些发哑，灯焰乱摇，席银眼前的影子一阵深一阵浅，良久，才重新定成一道。

"说话，不要拿这副姿态对着我！"

也许是情绪所致，他没有用君王的自称，也没有刻意隐藏情绪，骂得酣畅。

"说话，你再不说话，我今日就把你剐了！"

"我……我不知道，不知道……应该说什么。"说话之间，她连嘴唇都在颤抖，"我真的……我真的听了你的话，我没有怯，也没有退，可我……可我很想哥哥……我太久没见到他了……我看到他，看到他跪在我面前我就难受——"

她的话未说完，却听头顶的人寒声道："那你就践踏我，是吧？"

"我不敢……"

"不敢？你已经做了。你当我是谁？啊？席银，你拿我的尊严去接济你的兄长，你拿君王的尊严去接济罪囚！欺君罔上，你罪无可恕！即便我将你千刀万剐，也难消心头之恨！"

"千刀万剐"这四个字一出口，张铎自己也怔住了。他默了那么久的《三昧经》才压下来的情绪，不知道为什么，还是在席银的面前彻底地失控了。

席银跪在他面前，整个身子蜷缩成一团，看起来又可怜又无辜。

"对不起，对不起……"她一连声地说着。

张铎仰头，尽力平复了一阵。

此时殿中只点了一盏灯，可他眼前的物影却是凌乱的。他甚至有些发抖，这种感受他以前从来没有过。

"起来。"

席银似乎不敢想再多惹恼他一分，听他一说，忙直起了身子。她好像也乱了，虽然没有哭出声，眼眶却红得厉害，从肩膀到脚趾都在瑟瑟发抖。

张铎攥着拳头，目光死死地箍着她。她不敢抬头，也不敢躲避，只得怔怔地望着自己的膝盖。

"说话，我不想一直对着你白说。"

"对不起。"

"我要听别的！"

席银张了张口，烟气灌入喉咙，一下子灼了她的五官，眼耳鼻口同时酸疼起来，哭腔是再也忍不住了，她只能竭力让话声清晰，却还是难免断断续续。

"你让宫正司的人来问我吧，那样……我好像才说得出口。"她说着，被流入鼻腔的眼泪呛了好几口，咳得眼底起了血丝，过了半晌，她才缓过气来，"如果你要让宫正司处置……处置我，我不求情，真的，我不求情，无论什么刑罚，我都受着。"

张铎觉得这句话比她之前所有的话都要伤人。他已把自己剖开，坦露血肉，站在她面前，她却好像因为愧疚，一点都不敢面对他。

"你以前那么怕挨打，现在不怕了，是吗？"

"不是，我还是很怕……可是我觉得我自己……好像没有做对。"她说着，惶惶然地揉了揉脑袋，"对不起，我真的还想不明白。你说我践踏了你的尊严……我没有，我真的没有啊……你信我……"她一面说一面拼命地摇头，连耳朵上的珍珠坠子甩掉了也浑然不觉，"我就是太心疼哥哥了，但我没有想要践踏你，从来都没有。"

说至此处，她已经声泪俱下。

张铎扳起她的下巴，手指上便沾染了她的眼泪，湿湿腻腻的，他不禁就着她的下巴去搓捻手指上的眼泪。席银吃痛，却也没有试图躲避。

"你根本不配我的悲悯。"他仍然言不由衷，把爱意说成了悲悯。

面前的人抬起悲哀的眼睛，含泪道："是，我不配，我……辜负了你。"

这一句话，当真接得天衣无缝，扎得张铎心肺洞穿。

她辜负了他的爱意。

他那么执着、那么矛盾地爱了一个女奴一年多，到头来，她却堂而皇之地承认——辜负了。还有什么比这更令他无力的吗？

张铎不禁有些想笑。他忽然发觉，这世上的事，似乎永远这么荒谬。最尊贵冷静的心，只有最卑微惶恐的心才能够伤透。偏爱席银，无异于批驳自己。想到这里，他不禁松开席银的下巴，颓然地靠向凭几。

席银跌坐在他身旁，大口大口地喘着气。

张铎看着她的模样，一句话也说不出来。其实，如果听了宋怀玉的回报，直接就命人把她送进宫正司，让她自己一个人在那里受刑，在受皮肉之苦时好好地去反省，自己就不会在她面前如此失态。但他到底没有狠下心这么做。他反而对自己施了一场酷刑，就连后悔好像也于事无补。已经剖开的那层皮，只能就这样血淋淋地摊在席银眼前，再也合不拢了。

如今，张铎只求她笨一点，千万不要看透他喜欢她这件事。好在，她只是缩在他身边哭，肩膀抽耸，涕泗横流。

"出去。"他最终无力地说了两个字。之后，他便听见了身边窸窸窣窣的声音。

等一切再静下来的时候，除他自己，殿中已经空无一人了。

漆门打开一道缝，宫人胡氏小心翼翼地偏身进来，与张铎目光相撞之后，忙垂首退到帷帐后面侍立。

"谁让你进来的？"

胡氏肩头一颤，轻声应道："是内贵人。"

张铎闻言，搜刮五脏六腑之中的浊气，慢慢地呼出来，起身朝纱屏走去。走到纱屏前，他又顿了顿，回头问胡氏道："她还在外面？"

胡氏犹豫了一时，搓着手，小心地点了点头。

次日，张铎更衣赴太极殿大朝前，在漆门前看见了抱膝而坐的席银。

把胡氏推进去后，她一直没有走，就这么睡了一宿。张铎更衣时的动静大，早已惊醒了她，此时看着张铎出来，她忙揉了揉眼睛，手足无措，不知道是该赶紧起来说话还是低头自欺欺人地继续躲着。

张铎在她面前停了片刻，低头看着她。她见躲不掉，也只得抬起头，向张铎望去，那双水光盈盈的眼睛畏畏缩缩，如幼马看见了驯鞭。

"你这个人，朕不要了，你想去什么地方就去什么地方吧。"

他说完这句话，没有给她任何开口的机会，疾步跨下了汉白玉阶。

宋怀玉等人忙踉跄地跟上去。

席银怔怔地坐在原地。

熹微的晨光迎面扑来，逐渐照亮了漆柱上的雕纹。

太阳升起的时候，光总会自然而然填满每一道缝隙，万物并不会因此觉得疼痛，反而得以自如地生息，慢慢地自愈。可人心一旦碎裂，便会本能地拒绝大部分的光，不由自主地选择偏激和自毁，重堕孤暗。

张铎一面走一面朝永宁寺塔的方向望去，万浪翻腾的朝霞后面，铎声隐隐约约。

＊　＊　＊

太极殿东后堂内，政议过半。

邓为明等人先退了出去，江凌走进殿中，拱手行礼正要说话，却见张铎抬手："先不忙。"

江凌看了一眼立在鹤灯旁的父亲，摁剑退到了一边。

张铎在看赵谦寄回的一封私信。从前出征他甚少不走官驿而寄私信，即便寄，多半也是要他交给张平宣的，然而这封信是言辞犀利，力透纸背地直述前线大军内情。

江沁眼见张铎看到了末尾处，轻声道："荆州……惨烈？"

张铎将信往灯下一压，手指顺势在砚台边沿弹敲而过。

"许博的军报拿捏过一回，邓为明和尚书省又拿捏了一回，说到朕这里的时候已经算是能入耳的了，你刚才也在，你听着呢？"

江沁垂首道："足以令人心焦，可实情恐惨十倍不止。"

张铎笑了笑："江州城军粮已尽，据赵谦所言，如今许博军中，杀马、杀女人混为肉糜，烹而食之。"说着，他点了点信纸，"这封信没有别的意思，就是要粮。他不肯再让许博杀军中那些女人。"

江沁道："赵将军……一贯如此。"

"一贯如此？吓，战时仁义是大忌！"

"是，臣失言。"他一面说，一面弯腰请罪，而后方问道，"那陛下，怎么复这封信？"

"不用复，把这封信交给许博，告诉他，赵谦为副将，此举是避开主将私报军情，让他按军法处置。"说完，他抬头看向江凌："要回什么，现在说。"

江凌应声道："是，臣今日丑时在平昌门截住了秦放。果不出陛下所料，秦放携其妻子，准备连夜出城。他轻装简从，只带了些金银，其余细软一样未带。臣截住他的时候，他指使家仆试图反抗，臣已将其一众全部锁拿，按照陛下的意思，全部锁在内禁军刑室中，请陛下示下。"

江沁听完江凌的这番话，不由得道："陛下对席银和岑照，早有防备。看来，臣之前的话是多余了，臣糊涂。"

张铎道："他在暗处，朕在明处，如今他是朕的妹婿，他到底是什么心，朕不能直接去摸，如果要试这个人的心，只有用席银。"

江沁沉默了一阵："陛下是如何想的？席银……陛下还要留在身边吗？如果此事是她有意传递给岑照的，那陛下就应该考量如何处置她了。"

江凌听自己的父亲说完，背脊有些发凉。他毕竟年轻，对席银那样好看的女人，虽无非分之想，但总有怜美之心，刚想开口说什么，却听张铎道："朕说过，她是不是错得不可转圜，朕来定。该杀的时候，朕不会手软。"

江沁应道："是。"不复赘言。

江凌松了一口气，这才问道："陛下，秦放等人，如何处置？"

江沁道："他是个富贵狂人，在洛阳城中烧杀掳掠，无恶不作，要定他的罪，应该不难。"

张铎摇了摇头："不须再过廷尉狱那头——江凌。"

"在。"

"直接枭首，把尸首弃在昌平门外。"说完，他对江沁续道："秦放不是当年的陈家，杀之前还需要稳一稳士族们的心。他不配朕费这个功夫，朕杀他，是要魏丛山惧怕，主动来朕这里献他的粮。所以，秦放死得越无理，越好。"

江凌领命，又道："那……秦放的妻儿呢？"

张铎看着赵谦写的那封信，沉默了一会儿，开口问道："有几人？"

"其妻何氏并三个姬妾、五仆婢，其子有二人、女有三人，共计十四人。"

"嗯。"他拂开那封信，"绞了，尸就不用抛了。"

"是。"

江凌领完这两道令，利落地辞了出去。

江沁见张铎此时并没有要回琨华殿的意思，轻声询道："陛下，尚不肯回琨华殿歇息吗？"

张铎拖过来一张官纸，蘸了一笔浓墨，随手写了几笔字，说道："这里不是清谈居，你也不再是家奴，对朕的私事不要轻易过问。"话刚说完，手底下的字就写纸了。捺画拖出去老长，一下子毁灭了字的骨架，张铎愤懑地将纸挪开，又拖过来一张新的，这次却连镇纸也不用，心绪逐渐和纸上的褶皱乱成一团。

他为什么不肯回琨华殿？无非是因他之前说了一句后悔也晚了的话——"你这个人，朕不要了"。说的时候很是过瘾，现在却无以自控，隐隐地后悔，甚至有些害怕。如果她真的走了，他又会如何？

"宋怀玉。"

席银不在，宋怀玉自然是亲自守在东后堂外面，听到张铎传唤，忙应声进来。

"老奴在。"

张铎架着笔，他原本想问席银在什么地方，但又问不出口，索性冷言道："去琨华殿，把席银带过来。"

宋怀玉看了一眼江沁，低头迟疑道："陛下，内贵人……不在琨华殿。"

张铎的手不自觉地搓破了写废的官纸："去哪儿了？"

他没有意识到自己说句话的时候尾音在颤抖，宋怀玉和江沁却都听出来了。

"回……陛下，内贵人自行去了宫正司。"

"哪里？"

"宫正司，今儿辰时陛下走后，内贵人便离了琨华殿。陛下之前吩咐，不准阻拦她，奴等也就没有跟着。"

张铎没有出声，看着笔海凌乱的影子，静静地听着他往下说。

"刚才司正遣宫人过来给老奴传话，说内贵人……自己入了掖庭狱，述了自己抗旨不遵、欺君罔上的罪。司正不敢擅自处置，所以让老奴请陛下示下。老奴见陛下在议军政，故……暂没有回禀告。"

　　张铎听他说完，慢慢松开捏纸的手。那受了伤的纸，一点一点地重新舒展开，发出细碎如踩雪一般的声响。与此同时，张铎觉得自己刚才不自觉绷紧的筋肉和皮肤也终于随着这些入耳的声音克制地松弛下来。

　　诚然，她糊涂，有很多的事情想不明白，但好在她没有逃走，没有就这样离开他。而且，不知道是不是因为她已经洞悉了他的内心，她此时选择了一种他最不愿意施加给她的方式来自惩。

　　从前在这世上，张铎对肉身的疼痛感最为冷漠，他理所当然地认为，被鞭笞、被撕咬、被棍杖加身，这些受苦之后的感知，不光是对强悍的筋骨的重塑，也是对一个人心魄的重铸。可是，他如今越来越不能面对席银身上那些开皮见肉的伤痕了。她的眼泪，她受苦后蜷缩自保的模样、凌乱的头发、潮湿破碎的衣衫，让"疼"这种知觉在他的人生中具化出了形象。他曾是那样一个不屑理解肉身痛苦的人，但席银的存在让他逐渐开始明白，纵然是他这样的人，也有对一个人施与悲悯的可能。

　　"陛下，臣告退了。"

　　江沁适时地开了口，张铎没有出声，只是摆了摆手。

　　宋怀玉也趁着送江沁的这个当口儿，跟着他一道走出来。

　　外面起了一层薄薄的昏雾，宫人们提着宫灯从月台下行过，裙摆摇曳，步履整齐。

　　江沁望着眼前行过的宫人，忽地对宋怀玉道："陛下这一年，没有临幸过女人吗？"

　　宋怀玉叹了口气，摇了摇头："没有啊，连琨华殿，也只有内贵人一人能伺候上夜。唉，老奴在琨华殿伺候了三代君王，前朝的皇帝都昏聩、好女色：视女子为玩物，喜欢的时候，金银珠宝都不惜；不喜欢的时候，令人鞭打，听哭声来取乐。那个时候，我们是战战兢兢。可如今，服侍陛下这样的人，也叫人害怕啊……"

　　宋怀玉说完这句话，竟自觉其中很有些久在洛阳宫中行走的感触，既然江沁把话提到这处来了，他也忍不住，想感慨几句。

　　"学士大人啊，其实侍奉皇帝都是一样的，把自个儿埋到泥巴里去，对世上万千事都不看不听，就这么一门心思地将就着陛下的心绪，那便什么都好了。不过，做这宫里的娘娘就不一样了。她们要生得好看，要善解人意，要识得大体……可光有了这些，还远远不够。"

　　江沁停住脚步："愿听一听宋常侍的高见。"

宋怀玉忙拱手作揖道："大人不要折杀老奴，高见不敢，不过是在洛阳宫中伺候得久了，见了一些人事罢了。"说完，他竟不自觉地摸了摸自己已经久不生须的下巴，"这要做陛下的女人啊，最要紧的是能牵动陛下的情绪啊。"

江沁闻言，一面朝前面走，一面笑道："宋常侍在说内贵人。"

宋怀玉立在原处，躬身目送他，摇头苦笑，添了一句："那还能有谁？"

江沁拍了拍手上的灰，往掖庭狱方向看了一眼。

青墙外的浓荫碧树藏着羽毛瑰丽的鸟雀，关押女人的地方，哪怕是个牢狱，都有其旖旎之处。

\* \* \*

掖庭狱中，席银独自跪坐在莞席上。整整一日，她一直在想张铎那句"你拿我的尊严，去接济你的兄长"。

"尊严"这两个字，她从前是不懂的，这个词的实意，张铎用了整整一年的时间，才慢慢灌进她的脑子里。她如今倒是终于知道什么是女人在乱世之中的尊严。那张铎的尊严呢？不知为何，这样显而易见的东西，她竟想不明白，而且，想得久了，她心里莫名地，竟然还有些刺痛。

甬道上传来一阵脚步声，惊得狱中其余的宫人都缩到了角落里，有些人凄厉地哭起来，有些人在惶恐地祷告。席银朝外面看去，这些女人有些年老憔悴，有些却不过十几岁的光景，她们大多是前朝的宫人。自从前朝覆灭，人们以为，张铎会从这些宫人中留下几个喜欢的。谁知，他却把所有的前朝宫人都关在掖庭狱中。尽管这些人大多都是名门贵女，她们的父兄中，有些甚至尚居高位，但张铎也没有因此施恩给她们中的任何一个。他向朝廷、向士族势力昭示着他一贯的刚性，对前朝所有的残余，皆施以厉法酷刑，哪怕对象是手无缚鸡之力的女人。

席银将头埋在膝上，坐在这片惊惶的啜泣声之中，真真切切地感受到了什么是"轻贱自己的女人，最易被这洛阳城中的男人凌虐至死"。她原本是想哭的，可是想到这些之后又不敢哭了。

不知什么时候面前落下了一片阴影。渐渐地，周遭的哭泣声也被狱吏喝止住了。席银抬起头，见张铎正立在她面前。

"朕不是让你想去哪里就去哪里吗？"他说着，环顾周遭，"所以，这就是你想去的地方？"

席银摇了摇头，她起身屈膝在他面前跪下。

张铎低头望着她："做什么？"

"你教我的……有了罪，要先认罪再受罚，之后……才可以说别的话。"

张铎撩袍，盘膝在她面前坐下："受罚，是吗？"他回手向身后一指，"你把这掖庭狱中所有的酷刑都受一遍，我觉得都不够。"

灯焰猛然一跳，忽地灭了几盏。

张铎收敛了情绪之后的话，又变成了冷冽的刃，切皮劈骨。

席银紧了紧身上的衣裳，抬起头望着他，诚然她满眼皆是惊惧、惶恐，言语之中却没有试图躲避。

"那要……怎么才够？"

张铎看着她的眼睛："朕说过杀秦放，你听到了，是不是？"

席银点了点头："是。"

"为了什么杀他，你清楚吗？"

"嗯，为了取粮，也为了逼魏丛山向你献粮。"

"这些粮草供应什么地方？"

"供应……供应荆州，给赵将军的。"

"所以，这是什么事？"

"是……军政要事。"她说着说着，嘴唇颤抖起来。

"抖什么？！"

"我……"

"今日辰时，秦放私逃出洛阳，谁走漏的风声？如果是江沁，朕即刻杀了他。"

"不！不！不是江大人。是……是我……是我，我在长公主府说错了话……"

"既然如此，你该受什么样的处治？"

外面响起一道凌厉的鞭声，与此同时，狱吏喝道："不准惊扰陛下！"

那哭泣的女人屠声道："陛下……陛下……在什么地……"说着，她摸索着扑到牢门前："陛下，放我出去吧，求求您了，妾一定好好地服侍您啊……"

张铎连头也没有回："杖毙。"

席银浑身一颤。他却压根儿没有因为要杖毙一个女人而分神。

"分寸呢？"

一声直逼她的面门，伴随着牢门外杖毙女人的声音，令席银胆破心寒。她突然想起了一年多以前，在清谈居的矮梅下，他把她吊起来鞭打，那种不施一丝怜悯、只为刑讯出实话的冷酷如今分毫未改。所以，他现在为什么没有对自己动手呢？

席银想着，悄悄地望向张铎的手，他的手放在膝上，虽没有握紧，却指节发白。

"朕问你，分寸呢？身为宫人，在朕身边行走的分寸呢？"他赫然提高了声音，唤出了她的名字，"席银，你是不是也想像她一样？"

"不是，不是……我不知道会这样……我……我在哥哥面前，说了一句'秦放活不长'，我以为哥哥是不会在意的。可是……哥哥……"

张铎留了很长一段空白的时间，给这个濒于混乱的女人。

席银捏紧了袖口，渐渐地觉得无地自容。

外面被杖打的女人慢慢地没有生息了，只剩下某些似血一般的东西，淅淅沥沥地滴答出声。

"席银。"他唤出她的名字。

席银张了张嘴，却应不出声来。

"外面死的，不过是一个无用的女人而已，百姓不会因此动荡，外族也不会因此有异动。可江州与荆州，在你和朕说话的时候，已经不知道了结了多少人命。军粮匮乏，将领的妻妾都可以杀而食之。若江州兵败，无论是不是因为军粮匮乏所致，朕都要论赵谦的罪。你在你兄长面前的一句失言，能杀多少人？你说个数，给朕听听。"

席银听完这一席话，拼命地绞着手指。张铎的话，她都能听懂了，拜他所赐，她到底不再是当年那个什么都不明白，看人杀一只鸡就觉得是生杀大事的姑娘了。可人一旦懂得多了，就会有更大的恐惧、更大的悲哀、更要命的负罪感和愧疚心。她被这一席话说得天灵盖震颤，如受凌迟。

"对不起，对不起……我……我愧对赵将军，我……"

"你不是要认罪吗？死罪，认不认？"

他不肯让她缓和，径直逼她上了绝路。

席银咬着嘴唇，良久，方颤声道："认……我认……我认死罪……"

她说完，忍不住心里的恐惧与悲伤，伏在地上，几近崩溃地哭出声来。

张铎低手，捏着她的下巴抬起，迫她与自己对视。

"席银，朕不会跟你议论岑照这个人，毕竟和他相比，朕也不是什么手段干净的人。朕只问你，被人利用做自己原本不想做的事、害自己不愿意害的人，最后还要因此受死，你心里好受吗？"

席银泣不成声地摇着头。

张铎盯着她的眼睛，寒声道："朕并不吝惜人命，在这个世上，本来就是死人为活人让道。朕第一次遇到你的时候，你那样地求生，那样地想要活下去，朕是看在眼里的，所以，朕不希望你最后死得太轻，太没有道理。"

他说完，松开她的下巴。

"秦放已死，荆州要的军粮也有了。朕不会再处死你。你知道给自己找这样一个地方待着，朕也没有什么好说的。"

说着，他站起身，抬腿要往外走，却听席银道："你等等……"

张铎的手不留意地撞到牢门上，他低头看了一眼，只是皱了皱眉，并没有吭声。

"我犯这么……这么大的错，你不杀我，为什么连刑责都不给我？"

张铎没有回头。

"你觉得呢？"

席银张了张口，想说什么，又觉得想说的话无比荒谬，连她自己都觉得可笑。

"答啊。"

他又问了一声，席银这才定了定神，开口道："你是不是可怜我，可怜我是一个宫奴，什么都不懂，被利用也不知道，只知道对着你哭……"

张铎不置可否。

席银勉强稳住自己的声音，又道："我不想做那样的人，我只是没有想明白自己错在什么地方而已，你告诉我了，我就想清楚了。我的确怕死，可是，我也想心安理得地活着，哪怕皮开肉绽，我心里……会好受些。"

"皮开肉绽，心安理得"，这句话，在赵谦问他为什么宁可受刑也要去张府见徐氏的时候，他对赵谦说过一次，如今从席银的口中说出来，顿时令他一怔。

"你说什么？"

"我说，皮开肉绽，心安理得。我不想你可怜我，不然我也不会留下来。"她说完，撑着席面站起身，踉跄着走到张铎身后，"我没有那么不可救药，你不要弃掉我，好不好？"

张铎的喉咙有些发热。

"君无——"

"我也有一个问题想要问你。"

她没有让他说完，径直打断了他的话。

张铎望着面前那道瘦弱的影子随着灯焰轻轻地震颤着。

"问吧。"

"我昨夜，是不是说了什么话……伤到你了？"

张铎原本想说伤他的人还没有出生，可又觉得这一句像是无话可说时强要威

势，幼稚、尴尬，甚至很露怯。于是，他索性回头，两三步迫近席银，逼得她下意识地退到墙前。

"要说伤到我倒不至于，不过，我对你这个人一直存有诸多幻想，而你从不肯如我的愿。"

"幻想……"

席银的声音细若蚊蝇，一缕头发被她不留意地含入口中，随着她的话语，在牙齿中间绞缠。

张铎伸手，将那缕头发慢慢地拽了出来，口涎牵扯出了一条晶莹的丝，崩断之后，冰冷地贴在席银滚烫的脸上。若是一个贵族出身的女子这般模样，或许只会令张铎感到恶心。

可席银害怕自己腌臜，试图去擦拭整理的慌乱模样，却轻而易举地乱了张铎的心神。他一把握住席银的手腕："别动了。"

席银抿了抿潮湿的唇，悄悄地吞咽了一口，闭上眼睛不敢去看近在咫尺的张铎。灯影下，她的胸口轻轻地起伏，薄衫之下掩着圆润的轮廓，那小巧的突起无措地摩挲着衣料，一时透出淡淡的褐红，一时又消隐不见。

幻想什么呢？无非就是幻想这副精妙如神造的身子。

天雷勾动地火的一瞬间，张铎觉得自己身上的某一个地方忽然涨疼得厉害，有些好像火焰一样的东西在他的意识里忽明忽暗。

席银一直没有听见他说话，只感觉到滚烫的呼吸一阵一阵地朝她面上扑来。她不禁悄悄睁开眼睛。

"你……怎么了……"

问出这句话，她就后悔了。男人的这副神情，她再熟悉不过了，只是张铎身上从来没有出现过而已，或者说不是没有过，而是从来没有落在她眼中。

席银的目光渐渐地矮下来，从他的胸膛一路扫至他的腰间，之后在腰间定住，就再也不敢往下走了。她抿唇理了理耳发，而后低下头，犹豫了一阵，终于将手朝他的腰间慢慢地伸了过去。

"你要干什么？"

"我……"

"你当洛阳宫的宫正司是你的风月场吗？"

席银怯怯地朝他的两腿之间看去，只看了一眼，又赶忙转过了脑袋。

"不是，我不想看你难受。"

都说妓女无情，其原因无非在于，在男人和女人的那点事情上，她们经历得多，看得通透了。龙袍、道服、僧衣之下，再有丘壑、再有定力的男子，也不过

72

如此。所以，男人们的确是嫖了她们的身子，而她们也是这世上唯一能羞辱男子本性的人。

席银此时这一句"我不想看你难受"，几乎打破了张铎对自己多年积累的认知。教一个女人自矜自重这么久，结果自己的情欲如此地卑微，甚至被她一眼看破了。

张铎慢慢抬起下巴，脖子上的青筋清晰可见。

"你把眼睛闭上。"他的声音有些发喘，压得比平时说话时低很多。

席银依言闭上眼睛。那原本扑到她脸上的鼻息，逃一般地撤离了。等她再睁开眼睛时，张铎已经不在她面前。

那个被杖毙的女人的尸体，被人从甬道上拖了出去，血腥味吓傻了其余的宫人，她们都尽可能地朝牢室的角落里缩去，没有一个人再敢对着张铎离开的方向发出任何一丝声音。


掖庭狱里静静的。

司正走到席银面前道："内贵人，出去吧。"

席银怔着没有动，司正提了些声音，又道："是陛下的意思，内贵人不要让奴为难啊。"

"陛下……还说了什么吗？"

司正摇了摇头："别的没说。内贵人回去，这里……"她看了一眼那具死状凄惨的女尸道，"这里要处置不干净的东西，怕脏了内贵人的眼睛。"

席银顺着司正的目光看去，那个女人的眼睛还睁着，哀怨地望着她。

席银背后一阵恶寒，那样的场景、气味，和张铎捡到她的那个夜晚实在相似——尸圈火海、修罗地狱，他坐在生死簿前面，抬手只放过了她一个人。

*　*　*

八月中旬，秋渐深，天转冷得厉害。

张铎夜里有些咳嗽，宋怀玉一连在外面听了几日，着实忍不住了，亲自去太医署把梅辛林找了过来。秋风猎猎地从白玉道上刮过，宋怀玉揣着手走在梅辛林身旁，轻声道："奴这是私做主张，还望梅大人替老奴遮掩遮掩。"

梅辛林道："陛下的身子一贯强健，怎的无缘无故秋嗽起来？"

宋怀玉看了一眼四下，见宫人们都避得远，这才长长地叹了口气。

"陛下也不知怎的，夜里盥洗，传的……都是冻水，要说，如今凌室都在张罗着明年的存冰，偶尔供些给膳室，哪里还供各殿的日常呢？这一连几日，都是在太医署的凌井里凿的陈冰。老奴毕竟不是内贵人，陛下要，就只得捧进去，不敢劝啊。也不知道是不是这些冻水的因由，陛下夜里总有几声咳嗽。"

梅辛林耐着性子听他说完，是时已经走到琨华殿阶下。他停住脚步问了一句："内贵人呢，也不劝吗？"

宋怀玉仰头，无奈地笑笑："内贵人……前两日做错了些事，惹得陛下不快。陛下没有传召她，这两日都是老奴在跟前。"

梅辛林点了点头，也没再多问，对身旁的黄门道："把药箱给我。"

宋怀玉见他立时就要进去，忙拦着道："哎……大人要不去偏室里稍候？邓大人和顾大人并中书省的几位大人在呢，看时辰也快散了。"

梅辛林索性问道："内贵人是做了什么错事？"

宋怀玉摇了摇头。

"何故讳莫如深？"

"老奴不敢，实是……不大清明，您知道，前些日子，荆州战事令陛下费了不少心神……兴许也不是什么大事，无非陛下心绪不好，内贵人触了霉头罢了。"

梅辛林听了这话只是笑笑。

张铎也算是他看着长大的，他即便再怎么心绪不好，也不会流于外表。这些年来，也就对着那个丫头的时候，他才偶尔收敛不住形色。但不去深究似乎也不伤大雅，毕竟她只是个宫奴而已，没有身份，没有名分，没有家族势力，张铎虽然把她抬举到了太极殿，她也无法染指他的大事。

梅辛林看的，倒不只是这么表面，不过，倒也没有必要和宋怀玉多做解释。


不多时，邓为明等人辞了出来。

宋怀玉忙趁着空当儿进去通传。梅辛林却没等宋怀玉出来便径直跨入殿中。

殿中不止张铎一人，江沁与江凌二人俱在，见梅辛林走进来，皆拱了拱手见礼。

梅辛林放下药箱，随意向张铎行了个礼，摆手示意正要出言解释的宋怀玉退下，抬头直接道："请出陛下的手腕，臣斟酌斟酌。"

张铎穿着一身香色禅衣，外头罩着绛紫色宽袍，矮下手上的奏疏道："何时来的？"

梅辛林道："在偏室候了一会儿。"他说完，撩袍在张铎身旁跪坐，放下脉枕。

江沁见此道："陛下这几日身子不安泰吗？"

张铎倒也没避讳，伸出手说道："偶有几声咳。你刚才的话接着说，这一岔倒岔开了。"

江沁拱手应道:"是。"续着刚才的话道,"荆州破城指日可待,之后,便是剿杀刘令残部的事。入秋后,金衫关已颇不平静,北面羌人几度犯关,抢掠关外的粮马,虽陛下已调兵抵御,但如果荆州战事不平,两方兼顾,战耗便过于巨大,难免顾此失彼。光禄卿刚才的意思是,若刘令肯降,便可命赵谦和许博就此收兵,不再向前推轧。臣认为,此时举此法,也有一定的道理。"

张铎笑了一声。

"荆州既破,刘令如陷囹圄,是不须急于此时。"

"那陛下刚才为何不置可否?"

"荆州受降,朝廷要遣使。关于这一职,顾海定要荐的人,尚未说出口,等他明日在太极殿的大朝上明明白白地提了再说。"

江凌道:"陛下这么说,是知道光禄卿要提哪个人?"

江沁沉默了一阵,开口说了一个人的名字。

"岑照。"

江凌一听到这两个字,忙道:"顾海定这个人断然留不得。"

江沁则看向张铎,沉声道:"陛下怎么想的?岑照虽是长公主驸马,但毕竟是盲眼之人,说其不堪此任倒也无可辩驳。"

张铎翻扣下手上的奏疏:"让他去。"

江凌听完刚想出声,却被江沁挡下来:"陛下不担忧其中会有变故吗?"

张铎看着笔海之中乱如千军万马的影子,说道:"如果他就是当年的陈孝,那他与朕相识就有十年之久,之前那十年,朕和陈家,生死自负,谁也没畏逃过,如今也一样,他知道,朕不会躲。若要说变故,一定会有。但有变故也就有缝隙,他若一直在平宣的府中,朕反而动不了他。"

话音刚落,梅辛林忽道:"陛下若要把他引到明处来,先要做一件事。"

张铎没有出声,江凌忍不住问道:"何事?"

梅辛林抬起头:"把琨华殿偏室里的那个女人处死。"

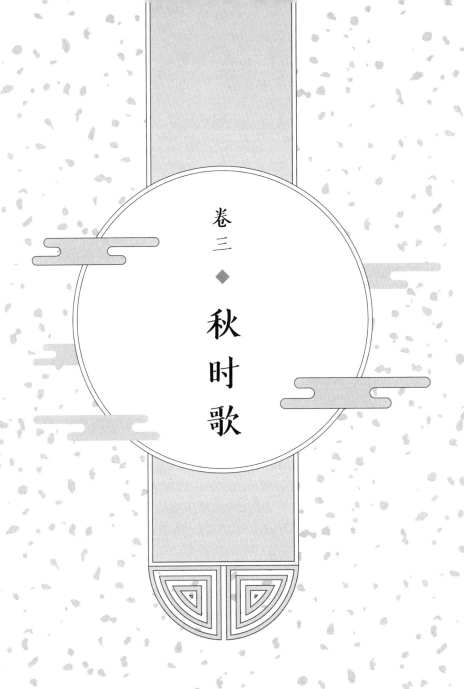

卷三

◆

秋时歌

"尊"与"卑"、皇帝和伶人，
此时好像都还欠缺一个伤口来收容彼此
想要弃置不要的血肉。

第十六章
# 秋茶
...

君主为稳王道，无不可杀之人。

张铎听完梅辛林的话，抬臂收回了手腕，理袖对江氏父子道："你们先出去。"

梅辛林目送二人步出，起身亲自合闭了殿门，然后回身撩袍屈膝跪下，拱手作揖下拜，对张铎道："我知道，这句话在你这里是死罪。"

"那你为什么还敢说出口？"

梅辛林道："我本与药石为伍，无意于你的朝堂和私事，但你的生父临死之前要我一定要看顾好你，我当时没有做到，让你在乱葬岗挣了八年的命。后来好不容易找到你，原本以为把你交给徐婉会让你有一个好的出身，谁想又令你在高门之中受了十几年的罪，我实已深负挚友所托。如今，你已不须我看顾，万事皆有节制，我本已有脸在九泉之下向你父亲复命，然而，今却见你唯独在那个女人的身上几番破戒……"他说至此处顿了顿，再开口时，声色俱厉，"你不曾反思过其中的威胁吗？"

张铎沉默须臾，说道："朕明白。"

他不显情绪，梅辛林也不再顾忌言辞，直身抬头，直视其面道："这个女人，你若单单喜欢她的容貌、身段，纳为妃嫔交给禁苑管束也无妨，但这一年多来，你视她为何人，恐怕连你自己都不清楚。"

张铎闻言笑笑，没有否认。

梅辛林又道："我看了你十多年，你每走一步，都无异于赤足踩刀刃，稍错一点就会被千刀万剐，但你一直很果断，没有吝惜割舍任何一条性命，可这个叫席银的女子……嘀，"他说着，摇头笑了笑，又道，"去年雪夜，她爬上你的马车时，你就没有杀她；如今她与岑照勾结，你也没有杀她。我看，你是杀不了她。"

听到"勾结"二字，张铎才稍稍皱了皱眉。

"江沁跟你说了秦放的事？"

"是。他视自己为你的家奴，不敢再出言劝你了。我即便知道你不肯听，也不得不进这一言。长公主府上的那个人，根本就是当年的陈孝。席银是什么人，我不信你心里不明白。云州城一战之后，岑照身为叛军战俘，是被你下过廷尉狱的，当时你已经对他动过杀心，为何之后又放过了他？"

"因为平宣。"

"你自己信吗，这个说辞？"

张铎没有言语。

梅辛林道："赵谦说过，云州城破之后，他原本想违逆你的意思放岑照走，但是岑照没有走，而是与刘璧一道被押回了洛阳，这意味着什么？意味着他算准了，他自己不会死在洛阳。可他问卦的尊神，不是长公主，而是你留在身边的那个人。"

梅辛林这番话，把很多事都挑明了。

张铎嗽了两声，端起茶盏喝了一口。

"你说的这些，朕没有什么不认的。"

"你是明白，你非但没有禁锢她，还把她从清谈居带上了太极殿。你这是纵容岑照把刀往你要害处抵！"

"我知道。"

"那你还要留着她？"

张铎笑了一声，抬头道："自负而已。"

梅辛林听完，喉咙里如烧火炭。他不想再说话，站起身，将自己的药箱收拾起来，冷不防地又呲儿了一句。

"将至中秋，气阴湿，你有旧伤在身，再勉强用冻水，恐寒经过伤处入骨。陛下内火虚旺，若求下火之法，须开内禁苑，立后纳——"

张铎闻言，不自在地挪了挪膝，厉声道："住口！"

梅辛林冷哼了一声，背起药箱，径直跨了出去。

*　　*　　*

琨华殿里，宋怀玉等人日日夜夜，万分慎重。

席银的日子倒是忽然安静下来。没有了琨华殿和太极殿的劳役，也就见不到什么人，只有胡氏偶尔受宋怀玉之命，过来送她些东西。席银整日整日地写张铎的那本《急就章》，快两年了，她的字骨终于有了三分他的样子。

张铎每日回琨华殿，都会在观音案下看到一沓席银的字，堆得整整齐齐，甚至刻意用那把从前惩戒她的玉尺压着。

宋怀玉回过一次，说是席银趁着他不在琨华殿的时候偷偷送进来的。

临近中秋。

荆州战事正逼紧要关头，金衫关的羌乱又起，张铎白日里根本抽不出时间来留意席银这个人，入睡前倒是会留那么一刻把席银的字翻完。

在这当口儿，席银的确没什么脸来找他，不过，她这个认错的法子还算合时宜。字，是张铎的字。写字的人嘛，好像也就勉强能算作他张铎的人。

张铎从来没有想过，自己有朝一日会靠着这种全然没有道理的联想来稍微满足自己的占有欲。他不禁去想，如果此事让赵谦知道，定会让他笑一辈子。

不过，中秋将至，至亲若仇，挚友尚远。

天地间阴气随时令聚合，琨华殿内，冷夜无人掌灯，难免令旁人觉得悲凉。好在他习惯孤冷地生活，方不觉夜长天寒。


九月底，赵谦奏报荆州城破，许博的军队分兵驻守荆州，留待朝廷遣使受降，赵谦则将领军返洛阳。顾海定果然奏请，以驸马岑照为此处受降的使臣，张铎允准，令中领军护送其前往荆州。

这一日，太极殿召见的诏令传到张平宣的府上。

张平宣陪着岑照一道在堂前跪接。宋怀玉宣了诏后，亲自搀扶岑照起身，而后方对二人行礼道："长公主殿下大婚，老奴还未曾给殿下和驸马磕过头呢。"

张平宣道："那倒不必，只问宋常侍一句，我母亲可还好？"

宋怀玉道："金华殿娘娘听说殿下大婚，甚是愉悦。听说，这连着几个月啊也肯认真用些饮食了，若殿下能与驸马一道去看看娘娘，想来对娘娘的身体、心绪都大有益处。"

张平宣点了点头："好，有劳宋常侍。来人，送常侍出去。"

宋怀玉躬身道了一句"不敢"，转身带着人退下了正堂。

张平宣扶着岑照的手臂道："你明日入宫觐见，我随你一道去。我想带着你去见一见母亲。"

岑照拍了拍她握着自己手臂的手，含笑应道："好。"

张平宣扶着他穿过跨门，朝后廊走去，一面走，一面道："荆州……有多远啊？"

岑照温声对她道："荆州属旧楚之地，距洛阳有千余里。"

"千余里，那么远吗？"

"是啊。"岑照轻叹了一声，停下脚步道，"早年，我不曾眼盲之时，曾游历过荆州。水草丰茂，民风淳朴，是个很好的地方。"

张平宣抬头望着岑照："那这一回，也让我陪你去吧。"

岑照笑了笑："你想去看那里的山水吗？"

张平宣摇了摇头："不是，我怕……他忽然准你参政，其中……会有阴谋。"她说完，抿了抿嘴唇，又道："我若在你身边，他……也许会有些顾忌。"这话，张平宣自己说得都没有多少底气，说到最后甚至自嘲地笑了笑，"吓，我也是我高看了我自己，他如今还有什么可顾忌的？"

"所以，你何必车马劳顿？"

张平宣悻悻然点了点头。

"岑照。"

"嗯。"

"我……"

"殿下不必说，岑照明白。"

"好，我不去，但我心里总是觉得不安。你为什么要让顾海定荐你去荆州啊？"

廊上的风细细的，女婢们来来回回的脚步声也放得很轻，从他们身边行过时甚至刻意远退，只在廊壁上留下些若有似无的回响。

岑照松开张平宣的手，后退了一步，向她弯腰拱手道："长日受公主庇护，实在惭愧。"

张平宣见他如此，也没有阻拦他，独自垂头沉默了一会儿，方轻轻地点了点头。

"是了，你这样的人，是不该一直屈在琴案前。我总想让你不受世人诟病，堂堂正正地在洛阳城中行走，却又总是把你拘在我的身边动弹不得，如今想来，竟都是大过错。"

岑照直起身，声音仍然从容而温和："我并不敢让殿下说这样的话。"

张平宣笑着摇了摇头："你不忍心怪我罢了。你就是这样的人。席银以前……跟我说过，从前无论她做了多少错事、犯了多么大的过错，你都舍不得处罚她，最多不过罚她少一顿饮食就罢了。"

"阿银和公主不一样。我捡到她的时候，她看起来还不到十岁，在乐律里四处偷食，被人打得遍体鳞伤，人又瘦小，肠胃薄得很，就剩那么一口气了。对于阿银来说，只要能活着就好了，哪怕犯一些过错，哪怕伤一伤自己，都没有关系。"

张平宣有些不解："犯错也没有关系吗？"

"是啊……我捡到她那年，眼睛伤得很厉害，所以，我并没有办法护她长久，只能教她怎么靠着自己谋生。殿下是高门贵女，殿下这一辈子都不知道，在洛阳城中，一个孤女要怎么求生，不犯错、不伤己，是活不下去的。"

张平宣朝着廊栏走了几步。

潭中的芙蕖已经凋谢殆尽了，潭水降了不少，很多地方都露出了脏兮兮的淤泥，张平宣只看了一眼，就将目光避开了。

"你这么说，我倒是有些明白她为什么会和张铎有些相像了。圣人之言再怎么

振聋发聩，也教化不了从一开始就在淤泥里挣扎的人。你知道吗？以前，我没有这样想过。我觉得，我哥哥只是过于沉默，不爱跟父亲和母亲说话罢了，但他对我很是照顾，从来不会令我受一点点责罚。所以那个时候，我甚至觉得父亲和母亲对他过于严苛。可是……"她说着说着，眼眶有些发红，"可是当我看见他在永宁寺塔杀了父亲，后来又杀了二哥，烧了东晦堂，我才明白，我和他……根本做不成兄妹。"

岑照抬起手，摸索着抚上张平宣的脸颊。

"做不成兄妹就做不成吧，人间若大梦，何必有那么多的执念？殿下身边尚有人在。"

张平宣无比地贪恋他掌心恰到好处的温度，不由得偏了偏身子，用耳朵轻轻地摩挲着他的掌心。

"是啊。我还有你。幸好你不是北邙山下的那一具枯骨。"

岑照低下头，在她耳边轻声道："殿下难道不曾怪过陈孝吗？"

张平宣摇了摇头："以前怪过，但那个时候我还年幼，以为自己喜欢，就一定能得偿所愿。一晃十多年了，我也看了些人和事，读了些玄学、佛理，知道这世上的事都有因果，前世因，后世果。正如你所说，强求不得，何必有那么多的执念，所以……"她抬起头来，"我才更珍惜你，你是从修罗地狱里爬出来的鬼也好，是从群玉仙山上降下来的人也好，我都不在意，我已经嫁给了你，我就会陪着你撑着你，走你想要走的路。你此生尽兴，没有遗憾，我也功德圆满。"

她说着说着，耳旁的碎发缠绕着岑照的手指，虽无力，却有极强的牵绊欲望。

岑照轻轻地抚摸着她的耳郭，任凭那碎发在手指上越缠越紧。

"张司马泉下有知，不知……会有多心疼殿下。"

"只要你能待我好一些，父亲就不会心疼。"她说着，伸手握住岑照抚在她耳上的手腕，"不说有多好，比你待席银好些，我便意足。"

岑照笑了笑，笑容看似如春阳和煦，却暗藏着疏离。

\* \* \*

次日，席银捧着一沓官纸蹑手蹑脚地走到琨华殿前。胡氏立在门口，见席银过来，忙迎上前道："陛下今日回来得早，这会儿在里面歇午呢。"

席银伸长脖子朝殿内看了一眼，帷帐后面散着浓郁老沉的香气，内外的宫人皆屏息凝神，不敢喘一丝气。席银看着自己手上的纸，有些泄气，轻声道："今日……怎的这么早呀？"

84

胡氏道："听说，今日大朝，驸马觐见。陛下恩准他与长公主殿下一道去给金华殿的老娘娘行礼。如今宋常侍和太常卿的人已经去金华殿为长公主和驸马引礼去了。见了金华殿娘娘，必是要回琨华殿来向陛下回话的。所以，陛下就把尚书省和中书省的几位大人都打发去东后堂那边候着了。"

席银听到了"驸马"二字，心绪有些复杂，垂着眼睛不说话。胡氏见她迟疑，压低唤她道："内贵人，内贵人……"

"哦……啊？"

"奴见内贵人神色不好。"

"哦，不是，我一时想起些事，出神了。"她说完，便将手上的官纸交到胡氏手中，"既如此，你就帮我把这些递给陛下吧。"

胡氏见此忙退了一步。

"奴不敢。内贵人是知道的，琨华殿的御案，内宫人不得私看。内贵人还是等宋常侍回来再请他代您呈递吧。"

席银也不想为难胡氏，悻悻然把官纸收了回来，转身正要走，却忽然听见殿内传来一阵不算轻的咳嗽声，忙又几步跟回来道："陛下怎么了？"

胡氏道："这几日有些咳。"

张铎身上有很多陈年的伤，席银是知道的，但是除了当年受张奚脊杖那一回，席银从来没有看他吃过什么药。

"是……夜里着了寒吗？"

胡氏摇了摇头："不知，不过，陛下前阵子连着传了好些天冻水。内禁苑不供冰了，还是内禁司的人从宫外凌室里取来的。"

"这个时节了……"

"谁说不是呢？"

话将说完，里间又传来一声短咳，席银下意识地跟着吞咽了一口，抬头又向胡氏问道："谁照顾……他茶水啊？"

胡氏摇了摇头："奴不敢私自进去。"

席银抿了抿唇，犹豫了半响，终于狠下心，将官纸递到胡氏手中，轻声道："来，你帮我拿一会儿。"说完，她弯腰挽起自己的裙摆，将脚腕上的铜铃铛藏入袜中，然后起身，小心翼翼地将门推开一道缝，侧身溜了进去。

殿内的沉香十分浓郁，流水一般的烟线不断地从博山炉中流淌出来，像是久不见席银一般，蓬勃地往席银衣袖里钻。

席银环顾了一遍琨华殿四壁。

自从得罪张铎以来，除了每日溜进来送字，她几乎没有关照过琨华殿中的事物，不过好在有宋怀玉等人操持，殿中的一切仍旧井井有条，甚至比她在时还要规整一些。只不过张铎习惯独处，席银不在，他大多时候都是孤身一人，在饮食冷暖上，宋怀玉这些人就很难周全他了。

席银看了一眼陶案，见笔海前放着一只青玉碗，里面的汤药一口都没动。她伸手试了试碗壁的温度，发觉已经冷透了。她有些无奈地从博古架上取下一只笔洗，又把茶炉上的水烧滚，倒入笔洗，而后轻轻地将那碗凉透的药放进去温着。她自己则抱膝在御案前坐下，一面守着，一面透过折纱屏的缝隙朝里面看去。

张铎身着燕居的宽袍屈臂朝内躺着。无人在侧，他也没有拘束，衣冠随意，手臂搁在大股上，袖口垂置，露出半截手臂。

虽隔得有些远，席银却隐约看见了她留在张铎手臂上的那道咬痕。第一次咬男人，那滋味混着血腥气令人心慌意乱，又无比痛快，以至她如今闭上眼睛就能立马将清谈居外的那一夜完整地回忆起来。

她正想着，躺着的人又连着咳了几声。席银下意识地站起身，端了一盏放温的水过去。然而走到张铎身边的时候，她又不敢唤醒他，只得将温水小心地捧在手中，谁知还是溅出去一些，正滴在张铎赤裸的手臂上。

榻上的人肩膀一动，猛地翻身起来，反手一把掐住了席银的脖子，根本没有留任何的余地，眼看就要向后扳折。温水彻底被打翻，泼了张铎一身。

"是我……"

张铎尚来不及看清眼前的人，却听出了她的声音，忙卸了手上的力道。席银身子一软，猛地跌坐下来，摁着脖子不断地干呕。诚然，若不是他即时收力，这会儿她的脖子怕是已经断了。

张铎由着她匍匐在榻边喘息，半晌道："过来，我看看。"说着，他翻身坐起来，赤脚踩在地上，指了指自己的膝面，冷道，"头靠过来，看你脖子。"

席银挪了挪膝盖，脖子却根本动弹不得。

张铎破天荒地没有呵斥她，而是站起身，走到离她近的榻尾从新坐下，伸手扶着她的肩，另一只手托着她的下巴，轻声道："慢慢朝我这里弯。"

席银疼得眼泪都要出来了，稍稍一动就浑身颤抖。

"是不是动不了？如果动不了，就要传太医过来看。"

"不是……就是怕疼。"

张铎看着她疼得涨红的脸，放低了声音道："试着来。"

席银咬牙应了一声，靠着他的托力，慢慢地侧弯下腰，将头靠在张铎的膝上。

张铎撩开她散乱的头发，摁了摁她的脊骨，暗暗松了一口气，心道："好在没有伤及要害。"

"你是不是不想活了？"

席银听得出来，张铎极力压抑着气性，以至话尾带出了如刀刃一般的暗锋，掠过她的脸颊，割得她生疼。

"我想……给你端一杯温水，你在咳嘛。"

张铎这才看见地上打翻的杯盏，回头又看见席银的脖子上触目惊心的指印，忽然有些恍惚。

"朕准你回来了吗？"

席银想要摇头，脖子却痛得她倒吸了一口凉气。

"没有。所以我就想偷偷地进来，替你把药温上，把水烧暖……然后赶紧出去。"她说着，撑着张铎的膝盖，试着角度，一点一点地直起身子。

"你怎么了，我从前照顾你的时候没见你这样过呀。"

"怎样过？"

席银吞了一口唾沫："拧人脖子……"

张铎看着席银，良久方道："我不知道是你。"

"我知道，我又没有怪你。"

她说完，僵着脖子慢慢地站起身，朝陶案前走去。

"去哪里？"

张铎的话追了来，席银停住脚步，也不好回头，只得提高些音量，冲着前头道："刚才温的药现在温好了，我给你端过来，你趁热把它喝了吧。"

话未说完，张铎已经起身越过她。

"你站那儿，朕自己来。"

席银搓了搓手，看着他自己端起药碗仰头一饮而尽，自己又转身去了箱屉那头。

张铎见此喝道："你不要折腾。"

"没有，箱屉里有梅子腌糖，我找给你吃。"

"朕不吃那种东西。"

"吃嘛，药那么苦，嘴里的滋味很难好的，那腌糖是我入宫前偷偷从外面带进来的。我藏了好些在偏室里，都让宫人们搜了出来，就只有藏在你这儿的他们不敢翻。"说着，她已经找出了几粒，捧着手心上，小心地递到张铎眼前。

"来，给你。"

张铎迟疑了半晌，伸手拣了一粒。

席银忍着疼笑弯了眉目："吃了能不能原谅我？我知道错了。"

张铎犹豫了一阵，终于还是慢慢地将那颗糖渍梅放入口中，一种他很少尝到的酸甜滋味从舌面迅速地向喉咙蹿去。由于太久没吃这种东西了，吞咽之下，他竟忍不住酸得颤了一下。

席银见他狼狈的模样，不由得笑出了声。

"酸吧？"

张铎不答话，勉强将那颗他并不怎么喜欢吃的东西吞了下去，然后走到案后撩袍盘膝坐下，冷不防又咳了一声。

席银忙倒了一杯水递到他手边。这会儿，脖子上的疼痛渐渐缓过来了，她的声音也跟着明快起来。

"你为什么要用冻水啊？连凌室都不供冰了。"

谁问他这个问题，他都能仁恕，偏偏她这般堂而皇之地问出来，令他汗毛都立了起来，脑子一时闪过千万个念头，手掌一阵发热，一阵发凉。

"这个时节就不要用冻水了，不然拖到入冬都还不好就很难将养了。"她自顾自地，竟然还敢继续说。

张铎赶忙抓了一支笔握在手中，闭着眼睛暗暗咬牙，过了半晌方抬起头看向她，压低声音道："你要坐就坐好。"

席银只当张铎默认了原谅她，心绪松了，露了笑容，抚裙规矩地跪坐下来，替他将案面上的杂纸挪开，以供他用墨。然而她发觉那堆杂纸中有些是她临的字，有些是张铎自己写的，形虽相似，笔力却相差甚远。席银将张铎的字小心地抽了出来，叠放在一旁。

张铎此时终于压下了身上和脑中的混乱，看着她的动作道："你在做什么？"

"哦，我想把你的字挑出来留着，把我写的这些拿出去。"

张铎用笔杆压住她翻在面上的那一张："已经有些像了。"

席银塌着肩膀："哪里像啊，差得那么远。我记得长公主殿下跟我说过，她练陈孝的那一手字，练了快十年，才能仿到骨子里去。我这么蠢笨，怕是二十年都不得要领。"她说着，垂着头搓捏着纸张的边沿。

张铎看着她的手，忽然开口笑了一声："头一个二十年尚未过完，就想下一个二十年了。"

"想想也不行吗？"说完，她仰头看向张铎，"我到现在都还不知道，你今年……多少岁了呀？"

张铎取笔蘸墨，随口应她道："二十八。"

席银闻言，不由得轻声自语道："殿下都结亲了……"

张铎顿了顿笔："你想说什么？"

"我试着读过一些史书，史书上的皇帝……要立高门大族的女子为后，江大人说……这叫门第姻，士族与士族、寒门与寒门、贱口与贱口……士族不能自辱，贱口也不得妄攀……"她说着顿了顿，抬起头望着张铎，"你快立后吧，娘娘一定是像长公主殿下那样端正清丽的女人。"

张铎道："前朝的皇帝差点死在谁手上，你忘了吗？"他说完，低头续笔，听席银没有出声，不禁又脱口道："你自己呢？"

"我啊……"席银望着手中的字，"我以前想跟着哥哥一辈子，照顾好他和他的家人。他若不要我，要把我配给谁，我就跟着谁，如今……"她摇了摇头，"不想嫁人。"

张铎笑了一声。

席银抿了抿唇："我也知道，这是放肆。但我不是对高门大族的郎君们有什么妄念，也不是……不愿意嫁奴人，唉……我……我说不清楚。"

这些话对于一个女人而言，似乎已经足够离经叛道。席银说完，感觉背脊莫名有些发冷。

张铎不再出声，低头继续整理手边的那一堆纸。他看向那些已经被她分作两沓的字，如同两个好不容易靠在一起又被强行拉开的人。"尊"与"卑"、皇帝和伶人，此时好像都还欠缺一个伤口来收容彼此想要弃置不要的血肉。


两人没说话，屏后透来一道光，宋怀玉从金华殿回来了，在屏后拱手禀道："陛下，长公主殿下与驸马到了。"

席银的目光一闪，手悄悄地缩了回去。

张铎站起身道："更衣。"

席银忙跟着站起身，神色却有些无措。

张铎回头见她还迟疑地立在自己身后，冷声道："你该知道，你要是敢躲，朕会怎么处置你。"

席银绞着袖子点了点头。

"我不躲……"

张铎这才对屏外的宋怀玉道："朕在麒麟台见他们。"

宋怀玉应道："是。老奴这就引殿下与驸马过去。"

"宋常侍……您等等。"

宋怀玉正要走，陡然听见席银的声音倒吓了一跳，心思，陛下不是不准她入殿吗，这又是什么时候自食其言的。

"内贵人在啊……您说。"

"您服侍陛下更衣，我去为殿下和……"她言语上仍然有一丝迟疑。张铎没有看她，走去熏炉旁了。

席银咬了咬下唇，索性从屏风后走到宋怀玉面前，续道："我去为殿下和驸马引路。"

宋怀玉听完她的话，探头朝张铎处看了一眼，听张铎没有出声，便点头应道："是。"自己让到熏炉旁去伺候。

*   *   *

麒麟台是临近阖春门的一座高台。砖石高垒十丈，百十余殿。登上台上最高的一座角楼便可看见永宁寺的九层浮屠塔。

席银行在张平宣与岑照的身后，脚腕上的铜铃铛与楼阶轻轻地磕碰着，发出细碎的声响。她一直没有出声，也没有逾越，本着宫人的本分，仪态、礼节都拿捏得当。

三人登上角楼。

楼上已有宫人捧着玉盘银碗在备席宴，见张平宣与岑照过来，纷纷退让、行礼。

岑照没有回避张平宣，拄着盲杖，走到席银面前。

"阿银，你是不是有话想对我说？"

席银弯了弯身："奴是洛阳内宫人，不敢……受驸马这一声'阿银'。"

十多年来，岑照第一次在席银的话语中听出了疏离之意。

"你怎么了？"

席银抬头看了看张平宣，她静静地立在岑照身后。然而岑照似乎觉察出了什么似的，回身道："还请殿下稍事回避。"

张平宣怔了怔，本想说些什么，然而张口之后又把话语吞了回去，转身带女婢往角楼下去了。


"阿银。"

他说着朝席银走近几步，却听席银道："不要再往前走了，前面是楼栏了。"

岑照停住脚步。高处的风有些烈，吹得他眼前的松涛纹青带飞舞。

"那楼外看得见什么？"

席银顺着他的话朝外面看去。

"看得见永宁寺的九层塔。"

岑照不顾她刚才的话，又朝前走了几步，眼看就要靠近楼栏了，席银忙伸手扶住他的手腕："你要做什么？"

"我也想看看阿银眼中看见的东西。"

席银松开岑照的手，退了一步，低声道："我听不懂哥哥在说什么。"

岑照摇了摇头："你听得懂，只是不愿意告诉我罢了。阿银，你究竟怎么了？"

席银抿了抿唇，忽地径直开口道："你为什么要利用我？"

"什么？"

"秦放的事，你为什么要利用我？"

岑照没有回应她的问题。摆宴的宫人大多退到了角楼下来。夕阳将落，最后的一丝昏光泛出通红的色泽，生生映红了岑照身上的素缎袍衫。

"秦放怎么了？"他的声音仍然平和。

"他……"

"他死了，不是吗？听说是惨死在城门外，身首异处，他的妻子儿女也一夜之间都被杀了。阿银觉得他为什么会死？"

席银没出声。

岑照扶着楼栏，任凭黄昏的风带着秋日干燥的尘埃向他面门扑来。

"你以前听到这些事是会流泪的。如今呢？你觉得我不应该救他和那些妇孺的性命，还是觉得秦放本来就应该死？"

席银摇了摇头："哥哥，你只说了一半。"

她说完，仰起了头，脸色涨红起来："我觉得，这件事，没有这么简单。荆州那边军粮不足，军中不仅杀马而食，甚至杀女烹之，而洛阳无粮可纳……你问我秦放该不该死，我说不出来……可是，那数万将士还有那些充为军粮的女人该不该死？我觉得他们不应该死。若因为我走漏了陛下要杀秦放的风声，致使秦放出逃，军粮没有着落，战事无以为继，那我才是那个应该被处死的人。"她说得有些急，说到最后被冷风灌了喉咙，声音甚至有些哽咽，"我现在识字了，也能读一些士人读的书，书上是说过，什么恶人该杀、善人该救。哦……对，还有佛经上也说，哪怕是恶人，只要肯发善念，也是可以成佛的。可这些道理很虚很玄。如今到处都是战乱，不应该死却最终死掉的人太多了，把他们丢在一边，单单说洛阳城里高门大族的生死，评判杀人者的是非，这样不公平。"

岑照转过身沉默了良久，握着盲杖的手指节发白。

"你什么时候开始读书的？"

"《急就章》写得七七八八的时候开始读的。"

"谁教你读的？"

青带遮目，席银仍然看不见岑照的表情，可是，她隐约从他的声音里听出了

一丝恼意，不强烈，尚隐在他温柔的气息之后。

"之前是江沁江大人，后来……是陛下。"

席银说完，自己也有些错愕。识字读书的好处，潜移默化。哪怕她还来不及细细思量那些诸家道理究竟为她原本卑弱无望的人生注入了多少能量，也心惊于自身的言辞和态度的改变。

"阿银能懂这些……真好。是哥哥惭愧。"

岑照说完，撑着几案慢慢地盘膝坐下。

席银静立，待着他的后话。

岑照抬起头，隔着那一层松涛纹青带，凝视着席银又道："阿银，哥哥有心怜你，却无力护你。"

席银摇了摇头："阿银不需要哥哥一直维护，阿银想……活得明白一些，不被人当成刀去杀另外的人。"

岑照垂头，深叹了一口气，半晌方道："你开始恨我了。"

"不是的，阿银从来没有后悔为了哥哥去杀皇帝，但阿银……不想以后还有那样仓皇的模样，被人扒得衣不蔽体，逃上别人的马车，还妄图……靠着自己的皮肉活下来。阿银觉得那个时候自己真的不知道何为廉耻。"

岑照点头笑了笑："好，哥哥明白了。"说到此处，他顿了顿，"哥哥原本以为，哥哥会一直陪着你。如今……也好。阿银有了更好的地方，身边有了更好的人，即便阿银真的不再回头，哥哥也能放心。"他说完，侧过身不再说话。

席银望着他，心里涌起一阵难以言说的情绪。

"我……没有不要哥哥。"

岑照笑笑。

"阿银，秦放出逃，是哥哥从你那里知道了消息，之后传递给秦放知晓的，你说哥哥利用了你，哥哥承认。今日，你要向陛下告发，哥哥也不会否认，该受什么责罚，哥哥都认。"

席银听完，喉咙中烫得厉害。

"不……你不要这样说，我也有错，我不该那样口无遮拦——"

岑照温声打断她："你不需要把罪责往自己身上揽，你心里其实已经有了判断，虽然……过于狠辣了一些，但哥哥也没有资格斥责你。"他顿了顿，接着说，"阿银，不论你怎么想哥哥，也不论你要做什么，你都是哥哥唯一的妹妹。"

席银闻话，心中针刺一般。

"我不……我不要告——"

席银声音有些发抖，忽听背后传来一个凌厉的声音："你敢告发他，我现在就要了你的性命。"

席银回过头，见张平宣从转梯处一路上来，几步就逼到她的面前。

"你们兄妹说话，我原本不想开口，可是，我实在听不下去了。"她说着，偏头凝向席银："谁都知道秦放一门惨死是有人草菅人命，只有你是非不分，自以为识得了几个字就信口开河，圣人言辞被你这等下贱之人糟践如泥，如今，你还敢行杀伐，你配吗？"

席银被她逼得一连后退了好几步，后背已然抵着楼柱。

张平宣却压根儿没有放过她的意思，迫近厉声道："你是岑照养大的，没有他你早就饿死了。我听赵谦说过，云州之战后，他大可出关，不被押赴洛阳，但为了见你，他孤身一人回来了，哪怕知道自己会死，他还是不肯丢下你这个妹妹。直至如今，他也没有说过你一句重话，你却怪他利用你。席银，你当真为奴则无耻？为了不被主人责难，什么话都说得出口，什么恩情都不顾！"

"不是……我没有忘恩负义……"

"还说不是忘恩负义？"她说着，哂然一笑，"是，你是内贵人，如今整个洛阳宫没有人敢置喙你半句，可你原本是什么样子的人，你能走到今日的位置是因为什么，别人不提，你自己敢忘吗？"

"我没有！我在洛阳宫中一直恪守宫规，从来没有淫行浪举，殿下不该如此猜度我！"

张平宣冷冷一笑："我并非猜度，你是不是冰清玉洁的女人，根本无人在意。我只是不齿你用自己的亲人来取悦主人的模样。"

"我……"

比起张铎，席银有的时候，更害怕张平宣。张铎虽不会体谅她的心绪，但他从来不会中伤她的内心。张平宣不一样，她也是一个女子，但她写得一手好字，自幼受圣人教化，言辞敏锐、犀利。最根本的是，她从不自疑，因此吐出的每一句话都是毫无别人辩驳的余地。相形见绌这种事，在席银身上发生了无数次，可是她并没有因为次数的叠加而麻木，相反，感觉一次比一次残忍。

"羞于自辩是不是——"

"张平宣！"岑照直呼了张平宣的名姓，打断了她的话。

张平宣闻言一愣，怔怔地朝岑照看去，不禁哑然。

"不要这样说她，跟她没有关系。"

张平宣苦笑摇头："你为了她呵斥我。"

岑照跪地伏身："殿下恕罪。"

张平宣仰起头，抿唇忍回一口气："算了，我是为你不值。你把她养大，她现

在反而能判你的罪了，而你却还要维护她，有这个必要吗？"

"殿下，我不能护她在身边，已万分自责，还请殿下垂怜。"

张平宣摇头道："她自甘沉沦与你何干？"

岑照没有再多言，拱手复言："殿下垂怜。"

张平宣抿唇，实不忍见岑照如此，捏袖沉默了半晌，终罢了话，转身对席银道："下去。"

席银看着岑照跪伏的身子，心如受白刃万剐，呆立着，没有动。

"阿银，回去吧。"

席银这才回过神来，忍悲向楼梯走去。谁知她刚走到漆柱前，就被一只手拽住了手臂。

席银抬起头，见张铎身着玄底金丝绣麒麟纹的袍衫站在她面前。

"你怎么那么容易被伤着？"

"我……"

"不准解释。"说完，他松开她的胳膊，"跟着。"说完便走到席银前面去了。


楼台上岑照依礼伏身下拜，张平宣却立在岑照身旁，一言不发。

张铎没有宣免礼，径直从二人身旁走过，在案后坐下，端起酒盏递向席银："烫了来，朕今儿不想喝冷酒。"

席银只得接过酒盏，矮身去关照小炉。

张铎没有生硬地替她出头，也没有刻意地把她藏在自己身后，一句话，给了她在这个场合合适的位置，也化解了她之前无助的处境。她坐在小炉旁，炉中温柔的火焰渐渐烘暖了她的脸。她朝张铎看了一眼，见他正理袖口，神色平静，也不知道刚才的话，他听到了多少。

"传宫正司。"

张平宣没有出声，宋怀玉在旁问道："陛下，传麒麟台吗？不如……席散后再——"

"不必。"张铎放下宽袖，直背正坐，"公主在此，将好，朕要问清楚朕的内宫人失礼在何处。就在这里处置，你们也都看着，杀一儆百。"

说完，他看向张平宣："平宣，她哪一句冒犯了你，如何处置，说吧。"

张平宣抿着唇，半晌方道："不必了，我不想计较。"

"朕计较。"说完，他转向席银："你自己说，你何处行仪不端。"

席银迟疑地望向张平宣，张平宣则避开了她的目光。

"有就跪下请罪受责，没有就直说。"

席银收回目光，轻声道："我没有行仪不端冒犯殿下。"

"好。平宣，她说的是不是实话？"

"我说了我不计较——"

"朕也说了，朕计较。你是朕的妹妹，朕看不得你受一点委屈。她若没有过错，为何斥责她？你直言与朕，朕刚才说过，要杀一儆百，就在这儿问清楚，严惩。"

张平宣被张铎逼得失了声。这本是一件很零碎的事，处不处置奴婢、以什么缘由处置奴婢，无非是上位者的一句话而已。然而，她自己也并非一个是非不分、随意草菅人命、冤人以莫须有罪名的人。即便她愤恨席银忘恩负义，恼怒岑照一味维护，当着张铎的面，她也万万不敢将秦放的事说出来。因此，张铎这般问，无异于逼她认错——逼她向席银认错。

"陛下到底要我说什么……这个奴婢，我恕了。"

"朕不恕。"

"你……"

席银心惊胆战地听着二人的言辞来往，隔着炉焰，张铎的面庞有些模糊。席银一直觉得，和张铎关联的事务，大到城池、殿宇，小至禅衣、观音像，多多少少都有疮痍的暗影。他从来不肯修补任何东西，有了伤就挖掉烂肉，得不到的就径直弃掉。

都是兄妹，岑照了解席银，温柔地包容席银，谅解席银。而张铎也了解张平宣，但他用她最伤她的法子逼得她进退两难。

席银想说什么，又不能开口。除了心惊，她分明觉察出来了，张铎对张平宣寒锐的态度后面是他的一只手，打过她很多次，但从来没有放弃去拉她起来。

"陛下恕罪。"

张平宣与张铎僵持半晌之后，出声的还是岑照。

张平宣听到这句话，侧身又见他以额触地，匍匐在张铎案前，遮目的松涛纹青带垂落在地上，她顿时感到五内俱痛，若遭凌迟。她弯腰就要扶岑照起来，却被他别开了手。

"臣不敢起。"

玉浸泥淖，英落粪土。岑照身上的谦卑，带着一种不得已的苍白之色，如同他身上常年干净朴素的宽袍，并不算单薄，却总能隐隐透出他周身的骨节轮廓，毫无庇护，杖即摧之。

张平宣一时顾不上席银在侧，屈膝朝张铎跪下。

"不必传宫正司，是我无端迁怒，是我的过错。"

张铎扼袖，抬臂仰头，尽兴地喝了一口酒，说道："家中宴饮，此次罢了。"

说完，他放下酒盏，低头看向匍匐之人："岑照，起来吧。"

岑照叩首道："臣谢恩。"再拜方起。

楼中席宴摆开，已是月升之时。

宫人为了安席，来往不止，内坊召了三四伶人司丝竹。月在浓云里时隐时现，楼上物影斑斓。

岑照亲斟一盏，跪直身道："臣请敬陛下一杯。"

张铎什么也没说，抬手举起酒盏一迎，而后一饮而尽。

岑照仿其行，然而喝到最后，却忍不了喉咙里的呛辣，险些咳出声来。

那是性烈的椒柏酒，辛味冲目。无战时，征人常靠着它来暖身。当年在金衫关的时候，张铎和赵谦也曾靠着此酒续命，如今赵谦仍然爱这种滋味，张铎倒是喝得少了。更不须提岑照，此时他正摁着喉咙压抑胸口蓬勃的辛辣之气，一面挡开张平宣递来的温茶。

张铎把着酒盏，随口道："荆州的水，比这个还辛。"

"是，臣知道。"

"但朕有一件事情不大明白。"

岑照平息过来，跪直身拱手道："陛下请问。"

"顾海定举荐你去荆州受降，一连给朕写了三道奏疏，朕觉得过了。"

张平宣听完这句话，后背生寒。

张铎将酒盏递向席银，示意她添酒，一面又道："过犹不及，恐在你身上要见反噬之相。"

岑照道："陛下是觉得臣与光禄卿有私，还是觉得臣有不臣之心？"

张铎凝向他道："能直白议论的事不值得思虑。朕问的是你不敢直言的事。"

岑照笑了笑，直言切中症结之处："关于当年的陈氏一族……其实，臣也不是不敢直言。去云州城之前，臣在中领军的刑房受过一次考竟，此行去往荆州，臣也愿意再受一次，只求陛下恩赐性命，让臣不致辜负长公主殿下。"

"好。"

张铎一个"好"字刚出口，张平宣立时起身，慌乱之间，甚至翻倒酒盏。她顾不及擦拭，径直道："你一定要一个人受罪，是不是？"

张铎抬头看了张平宣一眼："坐回去。"

张平宣摇头，不退反进："你若一定要一个人受罪，我来受。我是他的妻子，他此行去往荆州，若有逆举，我张平宣自赴法场，伏法受死。"

张铎听她说这句话，却不应答，鼻中冷笑一声，冲着岑照扬了扬下巴："逼出她的这句话了，痛快？"

"不是。"其声柔和从容，"殿下尊贵，怎可与臣共命？"

说完，他抬起头朝着席银唤了一声："阿银。"

席银闻声，端酒的手不自觉地一抖。然而，她尚不及应声，便听张铎道："住口。"

岑照顿了顿，到底没有真正地住口，反而拱手再拜续道："请陛下听臣说完。阿银之于臣，是倾性命也要维护的人，她在陛下身边，臣绝不敢有不臣之举。"

所有锋利的兵刃，都惧怕玩弄人心的伎俩。在这个场合，岑照的这句话有多么绝，席银不能完全听明白，张铎却清清楚楚。岑照用自己唯一的妹妹来做担保，张铎无话可说。而言语之间，岑照轻而易举地把席银逼到张铎的对面，令她自以为是一个苟活在张铎身边的人质。另一方面，他也把张铎逼入了一个死局。若岑照在荆州图谋不轨，那么，张铎究竟该如何对待他身边的这个"人质"呢？杀了？

张铎看向席银，她静静望着岑照，眼底的神色，一时竟令他看不清。

张铎不禁牙齿相磨："张平宣，席银，你们退下！"

其声之厉，惊得站在柱后的宋怀玉跟跄了一步，抬头见那两个女人都没动，忙上前道："来人，为殿下和内贵人提灯。"说完，他又轻轻扯了扯席银的袖子。

楼上的人一时间退得干净。

月上中天。岑照仍然垂首跪在张铎面前。

"其实臣并没有什么话要避忌殿下和阿银，陛下大可不必如此。"

"朕想听你说一句真话。"

"臣说的，都是真话。"

"陈孝，你已是个死人，朕不忌讳，你还有什么可忌讳的？"

岑照闻言沉默，半晌，方慢慢抬起头来。

"陈孝的确已经死了。"他说完淡笑，"一晃快十二年了。不过，如今倒是还有很多人都记得，陛下在魏丛山的流觞会上与陈孝的一番对论。不知陛下自己是否还记得起当日之景。"

"无关旧事重提，你想说什么？"

岑照含笑接道："流觞会以清谈为尚，陛下当年随侍大司马在席，甚少言语，直至于商鞅、韩非被陈孝议为'惨礉少恩'，陛下才弃羽扇，立席相驳。其间，陛下有言：'儒道精神崇古，其思笼统、含糊，其行放浪自舒。而法家主"前世不同

教，何古之法"，其论辩严苛，足以削得《论语》《周礼》体无完肤。其行以"赏罚生杀"规范自身，约束臣民。'当年在席的士人皆被驳得无言以对，唯有陈孝发问：'生杀赏罚，可否一以贯之？'"

他说到此处，顿了顿，朝着张铎改跪为坐。

"陛下当时说：'君主为稳王道，无不可杀之人。'这句话……已然是说绝了，陈孝亦无话可驳。不过，如今在臣看来，陛下当年终究是过于自负。君主为稳王道，无不可杀之人。陛下……"岑照说着，抬起头，"阿银这个姑娘，杀不得么？"

话音刚落，只听几案上啪的一声重响，酒盏震颤，余声乱如碎麻。

岑照应声伏地，口中的话却并没丝毫迟疑、停顿的意思："十几年来，陈家灭族，郑氏覆灭，刘姓皇族亦死了一半，甚至连陛下的继父、兄弟都死在陛下手中，陛下的确践行了当年的话，令天下所有的门阀世家、豪门大族都因被强刑震慑而震颤不已。但陛下一定从来没有想过，虽陈家、郑家、刘家都不足挂齿，却偏偏杀不了一个无姓的女人吧。"

此番言辞，几乎把前因后果都挑明了。

张铎拂开案上的乱盏，直言道："陈孝果然已经死了。"

岑照点了点头："好人，根本就不配在洛阳城里活着。当年，他醉心于清谈玄学，终日游弋于山水之间，不知护家族之难，致使陈家百余人惨死于阊春门外。腰斩，算是便宜他了，他本该受千刀万剐，方能赎其荒唐。"


风里起了大寒，酒也冷透了。

席银看见张铎从角楼上下来的时候，月色已晦。他挥手命宫人、内侍都退避，只令席银一个人跟从。然而自从下了麒麟台，他的眼睛就有些发红，一路步履极快。席银亦步亦趋，十分狼狈。

走至琨华殿外，席银忽然顿住脚步，开口道："你别这样。"

张铎回过身喝道："朕告诉你，你今日最好不要开口。你若说错一句话，朕就把你碎尸万段，弃到乱葬岗喂食野狗！"

席银被张铎突如其来的断喝吓了一大跳，但她没有怯退，反而摁着胸口平复气息，一步一步走近他。

一双手无力地伸到张铎面前，对襟的宽袖滑落至臂弯，露出那对细弱的手腕。

"你干什么？"

"我今日忽然有些想明白那日梅医正对你说的话了。"

"什么话？"

"他说，你应该给我戴上镣铐，把我锁起来。"

98

张铎一怔。

席银凝视张铎的目光。

"我不知道哥哥要做什么，但是……我觉得，你因为我，好像在为难。你不要这个样子，我只是你捡来的一个伶人而已。这一两年，你教了我很多，而我一无所有，根本不知道怎么报答你。"她试着将手抬得高些，"廷尉狱和掖庭狱，我都去过。这回你让我去哪里，我就去哪里。"

张铎低头逼视她："你以为你是谁？你以为你能掣肘朕，你不过是岑照放在朕身边的人质。岑照但凡不轨，朕杀了你就是。你这样一个人，根本不配廷尉狱拘禁。"

说完，张铎自己也觉得讽刺。他原本害怕席银会将自己当成一个苟活的人质，如今她倒是没有被岑照全然蒙蔽，然而他却不得不用岑照的这个"道理"来掩盖他自己对这个女人的感情，一连串地说出那么多伤她尊严的话。明明那些尊严是他用了近两年的时间，一寸一寸，给她铸就的。


冷风袭面，却吹得张铎耳后滚烫。他懊悔不已，不肯再面对着她，转身就往阶上走，然而他没跨出几步，却听背后唤道："张退寒。"

张铎脑中一炸，几乎本能地返身逼到她面前，扬手喝道："你再敢唤一句！"

谁知，面前的女人闭着眼睛仰起头道："我不能背弃哥哥，但我也不想被利用来害你、害赵将军。我是你教的，你为什么就不能信，你们的话，我如今能够听明白两三分呢？"

第十七章

# 秋渔

...

像自己一样，拥有疮痍遍布的人生，
竟成了她在现世发的愿。

宫人隐约听见了琨华殿前的声音，更不敢上前，一并跟着宋怀玉远远地在地屏后面立着。

　　席银一个人周身毫无遮蔽地暴露在月光下，如一朵受不得冷的暖季花。从开口时起，她就已不自觉地站至岑照与张铎中间。而在那个位置上，由于她完全不归属于两者中的任何一个，所有有心的刀和无心的箭都会肆无忌惮朝她飞去。

　　张铎忌惮那些并非来自他且未必受他所控的杀意，想着，竟一把扣住席银的手腕，将她带至自己面前。席银脚下原本就不稳，这一抓扯得她一连趔趄了好几步，几乎撞到张铎的胸膛，胸口那一双柔软的乳房紧紧地压在张铎的手臂上。张铎似乎也觉察到了不妥，忙将手臂挪开，谁知竟刮到了她的乳尖。席银觉得头颅内有些如同藤蔓一般的东西潮湿地苏醒过来，肩胛骨陡然僵硬，她像一只被人扣住了脖子的猫一样，不自觉地发出了一丝颤声。

　　大风天的夜里，人的五感本就被风中的寒气逼得异常敏感。张铎根本不敢与席银再在这干净的夜色下对峙下去，便狠心拽着她的手腕，几乎顾不上她的趔趄，一路将她拖进琨华殿，不做丝毫的喘息，径直将她逼到观音像后的墙壁前。

　　席银头上束发的金钗跌落，流瀑一般的长发已迎风散开，有些横遮眼目，有些钻入口鼻。她狼狈仓皇地抬起头，用舌头、嘴唇内向外舔舐，试图将口中那些桎梏她言语的头发吐出去。奈何，那些头发在舌头和牙齿间绞缠混乱，非但不如她的意，反而绞入牙齿缝，她不得已，试图伸手去整理。然而，她的手臂刚抬起，就被张铎禁锢住，一把摁在墙壁上。席银被口中的头发呛住了，一连咳了好几声。张铎伸出另外一只手，抚着她的脸颊，用拇指试着力，将她的头发一点一点地从她口中抽了出来。席银半张着嘴仰起头，试图去迁就他的动作，喉咙处那类似于吞咽的动作带着一股天生勾魂的淫靡媚态。

　　就范于他的威势的艳鬼，哪怕偶尔逃脱禁锢，显出吃人的本相，竟也有就地反杀他的意图，淫靡之美张牙舞爪，一把就掐住了他下身的要害。上回，她也是这副模样，什么都没有说，什么都没有做，只是含着头发，从口中吐出零星泛着白沫的口津就把他沉寂十几年的人欲一瞬间全部点燃。

情欲从来都不是高贵的，深陷欲望之中的人，没有一个不狼狈、仓皇。

十几年来，张铎一直耻于感受自己身上的情欲，然而此时却忍不住，低头朝下身那蓄势昂扬之处看去。

《法句譬喻经》上说：

> 见色心迷惑，不惟观无常；愚以为美善，安知其非真？
> 以淫乐自裹，譬如蚕作茧；智者能断弃，不眄除众苦。
> 心念放逸者，见淫以为净；恩爱意盛增，从是造牢狱。
> 觉意灭淫者，常念欲不净；从是出邪狱，能断老死患。
> …………
> 昼夜念嗜欲，意走不念休；见女欲污露，想灭则无忧。

他竭力地回忆这些经文，细到其字形、笔画，企图让其将脑中那团混沌的东西冲出去，令身下那块痛得他恍惚的肿物平复。然而却是徒劳。

事实上，他从来不认可这些经文，尽管位极人间，他该大开畅快之门，却还是破不了自己观念的桎梏而已，而这层桎梏关乎他人生的气数、阳寿以及此生所有不堪流露的喜怒哀乐。他并不认为女人是邪狱，也不认可女人是他自缚的茧衣，他只是从来没有遇到一个他真正喜欢的人而已。

"滚……滚出去……"

不得已，他只有逼她走，然而他自己愣愣地没有松手。

"出去！"

席银看了一眼自己的手腕："你哪里是要我走的样子？"她说完，转了转几乎被他锢死的手腕。

"松开吧……你下面……"

她想说他下面的勃起之物抵着自己的小腹了。然而，看着他红得发亮的耳朵，她又说不出口。就好像张铎一直不愿意凭着本性凌虐席银，席银也不想自己的话语之中带出一点揶揄的味道。哪怕在这件事情上，他好像真的什么都不懂，不懂如何跟一个女人开始行房，甚至不大了解他自己的身子。好在他此时比其他任何时候都要听话，席银说完，他就松开了手，但却又半晌放不下来，踟蹰地僵在席银额前。眼底的神色是……惶然？

"你每日要的冻水，是不是用来……浇它的？"

"不是！"

他像个呆子一样，梗着脖子。

"那是用来——"

话没有说完，席银忽地被张铎一把搂住了腰，好像急于破解尴尬一般将她整个人从地上抱了起来。然而，他的手拂过她的下身时，竟然触碰到了一摊温热的黏腻——粘在她的绸裤上。

席银感受到张铎的手从自己的私密处拂过，粘在不知什么时候湿透的裤料上，她刚才仅剩的一点点理智和勇气彻底崩塌。

"我……我把它擦干净……"

张铎将她放到榻上，拇指和食指捻着刚刚粘上的黏腻："擦干净？然后呢？"

"然后……"

"之前让你写来交给朕的东西，你写到什么地方去了？"

"我——"

"席银，"他突兀地打断她，"说实话，你在这个时候说的话实在太伤我，但这二十八年，我没有碰过任何一个女人，我不懂女人的感受，也不知道你们求什么，所以我这一次不堵你的嘴，之后你想说什么都可以说。"

席银背脊僵硬地躺在床上："我能……说吗？"

"能。"

她听完闭上眼睛，脚指头突然绷紧，好像回忆起了什么一般。张铎没有出声，压抑着情绪，静静地等着她。

良久，她终于开了口："我……不想自己脱……"

"什么……"

"以前在乐律里，他们一喝醉酒就让我脱衣裳……我不脱，他们就拿酒泼我……我剥过自己一次……我……"她说着，不禁抱着被褥，慢慢地蜷缩起来。

张铎低头望着她，沉默了须臾，忽道："手臂伸开，我帮你脱。"他说完，弯下腰来，"还有腿，也撑开。"

打实来说，张铎的动作实在是笨拙，脱去她的对襟之后，面对那身绳带繁复的抱腹，便一筹莫展。那双雪白的乳房就在薄料之下，连那小巧的乳头轮廓都已依稀可见。但张铎克制住了扒扯的欲望，没有弃掉刚才的应诺，屈着一条腿在席银身边坐下，坦然道："怎么脱，教我。"

＊　　＊　　＊

104

彼此袒身相见时，席银终于完整地看见了张铎那副伤痕累累的肉体，她也终于懂了自己时常感受到的疮痍暗影到底是从什么地方生出来的。

无瑕的雪肤白肉，挨着惨烈的躯壳，荒唐淫荡的本性，撞上赤诚坦荡的欲望。

席银在恍惚和疼痛交替混乱的时候，情不自禁地搂住了张铎的背脊。她的手很凉，每抚过一道伤疤，都令张铎浑身震颤。

那是张铎的第一次，虽然每一次冲撞都出自本能，但他还是不断地告诫自己，温柔一点，克制一点。

那也是席银的第一次，到最后她还是在他笨拙、毫无节律，不施一点伎俩的冲撞之下，痛得泪流满面。可是她始终抿着唇，没有哭出声。她已然感觉到了，这个不可一世的皇帝在她身上的惶恐。而那样一场云雨，对席银来说，却从脱衣开始就已然成为一次疗愈。什么是男人污浊的恶意、什么是男子清澈的爱意，什么是凌虐、什么是疼爱，她逐渐开始懂了。

＊　＊　＊

云雨之后，殿外的更漏声显得格外地清冷，到了后半夜，雨打漆窗，淅淅沥沥的声音静静地在人耳边逡巡。

张铎坐在榻边，一言不发。他身上披着袍衫，一只手臂枕在头下，另外一只手臂平放在枕边，舍给榻边的女人作枕。

席银屈膝跪坐在地上，禅衣凌乱地堆叠在她的脚趾边。她以长发遮背，闭眼靠在张铎的手臂上。两个人都还在喘息，谁也没有说话。

“你……你为什么不说话呀？”

张铎侧头看向席银，她的嘴唇还有些肿，微微地张着，露着几粒小巧雪白的牙齿。

“你为什么不把衣服穿上？”

“我……没有力气。”

张铎从新闭上眼睛，却又听她道：“你放心，我弄脏的地方，我歇够了，就起来擦干净。”

这一句话，令张铎陡然想起了第一次在铜驼御道上遇见她的情景。她因为恐惧，也因为赤裸带给她的浪荡之心，在他的面前春流泛滥。那时，他觉得她脏得令人作呕，于是直言诛心。其言语之恶毒，吓得她跪在马车里拼命地去擦拭。如今……

他挪开一条腿触碰到了一摊冰冷的黏腻之物，分不清是她的处子之血还是她

身体里那些原本温热而坦诚的水。

"席银。"

"嗯。"

"你不脏。"

"你……说什么？"

"你一点也不脏。"

席银听完他的话，半晌没有出声，手指扣着他的手臂，肩膀轻轻地耸动着。

"你在想什么？"

"在想第一次见你的时候。"她说着，仰起头望向张铎，"我……也是这副模样，不知道什么是廉耻，以为……以为把自己脱干净送到你面前就能得救，结果被你斥得无地自容。"

张铎低头看她，她身上的皮肉晶莹若雪，映着观音像青灰色的阴影。他情不自禁地伸手摸了摸她的头发。

"痛吗？"

席银摇了摇头："起初有一点，后来……就一点也不疼了。你是一个很好很好……很好的人。"

"呵……"张铎笑了一声，"你以为你这样讲就能在我这里长久地活下去吗？"

"我不是这样想的。"

"你最初，不就是想活得久些？"

"最初是的。人家给两个馍馍，我就磕头。遇到你的时候也是，只要你不杀我，要我怎么样都行。我从来没有想过，我这么一个人，可以读书、写字、修身、养性，甚至可以听得懂尚书省、光禄卿他们这些人谈论军政要务。你知道吗？"她说着说着，眼底泛起了光芒，"哥哥说你是个滥杀无辜的人，我觉得不公平，对你不公平，对那些将士以及那些被充为军粮的女人都不公平。然后，我竟然说了好些话来反驳哥哥，我以前……从来不会的——"

她面上真实的喜悦之色，如同一根又冷又暖的针直戳在张铎的背上。他不想听席银继续说下去，出声打断她道："若我告诉你，我后悔让你这样活着呢？"

席银抿了抿唇："你后悔，是因为我过于蠢笨，经常伤你的心吗？"

"不是。"

"那是为什么？"

为什么？

因为他此生最不能容忍自己生长的软肋长出来了，因为他自信绝不会落败的局被人布下了一颗危棋。他如果要永立不败之地，就应该重新退回暗无天日的孤

106

独之中，继续不屑一顾地规诫世人，继续压抑人欲，让下身的欲望蛰伏，挥手用抹喉的刀和眼前的这个女人诀别。这是他该做的，可是此时他却只是揉了揉她的头发，没有回答她。

席银也没有追问，起身捡起地上的抱腹。

"拿过来。"张铎突然说了这一句。

席银惶恐，忙把手里的东西向后藏。

"我自己穿……"

"拿过来。"他不肯作罢。

席银迟疑了半晌，终究只得从背后伸出手，将那身水红色的抱腹递了过去。

张铎捏在手中看了一会儿："告诉我怎么穿。"

"你只要知道——"

"你不能只教我脱，我也要知道怎么穿，这两种乐趣，我都要。"

席银说不出话来，她不明白为什么自己从这句话中感受到了一丝暖意。来自眼前这个刚才在男女之事上毫无章法、慌乱无措的男人，也来自那个杀人无数却会问她"痛吗？"的皇帝。

她返身背朝着他跪坐下来，背过一只手，教他怎么系后面的带子，一面道："我在琨华殿外跟你说的话是真心话，我愿意去廷尉狱里待着，直到哥哥和赵将军从荆州回来。"

张铎手上猛一使力，勒得席银身子向前一倾。

"太紧了。"

"比起镣铐，这个算什么？"

他说完，使了更强的力，席银的眼睛一下子红了。

"你哪里都不用去，就留在这里，读我让你读的书，写我的《急就章》。岑照为祸荆州，你就一道论罪。我说到做到。"说完，他松开系带，将手搭在膝上，坐直身子，在席银耳边又道，"我说过，岑照与我，不能用'是非'二字来论，你有命活着的时候，自己看，自己判。"

第一次与张铎躺在一张榻上，席银却并没有睡着。他过于警醒，席银稍微动一下就会令他本能地戒备，直到她把自己的手悄悄地塞入他的掌中。"你捏着吧。"她如是说。

是时灯已经熄灭，席银在他身旁蜷缩着身子也是半晌方等来一句："什么意思？"

"这样我就动不了，你也不会担心我要杀你吧。"

杀戮过多而无惧现世的人，睁眼时百无禁忌，合眼侧面躺下时却会畏惧背后未知的黑暗。她居然知道自己多年的隐惧。张铎捏了捏她的手。手指柔软温热，就连骨头摸起来也是脆弱的，因为久不弹琴，从前留得很长的指甲也被磨得差不多了，没有一丝戾性。张铎不自觉地捏住了她的手。

席银在他身边吸了吸鼻子，轻声道："抓着就不怕我在你边上躺着了吧？"

张铎没有出声。

席银挪了挪膝盖，将自己的脑袋埋入他胸前的被褥中："睡吧，我一点力气都没有了，太累了。"说完没过多久，便缩在他身边呼噜呼噜地睡熟了。

张铎也终于闭上眼睛，安定之后，从未有过的疲倦，像是冲破了平时的克制，汹涌地袭来。他有些混沌地想起，自己第一次对席银动念的时候，他有两个相互冲克且互不相让的欲望，其一是摸一摸她那双柔弱无骨的手，其二是杀了她。时至如今，狠厉的一方终于偃旗息鼓。缴械是因为，在秋寒利落的夜晚，他吞下了一块肉汁鲜甜的肉。从入口，到咀嚼、吞咽，以及吞咽之后那短暂的颅内空白，他都自由、尽兴。与此同时，被弃至乱葬岗那几年的人之常情，诸如依赖、信任、欣慰……裹挟着洛阳纷乱的杂叶，顺着穿门隙的冷风，悄悄地爬上了床榻。

次日，张铎不到卯时就离了琨华殿。

席银辰时才醒过来，却发觉殿门是开着的，胡氏等人却都远远地站在阶下，捧着水，不敢靠近。席银裹着对襟哆哆嗦嗦地走到殿门前。胡氏等人见她衣冠不整，也不敢多看，都垂着头不说话。

席银道："你们过来呀。"

胡氏小声道："陛下说了，谁敢迈上阶一步，就枭首……内贵人……还是自己……"

席银一怔，回头看了一眼昨夜的狼藉之处。都还在，只有他的衣冠不见了。

"陛下……之前传人进来更衣了吗？"

"没有，今日……"

胡氏不知道自己是不是应该把陛下早间拎着衣冠鞋袜独自走去偏室的窘样说出口。她抿了抿唇，垂下了头。

席银没有追问，望着那榻上因昨夜太累而来不及收拾的沾染处发呆。她心想，他是……不好意思……让别人看见吗？哦，也对，二十八年了，第一次呀。

*　*　*

荆州城外，尸体腐烂的气息随着凛冬临近，渐渐压了下来。

赵谦坐在营帐外的篝火旁，搓着手等着柴堆上的野兔子肉冒油。

许博按着剑从大营里走出来。

"赵将军。"

赵谦回头一看，忙拍了拍手站起身："哟，许将军，坐。"

许博也没客气，将剑解下，放在篝火旁，盘膝坐下："哪里来的兔子？"

赵谦笑道："这不围城休战嘛，就让亲兵去前面的林子里打了一只。老将军，我可没擅离军营啊。"

许博笑笑，抬头打量着赵谦道："赵将军，解甲了？"

赵谦抓了抓头，蹲下去拨弄着火堆道："洗了个澡，就松快这么一会儿，却被老将军抓了个正着。得嘞，容我把这兔子烤熟吃了，下去领军棍去。"

许博看着柴火上吱吱冒油的兔子肉，笑着摇了摇头。他倒是实打实喜欢这个骁勇善战的年轻将军——为人赤忱，在沙场上无畏，和远在洛阳的那位皇帝着实不是同一类人。

"上回受的棍伤，好全了吧？"

"嘿……老将军别提了，这回去，张退——哦，不是，我是说陛下，陛下还指不定怎么责罚呢？战时不屑主将，私自呈报军情，老将军，你如果写个奏疏那么一报，枭首的罪我这儿都有了，挨几棍子算什么？"

许博将手摊在膝盖上，笑道："忠心之臣。"

赵谦把兔肉从火架上取了下来，被烫得龇牙咧嘴，还不住地拿嘴去呼气，一面道："我跟陛下，那是过了命的。"他说着，又觉得措辞过于放肆了，忙解释道，"您是军中的老人了，听过金衫关那一战吧？"

"听过，狼狈得很。"

"岂止是狼狈啊，简直就是惨烈。"赵谦的脸映着熊熊的火焰，"张奕张大人，和当时的尚书令常肃，不准护卫皇帝山狩的中领军驰援金衫关，我们百十个人在关上拼死守了三日，最后就剩下了我和张退——不是，啧。"他受不了自己两次嘴飘，索性抬手给了自己一巴掌，"该打，让你放肆。"

许博仰面一笑："无妨，赵将军接着说吧。就剩下你和陛下，之后呢？"

"之后……"赵谦撕下一大块兔腿肉，递给许博，"只能弃关，我为了去捡一只花簪子，结果中箭被俘，被羌人拖在马尾巴后面，差点拖死。"

"花簪子？"

"呃……"赵谦耳朵一红，"这个，老将军就别问了，总之，他拿他自己向羌人换俘。"

109

"他们肯？"

"他说他是张奚的长子。大司马的儿子啊，那些粗人，哪里有不换的？至于后来他是怎么回来的，我就不知道了。不过，他回来的时候满身都是血，简直分不清楚是他自己的还是别人的。不过，他提回了两个羌人的首级。那一年，我和他，不过十几岁。"

许博听完，点了点头，望着不断迸溅的火星子，没有说话。

赵谦转身，语气稍有些急切："老将军，我知道你因为陛下把你的女儿关入廷尉狱以此辖制你，你心里很不痛快。"

许博摆了摆手："帝王心术罢了，我懂，陛下不屑于用姻亲怀柔那一套。只是不知道，重刑杀戮之下何以为继，会不会自损。"说完，他叹了一口气，"不过，杀秦放逼钱粮，用亲儿的生死辖制外将，陛下都很果断。想不到他年少时倒肯舍命救你一次，也难怪你对陛下如此赤忱。"

赵谦拍了拍膝盖："舍命救我？那你就轻看陛下了。"

"何意？"

"他跟我说过，他若死在金衫关，大司马就是舍子护驾，大功一件，皇帝会嘉奖大司马不说，大司马自己也算是把他那个逆子除了，根本不会埋怨朝廷，甚至为朝廷陈情。但如果我死了……我父亲定然伤怀，朝廷会因此遭百官诟病，到时候，我父亲恐将被朝廷戒备，以致不反也得反。金衫关被破，赵家在朝廷失去信任，则会引北面的羌胡长驱直入，中原大乱。老将军，你看，我这脑子当时就想不到这些。"

许博听他说完，掸掉战甲上的草灰，望焰喟然道："十几岁的少年，不易啊……"

赵谦听他这样说，吞下一口兔肉，忽听许博接着道："但他这次遣长公主的驸马为使，其意，我尚未想明白。"

赵谦问道："老将军是说岑照吗？"

"嗯。虽说他多年隐居于北邙山，有'商山四皓，青庐一闲'的称号，但其人十二年前的经历并不传于世。当年刘璧为了反叛自己家的朝廷，几次请他出山，他都不肯，后来是为了什么——"

赵谦接道："为了一个……女人，他妹妹，叫小银子。"他说着，倒是想起了席银那怯生生的模样，不由得笑了笑。

许博压根儿不在意席银是谁，自顾自地道："他哪里有什么妹妹？那是此人的家婢。向陛下讨要家婢不成，反而身受重刑差点死了，后来被长公主所救，才反出洛阳，投奔刘璧。刘璧败亡后，陛下没有杀他，竟把长公主嫁给了他。此人原本一无所有，为庶人，为叛逆，为罪囚，如今尊贵至此。照理，他不会为陛下所容，为何此番陛下还要遣他来荆州担此大任？"

赵谦一时无话可说，总不能直接告诉他，张铎几次杀不了岑照，都是因为那块小银子吧。

"陛下……应该有陛下的考量。"

许博不置可否。

"前驿来报，洛阳遣使还有三日便至江州。围城之事全责交与我，你既已脱甲，就折返一趟回江州，去迎他过来。"

"不必吧？"

许博站起身："他是长公主的驸马。荆州事定，我就要向陛下奏请解甲，带着女儿回南边，不用和这个人处了。但赵将军，你还要回洛阳。"

赵谦一愣，想起洛阳的张平宣，顿时没了一半的脾气。嫁娶是划定缘分的一条线，他没有亲眼看见张平宣出嫁，与她一别小半载，他也从来没有刻意去想过，要不是许博几次提起，他几乎忘了张平宣已嫁作人妇这件事。

江州暮秋，寒肃得厉害。江上沉浮着枯槁的残叶，因战事初平，尚不见渔人出没。水面腾着的雾气迷糊了视线。

永宁关船坞一角，赵谦坐在引桥桩子上，嘴里的草根子已经嚼得没了味道。岑照的船晚来了一日。跟随赵谦返回江州的亲兵多多少少知道赵谦对张平宣多年的执念，今日眼见自家将军为了那位驸马白吹了一日的江风，心里大多不平，不免在引桥下抱怨。

"听说他从前是长公主府上的内宠，哪里配我们将军亲自在此处迎他。"

"可不？瞎眼的驸马，瞎马，目中无人。"

他们为的是赵谦，所以，也没刻意回避他。

赵谦听完这些话，吐出嘴里的草根，抱臂转身道："在说什么？"

众人忙住了口，守着引桥口的亲兵忽回头禀道："将军，来了。"

赵谦闻言站起身，果见一艘轮舟破开江上的浓雾，缓缓地向引桥靠来，舟上的人身穿素白色宽袖袍衫，青带遮目，手拄金竹盲杖，正是岑照。

赵谦走近船舷，抬头道："洛阳一别，近半载了。"

岑照拱手在舟上行礼："赵将军可安泰？殿下甚为挂念。"

明明是一句很寻常的寒暄，赵谦却被那句"殿下甚为挂念"惹得局促起来。

"长公主殿下……近来如何？"

岑照拄着盲杖走下船梯，行至引桥上。江风将二人身上的袍袖吹得猎猎作响。

"甚好。"他含笑应了这么两个字，转而道，"此处还嗅得到尸气。"

赵谦把剑抱在怀中，走向桥边。

水草衰黄，临岸的树木也多为战火所伤，有些一半焦死，一半在垂亡之际挣扎出了几根不合时节的绿芽，几处荣木花尚未凋谢，在满江萧索中艳得令人移不开眼。

赵谦远眺江上，怅然笑道："渡江之战后埋了三日的尸，如今过了一月，什么尸气早该散了，你是在洛阳住得久了，讲究。"

岑照拄杖走到赵谦身后，说道："岑照受教。"

赵谦回过身道："我这人说话直，什么受教赐教的，我听不习惯。"

岑照笑笑："我并无奉承之意。"

赵谦摆手道："打住，我不是张退寒，听得懂你的言外之意。不过，即便听不懂，我也不至于笨得像小银子一样，你说什么就信什么。"

"嗯。"他的声音仍旧平和，立于伤树之前，白衫洁如霜华，"赵将军这么说，是收到洛阳来信了？"

"你什么意思？"

"陛下放我来荆州，不会不设鞭尸剐魂局吧？"

赵谦闻言，不由得一怔。

张铎的信先岑照一日送抵他的手中，字不多，不足一笺，但他反复读了十遍有余，也不知道究竟用一个什么样的词概括这封信的意思。岑照说的"鞭尸剐魂局"，竟令他莫觉得贴切得很。

"那你还敢来荆州？"

"除了岑照，谁还担当得起'尸魂'二字？"

赵谦捏紧了拳："你果然是陈孝。"

岑赵摇头道："陈孝已死，尸魂而已。"

赵谦忽然拔剑逼至他眉心："当年张平宣为了你，几乎毁了自己一辈子的清誉，沦为整个洛阳城的笑柄。十二年前你不肯娶她，如今却与她成亲，你对她究竟是何居心？！"

剑芒在眼前，岑照不退，反而近了一步，赵谦忙将手臂向后一收。

"你……"

"把剑收了，赵将军。"

赵谦握剑的手几乎渗汗，手背上青筋暴起，汗毛竖起。

"你以为我不敢杀你吗？你若伤害张平宣，我绝对不会放过你！"

"我如何伤得了她？"岑照说完，拂了拂袍衫上不知何时勾挂的菱叶，继续

112

道，"她的杀父仇人在洛阳，杀夫之人，"他抬起头，"在江州。"

赵谦行军打仗十几年，还从来没有握不住剑的时候，但听完岑照的这一句话，他的手腕竟然有些不稳。他终于明白，岑照既知张铎在荆州设局，为何敢坦然赴局。这两个人，都是极度自负，只不过一个明明白白地要杀身，另一个却看似无意地诛心。

"赵将军。"

赵谦听到这一声时，岑照已经走到引桥下。

"此去荆州还有几日的路程，你我皆有皇命在身，不便耽搁。"说完，独自走向江边的伤树荫。

江雾封岸，莫名地叫人不安。忽然，赵谦似乎也闻到了一丝丝尸气。他不由得抬起手，狠狠地给了自己一巴掌。

＊　＊　＊

岑照离洛阳后，白昼陡短，天气转冷得厉害。

自从那日行过房事之后，张铎没有提过他的感受。席银倒是想问、想说，然而只要她开口撩开一个边角，让张铎听出端倪，便会被他骂得狗血淋头。

压抑人欲几乎是张铎的本能，哪怕在席银身上饱尝肉汁的甘美，他也不允许自己耽于其中。不过，自从那日过后，他便不再让席银回琨华殿的偏室了。

琨华殿的御案不大，张铎白日伏案时，与席银分坐两侧。

席银要临字，将官纸铺开，就几乎占了一大半的御案，再压上那本《急就章》，留给张铎的地方就只剩下十寸不到。他也算迁就席银，实在挪不开手时才出声问她："你要把我挤到什么地方去？"

席银这才把纸张往边上挪，一面道："我写完了。"

张铎理了理袖子："那就读《玉藻》，我把这些看完，听你诵。"

席银蜷起腿，将手叠放在膝盖上，悄悄地看向张铎道："我能不能……"

"不能。"

"哦。"

席银无法，只得捡起《礼记》的《玉藻篇》，伏在案上，抓着头暗记。博山炉就放在她身旁，里面的沉香腾出水烟，一阵一阵地往她的脸上扑。她本来就因为练字练得疲倦，不一会儿就被这香气熏得眼晕，忍不住想闭眼休息一时，谁知眼睛一闭，她就睡了过去。

张铎用眼角余光扫见了她的模样，伸手抓来玉尺，正要照着她的手背敲时，

113

却见她的手指上有些淤青，忽地想起那是这几日她与自己同榻被自己夜里不防捏出来的。她竟然没有跟他说，还一日不落地写字。想到这里，他不由得把玉尺放下作罢。忽地又听她咳了一声，他这才发觉她为了方便照顾他的茶水，只穿着一件窄袖对襟，没罩外头那件大袖。

张铎四下看了，又不知她把她自己的衣裳收拾到哪里了，索性朝屏后道："宋怀玉。"

宋怀玉听了传唤，忙进来答话，见席银伏在张铎身旁睡觉，一个人占了大半的御案，把张铎逼得都快靠到博古架上了。

"这内贵人……"

"找个什么东西给她盖着。"

张铎似乎压根儿就不在意自己那一席之地的窘迫，索性将案上的书拿了起来，把自己那块地方也让给了她。她也毫不客气，挪了挪手臂，眼见就要把张铎笔海里的笔扫下去，张铎顺手一把拦住，却也只是随手投回，并没有说什么。

宋怀玉见此也不敢出声了，取了一条绒毯过来替席银盖上，压低声音回道："江大人和邓大人来了。"他说着，又看了一眼席银，"要不，老奴唤醒内贵人，让内贵人去偏室……"

"不必，你先去传他二人进来。"

"是。"

宋怀玉转身出去，张铎这才看向席银，轻声唤了她一声。

"席银。"

"嗯……"

席银迷迷糊糊地，抬手就在张铎脸上抓了一把。

张铎捏住她的手腕摁回案上："得寸进尺。"

席银一听这四个字，赶忙睁开了眼，试图把手抽出来，却不想被他越抓越紧。

"朕要见外臣。"

毕竟相处了这么久，席银明白他的言外之意，无论是在琨华殿还是在太极殿的东后堂，只要官员在场，他对她的言行举止就是极为苛刻的。这会儿根本不消他说什么，席银便道："那你……松开我的手啊，让我起来站着。"

谁知，张铎却道："你去屏风后面睡。"

"啊？"

席银不知他是发了什么慈悲心，一时没反应过来。

"睡不着，是吗？"

"不……不是……我在什么地方都睡得着，我就是……不是，是你突然对我这

114

么好，我有点不习惯。"

张铎松开手，捡起滑至地上的毯子递给她。

"去我的榻上，不要出声，只此一次，不会再有下次。"

"好。"

＊　　＊　　＊

这边，席银抱着毯子将将走到屏风后面，江沁与邓为明便走进了琨华殿。

江沁见东面的漆窗开着，深秋难得的日光斜斜地透进来，正落在张铎身旁的屏风后面，映出席银那玲珑有致的身段。

江沁没有说什么，与邓为明一道行过礼后，拱手径直道："荆州呈回的降约，陛下今日驳回了？"

张铎鼻中"嗯"了一声。

"朕后日要去厝蒙山冬狩，在朕回来之前，荆州的降约都驳回。"

邓为明道："厝蒙山就在金衫关之后，如今，战事胶着……陛下还是慎重为好。"

"冬狩是幌子，趁荆州休战议降，年关之前，平定金衫关，朕才能把北面的军队压到江南岸去。所以，朕平定金衫关之前，命中书省好好替朕拟驳令，拖住荆州议降。"

江沁道："恐怕拖不了多久，刘令就会反应过来。"

"刘令反，则岑照该杀。中书省拖不住算了，就让他来拖。"

江沁道："陛下原来算的是这一步。"

张铎放下奏疏："朕算不到这么远，是跟的棋。"

江沁道："此事恐怕不能让长公主殿下知晓。"

邓为明看了江沁一眼，没敢去接这句话。

张铎屈立一膝，对邓为明道："你先回尚书省，申时去东后堂，朕在那里见你。"

邓为明会意，行礼，退出了琨华殿。

张铎指了指面前的席面："你坐吧。"

"是，谢陛下。"

江沁撩袍跪坐下来，见方砚中的墨已渐干，而席银不在，他便抬手挽袖，亲自替张铎添墨。

"臣也许多虑，长公主殿下如今还想不到这一层。"

张铎低头看着砚中渐浓的墨汁："她是想不到，但是岑照会不会让她知道就不

115

好说了。此次金衫关一行，朕要带她一道去。"

江沁点了点头："听说，殿下今日进宫。"

"嗯。"

张铎屈臂靠向凭几，朝漆窗外看了一眼。

临近冬日，难得晴好，天高无云，连摇曳的楸树枝都婀娜无限。

"她去金华殿了，今日是徐婉的生辰。"

江沁顿了顿手中的动作，抬头道："陛下不过去？"

张铎的面前正落着白玉观音的影子，乌青乌青的，像一团好了又伤，伤了又好，后来就再也消不下去的淤血。他终究没说什么，从笔海中取了一支黑檀熊毫，随口道："不必。"说完摆手道，"墨够了。"

江沁应声放下墨饼，拱手行了一礼，也将话说到了闲事上："听梅医正讲，陛下的咳疾好多了。"

"嗯。"

"陛下知道保养身体，臣便安心。"

张铎听完他这句话，五内的血气渐渐不安分起来，他不自觉地朝屏风后看去。屏风后的人被他这么一看，吓得跌跌撞撞地向榻边撞去，也不知道是什么地方被磕到了，喉咙里忍不住发出了一声轻叫。

张铎齿缝吸凉气，屈臂撑着额头，不忍直视。然而江沁在席，他又不好表露什么，只能一言不发，盯着面前她刚刚写好的字来掩饰尴尬。

江沁笑了笑，将目光从屏风上收了回来："等荆州平定，陛下身边应该要有——"

"囿于此事无益。"

江沁被他打断，悻悻然摇了摇头，开口又道："囿于此事固然无益，"他一面说一面看向张铎，"耽于一人，恐更深陷困局。"

席银听到了这句话，但她不明白江沁所说的"耽于一人"指的是谁。张铎哪里像会为一个人沉湎的人啊？她一面想着，一面抱膝缩到床榻的一角躺下。她还来不及把眼合上，便看见张铎从屏后跨了过来。

江沁似乎已经退了出去。席银忙闭眼装睡。

张铎脱下外面的袍衫随手挂在熏炉上，在榻边坐下，伸手抓了一把她身上的被褥。

"起来，我知道你醒着。"

席银的头从被褥里钻出来，她捏着被角小心道："对不起呀……我刚才在屏风

116

后偷听，又失仪了。"

张铎掀开被褥："撞在哪里？"

席银忙扯过被子遮住脚腕："没没……没撞着。"她说着，跪坐起来，把脚藏在间色裙下，抬头看着张铎道，"你不怪我偷听啊？"

张铎枕臂靠下一躺："你听到了什么？"

席银低下头："嗯……听到你让哥哥拖住荆州议和，还听到，你要趁这个时机平定金衫关的外乱，然后，再挥军南下，了结荆州的战事。"

张铎闭着眼睛，静静地听她说完。他刚才和江沁的对谈隐去了很多话，但她都一一猜凑了出来，说得虽然粗糙，却已然勾勒出了他心中的半局。

席银见他不肯出声，小心地在他耳边道："我……是不是没说对？"

"不是。"

"那你为什么不说话？"

"乏。"

席银抿了抿唇，也不敢再说话了，弯腰在他身边趴下来，脚趾不经意间刮到了张铎平放的一条腿。她慌忙抬头看了张铎一眼，见他并没有睁眼，这才放心地闭上了眼，习惯性地把手递给了他。

"你干什么？"

"拿给你捏着。"

张铎拂开她的手，说道："不必了，朕不睡，躺一会儿就去太极殿。"

席银"哦"了一声，又规矩地把手缩了回去。


烟如流雾，没有人走动时，便似画笔一般随意勾勒。

"你的腿不要蜷得那么厉害，朕留给你的地方是够的。"

席银轻声道："我不敢嘛。"

张铎睁开眼睛，侧面低头看向席银，见她不知什么时候抓着自己的袖口轻轻地搓捏。

张铎静静地看了一会儿，忽道："你想问岑照，是不是？"

"没有……"

她急于否认，后来似乎又觉得自己根本无处遁形，便埋着头不肯出声。

张铎仰面重新闭上眼睛，说道："至少现在我没打算杀他，至于他最终会不会死，则在于他自己。你并不蠢，能够自己去看，自己去判，对此，我不想多说。总之，岑照死，我也会处死你。"

"你是不是很讨厌我啊？"

张铎的喉咙一窒。好在她只说了这么一句，就转了话，没再往下说了。

"你去金衫关，什么时候回来？"

"年关之前。"

"那你不在的时候，是江大人来看我写字、督我诵书吗？"

张铎忽然想起江沁那句"耽于一人，恐更深陷困局"。他如果走了，把她丢在洛阳宫，无异于把她留给了江沁和梅辛林这些人，那他回来的时候，她还能不能活着，真说不准。

他想到这里，便脱口道："你的字还是给朕看。"

"什么……"

"你也去金衫关。"

"我吗？"席银撑起脑袋，"你要带我一道去吗？"

张铎看着她："你刚才也听明白了，此行明为冬狩，暗为定关。金衫关是屠戮场，和洛阳宫完全不一样，你从来不知道生死真正为何物，所以才愚昧、肤浅，倒也应该去城关上看看。"

席银点了点头，又道："你身上的那些旧伤，是不是有一大半都是在金衫关落下的？"

对于张铎而言，筋骨无非是寄魂的器物而已，旧伤叠新伤，哪里分得了那么清楚。

"你问这个做什么？"

"我怕你又伤成那样。"她说着，朝张铎的手臂看去，"你的旧伤真的太多了。"

张铎将手臂从她眼前挪开。其实，入主洛阳宫以后，他身上唯一的一处伤是被席银情急之下用簪子扎的。除此之外，这世上连徐婉在内，再也没有人能伤得了他。

"只要你不伤我——"他忽觉失言，忙将后面的话吞了回去。

好在席银没有听出他的情绪，静静地趴回他身边。

"你能让我活得久点吗？"

"你如今的命，值得久活？"

"如今不值得，但我想多修一些功德，在阎罗殿的时候，求阎王让我下世为男子。"

"为何？"

"想像你一样。"

张铎不置可否。像自己一样，拥有疮痍遍布的人生，竟成了她在现世发的愿。不知道为何，他明明应该暗喜，她终于有了靠近他的意图，然而，好似因为自绝人情多年而饱尝无情之苦，他此时竟有些心疼她说出此话。

"对了，我刚听你和江大人说，你要让长公主殿下也去金衫关？"

"嗯。"

"可是我听说，长公主殿下这几日身子一直不大好。"

"由不得她。"

"你怕殿下会去找哥哥吗？"

张铎没有说话，松开胳膊平躺下来："不要再说话了，安静地躺会儿，朕还要去太极殿。"

"是。"

*　*　*

次日，席银听到了金华殿传来的一个消息——张平宣有了身孕。经过太医署诊看，孕期恰有一月。席银心里一半欢喜，一半落寞，竟有些说不上来的复杂。

张铎听到这个消息以后却什么也没有表示，不顾张平宣有孕体弱，仍下旨逼其随行厝蒙山冬狩。

太医署的几个太医权衡之后，心里惊惧，怕有不妥当，于是亲自来陈了几回情。张铎听是听了，但到底也没有松口。

这日辰时，席银正与胡氏一道在琨华殿的月台上扫收枯叶，忽见白玉阶下走来一行人。

胡氏直起身："瞧着……像是长公主殿下。"

席银顺着她的目光看去，果见张平宣带着女婢朝月台走来。

"你去太极殿寻宋常侍，请他寻时跟陛下说一声。"

胡氏正要走，忽又觉得不妥："内贵人……您一个人应付长公主殿下吗？"

席银放下手中的扫帚，拍了拍袖上的灰尘："此处是琨华殿，她是来寻陛下的，不会过于为难我。你赶紧去吧。"

胡氏听她这么说，只得抽身往月台下去了。

这边张平宣已经绕过漆柱，走到席银面前。席银伏身行礼，张平宣低头道："起来吧，进去传话。"

席银站起身应道："陛下尚在太极殿。"

张平宣道："你为何不随侍？"

"回殿下，陛下这几日不准奴出琨华殿。"

119

"你也就听他的话。"

席银躬身又行了一礼:"陛下的话是该听的。"

"吓。"张平宣冷笑了一声,"你的意思是,我也该谨遵圣意,这般随侍厝蒙山冬狩?席银,按驸马的意思,我腹中的孩子,还应该唤你一声姑姑。"

"奴不敢。"她一面说一面让到了一旁。

天已经很冷了,落叶被扫去之后,玉阶上的潮气不一会儿就凝成薄薄的一层霜。

席银立得久亦觉得有些冷,又见张平宣只罩着一件大袖,并没有系袍,便忙走回殿中,把张铎的那件鹤羽织氅衣抱了出来,替张平宣披上。

即便张平宣出于某些嫉妒的情绪而不肯去深想,见席银自己冻得哆嗦,还只管迁就和周全自己,倒也不忍再冷言斥她。

"殿下。"

"什么?"

"哥哥……这么久有信寄给你吗?"

"不曾寄。"她刚说完又觉得她问得有些刻意,凝视着她道,"他有没有信寄来张府,你过问什么?"

席银忙道:"没有,奴就是想哥哥了,他去荆州都快一个月了。"

张平宣看着她羞红的耳朵:"荆州的降约已经递回,朝廷却一直不批复。岑照身在荆州城,每多停留一日,我的心都是不安定的。"她说着凝向席银,"你把头抬起来。"

席银依言抬头,本能地想要回避张平宣的目光。然而她知道自己刚才替张铎试探岑照有没有与张平宣传信,张平宣此时也想要透过她试探张铎的想法,哪怕她再想避,此时也不能避。

"你……在太极殿听到了什么吗?"

"殿下……指的是什么?"

张平宣从看着她那副不知所措的样子,怎么也不像是装出来的,索性直问道:"关于荆州议和,他到底是怎么想的。"

"哦……奴听到陛下和邓大人他们说,其中几条降约不妥,还要交尚、中二省再斟酌,是以驳了。"

张平宣不尽信,刚要再问,却见背后传来击节声。

席银闻声忙跪伏下来,张平宣回头,即见张铎负手而上,须臾便走到她二人面前。

"你在问她什么？"

"我……"张平宣有些惶恐，以致语塞。

张铎低头看向席银："你以为朕不在就不知道你在做什么吗？"

席银摁在地上的手指捏了捏："奴……奴……奴有错。"

"拖下去，打。"

"陛下……饶了奴……奴知道错了。"席银一面求饶，一面扯住了张铎的袍角。

"宋怀玉！"

"哎，是……"宋怀玉连声应着，示意内侍上去架人，自个儿却在发蒙，压根儿不知道席银怎么又惹恼了陛下。

席银被人掰开手，凄惨地望向张平宣，声泪俱下道："殿下……殿下救救奴……您求求陛下啊……"

张平宣望着她狼狈的模样，又见张铎冷着一张脸，丝毫没有要饶恕的意思，倒把她刚才的话信了九分。

"算了吧，是我问她的，即便宫人私论朝政是大罪，也不至于——"

"拖下去！"

张平宣被这一声慑得退了一步，然而也被撞出了真火，提声道："你明明不想我过问荆州的事，你骂我就好了，打奴婢做什么？"

席银已然被人拖下了月台，张铎连一眼都不曾扫去，抬脚往殿内走去："你跟我进来。"

张平宣跟着张铎走进内殿。


殿内十分温暖，席银刚才给张平宣披的鹤羽氅此时是裹不住了，她抬手一面解着系带，一面道："你不是很喜欢她吗？"

张铎背对着她立在观音像下，仍然负着手。

"张平宣，长这么大，除了你，朕还没有无底线地纵容过谁。"

这话，真有些戳眼。自从在张家见到张铎，他一直把她这个妹妹维护得很好，她的错，没有哪一回不是张铎扛下来的，即便因此被张奚打得皮开肉绽，他也不吭声。张奚死后，他登基为帝，张平宣始终不肯跪他，甚至不肯称"陛下"，他也从来不说什么。是以即便张平宣强迫自己，不要为他的话牵动情绪，却还是不由得鼻中泛酸，她忙仰起头，把突如其来的泪意忍了下去。

"那是因为我是个女人，我若是个男子，早就被你送去见父亲和二哥了。"

张铎回过身，从观音像的阴影下走了出来："不要跟朕说这些无礼的话。朕告诉过你，张奚是自尽，至于张熠，那是他咎由自取。"他说完，低头看向她的小腹，

强压下情绪，问道："梅辛林看过吗？"

张平宣抬起头："你以为我骗你，是不是？"

"朕倒真情愿你是在骗朕。"

"可惜不是，陈家有后了。"

"吓。"张铎冷笑了一声。"岑""陈"二字音声相似，若张平宣是有意咬错了字，那这讽刺的意味就过于辛辣了。

"你如今这个样子，再也回不了头了。"

"我救他那一天起，就没有想过要回头。"她说完，迎着张铎的目光朝前走了一步，"我不知道他到底是不是陈孝，我也不想去逼他承认或者否认，既然在中领军营我能遇见他、救他，我就当这是缘分。如今，我不需要你纵容我，我只希望，你可以对曾经被你屠戮过的人好一些，让他尽其才、得起所、有子嗣后代。不要用阴谋再杀他第二次。"

"你以为有这么简单？"

"根本就不复杂，如果你不谋权，洛阳城根本就不会死那么多人！一直以来，只有你是那个大逆不道的人，但你把所有质疑你的人判为逆贼！"

张平宣急于反驳，说得又急又快，说至最后，甚至觉得额角涨疼、胸口发闷。她忙伸手抚摁住小腹，一手去扶陶案。

张铎一把撑住她的胳膊，扶着她慢慢跪坐下去："骂完了？"

张平宣喘着气甩开他的手，抬头道："你真……无药可救。"

张铎立直身，转身朝外道："宋怀玉，传梅辛林过来。"

"我不用他看。"

"你必须让他看，此去金衫关一路，朕会让他看顾你。"

"张退寒！你为什么就不能放过我和我腹中的孩子？！它才一个月，如何能折腾到金衫关？！"

"不要叫朕的名字。"他说完，蹲下去平视其目，"赵谦那样的人，在荆州逼不得已都要吃女人的肉。天下不定的时候，妻儿果腹，你也不算什么。"

"你……"

"你还有什么话要跟朕说吗？"

"……"

"或者你还想问朕什么，直接问，不要去害朕的人，朕如今还不想打死她。"

张平宣颤抖着唇，牙齿打战，颤声道："我不去金衫关，我才把他有子嗣的事情写信告诉他，我要留在京城……我要等他给我回信……"

"朕不准。"说完，他撑膝站起身，拿起张平宣解下的那件鹤羽氅朝外走去，走了几步又回头道，"你今日不要出宫了，去金华殿陪徐婉。朕给你们赐宴，徐婉若是想喝酒，你就守着她喝，她喝醉了若能骂人，你就把殿门关起来，朕不过问。你告诉她，就当是朕祝她千秋。"

\* \* \*

外面刚刚起一阵很烈的风，把天上的浓云都吹散了，月台上干干净净，连一片落叶都看不见。

张铎手臂上挂着羽氅，独自朝阶下走去，正遇见梅辛林拾级而上。他虽然步履疾快，却还是顿住脚步，等梅辛林行完礼起身。

"尽你所能，她腹中的孩子，也是张家的血脉。"

梅辛林笑了笑："张家的？言外之意是什么？"

张铎撩袍从他身边走过："没有言外之意。"

梅辛林回头道："我明白。"说完，他又追来一句，"下面的人还没有动手，陛下不需要走得这么急。"

张铎脚步一顿："你说什么？"

梅辛林道："陛下能动杀念，却始终下不了杀手。其实长公主有何可惧？她要求死，陛下未必不忍看着她死，反而下面那个女人留着才是祸患。"

"梅辛林，做好朕让你做的事。"

风把这句话一下子卷出去好远，撕碎了尾音，刺耳地传入了席银耳中，她趴伏在地上，身旁是宫正司执刑的人，手握刑杖，却都有些无措。宋怀玉立在阶下，见张铎下来，忙出声引众人行礼。

一时间所有人都跪了下去，只剩下席银仍旧趴伏在地上。

"为什么不打？"

宫正司的人面面相觑，不敢回答。

宋怀玉只得开口道："陛下，内贵人身上有一只金铃，是御赐之物，宫正司的人不敢伤损。"

"为什么不让她解下来？"

"因为我不让他们解。"

席银的声音脆生生的，并不是十分恐惧。她趴伏的姿势有些好笑，手指握成圆圆的拳头，放在脑袋前面，头则枕在那一对拳头上，像睡觉时贪暖的猫。

张铎蹲下去："你不该打吗？"

席银抬头，就着拳头揉了揉眼睛："我没有被人利用，不该挨打。"

张铎望着她笑了笑："朕不屑于演戏，你逼着朕跟你一块儿演。"

席银吸了吸鼻子："若不这样，怎么稳得住殿下呀？她有身孕了……你刚刚……没使劲骂她吧？"

"骂了。"

"哎……你怎么……"

她刚说完就要撑起身，又意识到有宫正司的人在场，她连忙又捏着拳头，认罚地趴了下去。

张铎笑道："我怎么了？"

"你让着殿下嘛，我之前都试探出来了，哥哥没有送消息去张府，殿下什么都不知道。"

第十八章

# 秋篱

• • •

张铎封心的很多围墙都垮了，瓦砾埋入荒雪，
除了席银，再没有人敢赤着脚去上面踩。

张铎笑了一声："朕知道怎么护她。"说完，他握住席银的拳头，将她从地上提了起来，"起来吧。"

席银站起身拍了拍身上的灰，捏起自己腰间的那只金铃道："想不到这大铃铛竟能救命。"

"朕跟说了很多次了，它叫'铎'。"

席银道："也就你讲究，外面的不都叫它大铃铛嘛，和我脚——"她没说完，忽觉后面的话冒犯了眼前的人，赶忙闭了口，甚至险些咬到自个儿的舌头。

张铎知道她后面想说的是什么，却并不想冲她发作。她不敢口无遮拦，这意味着她明白什么是侮辱、什么是尊重。然而这些都不是最重要的，令张铎今日畅快的事是，她拿着她自己那点小聪明，悄悄地开始维护起他这个人来。

"把氅衣披上。"

"哦。"

席银乖顺地接过他递来的鹤羽氅，反手抖开，把自己裹了起来。氅衣上还带着张铎的体温，一下子焐暖了她在风地里趴了许久的身子。

"好暖和啊。"她说着，抬头望向灰蒙蒙的天，浓云聚拢，在二人头顶慢慢蓄积着什么。席银抬手理了理碎发，柔声绫道："你看，是不是要下雪了。"

张铎挥手，示意宫正司的人退下，沉了声音对那个还望着天际出神的人道："朕的东西，以后不要随意给别人。"说完，不再跟她一起在风地里戳着，返身朝玉阶上走去。

席银见他走了，忙拢紧了衣襟，亦步亦趋地跟上去，追道："给殿下也不行吗？"

"不行。"

"对了，哎……你等等。"

她忍着有些僵麻的腿，连登了几级，捏着张铎的袖口，认真地看着他："去金衫关这一路让我去照顾殿下吧。"

张铎下意识地放慢步子迁就她，口中却道："松手，不要随意碰朕。"

席银忙把手缩了回来，背到背后："那你答不答应啊？"

"朕会让人照顾好她。"

"你放心别的人吗？"

张铎没有出声。

"让我去吧，我一定看好殿下，不让她出事。"

张铎一直没有应，侧身看了她一眼："你担心什么？"

席银闻言忙道："你不要误会，我绝对不敢去想殿下的孩子能唤我一声姑姑，我就是看你担心殿下，又不肯明说……"

张铎无奈。他教会了她读书写字、为人处世，却不知道怎么教她不要那么直白地去剖解他的内心。诚然他着实矛盾，一面不容许任何一个人成为掣肘，一面也暗痛亲族的遗弃。寒夜孤室内，他也想要一个知心知肺的美人柔软地在他身边躺着，但这无疑又是另一种威胁，意味着他会不忍，会纵容。毕竟他所行之路，山若业障，水若苦海，稍有不慎便会万劫不复。他明知道起心动念之后就应该杀了她，然而却恨不得和她在床榻上把从前压隐的全部补回来。她的心太灵敏，肉体太销魂。是以当他把她往乱世里扯拽，她也无意识地，在把他往艳狱邪牢里拖。

"白日去，夜里回朕这里。"

"好。"

席银欣喜于张铎松口，然而突又意识到他那后半句话背面似乎还有一层意思，顿时红了耳根。

张铎抱臂看着席银，他喜欢看她面对男女之事时的羞涩，这也是她在他身边学会的东西，诵《玉藻》百遍，明衣冠之礼，扼情欲百次，识放浪之快。对于席银而言，识得"羞耻"之后，在张铎身上纵欲寻欢的快感实在鲜明、深刻，哪怕只是零星的几次，每每想起，都如同冰扎火燎，脑昏身酥。

"耳朵。"

"耳朵……什么……"席银忙伸手去捏自己的耳朵，"我没想不该想的……"欲盖弥彰。她顿了顿脚，忍不住"哎哟"了一声，捏着耳朵垂下了头。

等她再抬起头时，张铎已经不在她面前了。

风凄冷冷地刮着，枯树寒鸟映着天暮，席银抱着膝在阶上蹲下来，懊恼道："该承认的。"

*　*　*

席银一直期待的洛阳雪，在随张铎离都冬狩的那一日落了下来。

十一月中，雪气还不至于冷冽，与初春时的雪有些相似，细若尘粉，落在干燥的地上，踩上去沙沙作响。

127

席银与张平宣一道坐在马车中，随车同坐的只有张平宣身边一个上了年纪的周姓女婢。

有了年纪的人，事事比席银周全，对饮食起居照顾得一丝不苟。但她为人刻板得很，张平宣睡着的时候，她便不准席银合眼，说长公主有孕，在车马上劳顿久了，难免腿有浮肿，让席银跪坐在一旁替她轻轻地揉。

一路上雪都没有停。出了洛阳外郭，便入百从山，山道积雪，极不好行。

照理说，冬狩是士族的冬季娱兴，原本不必过急，路上亦可访寻古迹，宴集乡雅，赏景清谈，但张铎此行却似行军，随扈的士族子弟颇为辛苦，却也没有一个敢说什么。

一连几日，张平宣什么东西都吃不下，哪怕喝了些清粥，夜里也都吐得干净，空了胃，腿肿得跟萝卜一样，一摁便是一个久久不平复的坑。后来甚至隐隐见了几次红，吓得席银和周氏不轻。

这日，席银把炭火炉子里的炭多添了足有一倍，张平宣仍然缩在被褥中，浑身发抖。

周氏跪在张平宣身边，摸了摸她的额头，回头对席银道："这样折腾下去也不是办法，迟早得出事。"

席银放下手中的炭火钳，挪着膝盖跪到周氏后面，看了看张平宣的形容。她紧紧地闭着眼，手指抓着肩膀上的被褥，虽在唤冷，额头上却全是冷汗。

"殿下……"

"滚……"

席银不敢再开口问，周氏道："你去求陛下停一停仪仗，我们这里好备一备，让梅医正上来看看。"

"我……我不用她去求，你让她回……回……"

周氏握住张平宣的手道："殿下……您不为自己着想，也要为您和驸马的孩子着想啊……您这样撑着，终究是要出事的啊，这还不足三月，都见了几次红了。"

"我无妨……"

席银见她似乎难受得厉害，便撩开车帘道："停一停。"

驾车之人回头见是她，为难道："内贵人，今日戌时必行至照圩行宫。"

席银回头看了一眼张平宣，然后一手撑着帘，一手扶着车耳道："我知道，只是殿下此时不大好，我要去请梅医正过来看看。"

驾车人道："梅医正……此时在陛下的车驾上。哎哟，这……"

"你停一停吧，让我下去，陛下要怪罪也是怪罪我，不会苛责你的。"

128

驾车人听她这么说，也着实怕长公主出事，便仰身拽了马缰，将车辇稳住。

"内贵人，留心脚下。"

席银踏下马车，一刻不停地追张铎的车驾去了。

山道上的雪仍然下得很大。

出了洛阳城，就连洛阳城中最柔软的东西也失了温雅之气，沾染着乡野里的肃杀之气，毫不留情地朝席银的面门扑来。

席银顾不上冷，踉踉跄跄地追到张铎的车驾后，还未奔近，便见江凌拔剑喝道："谁？"

雪眯人眼，他眯着眼睛看了须臾，才发觉车下的人是席银。

"内贵人。"

话音刚落，便听车内张铎道："让她上来。"

江凌忙应是，扬手命仪仗停下，亲自扶席银登车。

席银上了车，果见梅辛林跪坐在张铎对面，张铎只穿着一件禅衣，衣襟尚未拢齐。隔着绫缎，也能看见他腰腹有上过药的痕迹。

席银忍不住脱口道："你怎么了？"

张铎应道："十几年前的旧伤。"

梅辛林笑道："都说草木知情，臣看，连这身上的伤也是灵的。"他说着，收拾着手边的药箱，叹道，"近乡情怯啊。"

张铎没理会他这句话，抬手理着衣襟，对席银道："什么事，说吧。"

"是，殿下看着着实不好，想求陛下暂驻一时，我们好备着，请梅大人去仔细看看。"

张铎看向梅辛林道："她如何？"

梅辛林道："前几日的确是见了些红。"

张铎没有说话，等着他的话。

梅辛林见他不出声，笑了笑道："陛下过问得倒少，臣也不好多嘴。昨日看过了，腹中胎儿倒是没什么大碍，不过殿下本身就要遭大罪了。"

张铎闻言点了点头，伸手把放在腿边的鹤羽氅拖了过来，反手披上，随口道："那就不消驻停，等今日到了照圩，你再好好替她看看。"

梅辛林笑了笑："行军路上，臣不说什么。"说完，便起身要下车。

席银忙拦着他，转身对张铎道："我知道行军重要，我不该不懂事，但……能不能就停一刻，我服侍她好好地喝一碗粥，殿下这几日几乎没吃什么东西。"

张铎系上鹤羽氅："下去，不要在这儿烦我。"说完，他抬头朝车外看了一眼，

大雪簌簌，天地混沌。

"还不下去？"

"求你了。"

张铎随手拿起一卷书："我没说不准，还剩几页书，看完即刻起行。"

席银露出笑容："是。"说完，跌撞着下了车。

梅辛林看着雪影里的那道背影，问道："陛下平日与这奴婢说话，不在意言辞称谓？"

张铎将手臂从氅里伸出，平放在膝上，看着禅衣袖口之前被席银戳伤、咬伤的地方。逼近金衫关，他身上的很多旧伤都如梅辛林所言，近乡情怯，隐隐地发作。唯独被她所伤之处，虽都是新伤，却安安静静地蛰伏着，只是偶尔发痒、发烫。席银和这些伤一样，从始至终都在不断地侵害张铎的皮肤和精神，而他却不想这些伤过快地痊愈。

"朕很少与她说话。"

他说着，随手翻了一页书。雪花透过车帷稀疏地落在书页上，车外踩雪的声音窸窸窣窣，松木的香气淬过雪，越发清冽。

"自从她犯错，你与江沁二人明里暗里地跟朕说过很多次要朕处决她的话。"

"但臣与江大人一直不知道陛下作如何想。"

张铎沉默须臾，直言道："朕动过几次念，她自己也是知道的。"

梅辛林点了点头，跪直，拱手向他行了一礼，道："陛下尚存此念，臣便不再多言，臣去看看长公主殿下。"

张铎"嗯"了一声。

车帷一起，雪气扑入，张铎借着起帷的当儿，又朝雪里的那个人影看了一眼。她呵着气立在张平宣的车下，与宫人一道传递吃食。出宫在外，她没有穿宫服，而是穿着青底绣梅的对襟袄，下着同色的素裙，耳上缀着一对珍珠。为了方便取物接物，她半挽起了袖子，伶俐地露着半截手腕。不再试图以色求生之后，其人日渐从容，得以平和地应对张平宣以及洛阳宫中的其他人。

然而讽刺的是，这世上总是春宴偏偏早散，好景不得长久。

张铎亲手教会了她如何自律平宁地生活，带着她偏离了淫艳恶臭的命途，却也令她踏上了另外一条有损阳寿的险路。

这边，张平宣好不容易灌下了大半碗清粥。

梅辛林在车帷外面请出其腕，斟酌一回，又重新写了方子，交与周氏。他刚要走，却听见背后传来一个柔软的声音："梅大人，留步。"

梅辛林回过头，见席银跟了过来。她走近梅辛林，并没立即说话，而是端正身子，交叠双手，在雪中恭敬温顺地向他行了一礼。

梅辛林看着她的模样，想起第一次在中书监府外见到她，她惶恐地跟在赵谦身后，赵谦让她行礼，她就怯生生地躲……与那时相比，眼前的席银虽不至于说是脱胎换骨，至少有了不卑不亢的仪态。

"内贵人有什么事吗？"

"是，我想问问大人，陛下腰腹上的伤不要紧吧？"

"哦，那都是十几年前的旧伤了。"说着，他也不打算与她多解，转身朝前走去。

席银追着问道："是金衫关那一战所伤吗？"

"是的。"

"十几年了……还会疼啊？"

梅辛林笑了笑道："那是有人握着刀剑拼上性命去砍的。"

席银抿了抿唇："我知道了，是我肤浅。"

梅辛林微怔，他原本无意刻意晒她见识短浅，话说得并不那么犀利划脸。因此，她自认肤浅，这无意间流露的清醒和坦然倒是梅辛林没有想到的。

"你……"

"我能做什么吗？"

梅辛林抱臂打量着席银："内贵人指的是什么？"

"长公主的身子……还有陛下的旧伤。"

梅辛林拢了拢袖子，摇头笑出了声："内贵人一个人，侍候这两位贵人，不难吗？"

席银摆手道："不难啊，殿下……性子是急了一些，但也好相与的。至于陛下嘛……"她红着脸搓了搓手，"我……不敢说。"

张平宣的女婢跟了过来。

席银转身问道："殿下好些了吗？"

"殿下用了些粥米，这会儿缓些了。内贵人，陛下传令起行，您回吧。"

"好。"她说完，正准备走，忽又记起礼数，忙又在覆雪的大松下站定，叠手弯腰向梅辛林行了一个辞礼。

"多谢大人赐话，我改日再向大人请教。"说完，她这才踩着厚雪，跟女婢一道去了。

*　*　*

蒙厝山大雪封山。

冬狩的队伍被截在了行宫，张铎却没有停留，在行宫宿了两日，便动身前往金衫关。

启程的前一夜，席银陪在张铎身边。

张铎在看金衫关的军报和地图，席银撑着额头仍然在写那本《急就章》。张铎偶尔看一眼她的字，但对好与不好不多评。席银见他不说话，戳了戳他的手肘。

张铎以为她施展不开，刚把手臂挪开却听她道："我好写的，你不用让我让得厉害，这……毕竟是你的书案。"

张铎头也没抬："你写你的。"

席银揉了揉眼睛："以前我写得不好你还要骂我，现在你都不说什么了。"

张铎放下手中的图纸，取了一支笔，蘸着席银写字的墨，圈画几处，随口应她道："你的字骨已经有了，剩下要修的是笔力，不用我说什么，年深日久，你自然有心得。"

"嗯……"

席银见他没有说话的心思，也不敢搅扰他，将自己写好的字平整地压好，起身朝外走去。

"去什么地方？"

"不走。我去给你煮一壶茶。"

张铎搁下笔，抬头看向她："不喝，今儿歇得早。"

"哦，是。"

席银应声返回，抚规矩裙裾跪坐下来："明日就要去金衫关吗？"

"嗯。"

"那伤还会疼吗？"

"你说什么伤？"

"你十几年前在金衫关受的伤，我听赵将军说过，你为救他，当年一个人陷在羌营里，回来的时候受了很重很重的伤……我以前倒是……摸到过。"她说到此处，脸色有些发红，抿了抿唇，正了颜色道，"只是摸到的都是很厚很硬的疤，我以为你不会疼了。可那日听梅大人说，刀剑砍入肉，深得甚至会见到骨头，和鞭子棍杖的伤是不同的，即便过了十几年，好像也会疼。"

"你为什么问朕这个？"

席银摇了摇头："我也不知道……"说着，她抬起头，凝神看向张铎，"你曾经差点被司马大人打死，那会儿我看着你……我以为，那就是你最痛的时候，可是现在想想，好像不能和你当年的伤相提并论。我想知道……"她低头看着自己的裙带，拿捏了半晌的言辞，也不知道怎么说才好。

"你可以问得浅一些，朕试着让你懂。"

席银点了点头，试探着开口道："我想知道……打仗，不对，不是这个意思，我想说，杀人……嘶……"她有些混沌，张铎却没有打断她，静静等着她去拼凑有限的言语。

"我的意思是说，那种在战场上杀人或者被人杀，究竟是一副什么样的景象。"

张铎沉默着没有说话。

席银拍了拍自己的嘴："对不起，我说不出来。上回，你说荆州缺军粮，将士们吃女人时起，我心里就一直有些乱意。我觉得很残酷、很可怕，但是好像又不能埋怨他们，甚至觉得他们很可怜……"说着，她定了定声，确定了自己想表达的意思后方道，"不仅仅是那些被烹来吃的女人可怜，将士们也很可怜。我心里有这种感觉，但是又不知道跟谁说。"

张铎看着她沉默了一阵，忽道："你从前弹过《破阵曲》吗？"

"没有，但是哥哥会弹，我以前听他弹过一次，那一声声打着骨头，敲着魂魄，很动人。"

"那你为什么不学？"

"哥哥说，洛阳城里的人都不喜欢听那种过于刚硬的曲子，就不叫我学。"

"金衫关的城关有一只金铎，我不通音律，但我可以带你去听一听它的声音。或者，你想不想亲眼去关上看看战场上杀人的景象？"

席银仰头道："我想的，但是……这次我想好好看着长公主殿下，我怕你去关上了，她强要回洛阳，会出事。"

张铎向后仰靠，问道："她今日如何？"

"在行宫休息了两日，比之前在路上的精神好了很多，就是一直说要回洛阳去等荆州的回信。"

张铎沉默了须臾，忽道："你现在不敢在我面前提岑照。"

"不是……我心里也很担心哥哥，但是我信你不会轻易杀他。"

"为何？"

"因为你从来没有骗过我呀。"

她的目光认真而诚恳。张铎不得已，闭上眼睛，忽觉眼前晃过一大片几乎红得要烧起来的血影子。

"陛下？"

"嗯？"

"既然看不到金衫关外砍杀人的场景，那能让我看看……你腰上的伤吗？"

张铎的呼吸陡然一顿。

"我之前只是摸到过，但从来都没有看清楚。"

张铎没有说话，抬起一只手解开衣襟，褪掉禅衣的一只袖子，露出半边身子。

"在左腰上有一道，是戟所伤。"

席银挪了挪膝盖，跪到他身侧。

那道疤在肋骨的下面，几乎贯通整个左腰，她下意识地伸出手顺着那道疤的走势抚上去。

张铎浑身一颤，忽然喝道："你把手拿开！"

席银吓了一跳，忙抽回手，背在身后，与此同时，竟听到了张铎牙齿摩擦的声音。

"是疼吗？"

"不是。"他捏着衣袖平息了一阵，"不要去摸，明日上关，朕今夜不想碰你。"


他这样说了，夜里果真就与席银相背而睡。

在"克制"这件事上，天下再没有一个男人比他更言而有信。

席银半夜翻过身看他，夜翻出无边的底色，眼前的人只是一个阴沉的轮廓。

那夜北风呼啸，把外头石灯笼里的火焰摇得忽明忽暗。厝蒙山不比洛阳，不知是不是因为临近金衫关当年的埋骨地，树浓荫深，逢着大风的雪夜，山中的万灵便有蠢蠢欲动之势。

席银眼睁睁地看着殿中物影被凌乱的灯火扯成了鬼魅，感觉背脊寒津津的，不禁悄悄地向张铎挪得近些。

"你做什么？"

"我……有点害怕……"

张铎听完这一句，睁开眼睛沉默了须臾，忽地翻转过身，拢紧她肩上的被褥，摸了摸她的耳朵。

"没有鬼，有鬼也近不了你的身。"

"嗯……你百无禁忌嘛，鬼也怕你。"

这话陡地一听，还真是听不出来到底是在恭维他还是在骂他。张铎刚要开口，却见席银把头埋进被褥中，瓮着声音道："明日你……就不在了。"

她说得很轻，下意识地吸了吸鼻子。

张铎原本想说的话说不出来了。他闭上眼睛缓了一阵呼吸，放平声音，轻声道：

"我不在也是一样的。"说着，翻身仰面躺下，又补了一句，"你还是睡在我这里。"

席银听他说完，竟起身下榻，赤脚踩在地上，哆嗦着走到熏炉旁，在自己的衣裳里一阵翻找。

张铎坐起身，随手点燃了榻边的灯："找什么？"

"找我的大铃铛。"她说着，已经把那只金铃从绦带上解了下来，然后浑身冰冷地缩回张铎身边。怕自己冰着他，她又往角落里挪了挪。

"百无禁忌，百无禁忌，我捏着它睡就不怕鬼了。"说完便将那铃铛握入怀中，抿着唇安心地闭上了眼睛。

张铎看着她捏紧铃铛的手像猫的爪子一样向内抠着，忍不住笑了一声。然而他没再出声，侧过身吹灭灯盏，背向她从新躺了下来，任凭她的胳膊靠着自己的背脊，一晚无话。

窗外风声吼叫，大雪封山的寒夜，其实早已无所谓谁手脚冰冷、谁五内滚烫。

张铎封心的很多围墙都垮了，瓦砾埋入荒雪，除了席银，再没有人敢赤着脚去上面踩。

＊　＊　＊

张铎去了金衫关，厝蒙山行宫便成了清谈雅娱之地。

十一月底，山雪停了。松间悬挂晶莹，满山兽灵惊动，随扈张铎的士族子弟纷纷入了林。席银闲时也曾与胡氏等人一道爬上厝蒙山的右峰，朝金衫关眺望。

厝蒙山气象万千，时见云海，时见鬼市，并不是每一次都能看见金衫关的城楼，然而，但凡遇见刮北风的天，席银便能在峰上闻到山那边几乎呛鼻的血腥气。

若从山理水文来说，厝蒙山横亘在中原与北地之间，阻挡了北方的冷沙，山北有灵物，凋零、颓败，而山南则草木葱郁，林兽肥硕。

席银倒是隐约看到了另一层的荒诞。

山北人尸堆丘，而山南，人们剐下兽肉来炙烤、涮烫，剩下的骨架也堆成了山丘。

张铎自始至终没有跟席银讲过他是活在哪一边的人，也从来没有跟她说过，到底哪一边的人才算是好人。毕竟关外厮杀做的是见人血损阳寿的勾当，而林中狩猎、梅下清谈倒不失为修身养性之道。这些道理明存于世，显而易见，但席银逐渐从张铎的沉默里读出了他冰冷的执念——坚硬如他的筋骨肉体遍布世人执刀挥剑，诋毁、抨击后留下的疮痍，他却一直隐忍、自信，从来不曾改变过。与之

135

相反，那些把所有的肉都烤熟，摒掉所有血腥气的人说话时清傲的语调、矜持的神色，在席银眼中，倒是越发虚伪起来。

因此，席银回避了行宫里的很多事，白日里顾着张平宣的身子，夜里独自一个人缩在张铎的榻上，捏着他给她的那只大铃铛，战战兢兢地睡觉。

张平宣自从来到厝蒙山行宫，情绪一直不好。母体的损益影响胎儿，哪怕她竭力配合梅辛林的诊治，胎象却还是极不安稳。席银白日间几乎不敢小睡，一刻不息地守着她。其间，她几乎不敢说话，遭了张平宣的训斥也自个儿吞了，尽量去迁就她。

十二月初，金衫关战事初露胜态，荆州议降一事却陷入了胶着的险境。

荆州城外，赵谦骑着马在营门前眺望荆州城。

才下过一场大雪，眼前的城楼被雪覆盖，白茫茫的一大片，连城楼上驻守的士兵都看不清。

距离赵谦送岑照入城已经过去了快一个月，其间，降约几次递出，又几次被尚书省驳回。赵谦虽然知道这是张铎先定北乱而后集兵南下之策，但是拖得越久，他心里越是不安。

长风扑来，城边的高草如芒，马一扬前蹄，嘶鸣起来。赵谦拽住缰绳，掉转马头，却看见许博骑马从内营中奔出，在他面前勒住马头道："荆州城内有变，你我要设法困城。"

赵谦道："什么变故？"

许博身边的亲兵道："赵将军，据我军在荆州城内的探子回报，刘令几次议降不成，恼羞成怒，已将驸马锁拿囚禁。"又接道，"不过，这个消息还没有公开。"

赵谦道："嗯，我也收到了这个消息。刘令怕是也看出陛下的意图了。"

许博摇了摇头："还不至于，我在江州和他打这么多年的交道，他这个人，虽然也算在战场上历练过，但大局观念甚薄。他若是勘破陛下的意图，这个时候已经在筹划破围了，不可能还这般冷静，按兵不动。"

赵谦闻话，在马上沉吟了半晌，心里已然有了念头。

许博见他若有所思，直言问道："赵将军猜到什么了？"

赵谦抬起头，迟疑了一阵，方吐了两个字："岑照。"

他刚说完，一阵带着衰草苦气的风卷尘扑来，把连营中无数旌旗吹得猎猎作响，二人的马蹄不安地踢踏起来。

许博索性翻身下马，摁住马头道："这个人在婆长公主殿下之前，与'商山四皓'齐名，云州之战，你与他交过手，有何评价？"

赵谦应声道："此人虽然眼盲，但极善排兵布阵之道，连当年的郑扬老将军与他对阵都十分吃力。"

许博一面听一面点头："这是兵法。战局观又如何？"

赵谦越说，额头越凉，低头对许博道："许老将军，你应该知道当年云州城是如何拿下的，由岑照谋划，末将才得以在云州城外不损兵卒，一举生擒刘璧。末将不说在战局观一项上他与陛下相比如何，但至少凌驾于末将之上甚多。"

许博忖度着赵谦的话，又道："若驸马变节倒戈，将陛下的意图告诉刘令，这件事情就麻烦了。但我现在不明白的是，如果驸马倒戈，为何不帮刘令脱困，反而令荆州按兵不动。这不是等着金衫关挥军南下吗？"

赵谦道："因为岑照不敢。"

许博一怔："赵将军难道有陛下的密诏？"

"密诏谈不上，末将在江州接岑照之前的确先收过陛下传来的信——陛下此次准他为使前来荆州议和，目的就是为了拖住刘令，若拖不住刘令，岑照就是弃子。因此此次护送岑照入荆州城的人皆是末将的亲兵，刘令若欲有破困之举，他们就会立即斩杀岑照。岑照应该知道，荆州反，则他亦死，因此他即便变节倒戈，也不能让刘令有破城而出的举动。"

许博喟道："陛下对此人有杀心，竟还敢这般用他？"

赵谦笑了笑道："你我都是下战场的莽夫，不擅长斡旋之道，况且，这场议降和金衫关那头冬狩一样，都是幌子，终究是要露出里子来的，议降不成，回来也同样可以议死罪。许将军，你现在明白为何陛下不让你这个主将去荆州议降了吧。虽然因禁你的女儿逼你在渡江之战时竭力，但陛下从来没有要真正拿捏你的生死。"

许博摇了摇头，喟笑不语，半晌方开口转话道："如今这个局面，你怎么看？"

赵谦迎风朝荆州城看去。

"我如今最担心的是，我们猜不透他的下一步。"

许博顺着他的目光一道望向云雪之间的荆州城楼："金衫关战况如何？赵将军，你那里有确信吗？"

赵谦应道："羌人已被驱出金衫关外十里，年关之前，大军便可挥师南下。"

"赵将军，你我所受的军令是困城，不论这位驸马有什么意图，我们都必须在金衫关结战之前困死刘令，不能让他与南边刘灌的五万大军会合。其间不论发生任何事，赵将军都不得轻举妄动，听从军令，否则军法处置。"

赵谦闻言一怔，显然，张铎知他易受张平宣的影响，早已把铐他的镣铐交给了许博。

"末将明白，荆州是战场，即便我不顾自己，也不会罔顾万千将士的性命。一

切遵将军军令行事，若有半点差错，末将自请死罪。"

四方天同。

张铎登极后的第一年冬，雪沾热血，霜盖枯草，山河苍朴，连石头的棱角都似有刀劈剑斩的凌厉。荆州城外，万军戒备，枕戈待旦。连营五里，灯烧千万帐。

而厝蒙山行宫，众人才吟完一轮咏雪诗。

青松冷冽，梅香沁人心脾。

席银坐在西廊上看庭中的雪，手边的药炉里正在煎给张平宣安胎的药。她这日穿着一件银底朱绣海棠花的对襟大袖，绾灵蛇鬓，簪着一只金雕衔垂珠，人面娇艳如花，临雪而坐，与那入廊而放的梅花相映成趣。

庭中驻守的内禁军虽不敢明看，但偶尔也忍不住将眼风往她身上带。即便如此，也大都不敢久留，只在她面上一撞就赶紧避开。

这些内禁军都是江凌的人。自从张铎离开厝蒙山行宫，前往金衫关，张平宣此处的护卫就变得森严起来，内禁军两个时辰一轮换，日夜值守，但凡进出此处的人，皆要盘查。

不过，席银却不在盘查之列。内禁军对她很尊重，不过问她什么时候过来，也不过问她什么时候回张铎的正殿，只遣人不近不远地跟着她，将她一路送回正殿方止。这令张平宣身边的女婢皆有不满。

是时，已过了正午，张平宣将将歇午躺下，周氏捧着水盆从殿中掩门出来。廊上有凝成冰的积雪，她一脚踩上去，一个不稳便跌了手中的盆，盆翻扣在地上，发出哐当的一声。内禁军闻声立即摁刀上前戒备，席银回头，见是周氏，忙起身对内禁军道："没事，你们先退下。"

周氏弯腰去收拾地上的狼藉，席银也蹲下去挽起袖子帮她，还没上手便听周氏道："内贵人还是看好殿下的药吧。"

席银从她的声音里听出了不悦，知道她是在恼这庭中森严的守卫，也不好说什么，起身悻悻地理着袖子，重新在炉旁坐下。她低头看着周氏，想说什么，又觉得多说多错，一时欲言又止。

周氏一面收拾一面埋怨道："当我们殿下是囚徒吗？一步也不让出，外面的人也不让进，这样下去，好好的人也会闷出心病来的。"

席银看抬头看向殿中。里面帷帐层层叠叠，有淡淡的沉香散出，却听不见一丝人声。

之前几日，张平宣对这些内禁军还有呵斥，可无奈这是张铎的意思，她心里再不情愿，也只得忍着。好在，她自负有修养，尚不肯过于苛责席银。席银见她孕中如此不快，心里不好受，加上荆州此时局势不明，赵谦和岑照皆没有消息，张平宣日夜心悸，席银也时常心绪不宁。

"药滚了，内贵人……你在想什么？"

席银回过神来，忙转身去看火，炉上的汤药咕噜咕噜地冒着泡，一下子熏到了她。她抬起袖子揉了揉眼睛，轻声道："我在想，殿下整日烦闷，对身子也不好，不如我去给殿下找些书来看。"

周氏看了她一眼："内贵人识得字吗？"

"识得的。"

周氏直起腰："我们出身贱口，何处识字？"

席银抿唇笑了笑："陛下教了我一些。"

周氏听她这么说，意味不明地笑了一声："殿下看的书，只有殿下亲自去拣，奴与内贵人都是不明白的。"

席银道："陛下正殿里有好些书，我虽不大通，但只要殿下能说与书名，我便能为殿下寻来。"

周氏听她这样说，也松了口气："殿下歇午起来，你进去问殿下吧。"

席银点头，含笑应了一声："好。"

话音刚落，就听连洞门处的内禁军喝道："站住。"

席银与周氏一道抬起头，只见一个小黄门战战兢兢地站在门口，被内禁军陡然一呵斥，吓得脸都白了。

周氏向席银扬了扬下巴："去看看。"

席银走至连洞门前，两旁的内禁军忙退了一步向她行礼。

"什么事？"

那小黄门认出席银，赶紧作揖道："内贵人，奴是前面经过的各位郎君遣来给长公主殿下送东西的。"

内禁军道："何物？"

"是今日吟雪宴的诗集册子，送与长公主评点，列出优劣次序，好叫众人心服。"

这便是这些士族子弟的闲趣，开宴写诗不算，还要借这位公主的名声，请她评次排序，最好还能添一页序，给这场清谈诗会再附一层清艳的意。

席银想着，抬头朝门外看去。是时，前殿诗宴将将散，醉翁、少年搀扶而出，有些人尚在吟诵席间所作的诗词，那声音为踩雪声覆盖，断断续续，却也十分入耳。

"你说是前面的郎君，到底是哪一位郎君让你来的？"

那小黄门道："今日的吟雪清谈宴是光禄卿家的大郎君下的帖，自然也是大郎君让奴过来的。"

光禄卿的大郎，也就是顾海定的养子，席银多多少少知道张铎对此人父亲的态度，也知道顾海定与张平宣的关联。再看那黄门手中的诗集册子，她心中大为不安，正迟疑间，忽听一句："拿来我瞧瞧。"声音从她背后传来。

席银回头，见张平宣立在西廊下，她歇午才起来，披着一件白狐狸毛的袍子，不施粉黛，面色苍白。

内禁军道："殿下，江将军有令，为护殿下和殿下腹中子嗣的周全，殿下此处所有动用之物，若经外传递，都不能沾殿下的身。"

张平宣扶着周氏的手在廊上的陶案后坐下，轻笑了一声道："不能沾我的身？一本册子，我翻了又如何？"

说完，她看向席银道："取过来。"

席银与内禁军对视一眼，转身对张平宣道："殿下，你听江将军的意思吧。"

张平宣猛一拍案，惊得席银肩膀一颤，忙道："殿下，仔细身子。"

张平宣挺直背脊，沉声道："我已经在厗蒙山行宫，他不准我踏出这个庭院，我也认了，如今我连在这四方天地品评诗册都不可以吗？"

内禁军拱手道："末将等不是这个意思。"

"那是什么意思？你究竟视我为何人，明日就要拖出去枭首的罪人？"

内禁军被她这一句话逼红了脖子，只得道："不敢，一切都是为了殿下的安危。请殿下容末将查检。"

张平宣冷笑道："查吧，我也想知道，一本诗册子怎么就能杀了我。"

内禁军不好再应话，从那小黄门手上接过诗册，抖翻开来。

席银也凑了半个身子去看。她如今也能读懂一些诗，只见集中咏雪的为多，也有吟冬艳的，她尚分不出优劣，只觉得读来唇齿留香，令人心中愉悦。

内禁军一番查看下来，也并未看出什么不妥之处，便将诗册递给了席银。

"借内贵人的手。"

席银接过诗册，心里仍然有些犹豫，迟疑了须臾，向张平宣道："殿下，您何必费神去看这个？您若是闷，奴一会儿便替您寻些书来，岂不比——"

"席银。"

张平宣打断了她的话，席银只得垂头应道："在。"

张平宣凝视着她道："你才识字多久，你读过谁的诗？你知道什么是'诵诗评序'之乐？"

席银听她说完这句话，下意识地抿了抿唇，实不知如何应张平宣这一句话。相形见绌早就已经不是第一次了，但席银此时不想自己过于卑弱。她理了理被风吹乱的碎发，迎向张平宣道："这与什么诵诗平序之乐无关，陛下临去金衫关之前叮嘱奴要照顾好殿下。殿下知道，奴就这一点子糊涂心思，凡殿下的取用之物，都要经过奴的手，这本册子不是奴写的，奴就不敢让殿下沾染——"

"你写？呵……"别的话张平宣倒没听进去多少，却被那其中的一句逗乐了，她扶着胡氏站起身，走下西廊，行到席银面前，"你写的东西，拿来给我消遣？"

席银自知一时失言，被她拿捏住，垂头回道："奴不敢。"

张平宣伸手试图将那册子从席银手中抽出，谁知席银竟用手指死死地捏住了。

"放手。"

席银仍然摇头不语。

张平宣不想与她在庭中僵持，收回手，凝视着她的眼睛道："我从来不轻易处置奴人，不要逼我对你不善。"

席银感受到了近在咫尺的压迫感，说起来，张平宣与张铎虽然互不认可，但那不容置疑的气焰很是相似。然而不知道为什么，这两种压迫感带给席银的感受却是全然不相同的，一个逼她抬头，迎向一些光亮如剑的东西，另一个则逼她低头，缩到没有光的角落里去。前者令她遍体鳞伤，但此时此刻，她倾向于那些剥皮剔骨，要她脱胎换骨的"伤害"。

想到这里，她吞咽了一下，抬起头道："光禄卿心术不正，殿下要三思啊。"

张平宣听她说这句话，才明白原来她竟看透到这个地步。然而，她心里生起一股无名之火——席银这样的人，凭何敢直议朝臣与她的事。

"席银，你服侍张铎，宫里人才称你一声'内贵人'，但你不能忘了你的身份！把手松开！"

"殿下……"

"内禁军，把她拖出去。"

内禁军闻言，面面相觑却没有一个人上前，为首一人道："殿下，末将等……不敢。"

张平宣牙关紧咬，感到有些不可思议，她抬手指向席银："不敢？她是内奴，不是天家姬妾……"

"是……但陛下曾下过诏，见内贵人腰上金铎如见天子，末将等万死，亦不敢冒犯天子之身。"

席银听见这一句话也怔住了，不自觉地朝自己腰间看去。

张铎之前不准她把这只金铃拿下来，后来她也就习惯了，每日梳洗过后便在

镜前将它系上。

入厝蒙山以后，树蔽日月，英魂惨呼，她又将这铃铛当成了辟邪之物，从不离身。和她脚腕上的那串铜铃铛不一样，金铃无舌，走动之间没有声响，但却很沉重，偶尔还会撞碰到席银的膝盖。它真的和张铎那个人一样，沉默，棱角尖锐，以致她一直不大明白，这两年来，在他一贯的沉默之下，在训斥和责罚之余，他究竟维护了她多少。

席银正看着金铃出神，手中的诗集册子却被周氏一把夺了过去。

"你……"

"内贵人，殿下是殿下，还请内贵人自斟身份。"

张平宣不愿意与席银再多言半句，示意周氏止声，转身朝殿内走去。

席银将要张口，内禁军的人忙劝道："内贵人，算了，那本诗集册子，我们也看过了，并无端倪。江将军要末将等护好殿下，不让她离开居所一步。但她毕竟是殿下，身怀有孕，内贵人此时若与殿下争执，难免吃亏，末将等也是难做……"

席银回头道："殿下孕中不适，众所周知，怎会在这个时候递一本诗集册子进去？况且光禄卿这个人……"她说着说着，口舌滞涩。这个人究竟如何呢？以她的眼光和见识，尚不能在评价上周全言辞，即便说出来，内禁军诸卒也不会尽听，他们无非是受了江凌的命令，把她当成一个受张铎喜爱的内奴来维护罢了。

她想到这里，不禁落寞，索性闭了口，转身朝殿内看去道："请将军一定要护好殿下。"

内禁军道："这本是末将职责所在，内贵人放心。"

席银知道张平宣今日是不肯再见她了，便将廊上煎好的汤药盛入碗中，交给殿门前侍立的女婢，自己回了张铎的正殿，顺路去寻了负责行宫守卫的内禁军副将陆封。

\* \* \*

大雪纷然。雪影伴着松竹的影子落在玉屏上。

周氏替张平宣拢好炭火，见张平宣还在案前看那本诗集册子，便又把药温了一遍，端到她面前道："殿下，仔细眼神，奴给您点盏灯来吧。"

张平宣撑着下颔摇了摇头，烟香如线，轻轻袅袅地散入人的鼻中，令人有些发困。周氏将药碗递到张平宣手边，劝道："都是外面人借殿下的声名玩的花样，殿下何必真的为此费心神？不如喝了药，奴服侍您歇歇吧。"

张平宣扼袖翻过一页，道："荆州的消息递不进来已有月余了，这本册子应该不单是宴集。"她说着，伏低了身子，"你去点盏灯与我。"

周氏依言，捧了一盏铜台灯过来。忽见张平宣压平其中一页，偏头细看起来。

周氏忙将灯移过去："殿下，怎么了？"

张平宣咳了一声，瞳孔紧缩。她抿唇吞咽，压抑着喉咙中的颤抖，好一会儿方开口说道："陈孝的字。"

周氏不识字，看不出端倪，却被这个名讳惊了一跳："陈孝？那不是……已经死了十年了吗？"

张平宣压着纸张的手指有些发抖。

"是变体……"

当年，这个人的字，在洛阳城中是无数女子争相藏集之物，师承前朝有名的书画大家，而后自成一体。和张铎的字不同，其字清俊，力道收放自如，笔画张弛有度，对女子来讲，也是极其难写的。张平宣临过他在魏丛山的临水会上写的《芥园集序》，也写过他的私家集《杂诗稿》，前后十几年倾注在这一项上，终得已练成。整个洛阳城，没有人比她更熟悉陈孝的字，也只有她一个人能看出陈孝左手起笔的字。

"他改了体，写的是章楷……只不过，其中……这几个字，似乎是他用左手起笔……"

什么是章体、如何左手起笔，这些周氏不明白，但这句话背后的意思令她毛骨悚然。

陈家被灭族十二年，张奚为陈家修建的墓冢仍在，若说魂魄有知，再为痴情的女郎蓄情写诗也未免过于玄乎，加之又是在征人埋骨地之后的厝蒙山南……

周氏想着想着，不禁额前冷汗淋漓。

然而张平宣心中却是惊惧和欣喜浑然交错，后背冷寒突袭，而喉咙里却酸烫得厉害，她一时间说不出话，手指却不自觉地反复搓捏着。

岑照身上与陈孝极其相似的仪态和气质，曾让张平宣有过一层幻想，但他的眼睛是盲的，从来不曾握笔写字，张平宣也就无从判定他的身份。张平宣不止一次地想要问他他究竟是不是当年那个人，但三番五次地起念，每每话到嘴边，她又生生地咽了回去。其实岑照不说，张平宣根本就问不出口，毕竟对于陈孝而言，那段人生一如被挫骨扬灰般惨烈。

此时再见到陈孝的这一手字，恍若隔世。张平宣庆幸陈孝还肯给她这个机会去弥补十二年前的遗憾。这么久以来，她耗尽心力去筹谋和维护的人竟然真的是

陈孝，他真的还活着，而且如了她当年的苦愿，娶了她。

"殿下……"

"不要声张。"

"奴……明白。"

"你去把门扣上，不要让席银进来。"

"内贵人已经回正殿去了。"

"好。"

张平宣强抑下五内一阵一阵的悸动，低头重读那首章楷所写的诗。那也是一首五言汉乐府体的咏雪长诗，初看并无端倪。张平宣取笔蘸墨，将那几个左手起笔的字圈出。圈到最后一个字的时候，她不禁颅内轰然巨响，错愕地松了笔。

周氏不识字，见她如此，忙道："殿下怎么了？"

天色逐渐阴沉下来，雪也越下越大，即将燃尽的炭火根本无法安慰张平宣由五脏而发的寒冷，她打了个寒战，猛地捏紧了手指。

"荆州……出事了。"

"什么？"

张平宣报着唇闭上眼睛："他忽遣岑照下荆州，我就该知道其中定然有计。而他把我放在身边，就是不肯让驸马的信传回洛阳。好在……好在我还能记得他的字。"

周氏这才明白过来，然而心里却七上八下地害怕起来，忙在张平宣身旁跪下道："殿下此时要如何？这是厝蒙山行宫，庭中的那些内禁军本就是监视殿下的，殿下若要——"

"我得出去。"

"殿下！"周氏心里焦急，"殿下如今身怀有孕，别说出不了厝蒙山，就算是出去了，万一有个好歹，奴怎么向驸马交代啊？"

"不用你交代，你去让外面的内禁军进来。"

"殿下……"

"去啊。"

周氏无法，只得起身出去传话。

不多时，殿门被推开，雪末子顺着穿堂风一下扑了进来，内禁军副将陆封按剑步入，在张平宣面前拱手行礼道："殿下有何吩咐？"

张平宣抬起头："陆将军亲自来了？"

144

"是，听正殿的内贵人说今日有人搅扰殿下修养，末将特来过问。"

张平宣冷笑了一声："又是这位内贵人。张铎不在，整个厓蒙山行宫是不是都要听一个奴婢的号令了？你们可都是中领内禁军的将领，竟也自贱至此！"

陆封直身道："殿下息怒，内贵人和末将都是为殿下的安危着想。"

张平宣摇头笑道："不要把话说得这么好听。在将军的眼中，此时的张平宣，怕是还不如洛阳狱中候斩的囚犯。"

陆封并没有辩解，只是屈膝跪下道："末将不敢。"

张平宣低头看向他："我有一句话问将军。"

"殿下请问。"

"张铎临走前，要你们如何处置我？"

陆封对她直呼张铎的名姓已不再引以为奇，仍拱手应道："殿下何言处置？陛下只是命末将等守护好殿下，以免殿下和腹中子嗣受人搅扰。请殿下放心，末将已经处置了护卫殿下的内禁军，今日之事，日后定不会再发生。"

"若我说我要离宫呢？"

陆封摁了摁腰间的剑，抬头道："殿下要去何处？"

张平宣凝视着他的眼睛，正声道："回洛阳。"

"末将劝殿下保养身子，打消此念。"

张平宣站起身，扶着周氏的手，慢慢走到他面前："你刚才不敢当我是罪囚，那就是还当我是公主，我命你撤掉门外的守卫，送我离宫。"

"殿下的确是公主，但内禁军是陛下的亲卫，末将等只听陛下的号令，还望殿下莫令末将等为难。"

"若我一定要离宫，你敢杀了我吗？"

陆封沉默须臾，按剑站起来，平视张平宣道："殿下，陛下有过旨意，不到万不得已，不得将此话告知殿下。"

张平宣一怔："什么话？"

"陛下说过，末将的职责是将殿下护在寝殿之内，至于寝殿之内是殿下的人还是殿下的尸首，陛下并不在意。"

周氏闻言，不禁向后退了好几步，身子咚的一声撞到了凭几。

张平宣回头看了周氏一眼，眼底沁泪，嘴角却勾出一丝惨笑："吓……杀人杀上瘾了，杀了父亲和二哥还不够……"

第十九章

## 秋旗

· · ·

生死自负，意味着不卑怯以求生，
不懦弱以应死。

张平宣说出这样的话，就不是陆封应答得了的了。

"末将去替殿下唤梅医正过来。"

"出去……"

张平宣的嗓子发哑，抬手向殿外指去。

陆封闻言不再僵持，拱手行礼，大步退了出去。

周氏忙上前将殿门合上，走回张平宣身旁道："殿下，现下该如何？"

张平宣坐回案后，低头揉了揉眼睛，手边仍然放着岑照的那首吟雪诗，墨勾出的那几个字格外刺眼："身死荆州，与卿长诀。"

张平宣忽觉背脊上几乎是从骨缝里渗出一阵恶寒，顺着浑身筋络传遍四肢百骸，几乎令她作呕。她忙侧身捂着口鼻，拼命地忍下呕意，喘息道："周娘。"

"在呢，殿下，奴去给您倒杯水来吧。"

张平宣拽住她的袖角，摇了摇头："别去，去正殿……把席银唤来。"

周氏疑道："今日就算了吧，不要使她了，奴陪着——"

张平宣打断她道："陆封既然是受她的旨意过来的，那必然要去回她的话，你带着人跟过去。待陆封去了就带她过来，记着不要让她回正殿。"

"殿下，您找她来也于事无补啊，她也不过是一个奴婢，内禁军不会听她的话的。"

张平宣摇了摇头："不，她有用，周娘，你听我的。我一定要离开厝蒙山，去荆州。"

\* \* \*

正殿外的罗汉松下，席银正笼着手与陆封说话。她穿得单薄，站得久了，声音也被寒风吹得有些颤抖。

"陆将军，劳烦您亲自过问，殿下可有碍？"

陆封道："内贵人此话，末将当不起，护卫殿下和内贵人本就是末将的职责。殿下无碍，末将也已遣人去请梅医正，只是殿下一心要离宫，甚至因此呵斥了内

148

禁军，末将甚是忧虑。"

"离宫？"

"是。"

席银皱了皱眉："之前……殿下也是有离宫的心，但据我看，倒也不算执着……那本诗集册子……"

陆封摇了摇头："我查问过手下，那本宴集中并无其他夹带，其中的诗文也都是冬日咏物之作。"

席银抿着唇朝前走了几步："我一直守着殿下，这几日除了吃食，再没有别的东西递进去过。那册子一定有问题，只是我们没有查出来。唉，"她说着轻轻跺了跺脚，"也是怪我，没能拦着那本册子。"

陆封看着眼前单薄的女人，心里的感觉有些诧异。他是江凌的副将，负责洛阳宫四门的守卫，不大在洛阳宫中行走，虽然没有怎么见过皇帝的这个内宠，但是听过不少与席银有关的事，有人说她淫荡媚主，也有人说她卑微懦弱，他也就把她当成一个以色侍君的女奴而已。平常看见江凌提及此人时神色恭敬，他心中一直诧异，今见她如此，言语谦卑，却在症结之处冷静、清醒，倒是越过内禁军中人不少。

"末将会令内禁军防范。"

席银道："我就怕防范也不够，殿下的性子……"

"内贵人放心，陛下的话，末将已经传达给了殿下，相信殿下听得进去。"

"陛下的话？"

席银疑道："陛下的什么话？"

"陛下说，不论生死，都不能让长公主殿下踏出厝蒙山半步。"

席银一怔，复道："不论生死是……什么意思……"

陆封说道："也就是先斩后奏的意思。"

这倒真是张铎说得出口的话。席银怔怔地立着，张嘴想说些什么，又觉得似乎怎么说都血淋淋的。

陆封见席银失神，便道："末将还有军务，先行告退。"

席银回过神来，忙行礼道："是，今日有劳将军。"

刺骨的风一阵一阵地往席银袖中钻，陆封已经走远了，她还在想着张铎那句话，恍惚间，忽听有人唤她。

"内贵人。"

席银侧身看去，见周氏正带着女婢立在自己面前。

"哦，是周娘啊。"

席银强逼自己缓和神情，问道："殿下有什么事吗？"

周氏道："殿下传内贵人过去，有关驸马之事，殿下要与内贵人相商。"

"这会儿？"

"是。"

"雪浸了衣裳，容我去更一身。"

周氏应道："不必了，内贵人，殿下处自有衣裳，奴亲自伺候内贵人更衣。"

席银听她说完，试探着往后退了几步。

谁知，却听周氏道："去，伺候内贵人。"

席银见周氏如此阵仗，忽觉有异。如今看来，之前的那本册子应该是光禄卿顾海定递给张平宣的有关岑照的消息。洛阳一别，数月无音信，他在荆州究竟如何，席银也十分想知道，可是再想到张平宣因此执意要离宫，她心里又不安起来。

张铎之前不顾张平宣身怀有孕，也一定要把她带来厝蒙山行宫，如今又下旨，哪怕了结她的性命，也不准她离开。将这些狠令连起来一想，席银虽不能通看全局，却也渐渐看出了一些边隅——张平宣的去留，似乎关乎荆州战局。而张平宣在这个时候令周氏过来传话说要见她，甚至不准她回正殿一步，难道自己身上有什么东西可以帮她离开厝蒙山行宫吗？

席银想到这个地方，忽地大惊，忙出声道："慢着。"

"内贵人还有何事？"

"正殿事务，尚有几句要交代胡氏。"

"还请内贵人不要耽搁。"

"不耽搁，就在殿外交代。"说完，她转向阶下，对立在一旁的胡氏道："你过来。"

胡氏闻令，迟疑地走上石阶，在席银面前轻声道："内贵人，陛下的正殿，除了您，谁都不能进去，奴能如何……"

席银看了胡氏一眼，示意她噤声，压低嗓音道："别说话，站到我面前来。"

胡氏依言将身子往席银这边挪了挪。

席银低头快速解下腰上的金铃，塞到胡氏手中，轻声道："一会儿，你将这个金铃拿到正殿内，找一个地方藏起来。"

雪影纷然，凌乱地映在席银脸上，竟让她的脸色看起来有些阴沉。胡氏很少见到席银如此神情，心里也有些发慌："内贵人，是……出什么事了吗？"

"别问了。"

胡氏魂不守舍地接过金铃。

"这是陛下给内贵人的，若是陛下知道内贵人把她给了奴，奴就活不成了。"

"陛下过问，我自有我的话。你记着，不论我怎么样，你都不要把这只金铃拿出来。"说完，推了她一把，看着她的眼睛，刻意扬声道，"记着我的话，不要怠惰。"

胡氏还想再问什么，却被席银狠狠捏了一把手腕。

周氏道："内贵人可交代好了？"

席银吸了一口气，应道："好了。"

"那便走吧。"

"是。"

胡氏捏着袖中的金铃，眼睁睁地看着席银跟着周氏等人离去。

雪越下越大，人一远，身影便模糊了。

胡氏直待看不见席银了，才将那只金铃从袖中取了出来。"见此铃，如见帝亲临。"胡氏恍惚想起这句话，险些捏不住它，忙将它重新藏入袖中，转身推开了正殿的殿门。

＊　＊　＊

这边，周氏带着席银走进张平宣的居室。

黄昏已过，殿内点着四盏青铜兽灯，浓郁的药气扑鼻而来，引得席银忍不住呛了两声。

张平宣坐在灯影之中，身上枣红色的莲花绣大袖衫也被映成了褐色，她面色阴沉，腰背却挺得笔直。

席银伏身行礼，尚未叩首便听张平宣道："平身，我有一样东西，要给你看。"

席银直起身，见张平宣翻开一页诗册，命女婢递到她的面前。

"你已经识得全字了？"

"是。"

"那你认得你哥哥的字吗？"

席银低头看向那一页，摇了摇头。

岑照没有教过她写字。后来，岑照因为目盲而不再提笔，席银从来没有见过他的字究竟是什么样的。至于眼前的字，清俊、优雅，与张铎那刀削剑刻的笔道相比，又是另一种风流。

"这是……哥哥的字……可是，哥哥眼盲了呀。"

"你不懂，写字靠的不是眼睛，而是将经年的心得感受灌于笔尖。这世上有的

151

是眼盲之人善书道。"

席银凝神看向被张平宣圈出的那八个字。

"这些是什么意思？"

"从后向前，你自己念。"

席银顺照着她的话，扫看过去，不由得怔住，惶恐须臾，抬头问道："哥哥在荆州出事了吗？"

张平宣点了点头："我今日一定要离开厝蒙山行宫。"

"殿下要去荆州？"

"对。"

"不可以！"

"岑照在荆州生死未卜，你身为她的妹妹，如今怎么还能说出这种话？"

"我……"

"席银！我已经看着他死过一次，我不能再眼睁睁地看着他在张铎手上死第二次。"

"不行，殿下不能去。"

张平宣拍案道："你知不知道你在说什么？"

"我知道！"席银跪直身子，"荆州在打仗，殿下此去荆州，赵将军见了殿下，会……"

她不知道应该如何流畅地一针见血，抓住要害，便伏身朝张平宣叩了一首。

"事关荆州战局，不是哥哥一个人的生死。奴不会让殿下去的。"

张平宣向后靠，忽冷声道："由不得你，周娘，把她腰上的金铃取下来。"

"是。"

话音刚落，几个女婢便将席银拽了起来。然而周氏在她腰间翻看了一遍，却没有看见金铃的影子。

"殿下……这……"

张平宣站起身，几步走到席银面前，低头看着席银道："你的金铃呢？"

"丢了。"

"不可能，那是张铎给你的，丢了是杀头的大罪。"

"奴答应了陛下，一定要看顾好殿下，奴即便是死，也不会让殿下去的。"

张平宣根本没有想到，席银竟然会在来见她之前把从不离身的金铃摘下，好像是算准了她的下一步，断了她的后路，同时也把她自己对岑照的心逼狠了。然而，她是从什么时候有了这样缜密的心思……张平宣想不明白。事实上，她从来没有真正和席银交过手，从前同情她可怜的身世，后来则是因为岑照的缘故，刻

152

意与她疏离，自始至终把席银当成一个羸弱、愚蠢的女人，她靠着岑照长大，又靠着张铎零星的恩宠苦苦求生，因为依附张铎，才不得已要听他的话，实则是个无甚头脑的蠢物。可如今看来，一切却不尽如她所想。

张平宣强逼自己冷静下来，蹲下去抓住席银的手，压低声音试图说服她："除了我，没有人会救他的性命，你要他死吗？"

席银像被火烫着了一般，抽回手，咬着嘴唇一言不发，然而肩膀不受控制地颤抖起来。

张平宣伸手掐住她的下巴，迫使她抬起头看着自己："你别忘了，当初是谁在乐律里把你捡回去。如果没有岑照，你怕是早就饿死在街头。当年他明明可以离开云州城，可是为了你，他宁可受牢狱之苦，还是跟着赵谦回来了，八十杖啊，他差点就活不了了！"

这一席话说得席银想哭。这些话，她早已不是第一次听张平宣说了，在张平宣眼中，她席银早就是一个忘恩负义的人了，连她都能不厌其烦地向席银重复岑照对席银的好，而岑照呢？

席银想起岑照的面容，若春山迎风，从容安宁。一尘不染的衣衫、令人如沐春阳一般的声音，还有藏在松涛纹青带后那双看不见的眼睛……在她眼前清晰如工笔画。他的话一向不多，即便有，也是在自愧、自责，从来不会对席银提起他对席银到底有过多少恩情。然而，这也是最要命的地方。若他会发狠，像张平宣这样斥责席银忘恩负义，席银狠心之时或许会心安理得一些，可他越是好，越是受苦，却不肯说，就越是让席银心痛难当。是以她不敢开口，怕一出声就会在张平宣面前哭出来。

张平宣看着席银捏紧了胸前的衣襟，知她五内愧烧，提声又道："张铎让他去荆州，明明就是一个圈套。你也知道，我们离开洛阳以前，尚书省就已经受张铎的意，连驳了几次降约，这哪里是议降的道理，分明是要激怒刘令。如今他独自一个人被困在荆州城内，但凡刘令起心，他就必死无疑，席银……"她说完，忽然双膝触地，在席银面前跪了下来，"除了父母、神佛，我张平宣这一辈子从来没有跪过任何人，这一次，当我求求你，你把金铃交给我，让我离开屠蒙山，去救你哥哥的性命。"

"不……不……"

席银竭力抑住身体的颤抖，不敢再去回想岑照这个人。

"就算陛下设的是圈套，殿下如何知道荆州不是圈套？殿下不能去，荆州也不能乱。"

她说完，撑着张平宣的手，试图把她扶起来。

"殿下，您起来，不要跪奴，奴不能答应您，奴也担当不起。"

张平宣跪着没动，凄哀地看着她："席银，我都求你了……"

席银手臂一沉，她索性不再看张平宣，叠袖再伏身道："您别求奴，奴……奴不能再像以前一样不识大局，平白让人利用……不能害了赵将军他们。殿下，奴也求您了……您起来啊。"

张平宣怔怔地望着席银的背脊，手指一点一点，越捏越紧。

两两沉默，须臾之后，张平宣忽然笑了一声，摇着头，跪坐下来："大局？谁教你识的大局，你以为你是谁？你懂什么是仁政王道，配谈什么大局？"她说着说着，喉咙里被一口痰哽住，她狠命地咳了好几声都无法将它咳出来，她不得不吞咽了几大口，反手指向自己，"我，亲眼看着他杀人：陈家满门，前朝的皇帝，皇后，太子……我的父亲、兄长，从前的尚书令常肃，这些人，哪一个该死？！但他都杀了，就是为了他如今的这个地位，他比厉鬼还要狠辣，你还跟着他谈什么大局？我告诉你，席银，那不过是他一个人的私局而已！"

"不是的！殿下，不是你说的那样！"

张平宣赫然提高了声音，几乎逼到席银的耳旁。

"那你说是什么样的？啊？"

"奴……"

席银哑然，她脑子里一时间想起张铎曾经说过的很多话，诸如"皮开肉绽，心安理得"，再如"人行于世，莫不披血如簪花"，这些话鲜血淋淋，浑身疮痍，和张铎那个人可互做注解，奈何她读书尚少，修为尚浅，无法将其中复杂的人生与世道的关联全部解开。

"吓，你也说不出来。"张平宣身子向后仰，眼底有一丝怜悯，"我也是可笑，明明知道你是什么出身，还在这里跟你说这么多话，你哪里懂得我和岑照的情意，你只知道权势、荣华——"

"不是——"

"你住口吧，席银，我不会再跟你费口舌。我最后再问一次，张铎给你的金铃，究竟在什么地方。"

席银没有说话，只是摇头。

张平宣凝视着她的眼睛："你当真不肯交给我？"

"奴不能害您。"

"席银，我也跟你说了，我今日一定取到你的金铃，一定要离开厝蒙山行宫。

154

不要逼我对你不仁……"她说着，朝席银伸出手去，"交给我。"

席银眼中闪过一丝惊恐，她分明从张平宣的眼神里看到了一丝和张铎极像的杀意。她不由得牙齿打战，站起身下意识地想要退出去。

张平宣喝道："周娘，摁住她。"

话音刚落，席银便被女婢们拽住了头发，拖跪到张平宣面前。

一时间，席银鬓发散乱，衣衫松垮，她下意识地拢住被剥褪的衣襟，周全住衣冠的体面。

"摁住她的手。"

周氏应声，抓住席银的胳膊向后拧去。席银吃痛，艰难地仰起头，望着张平宣道："殿下……殿下要做什么？"

张平宣看着席银，胸口也在上下起伏，她不准自己再犹豫，狠心道："来人，绞——"

"殿下！您以前不是这样的……"

张平宣闻言一怔。虽是下了令，但她并不心安理得。


张奕奉行儒教仁德，崇仁政而耻杀戮，徐婉则笃信观音佛理，存善念，不杀生，张平宣受二人教养长大，若非遇大是非，从不用刑责伤人肉体，所以她曾经才不齿张铎与赵谦私设刑室的恶行，也曾为席银抱过不平。如今，陡然听席银说出这话，她如同被人戳烂了脊梁骨，难堪得几乎坐不住。然而有那么一瞬，她几乎能理解张铎三四分。儒教当中的仁德之政、人性当中的悲悯之意，似乎的确只能奉给安泰的世道。人若鹰犬，不曾张口撕咬，只因欲望尚且满足，还没饿到那份上罢了。

想到此处，张平宣连忙摁了摁太阳穴，逼自己把那些混沌的思绪挤了出去，抬头颤声道："是你逼我的……你若肯把金铃交出来，我也……我也不会这样对你。"她说着，喉咙哽咽，"你拿出来吧……真的，席银，你不要逼我……"

席银也凝视着张平宣，忽觉她强硬顶起的背脊也是曲着的。所以，她的高贵与才华好像都是虚像。除了那几乎快要破掉的心力和对岑照的执念，张平宣竟是个一无所有的人。

"殿下，听话，听陛下的话——"

"住口！"这两个字，她几乎喊破了声，因为她分明听出来了，那句话中隐藏着一个奴人对自己的悲悯，尖锐地刺伤了她。她颤抖着抬起手来，指向席银道："绞，绞到她说出金铃的下落为止，她若不说，就绞死她。"

周氏惶恐："殿下，她毕竟是内贵人，若是陛下回来知道……"

"你们不动手，我亲自来。"

她说着就要起身，席银却一把扯过周氏手中的白绸，绕到自己脖子上。

"绞吧。奴死也不会让殿下离开厝蒙山一步。"

＊　＊　＊

白绸的质感是轻柔的，收紧之前几乎感觉不到它的存在。然而，陡地收紧，它就变成了一把如蛇身一般的软刀，每一条经纬都拼了命地朝席银的皮肤里割去，气息猛地被全部阻住，从喉咙口，到喉管，再到肺，胀疼得令她生不如死。即便如此，她仍死死地抓着自己的裙角，不让手乱抓，不想在张平宣面前挣扎得过于难看。

十几年来，席银从未想过，从前哪怕钻到男人胯下也要试图活下去的自己也能不卑怯、不自怜地面对"死"这件事。可她不觉得自己懦弱，反而坦荡。死前，待在张铎身边那漫长的两年时光、千万张习字，《诗》《书》《礼》《易》《春秋》——那些她至今还不能解通的文字，历历在目，如果可以再见到张铎，她还有话要说，至于要说什么，她还是一贯地想不清楚，唯恨张铎不再多教她一些。

席银不挣扎，张平宣也坐不安稳，眼见席银口边涌出了白沫，眼底渗出血丝，不禁脱口道："松开她！"

女婢松开白绸，席银的身子如同一摊水一般仆倒在地，她脸色一阵红一阵白，几乎连咳的气力都没有了。

张平宣低头看向她："你……还不交出来吗？"

席银艰难地冲着她摇了摇头，张嘴，却也只发得出气声："听话……殿下。"

张平宣气得浑身发抖。

"来人，再绞！"

席银切切实实地感受到了什么叫如临阴府，被万鬼拖拽。然而同在一室的张平宣也是面色青白，如同被人扼住喉咙一般。显然，她从来没有想过自己会杀人，也丝毫不习惯在不同的人命之间做取舍。她原本以为面前这个卑微的女子会轻易妥协，却不曾想到，被她拿捏住性命之后，席银竟然也在赌她下不下得了最后的狠手。

殿外已近夜，天光收敛，风雪噼里啪啦地敲着雕花漆窗。

石灯笼中的焰火吊着最后一口气，在乌青色的天幕下苟延残喘。

张平宣羞恨交加，周氏却有些惶恐："殿下，再绞下去，恐怕真的要出——"

156

"死了又如何？没有入宗室，没有受册礼，死亦若鸿毛，何足挂齿！不准手软。"

席银的双腿开始颤抖起来，窒息带来的痛苦远超过当年被张铎用鞭子抽打之痛。鞭抽不过是一种皮肉开绽的痛，人尚可生息，尚有活下去的指望。而此时的窒息感没有一丝指望，逼着她往混沌里堕去。

就在席银以为自己要赌输了的时候，一个女婢突然推门进来，对张平宣道："正殿的胡娘来了，就在外面，说要见殿下。"

席银的意识已经不大清明，然而听到胡氏过来，她却抑不住全身的颤抖，下意识地转动眼珠朝殿外看去。

张平宣见她如此，忙道："把人带进来。"

"是。"

女婢应声而出。

周氏等人也看出了端倪，赶紧松了松白绸，留几分喘息的余地给席银。

不多时，殿门被从外面打开，胡氏慌乱地奔了进来，见到眼前的场景，吓得跌跪在张平宣面前。

"殿下，饶命啊。"

席银手背上青筋暴起，虽然周氏等有意容她喘息，但她还是喘不上气，意识混沌，几乎控制不住身子，只能是拼着最后一点气力拽住胡氏的裙角。

胡氏感觉到了身后的扯拽，但却根本不敢回头去看席银。

"松开她。"

席银试图爬到胡氏身边去，奈何身上每一块骨头都似被拆散了一般，连一寸都挪动不了。

张平宣看着她那要跟自己死扛到底的模样，恼道："摁着，别让她动。"说完，又逼向胡氏道："你们内贵人腰上的铃铛在什么地方？"

"铃铛……"

胡氏怔了怔。

张平宣陡然要起铃铛，这才令胡氏明白过来，席银跟着周氏走时为什么要把铃铛交给自己。然而她还不及深想，衣角被身后的人拽了一把。她不知道不应该违背席银，但席银死了，她也不可能活得了，一时间，她不知道应该如何应答，竟变得语无伦次起来。

"奴……奴不知道……"

张平宣猛地拍案："周娘，不用留情，即刻把她绞死。"

这一句话，吓白了胡氏的脸，她顾不上礼数，膝行几步扑爬到张平宣身旁，哭

求道："不要，殿下！陛下回来，如见内贵人死了，奴和正殿的宫人就都活不了了！"

张平宣压下一口气，切齿道："金铃在什么地方？"

"奴……奴真的不知道……"

"那你就伺候你们内贵人上路。"

"不要……殿下……铃铛……铃铛在……"


胡氏究竟有没有说出铃铛的下落，席银不知道。

脖子上的白绸再次收紧，她眼前的人影如鬼魅一般晃动起来，起先还有些轮廓，后来逐渐成了一大团一大团发乌的影子，慢慢汇聚成满眼的黑障，朝她袭来。在意识彻底丧失之前，她听到的最后两个字是"铃铛"。

金铃铛，金铎，张铎，张退寒……那个人、那个人的名讳，还有和他相关的事物，比如那尊白玉观音，再比如永宁寺塔以及塔上声送十里的金铎……在黑障之后显出淡淡的影子。

相处两年，这是席银唯一一次觉得自己有脸再见张铎。只是厝蒙山后，金戈声尖厉刺耳，她又被白绸束缚了喉舌，发不出声音，不知道什么时候能告诉他……


\* \* \*


寒月悬天，即便是有风雪的夜晚，仍然从云中破开了口，透出带着锋刃的光。

张铎立在榻前，榻上的人面色惨白，胸口几乎没有了起伏。

前一日，他原本在山麓安顿大军，准备同大军一道休整几日，再翻厝蒙山，却自营中听到了席银的事。

消息是由陆封经过江凌再递到张铎手上的。陆封说的是实情，但江凌不敢直言其中的因由，只说席银患了重病。

张铎听完，面上没显露什么，却连夜奔马翻厝蒙山，回到行宫的时候已是第二日的子时。

江凌不敢问什么。他见惯了张铎不形于色，但这一次好像就连张铎身下的马都感受到了什么似的，在鞭下时不时地发怵。

正殿只传了梅辛林。而梅辛林进去之后，殿内一直没有声响。

正殿外，胡氏、陆封，包括江凌等人，都跪在雪地中待罪，被人的体温融化的雪水早就把他们的衣衫濡湿了，却没有一个人敢动。

此时殿内，烛影沉默。

怕席银冷，每一道窗隙都被胡氏等用绸纱堵住了，就连博山炉中的烟线都失了流力，绵软地向梁上攀去。

梅辛林看着那道烟线，淡道："你知道我不会救她。"

张铎没有应他的话，低头轻轻挪开席银的手，在榻边坐下，望着榻上几乎没有生气的人："你和江沁都是这个意思？"

"是。江沁为陛下思虑得还要远一些。他觉得陛下身在帝位，男女阴阳事、家族门第婚，都不能妄避。我看得则更浅。"他说着走近榻前，"金衫关的战事已平，下一站就是荆州。只要一举歼灭刘令，刘氏余孽就再无翻浪之力。我唯忌，在长公主身上，你已经输了岑照一子，而在这个女子身上，你恐输尽全局。"

张铎没有抬头，目光在席银的身上缓慢睃巡。她身上仍然穿着那件他给她的枣色大袖衫，人却比他离宫时瘦了一大圈，即便是昏睡着，一只手还是不自觉地抠着腰上系铃铛的绦带。手指苍白，指甲磨损，有些手指的指甲甚至已经折断，天知道她之前抓扯过什么东西。

张铎轻轻捏住她放在腰腹上的那只手："知道她是岑照设给朕的局后，朕不止一次想要杀她。事实上她也辜负过朕很多次，但正如你所说，朕下不了手。"

梅辛林继续道："这个女子受了你的恩活下来，但她没有那个福气去受你的情。你天命所归，则一切有定数，你下不了手了结她，自然有天助你。张平宣虽去了荆州，但她也赐了此女一死。只要此女不在人世，你就有心力控局。"

张铎闻言合目。他从来都不擅长自观内心，也不肯轻易流露内心中的情绪。然而对于席银，他除了有他不敢自观的情欲，还有一种隐藏在刚性之下的恐惧。恐惧的对象并不是席银这个人，而是他自己本性之中因为情爱浸渗而越见脆弱的那一隅。那毕竟是他浑身上下唯一可见的孔隙，孔隙之后则是要害，是只要一根针就可以直取的命门所在。

"朕宁可不控这个局。"

"陛下——"

"救她。"他打断梅辛林的话，轻吐了两个字。

梅辛林摇头提声道："你这一回不了结她，在荆州又要如何了结你与陈家十几年的恩怨？！你已经为了她放过岑照一次了！"

张铎的手捏皱了膝上的袍子。

"梅辛林，朕说，救她。"

他说完，站起身朝梅辛林走了几步。佛龛里清供的梅花阴影一下子落到他的脸上，不知为何，那明明是神佛的影子，落在他面目上却是带着杀意的。

梅辛林抬头，并不避开张铎的目光，应道："你实在不该因为女人而生出软肋。"

"朕知道。"

梅辛林扼腕叹了一声："你这样说就是不肯听臣再言语。"

张铎回头望了一眼席银，她微微抬起的脖子上，那道青紫色的勒痕触目惊心。那么怕死的一个人，拼着死也不肯辜负他，张铎不知道是该为她喜还是为她忧。

他看着自己的虎口笑了笑，握掌道："不就是情嘛，朕不给她就是，朕要让她活着。"

梅辛林也笑了一声："当年陈望替你父亲批命后，你父亲也说过和你一样的话。'太上忘情，不施便是。'结果呢，他还是娶了徐家的妇人，生了你，最后应命惨死。你对这个女人既用了情，是你说舍就能舍得了的吗？"

"梅辛林，如何才肯救她？"

梅辛林鼻中哼笑了一声："你明明知道，即便你要杀了臣，臣要说的还是这些话，既如此，你不如直接赐臣一死，若不杀臣，臣便告退。"

"梅辛林! 朕再问你一次，如何才肯救她!"

声音从背后追来。

梅辛林已经走到屏风前，那映在屏风上的人影忽然一矮……孤傲湮灭于卑微，殿外石灯笼里的一团火彻底熄灭了。

梅辛林仰起头，眼前漆门上的树影癫狂、肆意。他喉咙里有些发苦，手指几乎捏不成拳。

"我是你父亲生前挚友，看他死不够，还要看着你死？"他说完，不敢转身。

"陈家世代擅修《周易》，通阴阳道演算八卦，陈望给你父亲演过一卦，陈孝也替你演过一卦，其言'金铎堕，洛阳焚'。你如今是不是要去应？"

身后的人沉默了良久，忽然笑了一声。

"能如何呢？谁叫朕……有点喜欢她。"


席银不知道自己昏睡了多久，醒来时是一个无名的深夜，视野之内一片漆黑，却有一个平宁的呼吸声在身侧。

席银试着动了动僵麻的手，然而身上的五经八脉封闭得太久，一时还不受她自己的控制，手将将抬起来就失力落了下去，接着便"啪"的一声落在身旁那个人的脸上。原本平宁的呼吸一室，席银不知道有没有打疼他，只知道那人没有动，由着那只手在他脸上搭了好久。

"是……胡娘吗？"

"不是。"说着，那人抬臂握住席银的手掖入被中，侧过身道，"是朕。"

张铎这一翻动，席银的脚趾就抵到了张铎的小腿，她这才发现，自己不知道什么时候被人剥得只剩一件抱腹。被褥里全是张铎的体温，对于席银而言，竟有些烫。她有几句很难为情的话，想问又说不出口，正结舌，忽听张铎道："你身上太凉了，所以抱了你一会儿。"

说完，他坐起身，掀开被子下榻。刚走了一步，他却感觉喉咙处有些勒，好像是身后的人在扯他的禅衣后摆，力道虽然很轻，但倒似竭尽了全力。

张铎停下脚步，侧眼道："拽着干什么？"

"你去哪里？"

席银的声音细若游丝，疲倦而无力。

"去点灯。"

"别去……我太邋遢了，不好看……你看见了又要骂我。"

张铎听她说完这句话，不自觉地笑了一声，退回来一步，在榻边坐下："把手缩回去。"

席银听话地松了手，醒来有那么一会儿，身上的肌肉终于有了些知觉，她把手缩回被褥里，又下意识地掖紧了脖子上的被子。

张铎侧头看着她："不疼吗？勒得那么紧。"

"我不疼了。"

夜色里，张铎看不清席银的面容，但能从她刻意掩饰的声音里察觉到她此时身上的感受。

这两日，梅辛林的药是胡氏等人托着她的背掐着她的嘴灌的，梅辛林压根儿没把她当成一个柔弱的姑娘，下的药又狠又辣，伤及肠胃，以致有的时候连米浆都灌不进去。

此时金衫关一战的鲜血还没从张铎眼底散去，照理说他对于肉身上的这些疼痛尚是麻木的，但不知为何，他就是看不得席银受苦。

"想不想吃什么？"

席银摇了摇头："吃不下。"她说着，咳了几声，难受得蜷缩起了身子，"你不要管我嘛。"

"那谁管你？"

"我自己呀。生死自负，我也可以的。"

这是他从前教她的话——生死自负，意味着不卑怯以求生，不懦弱以应死。这也是所谓"皮开肉绽，心安理得"的另一个注解。如今她屡弱地躺在榻上对着张铎说出来，竟令张铎也看见一片来自肉身疮痍的影子。他也不知道是哪里来的

161

冲动，竟伸出手轻轻地摸了摸席银的额头。

席银却忽然想起什么一般，试图撑着身子坐起来，张铎忙托住她的背道："你要做什么？"

席银胡乱地摸索，惶然道："我的大铃铛……"

张铎一把捏住她的手，托着她的背让她重新躺下去。

"不用找，平宣取走了。"

席银一怔，眼眶顿时红了。

"对不起……我还是把你给我的东西弄丢了。"

她刚才还有底气去说生死自负，此时却连睁眼看他也不肯了。

张铎稍稍弯下腰，将声音放轻道："嗯，除了对不起，还想对我说什么？"

"我……"席银抿了抿唇，"我还是没有做好……我会不会又害了赵将军啊？殿下如今在什么地方？铃铛……我还能把铃铛找回来吗？"

也许是因为难受，她说得断断续续。张铎静静地听着，直到她喘息着说完最后一个字，方将手挪到她的耳朵处轻轻捏了捏。

"我回来了，铃铛丢了就算了，你不用再想了。"

席银听他说完，忽地想起胡氏来，忙道："胡娘呢？你有没有——"

"没杀她。"

"我明日想见她……"

"见她做什么？"

席银忍不住又咳了几声，喘息道："我要骂她……糊涂！"

"晚了。"

"什么？"

"她受了赏。"

席银急道："为什么要赏她？她若听我的话，长公主殿下就不会走……"

"赏就是赏了。"

他的声音刻意逼得有些冷，席银不敢再问下去了。她缩回被褥中，把脑袋也蒙了起来，瓮声瓮气地唤了张铎一声。

"陛下。"

"嗯？"

"嗯……"席银似乎有些犹豫，"赵将军……不会有事吧？"

张铎望着榻上悬挂的帐幔，忽然想起梅辛林之前的话。

相同的话，在遇到席银之前，他对赵谦说过很多次，那时他坚信自己是为了这个挚友好，如今同样的话，他却不一定能对赵谦说得出口。

"不知。"

席银迟疑了一阵，轻声道："赵将军，还是很喜欢很喜欢殿下……"

张铎"嗯"了一声："所以江州有人在等着平宣。"

席银感到背脊一寒，试探道："你要……做什么？"

张铎闭上眼睛。

"你想听吗？听完之后，你还会留在这里吗？"

席银良久没有出声，再开口时，张铎竟从她的声音里听出了一丝怜悯。

"你最后，真的下得了手吗？"

这是一个问句，然而一针见血。虽然他是一个把人情藏得很深，只显露冷漠一面的人，她却有本事一把抓住他内心的不忍和隐伤。然而张铎此时觉得自己内脏里的淤血污浊，似乎一下子被人割了个口子，排了出来，又痛，又爽。

张铎低头笑笑，淡道："不知道。"说完这句话，他就再没开口了。

席银抓了抓张铎的袖子，他没有动。她又捏了捏他的手，他还是没有动。于是她索性撑着榻面坐起来，去拽他散下来的头发。

头皮有些发麻，张铎回头一把把头发从她手里拽了回来。

"不要太放肆了。"

席银背着手规规矩矩地跪坐着，轻道："好，我不放肆，但你能不能躺到被子里来？"

张铎回头看了她一眼："你太邋遢了。"

"那你还抱我？"

张铎被她痛快地噎住，伸手捏着被褥的边沿，露出她的额头："不要顶我。"

"我怕你坐着冷。"

"是你自己冷吧？"

席银没有出声，挪着身子往里面让了让。


虽在和她做无聊的口舌博弈，但张铎不是不知道，她这样做、这样说都是想宽慰他，没有埋怨他无情，也没有从道义和仁义上肆意指责，此时她有这样的举动，对张铎来讲，实在是很难得。虽然她昏睡了几日，不曾梳洗，头发凌乱得像只蓬头鬼，但张铎还是想要抱她。他想着，不再撑她，掀开被褥，靠着她躺下来。

两个人的腿挨在一起，席银依旧冷得像一块冰，而张铎纵然在被褥外头凉了那么大一会儿，身上却还是暖和的。

这一冰一冷，本就勾情拽欲，席银怕自己起念，试图再往里面挪挪，小腿却被张铎的腿压住了。席银的身子陡然一僵，没有衣冠的庇护，她身上的情念灵

动、蓬勃。

"我不知道你在动什么。"

"我怕你……"

"你把后面的话吞了？"

他说着，径直用腿压平了席银半屈起的膝盖。

"我并不是很喜欢和女人做那种事。"

席银红着脸，轻声应道："我知道。"

张铎侧头看她："所以，不舒服，是不是？"

席银犹豫了很久，细若蚊蝇地吐了两个字："很痛。"

张铎转过头，似带自讽地笑了一声。

"之前几次为什么不说？"

"我以前听乐律里的一些女人说，和男子行那种事都是很痛的。"

她说完这句话，忽然觉得不对，怎么能把张铎和乐律里那些寻欢的男人拿来比呢？虽然她想到了这一点，却又不知道怎么才能解释自己没有那个意思，不由得涨红了脸。

张铎却没有恼，只道："那话不对。"

"怎么……不对？"

"……"

不过一个时辰，张铎已经两次说不上话来了。

"你又在顶我。"不得已，他拿这话暂时搪塞住了席银。然而他心里也是惶然的。

下了床榻他随心所欲，但上了床榻，他也有他不能收放自如之处。就好比世间有千种学说、万样功法，修炼到最后，大多会在某一层窜流奇经八脉，融会贯通，唯有这房事一道与那些功法学说不可互通。深究其原因，则是因为它本质上背离大部分修身养性的学说，却又是天性使然。即便他肯放下修养、谋术、政治上的取舍，认真地去修这个羞耻道，光他一个人，也是无用的。

"你其实……不用管我。"身边的人说完这句话，一连吞了好几口唾沫，"我还听她们说，男人做这种事的时候都不会问女人舒不舒服的，你第一次的时候还问了我。"她说着，仰起头看他，"没事的，好像……以后就不痛了。"

张铎仍然没有说话，席银轻轻地把小腿从他的腿下抽了出来，侧身缩在他身旁道："你看吧，我就不该说实话。你别这样，我又没有要怪你。我现在啊……你看啊，我现在都知道考虑荆州，知道考虑赵将军的事了，我长进了，我分得清我身边的是好人还是坏人了。"

第二十章

# 秋草

...

采采荣木，结根于兹。
晨耀其华，夕已丧之。

"别说了。"

张铎侧过身，把她的脑袋从被褥里挖出来："再躺一会儿，吃东西。"

"我吃不下……"

说是吃不下，后来席银却就着丝莼吃了一大碗米粥，结果还饿，她又要吃胡饼。

胡饼很酥，吃的时候落了一榻的麦粉渣滓，席银叼着剩下的那半块胡饼，挽起袖子小心地去捡，晃眼间见张铎坐下来，伸手一把将那些渣滓扫了下去，伸腿抖开被褥，闭眼躺下了。

席银坐在他身边，惶恐地咀嚼着那半块胡饼。窸窸窣窣的声音如鼠偷食，张铎却睡踏实了。

＊　＊　＊

临近年关，厝蒙山的人马开拔。

与此同时，张平宣到了江州。江州守将黄德在除夕这一日收到了张铎在半道上写给他的一字令——杀。

黄德的妻子蒋氏刚才蒸熟了一笼麦饭，遣女婢唤过几次也不见丈夫过来，便亲自出来请。她见黄德立在拴马木前皱眉不语，上前关切道："怎么了？"

黄德忙将手令放入袖中，回身道："你们女人别问。"

蒋氏跟在黄德身后道："是荆州乱了吗？"

"不是。"

"既然荆州未乱，郎君忧虑什么？"

黄德停住脚步："长公主殿下安置在什么地方？"

蒋氏应道："殿下不住官署，如今暂住城西的烟园。她身旁的周氏使人来问过几次了。"

"问什么？"

"问郎君什么时候送她出江州。"

166

黄德忙道："那你怎么答的？"

"照郎君教的话答的，殿下身子有亏，应再缓一两日。"

黄德垮肩点头："好，遣人看着烟园。"

蒋氏听出了黄德声中的惶恐，移步上前道："究竟怎么了，郎君说出来，我行事也好有个底。"

黄德犹豫了一阵，张口刚要说话，却听外面人来报。

"将军，有人强入烟园。"

"谁？！"

"荆州军副将，赵谦。"

蒋氏看向黄德道："郎君有收到荆州来的消息说赵将军会来接应长公主吗？"

黄德的额头冒出了冷汗："没有……"

"那这赵将军怎会突然返回江州？"

黄德陡然提声道："怎么会？！那浑小子不要命呗！"

蒋氏不敢再应声，笼着袖子惶恐地看着黄德。黄德跺脚道："要出事，要出大事了。"

\* \* \*

烟园穿廊上，赵谦抱着剑靠在廊柱上看着张平宣，背后是一群屏息戒备的执刀府兵。

张平宣跪坐在廊上，抬头看向他道："没有军令，擅自离军是死罪。"

赵谦侧面笑了一声，那声音听起来有些嘲讽的意思，却不知是在嘲讽张平宣还是讽刺他自己。笑过后，他伸手从怀中掏出一封信，径直走到她面前，一把拍在案上："谁逼我死啊？"他说着双手撑案，迫近张平宣的面容，"要不是你要跟张退寒闹到这个地步，惹得他要杀你，我会来江州？"他说到此处，一下子冲出了火气，"张平宣！你要嫁给谁我管不了你，但你能不能给我活得好一点？啊？"

张平宣闭着眼睛，任由他滚烫的气息喷在自己脸上。

"我怎么不好了？"

赵谦拍案，几乎是在呵斥她："好个屁！你好好地在厝蒙山行宫待着不行吗？非要来蹚荆州这摊浑水！你自己来就算了，还要拖着你肚子里那个一起来！"

张平宣将身子朝后一靠："所以呢？"她说着睁开眼睛，"我……我腹中的孩子，与你什么相干？"

"是跟我没关，但我……但我……我……"转折的句子已在口中，但赵谦搜肠

刮肚却想不出什么合理的话来将其补完。

张平宣伸手拿起他拍在案上的那封信，一眼扫过，放平声音道："张铎要杀我的消息，是谁递给你的？"

赵谦摁了摁太阳穴，愤懑地吐出一个人名。

"顾海定。"

张平宣一把将那信揉了，投入了博山炉，抬头望着赵谦道："你自己走吧，回荆州去，你根本没有必要为了我把你在张铎那儿的前途毁了。"

赵谦反手用剑鞘戳着陶案，切齿道："妈的，张平宣，你是不是不会说话啊？我赵谦这辈子管什么前途——"

"你也别给我拍案戳地的！你指望我跟你说什么？哦，带我从这里出去，带我一道去荆州城？我倒是想，你怎么办？在荆州受军法处置，还是回洛阳，等着张铎把你处死啊？"

赵谦从这番话里隐隐约约听出了一些令他欣喜又令他难受的意思，唇角不自觉地有些抽搐："你……你是什么意思？"

张平宣笑了一声，故作轻蔑地吐了一个字。

"滚。"

"张平宣，你把话给我说清楚。"

"我说得不够清楚吗？我让你滚回荆州！"

赵谦受完她这句重话，握拳低头，沉默了良久。

"张平宣。"

"不要再跟我说话，滚。"

"妈的，滚哪儿去？只要你能活得好，我赵谦，不介意被你利用。"

话声刚落，头顶错时而开的一朵白色的花陡然被风吹落，落在张平宣的膝边。她低下头去看那朵花，渐渐抿紧了嘴唇。南方的花种类太多，她尚认不全，事实上，她从前也不喜欢这些腻歪的草木，熟悉的也不过是赵谦出征前送她的那几种，最后那一次是荣木花。

"纯粹"的人，哪怕再蠢，也难以用难听的话去诋毁。

张平宣不知道自己什么时候咬破了嘴唇，腥甜随着吞咽扩散入口鼻，但她感觉不到痛，甚至不知道到底伤在哪一处。

"赵谦，我不知道怎么跟你说你才明白。"

面前的男人习惯性地抓了抓头，流露出一丝憨色。

"我早就明白了，你爱慕陈孝，嫁给了岑照，我这个粗人该死心了。你不用问我，我对你的心早就死了，但那又怎么样？我只是不去想娶你这件事而已，其他的心都还在。"

"嗬，赵谦，你是不是蠢，哪有人上赶着——"

"我这个人啊，"他放下剑，伸出大拇指反指自己，"就怕你不利用我。"

张平宣眼底发烫，她望着赵谦摇头道："从小到大，我都不值得。"

"我知道。但我从小到大就喜欢你这么一个人。你以前特别好，我是说遇到岑照以前啊，高傲，但有礼有节，说的话也都有道理。后来不知道为什么，你像变了一个人一样。有一段时间，我都不是很喜欢你了，可我转念一想，以前你再不行，张大司马和徐夫人都很疼爱你，张退寒也护着你，现在你父母都不在身边，张退寒也不对你好了，至于那个岑照……对你如何我就不说了。那我如果也不喜欢你了，你也太可怜了。所以就这么着吧，接着喜欢你。"

张平宣的眼角渗出了眼泪，但她强忍着没有出声。

赵谦最看不得张平宣哭，尤其是对着他哭——不出声，光流眼泪，然后拼命地用袖子去擦，把眼周的皮肤擦红了也全然不在乎的那种模样，从小到大，其实完全没有变过。

"别哭，求你了，我受不了你哭。"

赵谦蹲下去，试图说些什么安慰她。然而他根本不知道自己的哪一句刺伤了她，只得胡言道："我说错了，我哪有不喜欢你的时候？我嘴巴硬罢了，我一直都很喜欢你。"

张平宣没有应赵谦的话，只复道："快走。"

"我走了，你还活得了吗？"

张平宣猛地推了赵谦一把："你到底明不明白张铎为什么要杀我？！"

"因为你违逆他——"

"根本就不是！"

"什么？"

张平宣凝视着赵谦的面目："他要杀我，就是怕你会这样，坏了他在荆州的大计。岑照是我的夫君，是我腹中骨肉的父亲，我救他是天经地义的事，哪怕我根本斗不过我那个哥哥，我也要试一试，但我不想利用你！真的……赵谦，我不想利用你……"

她说着说着，肩膀抑不住地颤抖。

忽然，鼻中蹿入一股花香气，沁人心脾。

张平宣揉了揉蒙眬的泪眼，低头看时，却见赵谦不知什么时候捡起那朵落在她膝边的花，送到她面前。

"不要哭了。我又不蠢，许博早就给我说过张退寒的意思了，在他南下荆州之

前，我绝不能轻举妄动，否则军法处置。你放心，我这条命是他从金衫关捞回来的，军法处置就军法处置吧。"

他说着，扬了扬手中的花，那幼白的花瓣受不起南方冬日湿润而寒冷的风，颤抖着。说话的人声音却渐渐平静下来，甚至带着一点温和的笑意。

"张平宣啊，我看不得谁欺负你，就算那人是张退寒，我也不准。"说完，他又把手抬高了些，松开蹲麻了的腿，盘膝一屁股坐下，仰头道，"喏，给你花。你拿好啊，荆州城外的草早就被许博烧光了，估计是找不到花了，这或许……是我这辈子能送给你的最后一朵花了。"他一面说，一面垂下眼，眼底闪过一丝落寞，"可惜荣木花开过了。平宣，我之前一直都觉得，荣木……花是四方天下之中最称你的那一种。"

如果赵谦肯在魏丛山的临水会上多听一些诗典，他也许就不会说出荣木花最称张平宣这句话。


席银随张铎乘青龙舟南下江州的时候，一路在峡岸上看到很多荣木树，它们临水而生，此时只剩下覆雪的枯枝，像一丛又一丛嶙峋凌乱的骨阵。

席银端着一盘胡饼从底舱厨室里出来，立在船舷边，抬头望向那一丛丛阴森的骨阵。

那日是除夕，江上大雪，雪影密集得遮挡视线。

席银仰头仰得久了，便觉脖子有些发酸。她脖颈上的伤还没好全，张铎便让宋怀玉翻出一块狐狸皮，也不加针工，让她胡乱绕在脖子上，权且算个遮护，好在席银的脖子修长，系起来毛茸茸的，倒也不难看。

江凌在船舷边护卫，见席银一个人在雪中立得久，便出声道："内贵人回下面宿棚去候一会儿吧，这里太冷了，内贵人还有伤在身。陛下在见江、邓二位大人，我看还要一些时候。"

席银被身后的声音吓了一跳，回头见是江凌，忙行了个礼："我没事。"她说着，指了指自己脖子上那圈狐狸皮，"有这个不冷的。"

江凌看着她，笑着点了点头。

席银朝他走了几步，将手中的胡饼递了过去："将军吃一块吧。"

江凌摇头应道："不敢。"

"我做的，不是专门给陛下的，刚才在下面宿棚里已让好些内禁军的小将军尝过了。"

江凌听她这么说，这才将剑别到身后，从盘中取了一块。

"好吃吗？"

江凌咬了一口。

"很酥。"

席银含笑道："第一次没做好，这是第二炉的。底下还有麦饭，也是我蒸的，就是太粗陋了一些，我不好拿上来给陛下吃。不过，除夕不吃麦饭就跟没过似的，江将军，你过会儿不当值的时候下去吃些吧。"

江凌又咬了几口，伸手小心地接着饼渣儿道："内贵人还亲自做这些？"

风迎着席银的脸面刮来，雪末子打在她脸上，有些刺疼，她连忙背过身护着手中的胡饼，轻声应道："在洛阳宫和厝蒙山，我都不到灶台边，这回好歹是跟着陛下出来了，才能动得了火。"

说到她从前最为熟悉的生活，她倒是极为放松的，好像想起什么有意思的事，仰头吸了吸鼻道："我还想得起，在清谈居的时候，我说给陛下烤牛肉吃来着……哈。"她看着怀中的胡饼笑出了声，"也不知道什么时候才烤得上。"

她正说着，江沁与邓为明二人一并走了出来。

席银垂头让向一边行礼，江沁看了席银一眼，拱手还道："内贵人。"

邓为明却立着没出声，江凌看出了此时的尴尬，岔道："两位大人是这会儿下船吗？"

江沁点了点头："是。"

"好，我送二位大人下去。"说完，向席银扬了扬下巴，示意她进去。

船舷边除了远远侍立的宫人，再无人影。

门开着，席银想着刚才江沁的神情，一时竟有些不敢进去，踟蹰着正要走，忽听背后道："站住。"

席银只得站住，回头，见张铎立在门前。他穿的是燕居服，玄底无绣，冠带亦束得简单。

"你去什么地方了？"

"去……哦。"她把胡饼捧上前去，"你在议事，我就去底舱的厨室看了看，喏，给你做了胡饼。"

张铎捡了一块胡饼，捏在手中却并没有吃。

"给朕？还是给别人？"

席银抿了抿唇，吞了一口唾沫小心道："也给别人。"

张铎笑了一声："修佛吧。"

"啊？"席银一时没明白他的意思，"为什么要修佛啊？"

张铎直待口中那块饼咀嚼吞咽干净后方了无情绪道："自己悟。"说完，他看

了看席银的脖子，伸手替她了理耳朵下面的狐狸毛，随口道："你冷不冷？"

"不冷。"

"嗯。"

他说着朝前跨了几步，衣袖从席银身旁扫过，带来一阵浓厚的沉水香。

"不冷就先不进去。朕想站一会儿。"

席银示意宫人过来，把胡饼接了下去，轻轻地走到他身后，张嘴想说什么，但抬头见他静静地望着为雪所封的江面，又把话语吞了回去。

到现在为止，席银还是不太敢过于狂妄地直问他的想法。一方面，她觉得这样对他不太尊重。另一方面，即便不问，她也能感觉到他的情绪，即便他藏得很谨慎。

张铎沉默着不说话，周遭除了船桨破浪的声音，就只剩下簌簌的落雪声，实在没有一分除夕的热闹，席银忍不住扯了扯他的袖子。

"哎……"

张铎望着江面没有回头，却还是应了她一声："什么事？"

"你看那些山壁上的树，是什么树呀？"

张铎顺着她的话抬起头看去："哪种？"

"那一<u>丛</u>一<u>丛</u>的。"

"哦。"他目光稍稍一动，而后又垂了下去，"那是荣木。"

席银扶着船栏，隔雪细看去："是荣木吗，荣木花那么好看，可这看起来……"

"不要站得那么近，退回来。"

"哦。"席银乖觉地退到他身后，小声嘀咕道，"我以前看过的荣木不长那样啊。"

"那树<u>丛</u>的后面有崖棺。"

"崖棺……是什么……"

这种阴潮的东西令席银本能地有些害怕，张铎感觉到身后的人在往后退，转身向她伸出一只手道："朕带你看你怕什么？过来。"

不准她过近，也不准她离得过远，真是有些难以将就。

席银犹豫地朝他走了几步，一面走，一面问道："为什么会有人要把自己的棺材放在山崖上的荣木后面？"

"采采荣木，结根于兹。晨耀其华，夕已丧之。"张铎望向那不断向后退去的崖棺，"朕好像没教过你，江沁呢？教过你吗？"

席银摇了摇头："没有……说的是什么意思呀？"

张铎放缓了声音，解道："说荣木花开繁盛，其根长而深，朝时华艳，夕时就已经亡尽了。"他说完，看向席银道，"荣木朝生暮落，是命短魂艳。自前朝以来，士人兴薄葬，或白绢裹尸，或藏骨青山，但都不算极致风流。能为一族之人选此处生有荣木的崖壁来葬身的人，必有一等清白。"

席银静静地听他说完，抬头望着崖壁出神。

张铎说道："你是不是没听懂？"

"不是……我听懂了，你欣赏葬在这里的这些人，他们才是真风流，可是……"

话已到了口边却终究觉得不好开口，席银险些咬了自己的嘴唇。

"想说就说吧。"

"赵将军……为什么要送殿下荣木花啊？"她的声音越来越小，"虽然好看，可朝生……"

张铎听她说到这里，手在背后轻轻握了握："他和你一样，不曾读《荣木》，不知道'夕已丧之'。"

席银忙道："那殿下知道吗？知道什么是'夕已丧之'吗？"

张铎沉默了须臾，方吐出三个字："她知道。"

席银忽地明白过来什么："殿下不肯跟赵将军说……"

张铎点了点头："朕看着她长大，她不蠢。"

席银踮起脚，把一片不知道什么时候落在张铎肩头的枯叶摘了下来，轻声问道："殿下在江州……还好吗？"

张铎没有说话。

江面上漂过一大片一大片乌色的枯萍，上面累着雪，既肮脏凌乱，又显风流。

其实收到江州守将黄德传来的消息时，知道赵谦擅离军营，带走张平宣之后，张铎心中的感受一时很难说清楚。他以前无法理解赵谦，一遍又一遍地告诫他，手握万军，千万不能被私情所困，否则必遭反噬，被万箭穿心。赵谦嬉皮笑脸，听是听进去了，可从来没想过要遵照行事。

至于如今……

张铎望向席银。她脖子上的狐狸毛在雪风里颤抖，她虽然说自己不冷，但手和脸都冻得红红的。

他在无情阵里一关二十几年，席银靠着肢体的情欲破了阵，然后又逐渐长出了心，修出了魂，虽然终究没有变成和他一样的人，但她在他身边的这段日子让他逐渐开始明白赵谦到底在执着于什么。

"朕本想断掉荆州城内那些人的想法，也想断了某个人的执念，不想有人宁可自己死也要让她活着，所以……"他拍了拍船栏，笑道，"她还好。"

席银点了点头："就像我当年对哥哥那样。"

张铎道："你有想过你为什么会那么对他吗？"

席银低头认真地想了一会儿："恩情，还有……爱慕……"

"现在呢？"

他几乎是脱口而出，可是刚说完就觉得自己的声音似乎过于急切，甚至透着某种不甘人后却又不敢明说的悲切之意。

"恩情还在。但现在……我慢慢地……发觉自己不太懂哥哥。我感觉，他和你一样，以前好像都过得不好，有一身的疤痕，你的看得见，他身上的那些看不见。如果再让我选一次，我还是会不要命地救他。"

"哦。"

"陛下，"她说着笑着望向他，"我也会救你。"

这便够了。张铎没有什么可贪的。

他伸出手在席银的耳边顿了顿，终于还是替她将几丝被风吹乱的碎发别向耳后，而后望着她的面容，鼻中发出了一声笑，说道："你要救朕啊。"

虽然他是在调侃，席银却听不出丝轻蔑揶揄的意思。相反，他的手指很温暖，连低头看她的眼神也不似平常那般寒酷。不多时，手指从她的耳旁移至下巴处，轻轻抬起席银的头来，席银以为他要认真说些什么，谁知他却把头向一旁偏了偏，道："我再吃一块。"

"吃……什么？"

"胡饼。"

席银一怔，继而险些笑出声，她忙垂眼掩饰，声音却似乎因为忍笑而变得越发糯甜。

"我给你拿。"

她说着回身去取那盘胡饼，然而没走几步，忽又听张铎唤她的名字。

"席银。"

"啊？"

张铎见她转过身，脖子上绕着的狐狸皮不知什么时候松垂下来，露出那道还没散掉的瘀痕，而她似乎觉得冷，忙抬手重新缠拢，一面看着张铎，等他开口。然而他沉默了须臾却摆了摆手："没事。"

席银疑道："你怎么了？"

张铎冲她扬了扬下巴："没事，去取饼吧。到了荆州朕再与你说。"

＊　＊　＊

水路格外漫长。

临抵江州，已经将近元宵，但江上的雪已经停了。

南方的春早，寒霜凝结的枝头已能偶见几处新绿，张铎与邓为明、江沁二人走下船舷，踏上引桥。席银自觉地落在后面，与胡氏等人走在一起。船上的玄龙旌旗迎着江风猎猎作响，岸边的垂柳被风吹得婀娜起舞，在席银头顶上方抖落大片大片的冰碴子，有些落进她的脖颈里，冷得她几欲打战。她抬头看向前面张铎的背影，虽也受着落霜，但他好似浑然不觉得冷一般，背脊笔直，手负于后。席银见他如此，也不自觉地挺直了背脊。

引桥下面，江州守将黄德率众在桥旁跪迎，见到张铎便解剑伏身，请罪道："末将有负君令，罪当一死。"

张铎低头看着黄德的背脊道："朕不打算在这个地方讯问。"

黄德虽跪在风地里，却依旧头冒冷汗："是……"

张铎不再说什么，侧身看向席银道："过来，跟朕走。"

席银应声，小心翼翼地绕过伏身跪在地上的一众人，跟着张铎上了车驾。一路上张铎都没出声，双手握拳搭在膝上，目光透过帘隙看向车外的无名处。席银安安静静地坐在他身旁，也不多话，想看外面的景致却又不敢打扰他，于是偷偷用手指捏起身侧帘布一角，眯着眼睛朝外看去。


江州才经战事不久，虽其守将不算是穷兵黩武之人，战后颇重农商生息，但毕竟此城被挫伤了元气，一路所见，民生凋敝，道旁尚有沿街乞讨的老妇人。席银看着心里难受，回头见张铎没有看她，便悄悄把自己头上的一只金簪子取下来，透过帘缝扔向那个老妇人。

"你这是在杀人。"

身旁忽然传来这么一句，惊得席银肩膀一颤，她转过身看向张铎，疑道："为什么？我是想给她一些钱，她太可怜了。"

张铎没有出声解释，他伸手掀开席银身旁的车帘，说道："你自己看。"

话声刚落，席银不及回头就已经听见那个老妇人凄惨的声音，她忙回身看去，只见一个年轻的行乞者抓着老妇人的头朝地上推去，一面喝道："松手！"老妇人被撞得头破血流，却还是拼命拽着席银丢给她的金簪子不肯松手。那年轻的行乞者试图掰开她的手，谁知她竟匍匐在地上，不肯把手露出来，气得他发了狠，一把掐住老妇人的脖子，提声道："再不松手，老子掐死你！"

那老妇人被掐得眼白突翻，席银不忍地喝道："快住手啊！"

奈何车驾已转向西道，无论是老妇人还是那个年轻的行乞者，都没有听见她

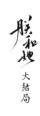

的声音。

席银拽住张铎的衣袖："我没想到会害她，你救救那个老妇人，好不好？"

张铎放下车帘，应道："你自己杀的人，让我救吗？"

"我……"席银难受得说不出话来，垂头拼命地扯着腰上的束带，良久方道，"为什么对人好……反而会杀人？"

张铎笑了一声："你想不通吗？"

席银摇了摇头。

"张平宣为什么要杀你？"

席银一怔。

"因为……大铃铛。"

"对，因为大铃铛。"

张铎说完"大铃铛"这三个字，一时有些哭笑不得，他终究不再像过去那样执念于自己名讳里的那个字。

"铎"是传军令、发政旨的宣声之物，她非要说是大铃铛，那就是大铃铛吧，他只希望席银能在男女之情上跟他再多一丝默契。然而，她每一次都好像只触到入门的那一处就避开了。比如这会儿，再多想一层，她就应该能懂，她之所以被杀、被诋毁、被人介怀，无非是因为张铎对她过于好。可是她没有这样想，却低头吸了吸鼻子，肩膀颓塌，眼睛发红。

张铎无奈地捏了捏手指，轻声道："不要在朕身边哭。"

席银抬手揉着眼睛："我没哭。"说完，反手给了自己一巴掌，力道不轻，脸颊应声而红，声音有些发颤，但她又在极力地抑制，"这么久了，我还是个害人鬼。"

这话在张铎听来，无异于在骂他，但看着她的模样，他又觉得没有发作的必要。

"仁义也会杀人——"她忽然说了这么一句话，然而虽然说出口了，她却还似有很多不明白之处。

"哎呀。"

她抬手去拍脑袋，却被张铎一把捏住了手腕。

"谁告诉你的，打自己脑子就会清醒？"

"我……"

"转过来，朕看你的脸。"

席银坐着没动。张铎也不跟她僵持，松开她的肩膀，直身理了理袖口："席银，没有自愧的必要。"

"为什么？"

"因为即便你不给她那只金簪，她也至多多活一日。"

席银抿着唇。

"你怎么不骂我？我宁可听你骂我。"

张铎放下手臂，笑了笑："你以为朕是在宽慰你？"

席银别过脸，张口欲言，却又听他道："朕是说实情而已，许博与刘令对峙，耗尽了江州所有的存粮，以致军中为寻找军粮而食人马。如今江州才埋定亡人骨，即便黄德再重休养生息，也不可能令江州在数月之内恢复元气。少壮存，老弱死，是此城之必然。而且这也有益于省粮养城，于生息而言，是有益的。"

他说得很平静，好像说的并不是一件与人的生死有关的事。席银抬头凝视着他的眼睛，试图从他的眼中看出哪怕一丝丝对生死的畏惧和悲悯，然而终是徒劳。张铎沉静地迎向席银的目光，伸手轻轻碰了碰她自己扇红的脸颊。

"不要这样看着朕，朕悲悯不了那么多人，哪怕是赵谦和张平宣。"

席银道："可是你这样，你不难受吗？我……我真的很难受。"

张铎用拇指抹掉她的眼泪。

"顾不上。别哭了。"

席银点了点头。

车驾停了下来，江凌在外面禀道："陛下，已至黄德官署。"

张铎收回手，直身应道："传黄德和江沁来见朕。"

说完，他看向席银道："你先去洗个澡，看看能不能睡上一会儿。"

席银摇头道："我不累，我给几位大人照看茶水吧。"

张铎没多说什么，只道："听朕的话。还记得朕跟你说过，到了江州，朕有话跟你说吧？"

席银这才想起他在船上说的话。

"什么话啊？"

张铎起身下车，扔下一句道："先休息。"

席银心里有诸多困惑，望着他的背影也只能作罢。

＊　＊　＊

张铎跨进正堂，见黄德解了鳞甲，只着禅衣，赤着脚跪在地上伏身候罪。

江沁立在他身侧，向张铎拱手行了礼。

张铎从黄德身旁走过，一面走一面道："什么前朝习性？"

　　黄德连忙挪膝朝向张铎："末将实知死罪，不敢有妄姿。"

　　张铎撩袍坐下。

　　"朕的旨十一月十五中就已经到了江州，张平宣是十六日入的江州城，为什么十六日不杀？"

　　"末将原本是要遵旨行事的，只是……那毕竟是长公主殿下……是陛下的亲妹妹……末将……惶恐。谁知赵将军会离营返回江州，十六日强闯了看守长公主殿下的烟园，带走了长公主殿下。末将深负君令，自知罪无可恕，只敢求陛下饶恕末将的妻子，还有一双儿女。"

　　"说得远了！黄德。"他一提声，黄德的肩膀就塌了下去，外庭地屏后的女眷们也跟着五内震颤。

　　"赵谦在什么地方？"

　　"回陛下，许博将军知道陛下驾临江州，已命人将赵将军押回江州，此时就关押在江州府牢中。"

　　张铎沉默了须臾，稍稍放平了声音。

　　"他在牢中关了几日？"

　　"今日是第三日。"

　　"饮食如何？"

　　"饮食……"

　　张铎忽问这近乎死囚的饮食，黄德倒没想到，一时不知情，愣住了。

　　江沁道："陛下今日见赵谦吗？"

　　张铎不置可否，只是向黄德抬了抬手："起身。"

　　黄德忽蒙大赦，忙叩首谢恩，搓着手掌谨慎地退立到一旁。

　　天太阴寒了。

　　虽次日是元宵，但南边的破春之际一旦无雪无晴，就令人憋闷。

　　"黄德，朕借你的地方见赵谦。你有没有避忌？有避忌就说。"

　　张铎虽然这样说，但黄德哪里敢有什么避忌，拱手应道："末将不敢，这就命人安排。"

　　"不用安排。"张铎说完，抬眼环顾周遭，"这个地方后面是什么？"

　　"哦，是一处偏室。"

　　"有供奉之物吗？"

　　"没有。"

　　"那就借那一室给朕。"

"是。"

这边黄德赤脚从正堂里出来，守在地屏后面的蒋氏忙兜着外袍过来替他披上，一面问道："陛下降罪了吗？"

黄德转身朝正堂看了一眼，摇头道："没有。"

蒋氏双手合十念了一声佛："那就好那就好……我这就让家人准备下去。"

她说着拢衣便要走，黄德唤住她道："等等。"

蒋氏顿步回头："将军还有什么要嘱咐？"

黄德跟上几步，摆了摆手："今日不摆宴，你等回避。不要入正堂。"

蒋氏虽疑却也不敢多话，只轻声道："陛下身边的那位内贵人呢，怎么安置？"

黄德道："你问过宋常侍吗？怎么说？"

蒋氏摇了摇头："他不肯明说，我私想着，陛下这么些年没有立后纳妃，身边只有这么一位内贵人，虽宫正司此次未跟从，但我等也不敢轻慢她，仍是以皇妃之礼相待。只是这位内贵人拒不受礼，说是仍随陛下居。"

黄德应道："既如此，你随内贵人意吧，不要触及陛下此行的私事。"

蒋氏似懂非懂地应下黄德的话，返身带着女眷退回内苑了。

席银沐浴完，在镜后篦完发，天色已经渐渐暗了下来。女婢送来饭食，恭恭敬敬地立在一旁欲服侍她。她着实不习惯，但身在他人屋檐之下，又不好有诸多言辞，她便浑身不自在地吃过饭，散着发裹衣走向中庭。

昏时来风落雪，粉末一般落在泥中的新草上。

张铎没有回来，宋怀玉也不在，胡氏立在廊下与另外两个小宫人数着陶盆中养着的鲤鱼，偶有一两声克制的嬉笑声。席银抱着手臂走到门廊下。胡氏见她走出来，忙起身问道："内贵人去什么地方，奴跟您去。"

席银应道："我去前面寻宋常侍。你们歇着吧，难得闲。"

胡氏看了一眼天时："那内贵人多穿一身衣裳，入夜了天冷。您站一站，奴给您取去。"说完，她拍了拍手上的鱼食粉，转身往内间走。

席银倒是顺着想起张铎今日也只穿了夹袍，忙道："你把陛下那件鹤羽织的氅子也一并拿出来吧，我一并交给宋常侍。"

胡氏应声，取了衣裳出来，递到席银手中："内贵人早些回来。"

"好。"

\* \* \*

黄德的官署是二进叠门形制，张铎所在的正堂位于首门后的明间。席银从内苑的连门出来，正见江凌等人在首门处持刀戒备。正门开着，细密的雪掩盖了黄昏微弱的余晖，门前昏暗，却将一个身着囚服、手脚被镣铐束缚的年轻人的身影凸显出来。

那人被内禁军押解着，走向地屏。脚腕上的刑具拖拽，听起来有些刺耳，但他似乎没有丝毫难为情，冲着门前的江凌笑了笑。

江凌拱手作揖，口中道："赵将军。"

"今日就要死了，还叫将军？"

江凌直身："将军休要妄言。"

赵谦掂了掂镣铐的铁链，随口道："陛下走的水路吧？耽搁得有点长啊。我估摸着，他带那小银子来了吧？"

江凌听着这些话，莫名地不忍，一时不肯再多说，背过身道："陆封，押人进去。"

"押什么，都这样了，我还敢跑不成？再说，你又不是不知道，我……哈……"他笑了一声，竟有一丝颓气，"要动手，我也打不过他。"

"赵将军！休要胡言乱语！"

赵谦被这么一斥，抹了一把脸连声道："得得得，押我走押我走。"

江凌朝后让了一步，示意内禁军将人带走。

席银跟了几步过去，想要跟赵谦说话，谁知他虽戴刑具却走得很快，她还没来得及张口，他就已经走到地屏后面去了。

席银立在地壁前，眼看着正堂偏室的灯一下子亮了起来，帷帐上映出两个人的影子，几乎一样高度，体形也十分相似。

赵谦还在洛阳的时候，席银虽然从没有在张铎口中听到过关于赵谦的好话，但她知道，江凌是家奴，梅辛林是长辈，只有这个年轻将军是他的生死之交，是他过命的挚友。如今，他让这个生死之交穿上了囚服，戴着刑具受辱……若是张平宣知道，定然会大斥他的阴狠和寡义。

席银忽然想起了白日里那个被人打死在街上的老妇人。张铎在杀弃人命的时候，到底会不会心痛？席银觉得他会。只是世人会为陈孝那般的山英落亡而捶胸大哭，会悲悯羸弱惨死的人，他却只信"乱世争命"的道理，正如他曾经告诉她的那句话一样——"纯粹的良善之人，根本不配在洛阳城里活着"。所以，他才显得那么无情、冷漠。可是，这并不意味着金铎无舌。他应该也想像永宁寺塔上的那些大铃铛一样，得遇高风，声送十里，陈一人之情吧……

此类隐情，不光席银知道，赵谦也明白。是以他没有顾全君臣大礼，用脚踢平地上的簟席，盘膝在张铎面前坐下来。

"我就不行大礼了，反正也是死罪，再加一条，你杀我也杀得痛快些。"

张铎应了一个"好"字，指了指案上的胡饼："吃吧。"

赵谦望了一眼那盘胡饼，伸手拈了一块放入口中。

"这饼有滋味。"

张铎扽袖端起酒壶亲手倒了一杯椒柏酒，推到他面前。赵谦刚要去取，谁知手腕上的镣铐一晃，"啪"的一声便将那盏酒打翻了。

"可惜了。"

张铎没有说话，取壶重新倒满一盏，放入他手中。赵谦抬头一饮而尽，几日不曾打理须发，下巴上已经蓄了一层青色胡楂，挂着酒液，反倒显得不那么狼狈了。他放下酒盏，意犹未尽地看着空底道："正月里能喝到这么一碗椒柏酒，解憾啊。"

张铎放下酒壶："酒是金衫关之战后你送我的那一坛，在清谈居的矮梅下一埋十二年，味道如何？"

"不枉费这十二年。"他咂吧着嘴，似回味道，"你种酒是有一套的。"说完，他又弯腰抓了一块饼，"饼呢，我看也不是俗人做的。"

张铎应道："席银做的。"

赵谦听到席银的名字，笑了一声："这小银子，果然跟着你来了，我在荆州的时候已经听说了。张退寒，你厉害啊，岑照养了十几年的糊涂丫头都长心了。她还好吧？"

张铎自斟一盏道："还好。"

赵谦屈起一条腿，垂头道："我至今还记得，当年你让人送她去廷尉狱时，那丫头的模样。女儿家脸皮子薄得很，穿了囚服戴了镣铐就羞得没有脸见人了。如今……"他把脚腕上的镣铐拨得哗啦一声响，自嘲一笑，"我倒也不想她看见我现在这副模样。"

张铎饮了一口酒，说道："她不会轻贱你。"

赵谦点了点头："我知道，那是好姑娘，之前是让岑照给教坏了。"说完，他抬起手揉了揉眼，声音有些怅然，"听说，在厝蒙山的时候，张平宣险些杀了她，对不起啊。"

话至此处，他索性端起空盏伸向他。

"来，我以死谢罪。"

张铎没有举盏，隔灯沉默地看着他，良久，方冷道："你凭什么替张平宣谢罪？"

赵谦一怔，放下酒盏，悻悻然点了点头，轻声道："也是。我凭什么呀？"

"赵谦,"张铎的声音陡转寒锐,"你以为我为什么要杀张平宣?"

赵谦沉默地点了点头,也不知是不是因为喝酒喝得急切,眼眶竟然慢慢红了起来,他吸了吸鼻子:"因为……你怕岑照利用她来挟制我吧?"说着,他坐直身子,将手臂撑在酒案上,提声道,"可我不明白,我算什么,沙场上的事瞬息万变,说死我就死了。但张平宣,她是徐婉的女儿,是这个世上你张退寒唯一的亲人,杀她保我?谁答应我都不会答应,我还骂你!"

"你坐回去!"

"喊……少给我摆你的君王架子,你如今也就能杀我一次,我怕什么?"

张铎将酒盏顿在案上:"你想我传人进来先把你的舌头割了,才让你听我说话吗?坐回去!"

赵谦丢开手:"好,坐回去。要不我跪下答你?你不要想了,你无非要问我张平宣在什么地方,我不会说。你要割我舌头,是吧?割了也好,免得刑讯时脏了你的耳朵。"

张铎的手捏握成拳。赵谦看着他青筋逐渐暴起的手背,似也觉得自己言语有失,依言直身跪坐下来,犹豫了一时,抬臂拱手道:"臣知罪。"

张铎压下火气,斟满酒,仰头饮尽,放下酒盏道:"是谁告诉你我命黄德杀张平宣?"

"顾海定。"

张铎闭上眼睛,忽然狠力拍向酒案,酒水震颤,溅了他满袖:"他说了,你就星夜离阵,夜奔江州?!我跟你说了无数次,手握万军是最大的杀伐,耽于情爱,必遭反噬,你为什么不听?!"

赵谦笑了笑:"我想过要听,但见不得她哭,更见不得她死。"他说完,抬头把眼眶里的酸烫逼了回去,"张退寒,你是我赵谦这辈子唯一的兄弟。你见识广,我见识短;你知道怎么调兵遣将、权衡各方军力制约倾轧,我就只会提着刀破阵;你要当天下第一人,我想当天下第一将军;你对女人没有兴趣,我就喜欢你妹妹一个人……怎么说,我都不配做你的兄弟,无非是因为当年在金衫关你救了我一命,我就赶着跟你赖了这个名声罢了。现在落到这个田地,也是我咎由自取。你放心……"他放下行礼的手臂,拿过酒壶自己斟了一盏,"无论你如何处置我,我都没资格怨恨,相反,我该跟你说声对不起。"

张铎侧过脸,呛笑了一声。

赵谦是赵谦,对心里的愧恨和不舍都可以直言不讳,张铎却不能如此,也不惯如此。

"诛心的话,我今日不想说,我认识你快二十年了,若不是你,我今日也难坐在这里。你说你不配为我同袍，就是斥我这二十年目盲，我不想认。可是，你真的愚蠢至极！"

赵谦无言。他撑了一把席面站起身，拖着镣铐哗啦啦地走向窗前。

雪影映在碧纱上，轻灵柔软，恰若尘埃。

"我以为我把话说得难听些就不用跟你废话这么多，谁想你喝了酒，今日话真多。"

他轻轻推开窗户，雪气猛地扑了进来，吹起他原本就凌乱无束的头发，他呸了几口，把那些入口的乱发吐了出去。

"张退寒。"

"说。"

"等我把荆州的军情说完，你就动手吧，擅离军营是死罪。我知道，你有心饶我一命，但军纪严明，我自己都不敢活着。"

身后的人沉声道："先把你要说的说了。"

赵谦转身应道："如今岑照在荆州被刘令下了狱，生死不明。不过，这只是明面上的。荆州城内究竟是什么情况，我身边入城的亲卫已不能探知。"

"我已知。"

赵谦背过身："不过，现在令我和许将军都不安的是，刘令并没有破城的动向。许将军说，刘令此人是沉不下这口气的，所以依我看，岑照已经起了逆心，下狱是一个幌子。至于他的下一步是什么，我想不到。"

张铎暂时没有去应他的这句话，抬头道："东面的刘灌呢？"

"刘灌行军至距荆州百里之外，不敢再进。"

"刘灌大军总共多少人？"

"据探子回报，有三万余人。"

张铎沉默地看向酒案上的杯盏，说道："倒是够了。"

赵谦也应了一声："是，刘灌那个酒囊饭袋本就不足为惧。如今金衫关的外领军调至江州，东进即可截杀刘灌，刘灌就算有心与刘令在荆州会师，也万不敢冒进荆州。所以，我并不觉得刘令按兵不动是在等东面这三万军队。但这样一来，我就更想不通了。照理说，刘令应该趁着你在金衫关的时候破荆州之困，为什么会等着你从金衫关班师回来还按兵不动呢？"

张铎冷笑一声。

"之前你不明白，现在都走到局里了还不懂吗？"

赵谦摇了摇头。

张铎站起身，朝窗前走了几步，与他一道立在雪影后。

"张平宣身怀有孕，我也将她带去了金衫关，为了拦阻她来荆州，席银差点死了。"

赵谦闻言一怔，侧身道："你的意思是说，荆州城按兵不动，是在等平宣？"

张铎没有应他，抬手合上了窗。赵谦不自觉地朝后退了一步，脚下的镣铐一绊，他跟跄了两步方稳住身子："你说清楚。"

"可惜当年洛阳城的陈孝，世封山英，洁身自好，不屑与我倾轧，否则，我今日也会被他处处赢半子。赵谦，"他凝视着赵谦，"我输的半子是你。岑照并不指望你死以后荆州战局会有什么改变，这是诛心之局。"

"那你别输。"赵谦抬起头，"处死了我，你就没有输给他。"

"你放心，军法就是军法，对你，我也不会容情。"

赵谦笑了一声，音声落寞。

"那就好。"说完，他走回酒案后坐下，戴着镣铐，一把扫平案上的狼藉。

"有没有纸笔？"

"有。"

"容我一封自罪信，处置我以后，你替我把它送给我父亲。"

张铎沉默半响，方低头看着道："你担心什么？"

赵谦摇头笑道："你不要自作多情，我不为你，我只是不想我父亲过于悲痛。"

"你怕他因你而反我？"

赵谦凝视着酒案上的灯，摇头叹道："张退寒，杀我之前少说几句吧。纸笔呢？"

"你今日不用写，明日，朕会命人去送你，届时会有好纸良墨供你尽兴。"

赵谦点头道："你让谁送我？我不想看见江沁这些酸人。"

"你放心。"

"那便好。"他说着，抬头道，"何必活过元宵呢？我原本以为，今日是你送我。原本我的命就是你救的，你拿去不是正好？"

张铎看向四周，偏室里布置简单，看似弃置了几年。

"此处是黄德私居，于此处杀人不尊居主。"

赵谦撑开双腿："好，那我今日就偷生，最后醉一回。"

＊　＊　＊

席银看见赵谦被内禁军从正堂里架出来的时候，已至深夜。他喝得烂醉，连路也走不得，几乎是被人一路拖下了石阶，口中含糊地说着一些席银听不明

184

白的话。

江凌见此在一旁喝道："你们做什么，怎能如此对他？"

内禁军忙道："江将军，赵将军实在醉得不轻……"

江凌上前一把将赵谦的手臂搭在自己肩上，回头道："知会江州府，我们送赵将军过去。"

席银眼见一行人走出了首门，这才抱着大氅轻步走到门前，朝里面张望。

正堂里果然没有人，偏室内的灯也有些虚晃，席银侧着身子从门缝里钻了进去，而后赶忙又将漆门合好，取出火折子点燃正堂中的一盏灯，用袖子小心笼着，朝偏室走去。


偏室里人影单一，周遭弥漫着一股刺鼻的酒气。

张铎独自负手立在窗前，听到脚步声便猜到是席银。

"不用来给朕换灯了，朕站一会儿就走。"

席银放下灯盏，踮着脚替他披上氅衣，也没吭声，在酒案边蹲下来，挽起袖子安安静静地收拾两个男人留下的残局。

张铎转身看向席银，灯下她认真做事的样子从容、柔和。

席银似乎也感觉到张铎在看她，端起一只空盘，转向他道："我做的胡饼，你们都吃光了。"

"嗯。"

席银站起身："赵将军吃了几块啊？"

张铎低头看向那只空盘："四五块。"

"我夜里再给他做些吧。"

"为什么突然要给他做？"

席银张了张嘴，轻声道："怕以后就做不成了。赵将军……很好的一个人。"

"那朕呢？"又是一句说完就会后悔的话，他好像听不得席银由衷地去夸另一个人好似的，急于要与那人分出高下，"算了，你不用答了。"

席银抬头望向张铎："你是不是也喝了很多酒啊？"

"没有。"他说着，从喉咙里长长地呼出了一口浊气。

这些年，张铎喝酒喝得越发少了，毕竟在金衫关靠着烈酒刺激而活的日子过去了十几年，没有大醉的必要，另一方面，他也不敢酒后吐真言，让人去拿捏。


"陛下。"

"什么？"

席银望着他抿了抿唇："我想问你一件事。"

"问吧。"

她见张铎答应，却没有立即问出来，反而深吸了一口气，似有些不知道怎么开口。

"要问又不开口，你是何意？"

"我问我问。"她说着掐了掐自己的虎口，试探道，"自古以来，皇帝处置臣民……都是凭着什么？"

张铎笑了笑，这个问题对于她而言似乎是大了一些，也难怪她迟疑。他不想深解，恐说得过了伤到她心上的无名处，索性盘膝坐下，随口道："随性而已。"

席银听完摇头，靠在他身边跪坐下来，认真道："你没有好好答我，我认真的，我很想知道。"

张铎理平膝上的袍子，侧面看了席银一眼。

"那你觉得呢？"

席银刚要开口，门外便有风雪渗进来，席银受了寒，下意识地朝张铎身后缩了缩。

"冷，是不是？"

"有一点。"

"那你坐到这一方来。"

席银应声站起身，缩到张铎身后。

张铎撩起氅衣的一边，罩在席银肩上。

"你还没有答朕的话。"

"什么话呀？"

"你觉得朕杀人凭的是什么？"

席银靠着张铎的肩膀，氅衣上的羽毛不断地朝她的鼻子里钻，她忍不住呛了几声，张铎的手臂伸过来，一把将她拖入了臂弯中。

"说不上来就算了。"

"我……不是说上来。"席银抬起脖子望向张铎，"我只是觉得，我自己的这个想法很荒唐，甚至大逆不道，有点不敢说。"

张铎低头凝向席银："那朕更要听。"

席银深吸了一口气，喉咙里有些发涩，她索性又咳了一声，稳住声音，这才道："我觉得……其实皇帝根本杀不了任何一个人。"

五雷轰顶的一句话，令张铎几乎哑然。怀中的女人似乎并不知道此话令张铎如何错愕、惊战，仍自顾自地说道："你不想杀长公主殿下，你也不想杀赵将军，可你又不得不杀他们，就好像今日我们在路上看见的那个被人打死的老妇人……"

186

席银吸了吸鼻子，"你不想看着她死，可她最后还是会死。所以我才觉得，皇帝根本杀不了任何一个人。"

她列举了这么多人，却漏掉了最重要的那一个。

张铎的手臂不自觉地捏紧了她的肩膀。

"嘶……痛。"

"知道痛就住口。"

席银忙垂下头："你让我说的，你别怪我。我其实……就是想跟你说，你真的不是一个狠毒的人，你也很好很好。"

"让你住口，你还要说？"他说完，端起酒盏，仰头饮尽。

一杯酒水下腹，肠胃烧暖。张铎其实根本就没醉，根本就还没到要酒后吐真言的时候，但他此时想放纵一把，假借酒水，跟身边这个说他杀不了任何一个人的女子说些腹中诚恳的话。

"朕一生亲缘浅，姊妹独剩平宣一人。朋辈亦凋零，挚友唯存赵谦一人。这二人必死，否则，朕不配称孤道寡。"

"我知道。"

席银说完，从氅衣里伸出一只焐暖了的手，轻轻捏住张铎的耳朵。

张铎脖子一梗："做什么？"

"你别怕，你还有我，我帮你。"她捏着他的耳朵，手指十分温暖，面上的笑容如破春而融的细流，"陛下，我猜到你有什么事要对我说了。"

张铎迁就着揪着自己耳朵的手，低头道："朕要让你做什么？"

席银摇了摇头："容我现在不说。"

张铎没有逼问她，而是从袖中取出那只无舌的金铎递到她手中。

"这是赵谦从平宣身上取下来的，朕重新把它给你，收好。"

席银应声接过来，松开张铎的耳朵，仔细地将它悬在自己腰间。

那日夜里，她与张铎在并不熟悉的床榻上，畅快地行了一番云雨之事。

张铎不知在何处得了要领，席银竟然觉得没有从前那般疼痛，取而代之的是一阵又一阵有节律的酥麻，从底下慢慢地传入脑中。她觉得自己的脚底心渐渐开始发冷，在她觉得那脚底的凉意近乎刺痛的时候，她的身子迎来了第一次欲潮。

她听乐律里的女人们讲过，这种感觉是男人喜欢一个女人而那个女人也很喜欢那个男人的时候才会到来，而临近而立之年的男人越发少起这种心，大多是自己尽了兴，就不再管女的感受。

于是，在张铎要脱身的时候，席银伸手一把抱住了他的腰。

张铎不留意，险些压着她。对于她的这个举动，他有些错愕，姿势尴尬，也

不好去看她，便刻意冷声道："你要做什么？"

"你再待一会儿，别那么快走……"

张铎感受到了一阵紧缩感，也听到了她竭力抑制的浊吸。这些年，他把她教得敏感而慎重，是以她很少提这样的要求、说这样的话。

张铎不想违逆席银的意思，屈着手臂撑着身子，与她拉出些孔隙来，随后抽出一只手，一把将被褥笼到头顶。

眼前漆黑，都看不清彼此的面容了，他才终于平复下来，问道："为什么要这样？"

黑暗中的人轻声道："你这样是不是不舒服？"

张铎沉默了一阵，方吐出两个字："不是。"

席银稍稍挪了挪腰，这一挪动，令那一处皮挨肉接，张铎脑内白光一闪，这样绝非有益于修身养性。他忙打起精神，将那起念按压下去。

"我今天不痛了。"她在这个时候大胆地提这件事，令张铎有些脑涨。

"你能不讲这个话吗？"

"好，那我说……我想多跟你这样待一会儿。"

张铎随了她的意，不再出声。

"陛下，席银的'席'字不是我的姓，我也不知道我父母是谁。要不……你给我取一个姓吧。"

"朕不取。"

"为什么？"

"'席'这个字，类于莞草，是低贱之物，而银是世上好看的金属。两者龃龉，都不是你。所以，席银，你是什么人，和你的姓与名没有关系。"

席银听完他的话，过了好久，才应了一声："是。"

张铎挪了挪被压疼的手肘。

"朕可以起来了吗？"

席银松开手臂："可以。"

两人相挨着躺下，各自回味，就在张铎的意识逐渐混沌的时候，席银忽道："陛下……"

张铎含糊地"嗯"了一声。身旁的女子翻了个身，呼吸轻轻地扑到他的脸上，半响没有再吭声。

张铎半睁开眼睛，轻声道："怎么不说了啊？"

"我好像……有点喜欢你……"

188

第二十一章

# 秋江

...

虽江上一苇舟船不堪渡人，
但春意相连，一城渡来花香，一城渡来血气。

赵谦在江州府牢里看见席银，是酒醒之后的第二日。

牢中不辨阴阳，他亦算不出时辰，只知道灯烛快要烧没了，焰火临近熄灭时那淡淡的白烟笼着一个娉婷有致的影子。赵谦的头还疼得厉害，他抬起伤痕累累的手腕揉了揉眼睛，终于看清那道影子是谁。

"啧，小银子呀……"

席银冲赵谦笑笑，回头示意胡氏在门外等着，她独自一人撩起裙摆弯腰走进牢室："将军还好吗？"

"我？"

赵谦吐出一根不知道什么时候钻进自己嘴巴里的草芯子，笑道："好得很。"说着，他撑着身子坐起来，望向席银越见清晰的脸，笑道，"你这银子真的是越长越好看。张退寒这人啊，闷得很，艳福倒是不浅。不过，他自己不送我，让你这丫头来沾血……嗬，还真是他对你的作风。"

插科打诨了一辈子，此情此景，他出口的话还是没什么正形。席银没在意，捞袖在赵谦身旁蹲下。

赵谦不自觉地朝后靠了靠，摆手道："哎哎哎，走远些，仔细熏着你。"

席银将手搭在膝上，望着赵谦道："我不嫌弃，我今日是带了人来替将军梳洗的。"

赵谦听她说完，随意盘起双腿，摇头道："我不讲究。"

席银点头应道："知道。但是我讲究呀。"

赵谦听她说完，不由得歪头笑了一声，伸手拍了拍大腿，而后一把抓起身边的草芯子戳了戳席银的鼻子，笑道："你一个小丫头，讲究什么？"

席银撇掉他手上的草芯子，正色道："他以前教过我的。"

"教你什么？"

席银屈膝跪坐在干草上，抬头看向赵谦道："他说，将军曾御外敌，吾等弱女子受将军庇护多年方有安生之幸，不至于受敌者凌虐，所以如今虽将军身在囹圄，我亦不可轻辱将军，还有……周礼'衣冠不可废'，下一句是……"她一时有些记不清，不由得抬手拍了拍后脑勺，面色懊恼。

190

赵谦忍俊不禁："他教你的这些你都懂吗？"

席银点头道："懂了一大半，全都懂了这次就没办法帮他了。"

赵谦一怔，朝席银身后的胡氏等人看了一眼，见原本府牢里的人都被屏退了，他不由得觉得背脊一寒："什么意思，府牢的人呢？管杀不管埋啊？"

席银道："我是陛下的内贵人，奉旨赐死，他们自然要回避。"

赵谦猜出了三分，望着席银迟疑道："你到底要帮张退寒做什么？"

席银抬手朝他做了一个噤声的手势："别出声，我放你走。"

"不行！"

赵谦听她说完，噌地就要站起来，竟因酒后未完全清醒，被席银拽着手上的镣铐，硬生生地拖摔倒地。他顾不上手脚磕碰，压低声音道："小银子，你傻呀，他是要你送我上路，你怎么能放了我？"

"将军才傻呢。"席银冲着他的面门撑了回去，"这就是他的意思，他若真的要处死你，根本就不会让我来送你。"

赵谦闻言肩膀一垮："那……你怎么办？"

席银笑笑："我的名声本来就不好，能怎么样？"

"你还知道你名声不好啊？"

席银垂头沉默了一阵，放轻声音，落寞道："知道啊，公主殿下看不上我，江大人和梅医正他们……觉得我该死。陛下一直以为我想不明白其中的道理，其实……我已经想明白了。"

赵谦看着她的神情有些不忍。

"你怎么想明白的？"

席银抬头道："因为将军呀。"

"说你们呢，提我做什么？"

席银摇头道："陛下忍痛要黄德杀公主殿下，是不希望将军为了殿下犯禁。江大人他们也一样，不希望陛下因为我而失大局。"

赵谦沉默，不言语。

席银又道："但是，陛下还是和将军不一样，我呢……也不是长公主殿下，我是个无关紧要的人，陛下也不喜欢我。所以，我希望荆州可以保全，南方可以安定下来。等开了大春，我想去荆州城里看晚梅。"

赵谦扼腕道："看什么花呀？哎，你是真看不出来吗？"

"看出来什么？"

"那个孤鬼他——"

"什么……"

赵谦忍了一忍，终究没去揭张铎的底。

"没什么。"

席银也不再追问，起身拍了拍身上的草根，对赵谦道："时辰耽搁不得，天亮了就难出江州城了。我先让人替你整理整理，然后仍然送你从水路走。赵将军，你听我说，你出了林蓬渡就千万不要回头了。"

赵谦点了点头，犹豫了一阵，终张口道："张退寒有没有什么话留给我？"

他心里终究有歉疚，原本不抱什么希望，谁知席银应了一声"有"，随即从袖中取出一封信递到他手中。

赵谦拆开信，见上面只笔迹清淡地写了一行字——"山水遥念"。落款——张退寒。

＊　＊　＊

席银从江州府牢回到黄德官署，天还未明，江凌与陆封横刀立于门前。席银从车上下来，便听陆封道："来人，把内贵人拿下。"

胡氏闻言忙道："陆将军，这是要做什么？"

正说着，宋怀玉从里面奔了出来："说拿人，怎么拿起内贵人来了？"

陆封见此转身看向江凌，江凌原本不想出声，此时不得已，只得开口道："江州府牢回报，内贵人私放人犯。"

"什么……"

宋怀玉看向胡氏急道："怎么回事啊？"

胡氏摇头："奴……没有跟内贵人进去，奴不知道啊。"

话还未说完，陆封已经走到席银面前，拱手道："内贵人，末将也是依令行事。"

席银垂头看着地上被踩得凌乱脏污的雪轻声应道："嗯。"

她这配合的模样竟让陆封一时有些错愕。

东边渐渐发了白，连下了几日的雪终于停了。这日是个融雪日，潮湿阴冷，即便不张口，口壁也隐隐发抖。陆封轻轻拍了拍自己的脸，挥手令内禁军上前，退了一步道："得罪了。"

"没事，是我劳烦将军。"

胡氏与宋怀玉见席银如此，都不敢再出声，眼睁睁看着她被人绑起来带去内苑了。

此时前门处人声消停下来，宋怀玉忙将胡氏拉到僻静处，压低声音道："究竟是怎么回事？"

胡氏摇了摇头：“内贵人不让奴进去，奴也不知道她跟赵将军说了什么。可是，陛下让带去的酒，我远瞧着，赵将军是喝了的啊……”

宋怀玉拍了拍大腿道：“我就说，她忽然撇下我，只带着你一个人去府牢定是要出事，果不其然！”

\* \* \*

内苑正室的门廊下，张铎正借石灯笼的光看许博呈上的奏疏，黄德和江沁也立在廊下。三个影子被熹微的晨光静静地投向青壁。

黄德道：“许将军虽擅指水师，但对于攻城设隘的战事并不熟悉，赵将军……不是，赵罪人逃脱后，其手下将领皆自迁其罪，军心涣散。末将看，就许将军一人，恐怕很难守住荆州。”

张铎看着纸面，一手摁了摁脖颈，应道：“从赵谦回奔江州时起，荆州刘令已经开始破城了。”

黄德道：“陛下应立即调军增援。”

张铎看向江沁，江沁眉心紧蹙道：“陛下觉得来不及了。”

张铎将许博的奏疏递到他手中：“这个递到朕手上已经过了两日。此时荆州是什么情况，尚不可知。而且，他们破的不是荆州北门，而是西面的成江门。”

黄德顿足道：“他们想南下与刘灌会军！”

张铎抱臂走下石阶：“荆州城外守不住了，传令给许博，往江州退。黄德，你领军南下，截杀刘灌。但是你记住，如果赶不上刘令，就不得应战，同样退回江州。”

黄德应“是”，当即出署点卯。

江沁望着黄德的背影道：“这个赵将军，也是……”

“是朕。”

“陛下不该有如此言语。”

张铎笑了一声。

“是朕在关键时候软了手，赵谦是什么秉性，你和朕都很清楚，朕在洛阳，就该赐死平宣。”说着，他仰起头，喉结上下一动。

苑门前传来脚步声，张铎没有回头，江沁倒是看见席银被绑缚着从门后行过。当他再看向张铎时，却见他已经负手走到地屏前面去了，青灰色的影子落在壁上，背后朝阳欲升，一明一暗，泾渭分明。

"臣听说，在厝蒙山行宫，陛下为席银亲求过梅辛林。"

"嗯。"

江沁径直言道："臣以为，陛下此举大为不当。"

张铎没有应声，江沁提声又道："岑照兵不血刃，就利用长公主废掉了赵谦，致使荆州战局失控，此人攻心的阴谋阴狠无底，陛下既恨杀意晚起，就该借由此次罪名一举清除后患。臣万死进言，席银此女，留不得！"

话音落下，二人身后的朝阳破云而出。

雪遇朝日渐融，风穿庭院，刺骨地冷。

其实，杀了席银，眼前就只剩城池与山河。他便得以敛性修心道，调万军，行杀伐，周身干净地称孤道寡……似乎也没有什么不好，毕竟他从前就习惯过这样的日子。

江沁见张铎握拳长立，久不应话，便跪地伏身恳切道："陛下若不肯下旨，臣只得逆君而行！"

"不必，朕有朕的决断。"


席银屈膝跪坐在一间无灯的偏室内。因见江凌有照拂的意思，加之张铎并没有明令，内禁军中到底无人敢对她过于无礼。席银将脚缩在裙裾内，靠着博古架休息。她一夜未合眼了，此时没什么口腹之欲，周身只受乏意束缚，闭眼没多久，就睡迷了神。

不再因为一顿美味的饱饭而活着，似乎才能真正体会到什么是人生的疲倦。

席银很难得有了一场梦境。梦里并没有什么实在的场景，只有些虚像，像是她在江上看到的崖棺被笼在荣木花的阵中。席银过去是个很少做梦的人，但在她身边生活的男子，岑照也好，张铎也罢，都是夜中多梦难安的人，她时常会被他们梦中的惊厥吵醒，举灯去看的时候，他们却又都闭着眼睛，不肯出声。

席银记得，很久以前，岑照曾跟她说过："多梦之人必受过大罪，阿银是个无忧无虑的姑娘，所以才不会做梦。"但她如今逐渐明白过来，这个世上的欺骗、凌虐、侵害，好像并不会因为女人的无知而消失。于是，她没有试图从这个多少有些阴森的梦里醒来，而是任由它的氛围流窜四肢百骸，直到她终于被真实的饿意袭醒，睁开眼睛没有闻到饭香，但却嗅到了一阵熟悉的沉水香。

张铎将将甩灭火折子，火焰熏着他的侧脸，他用袖笼着灯盏，一回头将好对上了席银的目光。

"我想吃肉。"

陡然听到这么直截了当的一句话，张铎不觉一窒，随即摇头笑了笑。

"囚徒的饮食只有青菜白粥。"

"那我也想吃肉。"

张铎没有驳她，问道："你有什么言外之意吗？"

席银一愣，顿时不敢再去接这个话了。

"我……就是饿了而已。"

话一出口，她又"啧"了一声，有了他刚才那一句言外之意打底，她好像怎么说都不对。她索性捂着脸把头垂了下去，谁知又被人扳了起来。

"你要吃什么肉？"

她哪里还敢吃肉，头摇得跟拨浪鼓似的。

张铎稳住她的脖子道："朕认真问你的。"

"牛肉……烤的牛肉。"

"宋怀玉。"

门前侍立的宋怀玉忙应道："老奴在。"

张铎冲着席银扬了扬下巴道："烤牛肉。"说完，他伸手理了理席银的耳发："你今日想吃什么，朕都让你吃。"

席银抿了抿唇，抬头望着张铎。

"你是不是……要杀我啊？"

张铎不置可否，只道："怕吗？"

席银摇了摇头："人都放了，怕也没用了吧？但是我想知道，我……做对了吗？"

张铎盘膝在她身边坐下来，应了一个字："对。"

"那就好。"她说完红了脸，搓了搓有些发僵的手，"我也可以救人了。"

张铎侧头看向席银，伸手捏了捏她的耳朵："但其实你也可以杀了赵谦。"

席银也抬手捏住了张铎的耳朵："我连雪龙沙都杀不死，杀什么赵将军啊？还有……那样的话，你多难过啊。我之前都说了，你不要怕，我会帮你的。"她说完红了耳根，低头道，"我是不是太不自量力了……"

张铎任凭她捏着自己的耳朵，他太贪恋这一点点脆弱的庇护。它并不是能够外化于形的强力，相反，它柔韧而克制，多一分便会刺激到他多少有些偏激的处世之道，少一分又无法令他感受到温暖。

"不要捏我的耳朵。"

"我就捏一晚。"

就不该惯她这样，张铎正想说话。

"张退寒……"她忽然唤了一声他的名字，"我特别怕死，哪种死法最不疼啊？"

哪种死法都不会痛，痛是留给活人的报应。就好比死了之后，所有的创口都

会闭合，不会再疼，只有活着的人才会带着满身的疮痍在寒夜中辗转。但张铎此时并不想对她说这些。他伸手把那具柔软的身子搂入怀中，席银还是不肯松开捏着他耳朵的手。他也没说什么，偏着脖子迁就她的动作。

门外宋怀玉禀道："陛下，牛肉送来了。"

张铎看向席银："你还吃吗？"

席银摇了摇头："不吃了，我想……"她说到这里，脸唰地红了，"我想要……可以吗？"

中间那个词她含糊过去了，但张铎还是听清了。肉糜这些血腥之物，果然易于激发本欲，她羞红的脸像一朵生机勃勃的艳花。然而席银心里是慌的。

张铎长时间的沉默，令她的欲望显得那么卑微。若是平常，她根本不敢直说这样的话，如今是觉得张铎不会跟自己这个半死的人计较，才敢这么明目张胆。然而，她又觉得有些可惜，她终于明白，喜欢一个人才会贪图他的身子，才会从身子里流出坦诚而不羞耻的液体，才不会因为凌虐和侮辱而被迫滋生欲望。可是，她明白得好像有些晚了。想到这里，她慢慢松开了捏着张铎耳朵的手，往后缩去。

"别动。"

"我不该说那样的话……我……"

"我没说不可以。"

他说完，反身屈膝跪地，托着席银的腰轻轻地把她放在莞席上，脱去她的大袖，又解开她的襌衣，最后把她的抱腹也脱掉了。张铎捏住席银的下巴，就这么一下，便引起了席银身上的一阵颤抖，她喉咙失控，"啊"的一声叫了出来。

相比于她的惶恐，张铎则依旧沉默。

席银口中牵出了黏腻的银丝，声音也跟着颤抖起来："你……前几次为什么不这么……"

"我不喜欢这种事，所以不会。"

"那为什么……"

"识得字，也认得图。"

＊　＊　＊

席银感受到了一股无边无际的情浪，让从前在乐律里被人摸抓、在廷尉狱中被人淫谈时感受到的所谓"滋味"全部化成了虚妄。其间，她又是哭又是笑，又是胡乱地抓扯，又是腿脚乱蹬，全然不顾及她身上的那个人是皇帝。后来疲倦、饥饿，还有恐惧，令她在浪平之后意识混沌。

而张铎坐在她身边，低头吹灭了案上的灯。

"你又哭又笑地，是要干什么？"

回应张铎的是一声糊涂的憨笑，他一时没忍住，也跟着从鼻子里哼笑出声。他抬起手抹了一把脸，屈膝将手臂搭在膝上，脚趾却触碰到了那摊已然冰冷的黏腻。

张铎弯腰从一旁的木箱中取出火折子，从新点燃灯。

席银屈腿侧躺在灯下，两股之间的春流尚可见晶莹，而她好像也觉得有些痒，伸手要去抓。

"不要抓。"

张铎一把摁住了她的手腕。

"不舒服……"她含糊地应了一声。

"你起来，朕让人进来服侍。"

"我……不想……"

张铎捏着她的手道："你要朕整理吗？"

"我……我……我不……"那个"敢"字始终没有说出口，她荒唐地起了些细弱的鼾声。

张铎无可奈何，转身朝外面唤道："胡娘，在不在外面？"

半响，宋怀玉才小心地在门外应道："胡氏今日无值，老奴伺候陛下。"

张铎拖过自己的袍衫替席银盖住，下令道："捧水进来。"

"是。"

"站住。"

宋怀玉忙停住脚步："陛下吩咐。"

"不准过内屏，闭着眼进，闭着眼出，否则剜目。"

宋怀玉魂飞魄散，只得遵命，哪里敢多问多想。

张铎低头重新看向席银："席银。"

"嗯……"

"你是睡着还是醒的？"

"别问我了……我太困了……"

"如果你敢骗朕……"

就怎么样呢？

张铎自嘲一笑，说不出来。

席银在睡梦中感觉有人托起了自己的腰身，又分开了她的腿，而后一方潮湿温暖的丝质绢帕在她的私密处笨拙地擦拭。她以为是胡氏，动了动腿，含糊道："胡娘……你别弄了……"

张铎抓住她的脚腕，手无意间触碰到了那串铃铛。席银几乎是下意识地挣脱了张铎的手，猛地清醒过来。

"陛下……我……"

"躺下去，闭眼！"

"不是……"

"住口！闭眼！"

席银被他后面的声音吓住了，然而让她更难以置信的是，在她私密处替她整理狼藉的人竟然是张铎。

"我……我起来，我自己……"

"把腰抬高。"

席银心脏狂跳，语无伦次，哪里还能想别的。

张铎强迫自己冷静下来，压低声音道："没有人要摘你的铃铛。"

"对不起……"

"不准再说对不起，岑照是岑照，朕是朕。"

话音刚落，席银已经支撑不住腰身，咚地一下跌躺下来。

张铎望着她那紧闭的双眼，还有涨红的脸，问道："是饿得没有力气了？"说完，他弯腰抬起席银的腰，让她的背靠在自己的膝盖上，"你要是难为情，朕把灯吹了。"

席银听完这句话，浑身不自觉地抖起来，她那混沌的脑子里此时有很多话想要说。她怕死，怕死的时候疼，怕再也吃不到好吃的肉，怕看不见南方的晚梅，怕那种美好的滋味再也尝不到了……她原本只想死前贪那么一点点，谁知他给了那么多，让她贪得无厌起来。

"张退寒。"

"说。"

"就算要杀我……也不用在死之前这样对我吧。你……你是皇帝啊……"

张铎低头道："你有一日当我是皇帝吗？你气我、背叛我、侮辱我多少次，你自己忘了吗？"

席银一下子被他逼出哭腔："所以你就要对我好，让我要死了都不甘心吗？"

"谁说你要死的？"他不轻不重地在她的后臀上拍了一下，不带丝毫的侮辱和责难，"好好留在这里。我不能带你去荆州，但也不能把你留给江沁。所以我只能借你放走赵谦的罪名，暂时把你关在这里。"

"你……不杀我？"

"我不杀你。你也要记着，我这次关你，不是为了处置你，你什么都没有做错，你甚至比赵谦、张平宣这些人还要有勇气。"

张铎离开江州以后，席银向江凌要了一壶酒。

张铎走时，把江凌留在黄德的官署，名为看守，实则倒像是个跑腿的。席银要酒，他不好找，也找来了一壶椒柏酒。但那是内禁军里的爷们儿解乏御寒的东西，实在什么好滋味。席银生平第一次喝酒，喝的就是这样冲眼辣喉的东西，但她有些贪恋这种刺激，不愿意让这样的感觉那么快地从自己身上消退。她也说不上来自己为什么要喝酒，但自从开始做梦以后，她就睡得不是那么好了，而酒带来的灼烧感和张铎的体温有些类似。也许是因为张铎身上伤痕过多，那每一个增生过的地方好像都比别处的皮肤要烫一些。席银逐渐开始明白，他所谓"皮开肉绽，心安理得"的含义。

情感淡薄的人大多都是在用血肉换取人生的"利益"，杀狗取食求生，抑或亡命地奔赴前线建功立业，无不皮开肉绽。而情感浓烈之人大多捧上真心，换取人生的"利益"，只不过，比起"皮开肉绽，心安理得"，这些人大多"心魂俱损，辗转反侧"。毕竟人心永远都是最不能倚仗的东西。

张铎的心太硬了，一生自命不凡，无法触及赵谦、张平宣的执念，更别说从执念里看出他们对自己的惶恐、矛盾和怀疑。但席银可以。

多雨的窗下，想起赵谦和张平宣，她偶尔也会难得地想哭。每每这个时候，她就强迫自己去喝一口酒，把仁念稍压下，去想江上的那个人。

五感关联，草木知情，江州的春花渐渐开了，荆州如何？

席银被闭锁在一方居室内，实是无法探知。

然而虽江上一苇舟船不堪渡人，但春意相连，一城渡来花香，一城渡来血气。

隔岸望月的人，烹热烈酒，便能两股战战，拍雪抖霜，共赏时令和战局所铺陈的艳阵。

\* \* \*

荆州城的城门楼上，岑照临着高处的风，面向远处连片的焚烧痕迹。荆州破城那一日，他也是这样静静地立在城楼门楼上，与军中勃发的士气总不相融。

"一贤先生在想什么？"刘令抱臂走到岑照身后，"请先生喝酒。"

岑照回身拱手行一礼，直身道："岑照很多年都不喝营中的酒了。"

刘令是个莽性的人，听他这么说，径直嘲道："营中的酒肯定比不上洛阳的，配不上你的肠胃。"

岑照闻言只是笑笑，并没有说什么。

刘令望向已撤避五里的许博大营，朗声道："先生和张铎究竟彼此算了多少步？谁算得多些啊？"

岑照转过身，背靠在城楼墙上："差得不多。张铎借我稳住荆州，从金衫关调度军队，也留了破绽，令我们可以挪子吃掉赵谦这一枚棋。说来，你我实不亏。这个人在，是荆州破城突困最大的阻碍。"

刘令笑道："有何用？听说他逃了。"

"即便逃了，他也是个亡命的废人了。赵家出了他这样一个人，也败了。"

刘令掸了掸衣袖上的草木灰，道："无毒不丈夫，先生不惜利用自己的妻子去除赵谦这个人。"

岑照笑笑："何来吾妻一说？"

刘令拍掌道："好好好……"他原本是想试探张平宣此人在岑照与张铎的心中究竟有多大的斤两，如今听岑照如此说，心里大为不甘，转而又道："听说张平宣可是一直在找先生啊。"

"楚王对这些事果然灵敏。"

刘令被他这么一揶揄，不免生恼，但尚不至于起性，仍压着声音道："她不敢回许博军中，也不肯回去见张铎，你也不让她进荆州城，一个女人……还是妙龄风华之年，又有公主之尊，万一就这么沦到村男野夫的胯下，未免太暴珍天物了。先生……真的不打算见她？"

岑照静静地听刘令将这番话说完，反手轻轻地摩挲着城墙上的石缝："没有必要再见。"

刘令说道："没有必要？她是张铎唯一的妹妹，腹中还怀着先生的骨肉，本王若将她捆回营中绑为人质，先生也当真不在乎？"

"嘀。"岑照笑了一声，转身面向刘令，冷声道，"她算什么人质呢？"

刘令不大满意他的这一声轻笑，带着对他心智和大局观的蔑视，令他很是不舒服："先生何意？"

"她已经是一枚废棋了。"

"废棋？你是说张铎弃了她，还是你弃了她？"

"张铎会杀了她，我不会在意她是死还是活。"说着，他抬起头又道，"楚王不须试岑照，若想荆州不败、渡取江州，我劝楚王不要妄揣岑照，毕竟楚王所需不是眼前这一胜，楚王还有刘姓江山要打。"

刘令眉头一蹙，因荆州之困，他被迫拜此人为军师，奈何他虽仍谦卑，但对荆楚一带山水地势、水文天气的研探，对战机时局的判断，诚胜过荆州城中诸将良多。三战许博，三战皆胜，诸将皆信他的谋划，服他的调度，奉其令为圭臬，刘令反而很难在营中插上话。

刘令忌惮他，却也是憋闷了很久，此时胸口的闷气一涌而出。他喝道："狂妄！本王有国仇，你就没有家恨？陈门独鬼，卧薪尝胆这么多年，受仇人的肉刑，还娶了仇人的妹妹，这么大的代价花出去，若是败了，午夜梦回时，你还敢见陈老大人？"

岑照直起身，抖袍弯腰一揖："所以还请楚王怜悯。"说完取过靠在墙角的盲杖，朝城楼下走去。

刘令在他身后道："你说，张平宣这个女人，你不在意了，是吧？"

岑照脚步一顿，沉默须臾后方应道："楚王不信，可以试试。"

刘令拍了拍手上的灰尘："好，你不要，本王就自便了。"

岑照没有出声，慢慢走到城墙前面去了。


荆州的早春汹涌而至，粉雪尽数湮灭，大片大片的梅花成簇开放。

黄德的军队在定城被南下的刘令军队截住，与此同时，东海王刘灌从会阴山后劈出，与刘令的军队成合围之势，将黄德大军生生逼退回江对岸。

张铎在江上收到黄德的军报时，因清理水道而落锚在岸边的商船上有伶人正唱乐府名曲《蒿里行》。

"白骨露于野，千里无鸡鸣。"

琵琶幽咽，语声凄凉。

张铎忽然想起，两年来，席银再也没有触过弦。他不由得闭眼细听。

两岸垂杨舞絮，在耳旁发出窸窸窣窣的声音。他再一睁眼，眼前满是不应时局的勃然生机。

邓为明从船上下来，顺着张铎的目光朝江岸边望去，心里为此时的颓败之景怅然，不禁轻叹了一声。

"若不是战事，此时节正是南边运茶的时候。如今大多茶商弃船上岸躲战去了，这些弯渡里拴了好些家妓歌伶。她们无处上岸，作此哀音，陛下不悦，臣让她们停了。"

张铎低头道："不必，还算悦情。黄德还有几日渡江？"

"据战报是明日。如今荆州刘令的军队也在距对岸二十里之处了。"

张铎望向江对岸，花阵如雾，万物在艳色之后都只有朦胧的影子。

邓为明迟疑了一时，终开口道："有一件事，臣要禀告陛下。"

"说吧。"

"据黄德的斥候说，他们在荆州城外看见长公主殿下了。"他说完，也不敢擅自往下说，抬头凝视着张铎的面目，以求继续往下讲的余地。

张铎放下手中的军报，沉默须臾。

"她如何？"

"据说……不好，殿下身子重了，从金衫关到荆州本就损身，此时腹中胎儿是否安然，已是不好说了。"

张铎捏在袖中的手忽地松开，邓为明见他未露情绪，又道："听说，殿下独自去敲过荆州的城门，但是并未见荆州开城迎她，如今驸马……哦，不，岑照已出囹圄，执掌荆州大军，却如此作践殿下，实与禽兽无异。"

张铎没有回应邓为明的这句批言，令他心脏钝痛的是，他过去对席银说过一句"自轻自贱的女人，最容易被凌虐至死"，此时这句话竟在自己亲妹妹身上逐渐应验。他撩袍朝江岸走了几步，春日暖泥中的花瓣沾上革靴，眼见就要被踩辗。寻常时候张铎从不会在意这些无知觉的东西，今日他却沉默地退了一步回来。

"陛下，要不要遣一支内禁军，去将殿下接回江州？"

张铎望了一眼泥中的花，红艳似火，令他忽然想起永宁塔中的海灯焰。

他是怎样杀死张奚的，他至今依然记得。张平宣是张奚亲自教养的女儿，如今，他只要再多走一步，同样可以逼死张平宣。没有必要，他也不忍心。

"不要遣内禁军，让黄德分百十人返回荆州去寻她。"

"是，臣替陛下拟旨。"

"还有，"张铎顿了顿声，"如果她肯回来，就不需要跟她说什么，把她安顿在江州，找大夫好好调理。如果她不肯跟黄德的人走，也不需要再逼她了，她死在荆州，或者死在朕面前，都是一样的。朕看不见也好。"

"那……"

"给银两、衣裳、头面首饰，再让人告诉她，不准受辱而死，否则，朕绝不准她入张家的祠堂。"

邓为明领命退行，其间隐约听到张铎对宋怀玉说的话，声不大，混在风里有些模糊，似乎说的是那唱《蒿里行》的伶人。邓为明想的是些"铁剑红袖"的风流事，不想那些伶人却在第二日上了岸，被宋怀玉遣人送回江州城了。而那夜的青龙舟上不曾响起一丝弦音，唯有春夜幽静的月影被水波碎了一次又一次。

＊　＊　＊

席银在江州城见到张平宣时，几乎认不出她的模样。她穿着一身暗红色禅衣，外裳不知踪影，抠着脚指头缩在通幰车的一角，而脚指甲有些都已经不在了。她身上污迹零乱，因为干涸得太久了，甚至分不出究竟是泥还是血。

江凌用刀柄撩起一层车帘，阳春的光刚透进去，就惊得她一阵抽搐："不要过来……不要……不要过来……"

席银觉得眼前的场景很熟悉，熟悉得甚至令她心痛。她不由得摁了摁胸口，忽然想起两年前那个落雪的春夜，她被人剥光了下身，匍匐在张铎车前。而她想不到的是，那个写得一手字、堪辨宴集诗册的女子也会沦落到和她曾经一样的境地。

席银按下江凌的手臂，转身朝后面走了几步，确定她听不见自己的声音，这才道："殿下为何会如此……"

江凌道："听说黄将军的副将在荆州城外找到她的时候，刘令军中的那些禽兽正要……"他说到此处，喉里吐出一口滚烫的浊气，喝道，"禽兽不如！"

席银朝车里看了一眼，抿了抿唇。

"那……殿下腹中的孩子还好吗？"

江凌点了点头。

"那如今……要怎么安置殿下呢？"

江凌道："尚不知。陛下只是让人带殿下回江州，没有说如何安置。内贵人，我等虽是内禁军，但毕竟是外男，殿下身边的女婢也在乱中与殿下离散，我是万分惶恐，才来找内贵人拿个主意的。"

席银捏了捏袖口："我如今也是戴罪之身……要不……这样吧，你看守我也是看守，就把殿下送到我那里去。别的都不打紧，先找一身干净的衣裳，把她身上那身换下来再说。"

江凌忙道："衣裳什么的，陛下早就命人带去了，如今是现成的，只是殿下不让任何人碰……我这就让人去取来。"

席银点了点头。

"再去请个大夫，不要立即带进来，请他候一候，我试着劝劝。"

"是。凭内贵人安排。"

＊　＊　＊

张平宣被人带回了官署偏室。

203

席银进去的时候，扶张平宣的女婢们多少有些狼狈，鬓发散乱，裙带潦草，见了席银，忙行过礼退到外面了。

席银挽起袖子，拧干一张帕子，轻轻地从帷帐后面走出来。

张平宣抱着膝盖缩在墙角，头埋在一堆乱发里，身上一阵一阵地痉挛。

"你滚出……出去！"她的声音极细，连气息也不完整。

席银没有再上前，就在屏前跪坐下来："我把帕子拧了，你把脸擦一擦，我陪你沐浴，把身上的衣裳换下来吧。水都是现成——"

"你不要碰我！不要碰我的衣裳……"她说着说着，喉咙里竟然逐渐带出了凄惨的哭腔，声音也失掉了力度，像一只伤兽凄厉地哀号，"我求求你了……不要碰我的衣裳……不要碰，不要碰啊……"

席银有些说不出话来，任凭她把心里的恐惧和混乱吐出来，半晌，方轻声道："这里是江州，是我的居室，没有人要脱你的衣裳。"

张平宣怔了怔，依旧没有抬头，但她似乎听明白了席银的意思，不再重复刚才的话，死死地抱着自己的膝盖，哭得肩膀耸动。

席银这才试探着向她挪了挪膝盖，伸出手勉强将她额前的乱发理开。

"没事了，不要再哭了。我替你梳洗。"

张平宣只是摇头，一个字都吐不出来。此时此刻，她根本接受不了来自席银的安慰和庇护。然而，身旁的人却弯腰迁就着她，平和道："我绝对不会侮辱殿下，绝对不会。"

席银戳穿了她的心，话里却让她全然听不出一丝揶揄的恶意。

张平宣抓紧肩膀上的衣服，颤声道："可我已经没……没有脸面了……没有脸面见你，也没有脸面再见……再见张铎……"

"但你还要见小殿下啊。"

席银用帕子擦了擦她嘴角的口涎。

"殿下，其实我有很多的话想跟你说，但是……我又觉得陛下会比我说得更在理，所以我就不说了。殿下想跟陛下说什么，可以在我这里好好地想想。我不会打扰殿下。"

张平宣抬起头，看向席银："我差点……杀了你啊，你见我沦落至此，为什么不奚落、嘲讽我？"

席银将手放在膝盖上，柔声道："因为我当年被人剥掉衣衫赶上大街的时候，他也没有奚落、嘲讽我。他只是跟我说，自轻自贱的女子，最易被人凌虐至死。我有很长一段时间都不太懂这句话，但一直把它记在心里。"说完，她低头望着张平宣，"殿下，我曾经也被男人们无礼地对待，如果我还能奚落你，那我就是猪

204

狗不如。殿下不要怕，我只要在，就不会让任何一个人对你说出侮辱的话。沐浴，好吗？水都要凉了。"

张平宣哑然。面前这个女子虽然柔弱、温和，说出来的话却莫名地和张铎有些像。张平宣忽然有些想明白，为什么当年徐婉那样责罚张铎，张铎还是要去见她。他和席银一样，人生里没有太多的私仇，恣意地做着自己认为该做的事，不在意是非对错，只求心安理得。

"对……"她吐了一个字，后面的两个字却哽在喉咙里，一时说不出口。

席银理了理她耳边的碎发，像是知道她的窘迫一般，开口轻声道："不要跟我说对不起啊，我受不起。我扶你去沐浴。"

水汽氤氲在帷帐后面，时隔数月之久，所有的狼狈、不甘、愧疚、委屈，终于一股脑地被清理进干净无情的热水中。

张平宣闭着眼睛，用帕子用力地搓着肩膀、手臂，哪怕搓得皮肤发红发痒，她也全然不在乎。

席银隔着水汽，静静地看着她露在外面的背脊和肩颈，很难想象她到底经历了些什么。那养护得极好的皮肤上满是淤青和伤痕，以致她自己在搓洗的时候也忍不住皱眉。然而，她似乎根本不肯对自己留情。

"我替你擦后背……"说着，席银抬臂挽起袖子，接过了她手上的帕子。

与此同时，张平宣在她的手臂上看到一道伤痕，有些旧了，颜色很淡，面积却不小。

"这是……什么……"

席银低头看了眼，轻声道："哦，雪龙沙咬的。"说完，她忍不住又笑了一声，"同样的地方，陛下也有一个。"

"什么？"

席银一面小心地替她擦拭伤处，一面应道："报复他的时候我咬的，两年了，一直没消。"

张平宣闭着眼睛，突然问道："你喜欢张铎吗？"

席银点了点头，面上露出一抹淡淡的红晕："嗯……有一点。"

"那岑照呢？"

席银重新拧了一把帕子，抬头道："以前……是爱慕。因为他会奏古琴会吟诗，知道好多好多我不知道的事情。他从来不骂我，总是那么温温和和地坐在青庐里，夸我做的饭好吃、衣服洗得清香。那时候我觉得，这么清洁温和的一个人，我怎么配得上呢？可是现在……比起温柔，你哥哥那劈头盖脸地骂，却好

像能让我想更多的道理、做更多的事。"说完，她捏了捏自己的手指，"我已经很久很久没有弹过琴了，但我写陛下的字已经写得有些模样了，我还背会了《急就章》，读完了《周礼》，再也不是傻傻地，活着就只为吃那口饭。我之前还救了赵将军……"

"赵谦……"

"嗯。当然，也不是我救的他，是陛下放了他……"

张平宣侧过身："他现在在什么地方？"

席银摇了摇头："这个我就不知道了，我送他去了渡口，看着他上了船。他若一路南下，这个时候，也许已经到了淮地。"

张平宣呼出一口烫气，怅然道："他和我一样，也是个废了的人……只是我是女子，活该如此，他一个男儿郎，何以断送自己至此啊？"

席银将手从水里抽了出来，搭在桶沿上，沉吟了半晌，忽道："也许……有杀人刀就有救命药吧，不然，杀人刀也太孤独了一点。对了，殿下，你既然已经到了荆州，为什么没有进荆州城呢？哥哥知道你去找他了吗？"

张平宣听了这句话，浑身猛地一阵乱战。

席银吓了一跳："怎么了……是身上不舒服吗？"

张平宣捂住胸口，竭力让自己平复下来。

"不是……别问了……别问了。"

席银顺着桶壁慢慢地蹲下来，轻声道："好，我不问，我让人去给殿下取衣裳过来。我还有剩下的好香，都是陛下给的，一会儿我焚上，让殿下好好睡一觉。"

席银看着张平宣睡熟，才从偏室内走出来。江凌抱着剑立在外面，见她出来，刚要开口，却见她做了个噤声的手势。

"殿下睡下了。"

江凌点了点头，压低声音道："那内贵人今晚怎么安置？"

席银抚裙在台阶上坐下来，揉了揉肩膀，有些疲惫地笑道："我没什么，哪里不能将就一晚上？一会儿，我抱条毯子过来，在门廊上坐会儿吧。"她说完，抬起头来转了个话头道，"对了，江将军，你知不知道荆州究竟出了什么事？我原本以为顾海定传信让殿下南下荆州是为了让陛下投鼠忌器，可是，你们却说殿下根本没有进荆州城。我之前问了殿下，可是，她听我问过之后，好像很难过，我就又不好再问了。"

江凌下了几级台阶，欲言又止。

席银道："关乎军中机密吗？将军不能言？"

江凌摇了摇头："不是……是不知如何对内贵人讲。"说完，他又叹了一声，迟疑了一阵，终于开口道，"其实，岑照已反，如今刘令在荆州的十万大军会同刘灌的那三万军都由他指挥调配。赵将军获罪出逃之后，军中士气大减，人心不稳，许老将军已经连败三战，如今，眼看就要压到江上了。至于殿下为什么入不了荆州城，我尚不知道，只是听送殿下回来的人说，殿下去城门下叩过门，但是荆州并未为殿下开城门。"

席银静静地听江凌说完这一席话，明白过来张平宣究竟在难过什么。岑照若真的反了，张平宣进不了荆州城，便是岑照不肯见她。

"哥哥……真的反了吗？"

江凌本就有些不忍心跟她说这件事，今见她眼眶发红，更不好再说什么恶言，拿捏了半天，只能点头"嗯"了一声。

席银听了他这一声，低头抿着唇，一言不发。

江凌试探着道："其实内贵人问过几次荆州的事，我都没说，是……"

"你们是怕我像陛下杀秦放时一样？"她直白地帮他把后话说了出来，说完，顺势抹了一把脸，虽然抹掉了眼泪，但也擦花了脂粉。

江凌看着她的模样，没有否认。

"对不起，内贵人。"

席银"嗯"了一声，抬头望向夜幕，临近十五，月圆如银盘。从前在洛阳宫中望满月，她总希望能与岑照人月两团圆，如今岑照与她一江之隔，她却有了情怯之感。

"我不会再那样了。"

"对不起。"江凌在阶下拱手又告了一声罪。

席银含笑摇了摇头，她没有再纠缠关于岑照的话题，吸了吸鼻子，转而道："大夫的药呢？我去煎。"

"女婢们已经煎上了。"

"好，今夜是将军值守吗？"

"是，内贵人安心。"

席银到底没有安心。无梦的人生早已不复返，即便她坐在门廊上打盹儿，也被一个又一个混沌的梦境侵袭得浑身冒冷汗。梦里有一双眼睛，她好像见过，但是又不熟悉，可她还觉得那双眼睛应该是岑照的。

她至今依稀能回忆起那双眼睛曾在乐律里中含笑望着她："给你取个名字吧，叫……席银。"

"什么……"

"席——银——"他一字一顿,温柔地说给她听。

"莞席的席,银子的银。"声如春山渡化后的风,人若画中宽袍的仙,"阿银,以后跟哥哥一起活下去。"

席银被这句话惊醒,醒来后竟发觉自己的后背几乎被冷汗濡湿了。

东边发白,庭院中的药炉上,汤药已经翻滚。耳边的哭声来自张平宣,隐忍而凄厉。席银静静地站在门廊上,望着东窗上那道被晨曦照出来的影子。一直等到那哭声停息下来,她才盛了药,示意女婢端进去。

* * *

日子转眼入了阳春,春汛时至,江水大涨。万丈江水渡走一片又一片岸边花,和江上的残焰映在一处,惨艳无双。

而此时江上的水战也逐渐从胶着转向明朗。

许博本就善接舷战,张铎南下时又沿路从云州、灵童等地调集了大批战舰,而刘令的水军因去年末的渡江之战,本就损耗大半,军中大翼、小翼皆有损毁,不及补充修缮,在接舷战中几番惨败。这令邓为明等人大松了一口气。

这日,邓为明刚走进张铎的大帐,便见许博沉默地立在帐中,张铎身穿燕居袍,压着江沿岸的地图上某一处,指给江沁看。三人似乎都在想什么,皆没有说话。邓为明不敢上前,只得走到许博身边,轻声问道:"怎么了?"

许博不大喜欢邓为明这种不谙军务的督官,没什么好脸色,示意他噤声。

邓为明正想再问,忽听江沁道:"如今荆州城南面的那个城门口子已经开了,刘灌分了一半的军力,大概万余人驻守在城门外,为的是江战一旦失败,好立即从荆州南撤。以我们现在的军力,即便打败刘灌的那一万五千军马,刘令等人也未必不能逃出。"

张铎敲了敲图面,说道:"那就又是拖耗。"

"是啊。"

江沁叹了一声。

"还有一件事情,臣有些担心。"

张铎抬头示意他往下讲。

江沁道:"此次江战,似乎并未看见岑照临战。"

邓为明忍不住道:"或许,岑照并不熟悉江上的船舰。"

许博摇头应道："臣也有此疑惑，去年末的渡江战，臣就与刘令麾下几将交过手，此番水战，仍不见他们在战阵上有任何改变，仍然是以小翼辅助大翼的强攻之法，但是，诸多战舰皆已受损，之前荆州困城，他们无法即时修缮，所以一旦接舷，立即沉毁十之七八，这种打法全然没有月前荆州破城战的章法。但是，令臣更不明白的是，即便如此，刘令还是不肯停战，一直试图渡江，大有哪怕损百人也要渡一人之态势。所以，臣也觉得，那个岑照，在江战上避开了。"

张铎取了一支朱笔，问道："他们在哪一处渡江？"

许博上前指与张铎："在此处。"他说着，用手指点了点，"此处是江道的狭处，只有五十来步。"

张铎顺手圈出许博所指之处。

那个地方后面即是江州。

"江州……"张铎提起笔，轻念了这两个字。

邓为明道："难道他们要图谋江州？陛下，如今江州只有内禁军，是不是该把黄德将军调回——"

话还没说完，忽听江沁道："陛下，一旦渡江，就该一举破城、乘胜追击，此时分兵回护江州，实无必要！"

张铎看了他一眼："你在慌什么？"

江沁跪下道："臣已冒死进言多次，陛下——"

"行了，再往下说就是欺君。"

江沁止了声，伏地不语。许博与邓为明都不大明白君臣二人言语之外的真意，皆不敢贸然开口。

良久，江沁才叩首道："臣知罪，臣万死。"

张铎将图纸拂开，冷声道："先渡江，此时不是回护的时候。"说完又对许博和邓为明道："你们退下。"

许、邓二人见此情形，也不敢久立，应声退出帐外。


张铎这才低头道："起来。"

"臣不敢。"

张铎冷笑一声，蹲下去道："朕一直不明白，即便朕喜欢席银，朕还是朕，但你一直认为朕会为了席银而陷于昏聩，究竟是为何？"

江沁跪地，沉默不语。

张铎冷声道："答话。"

江沁叠手再叩首："陛下若只当她是一奴妾，以严刑管束，臣等无话可说。但臣请陛下扪心自问，陛下知道她是岑照的棋子之后，有想过把她从身边拔除吗？陛下甚至不惜为她去……"他声无所继，咬了咬牙，勉强道，"成大业者，怎可为一女人屈膝？"

张铎笑了笑，随口道："你说朕跪梅辛林？"

江沁闻言浑身一颤，匍匐叩道："陛下！此话怎可在臣面前出口啊？！臣请陛下收回此话，臣……臣万分惶恐！"

张铎看着他两股战战地跪伏在自己面前，伸手拍了拍他的肩膀，直身道："江沁，朕就觉得，她配活着，配和朕一起活着。再者，你刚才有一句话，朕不赞同。"他说着站起身，低头又道，"律法严明以正官风，以慑民心，以镇君威，什么时候是用来虐杀女人的？"

江沁无话。

张铎走回案后坐下，说道："席银的取舍都是朕教的，你竟然觉得朕会不懂？多舌之人，可恨至极。"

"陛下若觉臣为多舌之人，臣自请绞舌。"

"江沁！"

"陛下，"江沁深吸了一口气，怅然道，"您身在极位，本该以门第为重，择选妻妾。可是，陛下至今未立后册妃，整个后宫只有席银一人，这如何是子嗣传承之道？即便此女有孕，贱奴之子，又怎配承继大统？"

"那朕呢？"他在案后抬起头，"朕长于乱葬岗，自幼无姓。徐氏二嫁，朕认异姓为父，冠张姓，跪张家祠堂，最后也灭了张家满门。朕如今，除了自己的姓，就是断了根，不除这个姓，就是忘了本，朕是如此，那朕子嗣的母亲需要什么清白的门第吗？"

210

第二十二章

# 秋途

· · ·

我是你的棋子。

我和长公主殿下一样，都是你的棋子！

这便是分歧之处。

好比绘画，审慎用墨，白描可视为一流清白，但泼甩朱砂，用大片大片汹涌的艳色铺满整张画幅也并不算落于下品。江沁不得应对之言，若再说下去，自己的一腔清白苦心就要被衬作苦朽的怨怼。念及此，他索性摇了摇头，跪听江上怒号，风卷春浪叠起千堆白雪，其浪音一声比一声猖狂。

＊　＊　＊

三月底，刘令的水军被迫退入晋阳湖口。

张铎命黄德率军填堵湖口水道，致使刘军大翼主舰在湖口被截，许博率军连续突击，击毁刘军大舰三十余艘。

湖口一战，刘军大部被歼灭，刘令与残部不得不弃了荆州城，一路南退。


张铎入荆州城。

绿城边堤，城外悉植细柳，绿条散风，青荫交陌。然而城中疮痍比江州更甚。

"幸其匆忙，无力焚城，否则南郡经此一战，不知何时才得以见春临。"

这话出自黄德，竟有一种铁骨柔情的怅然之意。

张铎勒住马缰，抬起马鞭拨开头顶一丛开败的晚梅，枝头残艳，英勇而凄艳。黄德见张铎不言语，继而问道："陛下从前来过荆州吗？"

张铎应道："头一回。"

黄德道："吾妻蒋氏是荆州人士，听她说，三四月间，临水还能看见晚开梅，一城就那么几株，都是举世的名品。唉……如今，都践毁了。"

张铎笑了笑，忽道："你怕她知道了要伤心？"

黄德忙请罪道："臣妻乃无知妇人，臣不该以钗裙之智议当下战事。"

张铎放下鞭柄，低头道："遣几个人去水边寻，看还能不能寻到一株。"

"陛下……"

"去接蒋氏入荆，顺便把朕的内贵人也带来。"

212

"是。"

黄德欣悦，旋即上马，扬鞭反转。

张铎抬头再次望向那一丛败梅，其树根已被全部拔出，树干已枯，唯剩那零星几瓣，渐失了水分，显出一种偏近凝血色的深艳。背后被黄德的马扬起的青尘受了潮气，腾不起来。张铎此生第一次感觉到春季的哑寂，因为世道凋零，而她不在。他闭上眼睛，将这一丝他尚不习惯的情绪挥去。忽听有人高唤"陛下"，他睁开眼，见许博奔马而来。

"何事？"

许博下马禀道："陛下，斥候回报，并未在刘令残部中看见岑照其人。另外，在静兰山一片水域，发现了刘军的一艘艨艟。"

说话间，江沁、邓未明等人也聚来。

张铎道："拿江道图来。"

许博立即命人送来地图，张铎撑开地图："上回你指给朕的那个江上峡口在什么地方？"

许博一怔，忙道："就是在静兰山那一片。"

张铎没有抬头："命人测晴雨，岑照要掘开江州城前面的江堤。"

邓为明道："掘江堤，他要做什么？"

江沁应道："淹城。"说完，他抬头道，"陛下应该知道岑照此举是为了什么。他深知江上之战实力悬殊，刘令无望取胜，他这才返取江州。不过百人之力，掘开江堤便可令我十万大军弃追刘令而回救江州，他以何人为筹码，陛下……"他顿了顿，恳切道，"臣请您三思啊。"

许博与邓为明听完这一席话，不敢轻易开口。

张铎的手渐渐捏紧了图纸，沉默须臾后，他方道："江州还有多少人？"

许博答道："不足三万，其中一半是妇孺老人，还有一半是上月底我军送至城中休养的伤兵。至于内禁军，由江将军和陆将军统领，数百人，但都驻守城内，此时传信回去恐怕已来不及了。"

张铎重复了一声："三万人。"

"人"对于张铎而言并不重要，尤其是残命无能的人，对这些人悲悯，无异于跪在观音像前忏悔，都是假善而已。所以，正如他所自知的那样，只要席银死了，他的眼前就只剩下城池和山河了，即便江水灌城，次年修缮、迁户，仍得以重建。所以这三万人根本就是该弃的。

"去把黄德截住，令他不得返回江州。"

他说完这句话，江沁长吁了一口气，肩塌身疲，一头虚汗地跪坐下来，仍竭

力呼道："陛下英明……"

然而，张铎听到"英明"这二字，忽觉得从心口猛地破出一阵前所未有的心悸，瞬时牵动身上所有的旧伤，翻搅肌肤和血肉，可他茫然不知此痛究竟因何不能压隐。

\*　　\*　　\*

江州业已春深。

席银穿着一身青灰色的衣裳坐在草席上扇炉火。

张平宣就坐在离她不远的地方，散开的头发用一条布带随意地束在耳旁，身上一样饰物都没有戴，她寡素着脸，挽袖在木盆边浆衣。但她毕竟没有做过这样的事，加上身子月份大了，此时额头上渗着细细的汗，她也没顾上擦。

席子放下蒲扇，从自己的袖中取出一方帕子，走到张平宣身边递给她。

"殿下擦擦。"

张平宣沉默地摇了摇头，一言不发。回到江州以后，除了第一日与席银说了几句话，她几乎没出过声，也不肯见人。

后来，许博命人将伤兵送回荆州城休养，江州城的内禁军人手便渐渐不足，江凌也不再禁着席银和其余的女婢，任凭她们为伤兵营熬药浆衣。起先张平宣并没有露面，某一日，她也换了一身寻常的衣裳，跟着席银一道来到营中。江凌本要阻拦，后来倒是被席银叫住了。

"殿下有身孕啊。"

"放心，我照顾殿下，没事的。"

江凌抓了抓头道："若是陛下回来知道，我纵着你们这样折腾——"

"他能说什么呀？"席银抹了一把脸上的汗，弯眉笑着打断江凌的话，"让殿下做吧，我看殿下这几日都肯吃些东西了。"

江凌无奈，只道："你也是半个女将军了。"

席银一怔，红面道："将军在说什么话啊？"

江凌摊开手："如今江州无将，我亦力有不及，伤兵营内人手不足，若不是内贵人与黄府上的这些女婢，我难免惶然，倒是辛劳了内贵人。"

席银笑笑："江上战况如此，我们心里也不好受，能为将士们做些事，哪个是不情愿的？"

这话倒是真的。至于张平宣究竟是什么心，无人得知。毕竟她至今不肯表达，也不肯接受任何一个人的好，苦于劳役，像是在自罚。

席银见她不肯接帕子，便蹲下身子，挽起袖子替下她的手，轻声道："殿下，先去吃饭吧，我帮你拧干晒上。"

张平宣稍稍直起身子，抖着手上的水，静静地看着席银有些皲裂的手，忽开口道："你是不是从前做惯了这些？"

席银站起身，用力拧了一把衣服上的水："在青庐和清谈居的时候常做，入洛阳宫以后就不怎么做了。"说完，她抬头望着张平宣，"但现在做这些事倒觉得和以前不一样。"

张平宣道："有什么不一样？"

席银偏头想了想，轻声道："不觉得是劳役吧，也不是借此求生。"

张平宣搓了搓膝上的衣料："那么那些女婢呢，她们图什么？这样辛劳也得不到主人的恩宠，休战后，她们和这些军将一拍便散了。"

席银含笑摇了摇头："我不知道，不过……殿下呢，殿下为什么要跟我们一道？"

张平宣抿着唇沉默了一阵，仰头道："不知道如何在江州自处，就想做些事情。"一时间，她面上闪过一丝惶意，"我……心里明白，虽然你们什么都没说，但是，如果不是因为我，荆州一战不至于如此惨烈，死伤……这么多人。我无地自容。"

席银望着水盆中的皂花，轻声道："我以前也差点做了蠢事。陛下说，我拿他的尊严去接济别的人，那时我也无地自容。后来我觉得做了错的事就要担着，男人、女子应该都是一样的，都是……皮开肉绽——"

"心安理得。"席银一怔，"殿下也知道？"

张平宣点了点头："张铎对母亲说过一次，那个时候，我还小。"说着，她忽有些释然地笑笑，"也许等张铎回荆州，我就有勇气去应这句话了。他要我皮开肉绽，我亦心安理得；他要处死我，我亦无话可说。"

席银没有说话。

张平宣勉强露出笑容，使气氛不至于如此残酷，她凝视着席银道："阿银，他应该教你读过一些儒书吧？"

"嗯。"

"读过……董仲舒这个人吗？"

"读过一些，但是陛下没有详说。"

"为什么？"

"他好像，不大喜欢这个人吧？"

张平宣悻然点头。

"是了……他少年时，在父亲面前批驳过此人，我至今都还记得，那一回，他被父亲打得半日下不得榻。"

当年的时光从眼前一晃，心内细枝末节的触角一缩一张，又酸又胀。

张平宣揉了揉眼睛，勉强挥掉回忆，转而道："那你懂什么是天理、什么是人欲吗？"

席银点了点头，又忙摇了摇头。

张平宣没有嗤她，只是苍白地笑笑："无妨，也不重要了。在我看来，天理、人欲之间，张铎一定不是个好人。但我自诩良善之人，做的却是伤天害理、杀人灭己的事……"她说完，咬牙摇了摇头，"儒道、佛道，都在乱世骗人。"

这一句话落入春尘之中，沉沉浮浮了好久。

而之后整整一日，席银都在想张平宣的这句话。

"儒道、佛道，都在乱世骗人。"

她反复咀嚼，忽然间有了些什么感悟，觉得某些光辉灿烂的东西有了恶鬼般的具象。她想起了岑照的眼睛，那双一直遮在青带之后、看不见的眼睛，曾经她不断地想象过那青带后面的目光是如何清明温润，净若春流……就这么想着，不知不觉地便已走到北城门前。

负责城门值守的是陆封，他见席银走过来，拱手行了个礼，示意内禁军撤开，他自己上前道："内贵人又出城去漂衣吗？"

席银点了点头："将军辛苦。"

陆封看了一眼天时，金乌悬于西天，白日里的春燥渐消，飞鸟落在枝丫上，天边压着一朵厚重的云。

"有些晚了呀。"

席银掂了掂手里的木盆："也不多，城门落锁之前回得来的。"

陆封点了点头："内贵人身边的胡氏呢？"

席银朝身后看了一眼，笑道："也不知道做什么去了，应该就来了，将军也给她行个方便。"

陆封应"是"，又嘱道："内贵人，静兰山水域虽无战事，但再过几日恐怕春潮就要涨了，贵人还是要留心。"

席银应了一声："好。"

陆封也不多言，侧身让到一旁。

席银颔首与之别过，独自往江边走去。

江州的对面便是静兰山，静兰山在上游，并不是江战的主要战场。此时春深鸟寂，江面上落满越不过时节的花。夕阳余晖在水浪中翻滚，风里飘着一阵淡淡的水腥气，落在人的皮肤上，令人有些暖又有些痒。

席银走出城不远，胡氏便从后面跟了上来："内贵人，今日怎么多了这么些要漂的呀？"

席银回头道："殿下今日一刻也没停过，浆了这么些，不趁这会儿漂了可怎么好？"

胡氏道："要说殿下，也是可怜。这么一刻不停地做我们做的劳役，也不是个办法啊，我瞧她的身子越发重了。"

席银垂头道："她这样倒不会胡想，也是好的。对了，你上什么地方去了？"

胡氏见她转话，便拧了拧袖口的湿处道："哦，去给军医搭了把手，这就晚了。哟，这还真是耽搁得有些久，眼瞧着天都暗了。"说完，她从席银的木盆中捞了几件衣裳放到自己的盆里，"内贵人一个人怎么漂得了这些，匀我些——"

话还没说完，她忽地脚下一软，席银忙抽出一只手拽住她。

"怎么了？"

胡氏稳住身子道："没事，不过，这里的泥地怎么这么软？"

席银朝前面看了一眼，离江岸倒还有些距离，便迟疑道："今日……下过雨吗？"

胡氏摇头道："没有啊，这几日虽然雨多，但都是夜里下，白日就停了。昨日好像就连夜里都没有下雨。"

席银将手中的木盆放下，朝前试着走了几步。天色已经渐渐黑下来，江面如同一匹乌黑的缎子，偶尔翻出些浪光，混混沌沌的，看不清楚。

席银从袖中取出火折，点燃后向前面照去，逐渐蹙了眉。

"不对……"

胡氏跟上来道："什么不对啊？"

"好像是江水漫上来了……"

"啊？怎么会，昨日还没有啊……"

席银背脊有些发寒，她轻声道："也许是春汛。"说完，她回头对胡氏道，"但我还是觉得不大对，我听黄夫人说过，江州的堤坝是黄将军亲自挑泥搬石监筑的，即便是十年难遇的春汛，也不至于漫堤。胡娘，趁着水不深，我去前面看看，好回去跟陆将军他们说。"

胡氏惊恐道："内贵人还是不要去了，这万一水涨起来，可怎么——"

然而她话还没说完，席银已经走到前面去了。胡氏无奈，只得提裙一路跟了上去。

两人顺着河岸朝上游走了一段路，忽然渐渐听见吱吱啦啦的声音。胡氏有些害怕，拽着席银站住了脚步："内贵人，这是……是水里的魂哭吗？"

席银被她这种说法吓出了一身的冷汗，下意识地捏住了腰间的铃铛。

"不是，别胡说。"

"那是什么声音啊？"

席银逼迫自己平静下来，凝神细听了一阵，轻声道："应该是锹铲掘土的声音。"

说完，她抬头朝远处看去，果然看见江堤上人影晃动。而此时她们脚下的水已经漫至小腿。

席银忙灭了手中的火折，又对胡氏道："赶紧把火折子灭了！"

然而已经来不及了，只听不远处传来几声高喝："那处有火光！不能让她们跑了！"

席银拽住胡氏："快走！"

二人虽已竭尽全力奔逃，但还未跑出去多远，席银便觉背后忽然有寒气逼来，她还不及反应，小腿上便传来一阵尖锐的疼痛，她一个趔趄匍匐在地，回头一看，便见小腿上中了一箭。背后的人马上道："有一个人中箭了，快，再放箭！绝不能让他们跑了！"

席银眼见箭羽从身旁掠过，忙对前面的胡氏喊道："胡娘，停下！"

胡氏一怔，脚下一软便跌坐在地上。

席银回头对身后的人喊道："别放箭！奴们不敢跑了！"

为首的人听是一个女人的声音，立即变了声气。

"哟呵，好像是两个女人，别放箭了，把人绑回船上去。"

\* \* \*

席银和胡氏被带上了船，关在底舱中。

胡氏在昏暗之中吓得浑身发抖："内贵人……这些……是什么人啊？"

席银摇了摇头："不清楚，但总不会是陛下的人。"

"那他们会不会杀了我们……"

席银侧面看向她："胡娘，听我说，不准怯。"

这个"怯"字一出口，席银不由得一怔。这句话，张铎曾经用不同的语气在她面前说过无数次，可这却是她第一次把这句说给别的女子听。一时间，她觉得鼻子有些酸，眼睛也胀胀的，只可惜，此时情景根本不容许她去想那个远在荆州的男人。

想到这里，她狠狠地揉了揉眼睛，忽听外面负责看守的两个人道："岑先生什么时候到啊？"

"听说就是今晚，也不知道今晚能不能将这堤口掘开。"

"要我说，掘开有什么用，谁不知道江州城高墙厚，哪淹得了啊？"

"嘿，你是不知道，岑先生那是神算子，他说三日后春汛要来，那就一定会来。"

"有这么神吗？"

"你就是少见识。"

胡氏听完这二人的话，轻声问席银道："这岑先生是……谁啊？"

身旁的人没有说话，肩膀却有些颤抖。

"内贵人怎么了？"

"没什么……"她说着，试图挪动膝盖，那钻心的疼痛瞬时令她咬紧了牙关。

"内贵人，你的伤不要——"

"胡娘，不要再叫我内贵人。"

"内贵人说什么……"

"胡娘！"

席银压低声音斥了她一句，勉强稳住声音道："听我的话，我腿上有伤，逃脱了也无法回城。你今夜必须回去，告诉江将军和陆将军，刘军在此处挖掘河堤，三日后春汛将至，让他们务必撤出江州，否则，江州城那三万人就都活不成了。"

胡氏的眼泪都要出来了，她连连点头，可还是忍不住哭道："可是……奴……奴怎么才能逃出去呢？"

席银看向自己的脚踝，那串铜铃铛静静地躺在她脚踝边。十几年了，就算张铎在急怒的情况下，也没有办法碰到这串铃铛，这是岑照给她的念想，也是她十几年的执念。她以为她一定会戴一辈子……

想到这里，她狠狠地咬了咬牙，闭上眼睛，伸手摸索着那锁扣处的机关。脚踝已经被勒出了淤青色，一碰便疼得要命，席银也不明白，她是因为疼，还是因为别的原因，眼泪止不住地流，直淌入口鼻之中，令她五感辛辣。

胡氏看着她的动作，脱口道："内……不是……您不是从来不准人碰这串铃铛嘛，连陛下也碰不了的……"

席银拼命抹眼泪，对胡氏道："把脚伸出来。"

"您要做什么？"

"照我说的做，快一点，要不来不及了。"

胡氏怯怯地伸出脚踝，席银忍痛弯下腰，一面替她系上那串铃铛，一面道：

"胡娘，这串铃铛的锁扣有机巧，今日来不及教你怎么解，等我回来的时候，我会帮你解开。但是，如果我回不来，你无论用什么样的方法，不管砸也好，敲也好，一定要把它拿下来，不准戴着它，听到了吗？不要傻傻地戴着它。"

胡氏惶恐道："您在说什么啊……您得回来……"

"好，我会回来，但你也要听好我说的话。他们说的岑先生，应该就是岑照，我是岑照的妹妹，你脚腕上的这串铃铛是岑照十二年前送给我的。他是个眼盲之人，能靠这铃铛的声音分辨我在什么地方，我如今想赌一次，能不能赢，我也不知道。"

"您要怎么赌啊？"

席银深吸了一口气："我想赌岑照会放过我。一会儿，我会想法子让他来见我们，但你记住，千万不要出声，也不要开口，不管他们对我做什么，你都不要开口。戴着这串铃铛，找机会回江州城。如果我赌赢了，他应该不会对你放箭。哦，对了，"她说着，低头解下腰间的那只金铎，"把这个也带上，交给长公主殿下。江州城后面，应该是阳郡，若阳郡府官不肯开城纳人，我不知道这个管不管用，你让殿下试试。"

胡氏接过她递来的金铎，惶道："那你怎么办？"

"不准管我！听明白了吗？！"

胡氏被她吓得一愣，又听她道："厝蒙山行宫你已经错了一次，这一次，绝不准再怯，也不准再退，否则以死抵罪。"

胡氏还不及说话，船舱忽然开始摇晃，江上晚风渐强，哪怕是在舱底也能听到桅杆上的"吱嘎"声。门外传来人声道："岑先生的船靠过来了。"

其中一个看守忙站起身道："你仔细看看这两个女人，我去向先生禀告。"

"好。回来再添一壶酒啊，这江上夜里真是冷死人了。"

"呸。"那人啐了一口道，"不是想女人就是想酒，早晚伤这两样上。"

"干掉脑袋的营生还不能想想这两样？赶紧去赶紧回。少他娘的咬蛆儿。"

外面静了下去。

席银听着其中一个脚步声走远了，忙回头对胡氏轻声道："这个机会倒好。我刚才的话，你记着了吗？"

胡氏怯怯地点点头，小声道："记着了。"

"好，我引他进来，见机行事，你什么都不要管，但凡有机会就下船往城里跑，千万不要回头。"

胡氏牙齿打战："您怎么办……"

席银捏了一把胡氏的手："我没事，我会想法回来。"

说完，她松开胡氏的手，从头上拔下一根束发用的银簪子，忍着腿上的疼痛，朝舱门前挪了挪身子，朝外面唤了一声："公子。"

她刻意拿捏了声调，那看守本就是酒色之徒，听着这么销魂勾魄的一声，脑子里就开始犯浑，他举着一盏灯打开舱门，强压着色性道："不要胡叫，否则把你丢下去喂——"话没说完，却隐约看见了席银的脸。刚才黑灯瞎火的，他还只当她是村野浣衣的妇人，此时一见，如被蛇鬼抽了麻筋，步子都挪不动了。

席银轻轻地把脚往裙尾里缩了缩，抬头羞红着脸道："奴……想要小解……"

"小解……解啊，在这儿还讲究什么？"

席银抿了抿唇，垂头道："那多脏啊……奴是干净人儿。"

美人皮骨，风情撩拨，谈及的又是血肉之身上腌臜暗淫的事，那人被勾了三魄，竟顺着她的话道："那你要怎么样？"

席银望着自己的伤腿道："奴的腿伤了，褪不下裤来。公子，奴知道奴该挨打，但也只能求助公子了。"她说着，轻轻伸展开一条腿。

罗袜因为沾染污泥，已被她脱丢到一边。那从骨中逼出的卑微、淫艳，只属于贱籍所出的底层女子，虽在男人面前显露的是恐惧和后退的姿态，却又分明伸出了一只满涂蔻丹的勾魂手。

"公子，能帮帮奴吗？"

那人浑身一酥，简直觉得天底下再没有这么好的差事，鬼使神差地朝席银走近，蹲下身看着她，说起了房中的污话："你男人夜里也这样帮你小解吗？"

"奴的男人……哪能啊，他平时顶厉害的一个人，一钻被窝就什么都不懂了。"

她刻意把言辞往下贱处拉，勾得那男人心里七荤八素，只想剥了她来心疼。

若不是在此情此景下，胡氏大概会被席银这番话吓死。她一直在宫里侍奉，哪里听过这些荤话，此时她果真守着席银的话，抿着唇，一声也不敢吭。

"那你还跟着他？"

那人的手在裤腰上搓了搓，情乱声闷。

席银抬头看了他一眼："那也是自己的男人呀。"

"唉，"那人跟着叹了一声，"真让人疼。"他说着，弯腰凑近席银，将手摸到席银的裙下，摸索着去解席银的汗巾。然而，他还没有摸到打结之处，下身却猛地传来一阵剧痛。他抑不住，痛叫了一声。

席银用力将簪柄从他的下身处拔了出来，血顿时溅了她一脸，与此同时，她被一个巴掌扇得耳边嗡嗡作响。

"贱人！你敢伤我！"

席银抬手抹去眼前的血，转过头来道："杀了你又怎么样？只许你们杀女人，不许女人杀你们吗？"

"你……"

那人下体疼痛钻心，一时间根本没有力气挪动身子。席银从新捡起手边的那根簪子，忍着腿上的伤痛朝他爬了几步。她脸上全是凌乱的乌血，那原本罕寻的容貌此时也显出狰狞之色。那人喉咙发哑，心中竟也恐惧起来。

"你……你要做什么？"

"闭嘴，再出声，我就朝你脖子上捅。"

那人不禁吞咽了一口，忙压低了声音："别捅，我不喊，不喊……"

席银将簪柄逼到他脖颈处："你们的马在哪里？"

"马……"

"快说。"

她根本不肯给他迟疑的机会，手上一使力，那簪柄的尖处就已经刺入一分，那人忙道："都在船后的垂杨下拴着。"

"底舱有多少人看守？"

"底舱没有什么人，人都在江堤上掘土。"

席银朝胡氏看了一眼，胡氏心里又是担忧，又是恐惧，细声道："奴……"

"胡娘，不要上船舷，从底舱下船。千万别怕，下了船就骑马走。"

胡氏咬牙点了点头，撑地起身，从那未及锁闭的舱门口溜了出去。


不多时，船舷处便传来了混乱的脚步声。席银抬起头，凝神细听，终于从那些杂乱的人声中听到了那个熟悉的声音。然而离得实在有些远，他究竟说了什么，席银听不清楚。

船舷上，岑照立在灯火下。额上的松涛纹青带随着江风狂舞，一阵一阵清脆的铃声从江岸上传来，传入他的耳中。

"岑先生，跑的是昏时在江岸上抓住的两个浣衣女人之一。她偷了我们船后的马，从舱底下的船。先生，是末将等疏忽了，这就命弓弩将其射杀。"

话音刚落，一支箭羽"嗖"的一声从岑照耳边掠过。

岑照手指一捏："谁放的箭？"这一声虽不大，却寒厉得很。

弓弩手面面相觑，皆不敢应声，纷纷放下了手上的弓弩。

岑照回过身："欺我眼盲？"

"先生恕罪。"放箭的弓弩手应声跪地。

岑照低下头道："我几时让你放箭了？"

"这……"

立在岑照身边的副将示意下跪之人止声，他自己上前道："先生，若此女回到江州，先生掘江道的消息便会走漏，江汛还有三日才至，江州城虽应对不及，但尚有余地全体撤出城。若让张军知道江州未淹，则不会调兵回转，如此一来，楚王危啊。此人虽违军令，却也有忠意，末将替他求个情。另外，还请先生当机立断，射杀此女。"

岑照笑了一声："我早已将掘江道的消息传到荆州，你们这几日收到张军回转的情报了吗？"

副将一怔："这倒是不曾。"

岑照负手仰起头："这表明张铎已经把这三万残兵老幼弃了。即便江州被淹，不彻底击杀掉楚王，他是不会返回救江州的。"

"那该如何是好？"

岑照捏了捏手指："城照淹，江州覆城，张军的粮草调运暂时就断了，要再寻路调运，至少要半个月，楚王若还不能借此脱困，那便是神佛难助，岑照也无能为力。"

此话一出，众将落寞。岑照撩开肩上的青带，继续道："传信给楚王，告诉他，胜负未分，不要自弃。"

副将道："先生还有良策？"

"江州被淹，张铎回洛阳时，必过江州寻人。"说着，他转向那下跪之人，"将此人处死，明日江州城必乱。遣人随我入城，我要带一个女人走——"

他话未说完，忽听舱底传来咒骂声，岑照皱眉，副将忙过去问道："什么事？"

几个军士将席银从舱底拖拽上来，席银身上的衣裳被剥得只剩一件抱腹，头发失了簪子的束缚，如乌瀑一般倾泻下来，遮掩着身上血淋淋的伤痕。即便如此，她也没有出声，咬着牙蜷缩在地上，如同一堆托着无数晚梅的江上浮雪。船舷上的人都是血气方刚的男人，除了岑照以青带遮眼，看不见以外，没有一个看见这样一副身子、一副样貌不五内翻涌。

"先生，就是这个女人，杀了看守她们的人，才让另外一个女人逃走的。"

副将知道岑照对凌虐妇人没什么兴趣，便轻声道："怎么搞成了这个样子？"

"回将军，这个女人不出声。我们起初以为她是嘴硬，所以才剥了她的衣服来打，结果到现在她也没有出声，也不知道她是不是哑巴。"

副将看向岑照道："将军，这个女人怎么处置？"

岑照低下头，说道："你是席银身边的人吗？"

席银抿唇不语。

"我问你一件事，你答了，我就不杀你。"他说着，放低了声音，"你们内贵人侍过寝吗？"

席银仍然没有出声，岑照蹲下身，轻声道："洛阳宫没有哑奴，说话。"

席银仰起脖子看向他。

从去年的秋天到今年深春，半年光景过去了，岑照的容颜、声音都一如旧梦，就连她亲手绣的那条松涛纹青带也丝毫没有褪败。她仍旧看不见他的眼睛，分辨不出那温柔声里的情绪。

他问："你们内贵人侍过寝吗？"

为什么此情此景下，他问出口的竟是这一句话。

席银怅然无解，又似乎感知到了什么，正混沌时，背脊上突然传来一阵剧烈的疼痛，如火烧一般，瞬间传遍她的全身，她险些咬伤了舌头，才终于将喉咙里的惨叫忍住，却终究被逼出了一丝呻吟。

"让你这贱人出声！"

岑照并没有阻止那个行鞭的人，唇角却突然几不可见地轻轻一抽动。

"你……是谁？"

席银将喉咙里沾血的痰咳了出来，屠声道："一支弓弩能射多远？"

岑照放在膝盖上的手指一颤。

"我不是哑巴，我只是不能让你那么快知道逃走的那个人不是我。"说着，她轻轻地笑了一声，"哥哥，现在，她现在是不是已经逃远了……"

岑照猛地抬起手，将要去摘眼前的松涛纹青带，忽又听席银道："你明日入城，是不是想带我走？"说完，她咳了一声，又道，"你刚才问我的那个问题，要不要听我答？"

岑照忽然不肯去碰眼前的松涛纹青带了，手指慢慢地在额前曲握成拳，他寒声道：谁脱了她的衣裳？"

见了刚才那个弓弩手的下场，此时没有一个人敢应声，纷纷避了岑照的话，有人甚至在朝后退。

岑照刚要转身，衣袖却被地上的女人一把扯住，与此同时，他听到一句多少有些诡异的话："不用了，你根本没有教过我什么是衣冠廉耻，我如今，一点都不觉得难看……"

话说得仍旧很轻，似是自贱之言，旁人听不出揶揄的意思，却又莫名地觉得很辛辣。

岑照闭上青带后的眼睛，灯火的光焰在眼前混成了一片红雾。张铎那个人用两年的时间毁了青庐的十年，席银曾经的胆怯、卑微、柔弱，以及那些令人心疼的哭声，在一句话之后都消弭了……

岑照不自觉地摇了摇头，面对此时的席银，他竟说不上是痛惜还是悔。

"哥哥拿衣裳给你披上。"说着，他反手褪下身上的袍子，蹲下身裹到席银身上，不知道是不是触碰到了她的创口，竟引起她身上一阵痉挛。

"别碰我。"她虽然说了这样的话，却到底没有挣扎，抬头平静地对他说道，"我，再也不会相信你了……"

江风怒起，天边黑云翻涌，眼见暴雨就要来了。

岑照脸上翻过乌云的青影，看不清面目。他弯腰将席银从地上抱起来，低头道："不管你还信不信哥哥，你都是哥哥唯一的妹妹。"说完，他抱着她朝前走了几步，"前面是什么？"

怀中的人寒声道："你还想要我当眼睛吗？"

"阿银。"岑照叹了口气，温热的呼吸轻轻地扑到席银额头上，"哥哥求求你，不要这样，让哥哥抱你进去好不好？之后你要说什么、问什么都可以。"

席银抿着唇，半晌方冷声道："前面三步是墙，往右十余步是舱门。"

岑照闻言，终于露了些笑容，温应了一声："好。"

照着席银的话，他一路抱着她走进船舱，之后又磕碰了几下才寻到床榻，弯腰将她放了下来。外袍裹在席银身上，他便只剩下一身禅衣，那纤瘦的轮廓上隐见关节骨骼。他摸索着沿着榻边坐下，试图伸手去摸席银的头发，她却偏头避开了他的手。

岑照没有说什么，笑了笑，垂手放于膝上。他明白自己在掩饰一些情绪，但又不肯承认，以致喉咙里有些不自在。

"你……怎么了？"

席银没有出声。

"你嫌哥哥的手脏吗？"

席银笑了一声："不是，是怕你嫌我脏，毕竟我侍过寝，我已经是他的内贵人了。你还要碰我吗？"

岑照如同被刺到了要害之处，后背脊梁犹如被针刺到。他强迫自己平静，里内的翻腾之气却逐渐涌上了心头。

"为什么要跟了他？"

席银望着岑照，偏头道："你在意吗？"

"你是我的妹妹。"

"不是！"席银提了声，"我是你的棋子。我和长公主殿下一样，都是你的

棋子！"

岑照垂下头，拇指几乎被他掐得发乌，半晌他才压下声音道："不要再提张平宣。"

"为什么不提？江州三万人，她也在其中，你的孩子也在其中，你究竟为什么能做到这一步？！"

"因为，她是仇人之妹。"

他至今仍然收敛着声音，不肯高声与席银说话，但同时，那话声中的悲哀如孤枝上的凝霜一般寒冷。

席银一怔："你说张铎是你的仇人？"

岑照点了点头。

"你听说过十二年前的陈氏灭门一案吧？那个时候，你应该还很小。"他说至此处，轻咳了一声，稍稍平复了一阵，方道，"当年，陈氏一门百余男丁，全部被张铎腰斩于市，我是陈门唯一的幸存者。其实，对于我而言，这个天下姓什么，我从前一直都不在乎，我以为，人的修行，在于山水江河之中，而不在于金戈马蹄。直到我父兄幼弟惨死，我一夜一夜地做噩梦，梦见他们斥我虚妄地活了十几年，枉封'山英菁华'，终敌不过一把砍刀，我这十二年，没有一日睡安稳过。"说完，他朝向席银，"阿银，如今，这个天下姓什么，我仍然不在乎，我只是要一人性命，为陈家百人安魂。"

话音落下，室内的灯火明明灭灭，他原本温和的神色也渐渐变得有些阴森。

席银在这一刻才终于明白他身上那些看不见的伤口究竟是什么，终于明白，他那么温和的人为什么时常被噩梦纠缠，夜夜惊厥。

"阿银，哥哥不该报这个仇吗？"

席银抿了抿唇，摇头道："不对。"

"什么不对？"

"你要的根本不是他一个人的性命，为了逼他回来，你要的是整个江州城所有人的性命。"

岑照试图去抓席银的手："哥哥不会让阿银死。"

席银惨然笑道："你以为我受得起吗？弃三万人，我独活？"

"阿银……"岑照的声音竟然也有些发抖，"你什么时候，学会这样说话的……"

"他教我的。"说完，她又顿了顿，"他说，皮开肉绽，也要心安理得。"

岑照听完这句话，脖颈处渐渐浮起了青筋。

"你就那么听他的话吗？就因为他教你写字读书，等一切尘埃落定，哥哥也能教阿银写字读书，也能——"

"那你以前为什么不教我？"席银提声打断了他的话，"为什么任由我在乐律里被人侮辱？为什么不告诉我什么是礼义、什么是廉耻？"

岑照一时哑了，席银惨笑自答道："因为你知道，他也曾在乱葬岗里拼命求生，他和我一样，都曾经拼尽全力，不分是非黑白，只想在人世间活下去。你知道他一定会捡我，一定会把我留在身边。从头到尾，你都在利用我去拿捏他，可是哥哥……"她眼底渗出了眼泪，"你就算错了一样，他根本就不会喜欢我。你也只能利用我的愚蠢而已。你放心，即便我死，他也不会回头，而即便他弃掉我，我也不会恨他，他要走他的道，我也有我自己的路要走。"

"所以，你要弃掉我了吗？啊？阿银？"岑照摸寻着她的衣袖，"阿银，你是我的人，我不容许你把自己的心交给我的仇人。"

"对不起，哥哥，我已经交了。"她说完，一把拽开被他捏住的袖口，"你救过我的性命，也把我养大，没有你我早死了。我曾经爱慕你，也想过永远不离开你，但如今我对我自己食了言，爱了恩人的仇人，你若要我的性命，我无话可说，但我永远都不会再为你回头。"

她的话说不出有多狠绝，却扎入岑照的心肺，令其由内生出一种绝望之感。

"阿银……不要说这样的话。"

席银望着他，笑道："你会愿意一辈子对着你养出来的卑贱之人吗？"

"不是，哥哥不会让你一直这个样子，张铎教给你的东西，哥哥都可以教给你，只要我能报了满门之仇，哥哥就带你回青庐，教你写字画画，教你奏古琴。你不是一直想学古琴吗？阿银，哥哥都教你，你帮哥哥一次，你不要对我这么绝，求你了，阿银……"

席银闭上眼睛，泪水在岑照越见卑微的声音中夺眶而出。她紧紧地抱着膝盖，看着那个在榻上胡乱摸索的男人，手指刮擦磕碰的模样十分狼狈。这和她记忆里那个从容温和的岑照全然不同。他好像真的有些怕了，怕她走，怕她真的不要他了。

"别找了！"

岑照的手一顿："你到底在哪里……"

"我没有走。"她说完，把袖子递到岑照微微发抖的手中。

岑照一把捏住她的袖子，手指用力之大，拽得关节处都发白了。

席银望着他的手指，凄声道："有这个必要吗？我背弃你，你把我杀了泄愤就好，究竟为什么要把自己搞成这副模样？"

岑照拽着席银的袖子跪坐下来，肩膀塌软，面色苍白、颓然。

227

"我也没想过，你对我说出那些话的时候我会慌，我一直以为，你不会离开我，即便把你送到张铎身边，你也不会爱他，你看到的、想的都还是我。我从来没有想过，今日，我会这么狼狈地和那个不在眼前的人来要你……"

"可是，我算什么呢？"席银将头枕在膝盖上，静静地看着岑照，"他有国运要担，你有家仇要报。为了国运，他该弃我；为了家仇，你也要毁我。其实，你们怎么对我，我都不恨，事到如今，我并不想在你们任何一个人的庇护下活着。我喜欢张铎，是因为他教会了我，身为女子，在乱世如何孤勇地活下去，不为一碗米磕头，不为一两银子脱衣。守住自己的身子、自己的本心，还有自己的良知，有错就担，不论有多矛盾、多痛苦，都要心安理得地去求生。"说完，她伸手，轻轻地摸了摸岑照眼前的松涛纹青带，"哥哥，我不知道你还想要怎么利用我，但无所谓。我对张退寒，一直都是一厢情愿，他不是很喜欢女人，哪怕我想，他也不怎么爱碰我。你拿着我，他也不会赴你的局。我没有想过我还能回到他身边，但你也留不住我，除非你只要这副身子，无妨，我心我自守，其余的，你要就全拿去。"

岑照一把握住眼前的手。

"嘀……"他埋头一笑，"你觉得他不爱你吗？"

"他怎么会爱我？他始终都在骂我，一直都有心要处死我。"

岑照捏紧席银的手指，摇头道："不是，阿银，那个人一定会回来找你。"

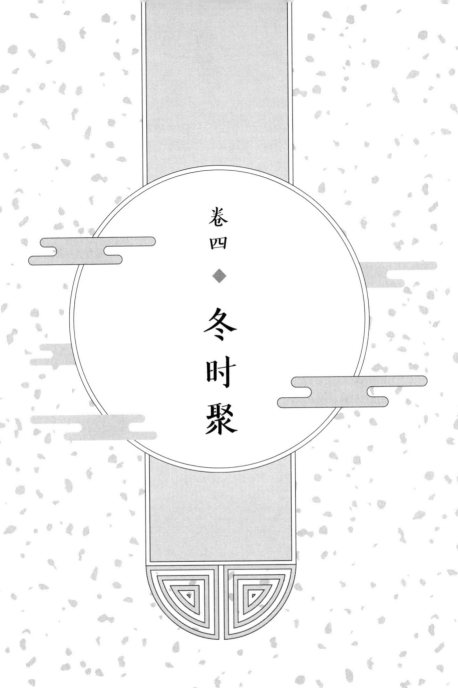

卷四

冬时聚

愿你待我如江水过春木，
长信前路，尽向东流，不必回头顾。

第二十三章

# 冬风

...

他忽然才明白，席银本身就是刀，
是岑照捅向他皮肉的刀，也是他自己捅向内心的刀。

胡氏回到江州城门前的时候，天还没有亮，城门上已换了两次防，此时正交班，陆封和江凌皆不在。

大雨倾盆，城门上挑着的灯笼忽明忽暗。守城的军士远远见一个女人骑马奔来，便上前查看，见那马上的人竟是胡氏，忙拽住马缰道："出什么事了，胡娘？"

胡氏浑身湿透，又惊了神魂，一下马身子就瘫了下来，慌乱地喃了一句："我……我要见将军。"便没了意识。

守城的军士见她一个人回来，不禁脱口道："难道……内贵人没有回城吗？这……"

几人面面相觑，逐渐有些发慌："快去禀告将军。"

江凌将与陆封议完事，从营中出来，迎面便遇上了端着汤药的张平宣。他忙拱手行了个礼："殿下。"

张平宣抽出一只手理了理肩上的头发，颔首回了个礼，仍然没有说什么，正要从江凌身边绕过去，忽见一个军士从雨中奔来："江将军，内贵人好像出事了。"

"什么？"

张平宣闻声也站住了，回头道："出什么事了？"

"刚才内贵人身边的胡娘独自骑马回来，浑身都是血，说是要见将军，这会儿人已经晕厥过去了。"

江凌忙对张平宣道："殿下昨夜见到内贵人回来吗？"

张平宣摇头道："不曾。今日一早，我见伤药无人煎才去替的手，平时这个时辰，她都在药灶那儿的。"

江凌扼住手腕："可能真的出事了，军医……军医呢？赶紧先去城门口看看胡娘，把人救醒，才问得出下落。"

张平宣放下药碗道："我也去。"

"那殿下慢些，末将先带军医过去。"

\* \* \*

232

城门口的守将正慌，见江凌带着军医过来，忙散开，让出空当儿。

江凌见胡氏满身是血，问道："她身上的血是怎么回事？"

守将道："将军，我们初步看过了，胡娘身上没有伤，这血……应该是旁人的……"

江凌听得背脊发寒："赶紧救醒她！"

正说着，张平宣也撑着伞从后面跟了过来。江凌已有些焦惶，在城门口来回地踱着步子。张平宣放下伞，扶着城墙慢慢蹲下身，忽然看见了胡氏腰上的金铎。

"江将军，你看。"

江凌顿住步子："陛下赐给内贵人的金铎。"

张平宣伸手试图去解那只金铎，却忽然被胡氏握住，军医见此松了一口气："将军，人醒了。"

江凌忙蹲下去道："胡娘，内贵人在什么地方？"

胡氏睁开眼睛，张口道："内贵人……在刘军手上……"

"刘军？"

张平宣看向江凌："江州城怎么会有刘军？"

江凌摇了摇头，一把捏住胡氏的肩膀："说清楚……"

胡氏吃痛，不自觉吞咽了一口："奴……奴说不清楚，内贵人说，那……那什么人，他们要掘江堤，让将军带着城中人后撤出去……"

江凌迫问道："你刚才说掘堤的人是谁？"

胡氏还没开口，便听张平宣吐了两个字："岑照。"

胡氏忙应道："对，就是驸马。江将军，你要救救内贵人啊！"

江凌闻此面色迟疑，握剑回身道："陆封在什么地方？"

谁知话音未落，却听张平宣道："将军要做什么？"

江凌道："陛下把内贵人交给末将看守，末将不能让内贵人陷于险境！"

张平宣没有应江凌的话，看着胡氏道："你先不要慌，内贵人究竟要你传什么话，想清楚，说明白。"

胡氏颤颤地点着头，吞了一口唾沫，方道："内贵人说上游的春汛后日便至，要将军即刻撤城。还有这个……"她说着，把腰上的金铎解了下来，递向张平宣，"这个是内贵人给殿下的，内贵人说……恐荆州消息传递不及，阳郡不肯开城纳民，让殿下拿这个，去试试……"

张平宣伸手接过那只金铎，忽觉心肺钝疼。去年冬天，为了这只金铎，她险些杀了席银，如今席银竟又把这金铎交到自己手中。张平宣抿住嘴唇，将那只金铎揣入怀中，拼命地稳住声音道："撤城，不要耽搁。"

"殿下……"

张平宣揉了一把眼睛，把难平的情绪暂时压住，站起身道："江将军，我问你，城内还有多少内禁军。"

江凌垂眼道："不足百人。"

张平宣看向胡氏道："刘军有多少人。"

胡氏摇了摇头："奴……奴不知道，只知道人很多，有人掘江堤，也有人追杀我们……"

张平宣回过头对江凌道："你凭这百人，救得回她吗？"

江凌没有吭声，张平宣续道："江将军，若此汛时是岑照所算，那就只会早，不会迟，所以撤城，立即撤城。"

江凌仍然迟疑未动，张平宣添道："岑照不会杀席银。"

"殿下如何敢确保？"

张平宣抬手指了指胡氏脚腕上的铜铃铛。

"你看这个。"

江凌低头："这个不是内贵人脚腕上的那个……"

张平宣点了点头："你以为岑照那样的人会放任一个奴婢回城传递消息吗？他被席银骗了。"说着，她抬头顺着城门后的街道朝城中望去，天渐渐发亮，偶有几声鸡鸣犬吠从街尾传来，民居中的炊烟混着麦粒的香气腾起。

最意难平的莫过于来自席草之中的卑微之力，她不恨命，不认命，也不肯弃掉曾经折辱过她的世道。

张平宣渐渐忍不住眼泪，哽咽道："那姑娘，真的是长大了。"

江凌顺着张平宣的目光朝城中望去，沉默须臾之后，终于开口道："末将明白了。"

说完，他高抬手臂，喝令道："召集城中所有内禁军，护卫百姓撤城。伤兵营里，轻伤者自行，重伤者抬行，两日之内，务必将城中所有人撤出！"

施令毕，他又转向张平宣道："殿下，请自护周全。"

张平宣应声："我明白，将军去吧。"

江凌打马回城。

张平宣目送他离开，这才重新蹲下去，问胡氏道："你身上的血……是内贵人的吗？"

胡氏摇了摇头："不是……是内贵人杀刘军时沾染的。"

"那……她还好吗？"

"内贵人腿上中了一箭，如今怎么样，奴就不知道了。"

　　张平宣闭上眼睛，慢慢地吐出一口气。她过去一直纠缠的问题，此时似乎终于有了答案。张铎为何会留下那个曾经目不识丁的女子，岑照又为何对她异于常人？究其根本，莫过于，她虽如微尘，却从不舍勇气。

＊　＊　＊

　　三日之后，春汛如期而至。浩荡的洪水从江南岸的缺口汹涌地涌入江州城。

　　张铎立在荆州城门上，隔江远眺。

　　天地之间挂着刀阵一般的雨幕，除了葱茏混沌的林影，就只剩下偶尔从雨中穿破两三处的鸟影，其余什么都看不见。他没有撑伞，身上早已湿透，他没有着鳞甲，身上只穿着一件玄底银线绣的袍子。

　　邓为明与黄德一道登上城楼，却见张铎独立在城门上，身后竟没有一个人敢上前撑伞。

　　黄德在侍立的人中寻到了江沁，忙走过去道："阵前传了捷报，我军追击刘令再胜，已将其困入南岭一隅，如今只待粮草跟续，便可一举歼灭刘令残部。江大人，还请您把这军报递上去。"

　　江沁接过军报，望着雨中的背影迟疑了一阵，终于对一旁的侍者道："取把伞来。"

　　侍人忙递上伞，江沁接过，走到张铎身后，抬手替其遮雨，说道："陛下，此江被掘口也不是第一次了。汉时两军交战，为了取胜，也曾多次挖开江道，致使万民遭难。"

　　张铎笑了一声："朕没有觉得朕不该弃江州。"

　　"那陛下在此处看什么？"

　　张铎仰起头，闭上眼睛，雨水顺着他的鼻梁流入衣襟："想试试能不能看见一个人。"

　　江沁朝城外望去，说道："臣等皆不忍看陛下自苦。"

　　张铎没有睁眼，他扶着城墙，怅然笑道："自苦，能算是对朕的惩戒吗？朕还没有回江州，等回到江州，找到她，朕再自罪自罚。"

　　江沁听他说完这番话，弃伞伏身跪下，邓为明等人见此，也都跟着一道跪下。

　　"陛下何苦？"

　　张铎回过身，低头看向江沁。

　　"不然怎能心安理得？"他说完，朝江沁身后走了几步，"你放心，未擒杀刘令，朕不会折返。"

235

江沁追道："即便擒杀了刘令，陛下班师之时也不该再经江州。"

张铎顿了一步，负在背后的手指节发白。然而他仍然克制着语调："你怕朕因为一个女人输，朕胜了，你又怕朕为了一个女人后悔。朕告诉你，朕不后悔，但朕……"他喉咙一哽，"朕要给江州一个交代。城可以弃，人命不可以轻，死了的人，朕还要埋！"

他说到此处，眼前只有一个熟悉而温柔的笑容，在雨中若幽草一般，摇摇曳曳。她在何处，是活着，还是已经死了？张铎不敢自问。唯庆幸此时正值荆州雨季，否则，如何藏住他此生流的第一滴眼泪。

初夏渐近，一别不过月余，竟也有经年之感。

四月初，江州城中沐月寺的杜鹃花在经历浩劫之后，挣扎着绽开。

虽然城中积水还没有全部退尽，但已有少数百姓蹚水回城收拾辎重，捡拾遗物，残喘的江州城渐渐缓过一口气来。

这日，天放大晴。

岑照扶着席银的手从山门中走出来，城中水大退之后，岑照就把席银带入城内寺中，亲自替她疗治腿上的箭伤。

这处箭伤虽未伤到骨头，但因为在江上遭了寒气，一直养得不好，纵使岑照想了很多办法，席银还是久站不得，稍不留意便会踉跄。此时她脚下一个不稳，"啪"的一声踩入阶下的水凼，脚上的绣鞋顿时湿了一大半。

席银低头，停住脚步，望着水中自己的影子，理了理耳边散落的碎发。

岑照松开她的手，走到她面前，弯腰蹲了下去，顺手将垂在背后的青带挽到肩前。

席银静静地看着他的动作，半晌方道："做什么？"

"哥哥背你走。"

席银没有应声，漫长而决绝的沉默令人心灰，然而岑照依旧没有起身，温声道："上次背着你，你只有十一岁。"

"可我今年已经十九岁了。"她的声音仍旧是冷的，带着些刻意的疏离感。

岑照悻悻地摇头笑笑："阿银，这么多日了，你为什么不肯好好地跟我说一句话？"

席银低头望着他弯曲的背脊："因为我不认可你。"

"那你为什么还愿意照顾我？"

席银忍着腿疼，独自朝前走了几步，走到他面前道："你也很可怜。"她说着，伸手理顺他额前的一缕头发，"哥哥，我无法原谅你，可我也不会抛弃你。我知道，你与张铎之间必有一个了断，其中是非黑白，我不能评判，但无论是什么样的结果，我都会等到最后，我不会让你们任何一个人孤独地走。但是，哥哥，不要再利用我了，你赢不了的。"

岑照抬起头："你说你会等到最后，你是更怕哥哥死，还是更怕张铎死？"

席银闻言，眼鼻一酸，那酸意一下子冲上了眉心。她忙仰头朝远处看去，城外的青山吐翠，寒碧之后好似藏着一声叹息，隐忍、克制，却也脉脉含情。此间最怕的莫过于是，他让她明白，如何避开他人立定的是非观念，心安理得地活着，却没有办法教会她如何心安理得地取舍人间复杂的情意。

"我想去荆州看晚梅。"她说着，抬手摁了摁眼角，那辛辣的刺痛感令她不自觉地蹙起了眉。

岑照笑了笑："阿银，已经四月了，最晚的梅花也败了。"

"那就看江州的杜鹃……"她试图用极快的话把泪水逼回去，然而却是徒劳，眼泪顺着她的脸颊，止不住地淌下来，滑入口中，咸得有些发苦。她抬起袖子拼命地擦，可是，非但擦不干，反而越来越伤心。

岑照没有再逼问她："别哭了。不就是看花嘛，今年看不成，阿银还有明年……"

"不要明年，就要现在看。"

岑照点头："好，现在就看，哥哥背你去看。"


城中街市冷清，行人零星。

岑照背着席银，深一脚浅一脚地行在尚在脚腕处的积水中。他一直没有出声，直到走到城门前，方开口随意地问了一句："杜鹃开得好吗？"

席银抬起头，眼见头顶那一丛花阵繁艳、触手可及的花枝大多已经衰败，她不由得幽幽地叹了一口气，如实应道："高处的都开了，低处的都死了。"

岑照听完，忽然笑了一声。

"阿银。"

"嗯？"

"昨日夜里，我给自己问了一谶。"

"什么？"

"谶言是'低枝逐水'。"

席银重复了一遍那四个字，并不明白是什么意思。

"怎么解？"

岑照回过头："你刚才不是已经替哥哥解了吗？"

席银想起自己刚才那一句——"高处的都开了，低处的都死了"，忽然一怔，继而在岑照肩头猛地一捏。岑照吃痛，却只闭着眼睛忍着，并没有出声。

"回去吧，哥哥。"

"不想再看了吗？"

肩膀上的那只手终于慢慢松开。

"不想看了。"

话音刚落，忽见一军士奔来，扑跌在岑照面前，满面惶色地禀道："先生，大事不好了！海东王在南岭被擒，楚王困于南岭山中，但也只剩千百残部。如今张军已折返江州，正……正大举渡江。我军，降了……"

岑照静静地听那人说完，面上却并不见仓皇之色。他点了点头，平和地开口道："好，你们自散吧。告诉其余的兵将，江州城可以献，换你等性命足够了。"

在临战之时遣散身边人，解下战甲，脱掉靴履。

席银觉得，岑照又退回当年的北邙青庐了，一个人、一张几、一把无雕的素琴，弹指之间，一晃眼，什么都变了，又好像什么都没变。

"你把你自己逼成一个人，究竟还要做什么？"

岑照背着席银转身朝沐月寺走去，脚踩在水里的声音，在空荡的街道上回响。他一面走一面回答席银的话："陈家只剩下我，十几年来，报仇这件事，一直是我一个人做的。"

席银无言以对，劝慰或者斥责都因无法感同身受而显得苍白。她无法开口，却听他续道："对不起，阿银，你让哥哥不要利用你，哥哥没有办法答应你。"

席银听他说完这句话，拽着岑照的肩袖，试图挣脱他："你放我下来，你赢不了，他根本就不会来。"

岑照任凭她捶打，一直一声不吭，直到她彻底卸了力，趴在他肩膀上痛哭出声，这才轻轻将她放在干净无水的台阶上。他伸手摸着她的头发，温声道："对不起，阿银……对不起……再陪陪我。"

\*　　\*　　\*

春汛过了，又是落花时节。

哪怕经过战乱，荆、江两城皆布满疮痍，但城外的两岸青山依旧多情妩媚。

张铎终于在江上接到了江州传来的信报，信报上的字迹，他很熟悉，是张平宣的。他看至末尾，将信放在膝上，半张着口，任由一股酸热之气在胸口沉沉浮浮，半晌，方仰起头将其慢慢地从口鼻中呼出。

　　此时他有一千句话、一万句话想要对那个不知在何处的姑娘说，可是他也明白，真到开口的时候，他又会变得口齿僵硬，一点也不让她喜欢。所以，他不顾江沁等人在场，放任自己此时就这么长久而无由地沉默着。

　　邓为明和江沁互望了一眼，皆没有开口，唯有黄德忍不住，急切道："陛下，信报上怎么说，江州死……如何？"

　　张铎抬手，将信向他递去："你自己看吧。"

　　黄德忙将信接过来，越看越藏不住欣喜之色，最后不禁拍股大呼了一声："好！"

　　邓为明道："黄将军，是何喜？"

　　黄德起身，面色动容："那三万人，都保住了呀！"

　　邓为明愣道："江州淹城，那三万人……哎，是如何保住的呀？"

　　黄德看向张铎，起身跪伏在地，含泪恳切道："陛下，末将要替拙荆、替江州的百姓，叩谢内贵人的救命之恩。若陛下准许，臣愿替内贵人领私放逃将之罪。"

　　江沁喝道："黄将军在说什么？"

　　黄德转向江沁道："江州万民得以保全，全仰内贵人大义大勇，其虽为女流之辈，实令我等男儿汗颜啊。江大人，末将知道，您是忠正无私之人，但容末将放肆说一句，您的儿子江将军也在城中，江大人难道对内贵人不曾有一丝感怀吗？"

　　"与国之疆土同命，本就是其归宿。"

　　"真正与国之疆土同命的，是朕的席银。"

　　江沁不及应答，肩上却被张铎不轻不重地拍了一掌。

　　"不必站起来，也不必跪着。你要说什么话，朕都知道，但朕今日不想听。"

　　正说着，邓为明进来道："陛下，抵岸了。江将军在岸上候见，有事禀告陛下。"

　　"召他上船来禀。"

　　"是。"邓为明应声而出。


　　不多时，江凌披甲而入，见了张铎，伏身跪地，行了君臣之间的大礼，口中请罪道："末将死罪，护卫内贵人不力，致使内贵人如今身陷反贼之手，末将万死难辞己罪，请陛下重责。"

　　张铎低头道："她在什么地方？"

　　"回陛下，内贵人在江州城中的沐月寺，岑照……也在寺中。"

　　江沁在旁问道："除了这二人之外，可还有其他人？"

　　"其余的兵将已出城受降，被内禁军捆缚看守。"

　　"既如此，你等为何不破寺擒拿岑照？"

江凌迟疑了一时，抬头朝张铎看去。

"内贵人在寺中，内禁军诸将皆受内贵人大恩，恐内贵人有损，都不肯轻易破山门。"

说完，他伏身又是一叩首："末将等死罪。"

张铎负手朝前走了几步："岑照有话递给朕吗？"

江凌直身，从怀中取出一封信，双手呈向张铎。

"此信是沐月寺中递出来的，请陛下御览。"

张铎看完那封信，过了好久，才对江凌道："除了这封信，还有别的话吗？"

江凌拱手道："有，岑照说，若陛下要见内贵人，便于今日子时之前解甲解剑，独自入寺。"

张铎点头应了一个"好"字，起身一把解下身上的鳞甲，又将腰间悬挂的剑取下，抛给了宫侍，跨步便朝船舷走去。

江沁等人见此，皆扑跪相拦："陛下，万不能受岑照挟制啊。"

张铎从众人身旁径直走过，没有回头。

江沁起身跟跄着还欲追上去谏言，却听自己的儿子在身后道："父亲，那封信……不是岑照写的。"

"什么？"

江沁一怔，旋即回身拾起张铎留在案上的信纸，只见上面是一段与张铎极其相似的字迹，唯在笔锋处憔悴收敛，露着几分女子的怯态。信不长，行文如下：

> 陛下，席银一生粗鄙，至今行文不通。握笔临纸，虽有万言，却不知道如何言说。灯下斟酌辞格良久，唯有一句可堪下笔，或不致被你斥责。

写至此处，她提了一行。字骨，还是张铎的字骨，但却收起了字迹中刻意模仿的沉厚调性，独自尽情舒展开一段纤弱嶙峋的风流。

> 我待你如春木谢江水，汲之则生，生之则茂，不畏余年霜。但愿你待我如江水过春木，长信前路，尽向东流，不必回头顾。

江沁看完此句，望着纸面，沉默了很久，而后扶着江凌坐下来，扼腕时，手脚都在一阵一地发抖。

"父亲，您怎么了？"

江沁摇头，顿足喟叹道："最后到底……还是攻心者胜啊。"

江凌不知道父亲这句话的意思，但张铎心里是明白的。

这封信应该是岑照纵容席银写的，她如今尚不知道张铎对她无措的爱，在江州淹城之后急转仓皇。城楼远望而不得之后，他也是靠着一碗又一碗的冷酒，才得以在满地月色中睡踏实。尽管他还肯克制，还能取舍，但他已然无法再将那一道瘦影融入他任何一个观念。

而席银却以为，这些在脑海里斟酌千百次的言辞可以泯去张铎舍弃她的歉疚，所以才趁着岑照闭目时偷偷地换掉岑照写给张铎的盲书。岑照知道她动过手脚，却只当作什么都没有发生过一样，将她写的那封信给了江凌。

席银暗自庆幸，认识张铎两年之后，她的余生终得了些了悟——不惧生离，甚至不怕死别。她也终于学会怎样像他一样如何做一个自尊而勇敢的人，干干净净地与张铎去做体面的诀别。可是她如何知道，这种来自勇气之中对张铎近乎绝情的"饶恕"，虽然是张铎教会她的，张铎自己却根本就承受不起。相反，张铎此时宁可暂时什么都不看，只想手握戈矛满身披血地抬头，去仰慕她胸口那一双红蕊绽放的情艳。

从前张铎以为，自己赏了她天下最贵的一把刀。时至今日，他忽然才明白，席银本身就是刀，是岑照捅向他皮肉的刀，也是他自己捅向内心的刀。

想到这里，他不禁有些自讽。此时五感敏锐，一下船，他便感觉到了褪掉鳞甲之后的春寒。


张铎收敛神思，独自走上引桥，见汀兰丛的后面，张平宣静静地立在引桥下。她穿着青灰色的粗麻窄袖，周身没有一样金银饰物，就连头发也是用一根荆簪束着。她的身子已经很重了，但还是扶着道木，向他行了一礼。

"我知道，你已经赐了我一死。"

张铎望着她发灰的眼底："既然知道，朕就没什么再与你多说的。"说完，他朝桥下走了几步，忽又回头，说道，"哦，有一事，在荆州城外试图侵犯你的人，你还认得出来吗？"

张平宣应道："认得出来。"

"好，人，朕还没有杀，后日会押送江州，你可以让江凌陪你去。张平宣，你自己试试吧，忍不忍得了杀戒。"说完，他一步未停地从她身旁走了过去。

张平宣返身唤了他一声："张铎。"

前面的人没有回头，淡淡地应了一个字："说。"

张平宣深吸了一口气："我腹中的孩子还没有出生，我尚不能自裁，但我一定会给你、给席银一个交代。"

张铎抬臂摆了摆手，他背脊的轮廓从单薄的素绫禅衣中透了出来，隐隐可见几道褐色伤痕。江风一透，衣料便扑贴在背脊的皮肤上，那些伤痕触目惊心地透出来，令张平宣不自觉地闭上了眼睛。

"张铎，你听到了没有？不要看不起我，我张平宣绝不是贪生！"

"朕知道。"他应得不重，定住脚步，回头道，"那你要朕对你交代吗？"

张平宣摇了摇头："不用了。"

"为何？"

张平宣理了理耳边的头发："因为席银。"她说着，眼底渐泛晶莹之光，她却不自觉地仰起了脖子，脖颈上筋脉的线条绷得紧实好看，"我是张家的女儿，在世为人、心性修为，不能比不上她。"说完，她叠手触额，向他屈膝再行一礼，"她救了江州三万人，不应该被一个人困在江州城内，请陛下带她回来。我还有一句'对不起'，没对她说出口。"

说完，她跪地伏身，向张铎端正地叩拜下去。这便是跪送之礼了。

\* \* \*

陆封率内禁军弯弓搭箭，在沐月寺外面戒备。见张铎独自一人，未披鳞甲、不悬佩剑地从城门前走来，他忙上前跪迎。

"陛下，末将等已查看过，寺中除去岑照与内贵人，只有不到数十残兵，但末将等并不详知寺内实情，恐伤及内贵人，遂不敢妄动。"

张铎抬头望向山门，莲鲤相戏的单檐歇山顶后，一大片一大片的杜鹃探出头来，灿若云霞，映着在洪流中被冲毁的一半门墙。

"陆封。"

"末将在。"

"后退百步。"

陆封一时间以为自己听错了，其余众军将闻言也是面面相觑，谁都不敢擅退。

张铎撩起袍角朝前走了几步，一面走一面道："传话给江凌，今夜子时之前不得破寺。"

陆封这才反应过来，皇帝要孤身入寺，他忙挪膝跪拦道："陛下，此举万不可啊。岑照以内贵人为质，就是为了引陛下前来，陛下万不可——"

尚未说完，江凌扶着江沁从后面跌跌撞撞地追来，疾奔至山门前。江沁推开江凌的手，亦步亦趋地走到张铎面前，他双手不自抑地颤抖，眼中血丝牵扯，声调既恳切又惶恐："臣对陛下说过无数次……不可耽于世情，如今……"他抬手朝无名处一指，"赵将军已经自毁前途了啊，您又要臣看着您！您……"他说得过于动情牵意，以致心肺俱损，胸无气顶，实在难以为继，踉跄着朝阶下栽了几步，眼见要抢头在地，众人也不敢上前。

张铎跨了一步，一把拽住江沁的手臂，撑着他在阶下站稳身子。

江沁抑制不住情绪，"陛下"二字堵在口里，后面的话就说不出来了。

江凌忙上前扶住他，对张铎道："陛下恕罪。"

张铎这才撤回手，立身，并未斥责，低头说道："江沁，你缓一口气，让朕见见她。"

"陛下——"

张铎没有让他继续说下去，径直截断他的声音："朕知道朕该做什么。"

＊　＊　＊

山门是厚重的石门，隆隆开启的时候，黄昏最后一缕光终于落到席银身上，她眯着眼艰难地抬起头，终于看到那个熟悉的影子——素衣藏风，冠带尽除。席银一时有些恍惚，好像她当年第一次见到张铎的时候，他也是这样的穿戴，没有着袍，单穿着一身素禅衣，背后凌厉的鞭伤散发着呛人的血腥气，但是他好像就是不惧皮肉的疼痛，言语克制，听不见一丝颤音，仪态端正，全然不像一个受过刑的人。

他是一个人来的。

席银偏身朝他身后看去，竟见山门外也是一片空荡荡的。她张了张口，试图说什么，却发不出声音，这才想起岑照用麻核堵了她的口，将她绑缚在观音堂的莲座下。她试图挣脱，然而却是徒劳，只能眼见着那道影子走过逆光的门洞，朝着她一步一步走来。

"阿银，你看，你是不是输了。"

席银悲哀地看向岑照，岑照却起身拍了拍身上沾的陈灰，走至红漆莲雕的隔扇前，拱手弯腰，行了一礼，而后直身道："你不还礼吗？"

"还。"

张铎应过这一声，也朝后退了一步，拱手于额前，弯腰全出一礼。

岑照低头看向他的手指、肩背以及臂膀。

"你竟然还记得如何行学中礼。"

张铎垂手立直身子："你在这一项上，比朕苛刻。"

"嗬。"岑照摇头笑了一声，"张退寒，解鳞甲、除冠带、弃佩剑，我是要你以

243

罪人之束来见我，你称'朕'这个字已辱大礼。"

张铎抬起手臂，挽起一半的袖口，应道："哪一身冠冕不沾污血？你过去眼底太干净了，如今又看了过多脏垢，日子一久，"他顿了顿手上的动作，抬头看向他，"自己也跟着滑了进去。岑照，不妨直言，即便朕袒露背脊当众受辱，朕也当得起这个字。你背后那姑娘也知道，以衣蔽体根本就不算什么修行，洛阳若大林，多的是衣冠豺狗。"

席银动容，无声地向张铎点了点头。他此时说话的神情，仍然是席银熟悉的样子，不是桀骜，也不能说是犀利、尖锐，就是在话锋之末藏着三分从不肯收敛的笃定。分别了这么久，她甚至有些想念这样的神情和语气。

岑照望着门前二人的影子："你不顾惜士者衣冠，我仍然顾惜。"

"朕明白，若说张奚之流，不过是以清谈入政，为前朝皇帝铺一层官场锦绣，那你倒算得上是敬文重道之人，他们的清谈致使金衫关失于胡人，一把弃的都是真正为朝廷抛头洒热血的人。我听说过，你曾跪求陈望进言派兵驰援金衫关，但你无官职在身，言辞最终也是落在士人的雅辩之中。不过，你并没有做错什么。只不过，我仍然觉得你不该退得那么干净，人后修行，人前争命，哪怕你是个文人，也得活着才能握笔。不过，岑照，"他说着朝他走近几步，抬头望向那尊金身观音像，"这些都是朕从前的想法。这两年，席银在朕身边，朕试过学一学琴，呵……"他似是想起了什么场景，自嘲一笑，"她看不见的时候，朕也拨过几声，但朕学不会，至今也写不出《青庐集》那样的锦绣璇玑。朕从前是觉得，你这样的人不配活在洛阳，可料想，之后若得山平海阔的良年，洛阳未必容不下你这一等风流。"

岑照静静地听他说完这一席话。他不得不承认，无论从前世人如何褒扬、称颂他，都不如听张铎一人陈述，他并不是刻薄，而是基于世道和政治之间的一种清醒，这种清醒不是常醉的诗人所有，也不是常年枕戈的莽夫所有。

"你倒是没变什么。"

"朕当你是赞扬。"

"唉。"岑照叹笑了一声，"你说得也许没错，但对我而言，我再也不会相信你后面那一句话，反而认可前一句，当年的陈孝根本不配活在洛阳。"说完，他抬起头，"张退寒，如今的我，早已不堪和你辩论是非。我也是一个——怎么说，满手血腥的人。但我不后悔，我从前没有跟你争过，名声、地位，你我在不同的两个地方，连交锋的机会都很少，但不知为什么，我一直在输，哪怕洛阳全是诟病你的人，我也输得一无所有，甚至不能维护我的家族性命，救不了我的父亲、母亲、兄弟姊妹。但可笑的是，当年的洛阳城，你我齐名在册，魏丛山的临水会押了多少金银来赌你我一场对弈。最后，我竟然连坐在你棋盘对面的机会都不曾有。"

"你以为，朕当年赢得无愧吗？"

"你这样的人，会愧吗？"

张铎点了点头，径直道："会愧。杀了人，哪有不愧的？所以，张奚让朕跪在你陈家百余人的灵前受刑，朕受了。那虽然是私刑，但朕是认的。朕始终不知道张奚对朕这个儿子起过几次杀念，至少……朕逼前朝皇帝杀妻囚子那一次算一次，你们陈家灭族那一回也算一次。但这两次，朕都没有私恨。"

"为何不恨？"

张铎笑了笑，一绺头发从束发的玉环里落下来，他随手将其撇至肩后，朗声道："那是张奚的立身之道，也是你父亲的立身之道。前汉的诸子百家，最后亡得只剩了一家，文人的杀伐比沙场上的拼杀还要残忍，沙场不过取人性命，文道……吓，"他望向岑照，"诛的是心念，还有后世为人的底气，甚至是那些女人求生的余地。"

他说完，将目光撤回到席银身上。

"好在你知道怎么活了。"

岑照顺着他的目光朝席银看去。

"张退寒，你如此行事，违背国政家道，并不是家姓长久之策。"

"不需长久，因世道凋敝而盛的，便定会因山河安定而衰。你比朕通《周易》演算，这个道理，朕就不解了。"

席银听他说完这句话，拼命地挣扎着，试图将口中的麻核吐出来。

张铎低头，看着席银涨红的脸，笑了笑："席银，你是不是又听不懂了？"

不知为何，他这句话，好像有些温柔。席银容不得细想，摇头，凄哀地看向岑照。

"岑照，没有必要堵住她的口。她这几日，在你身边琢磨了那么久，自以为聪明，学可出师，结果就说出两句不通的话。几月不曾训斥，也敢跟朕卖弄了。"

岑照蹲下去，轻轻抬起席银的头："你想说话，是不是？"

席银红着眼睛，拼命地点头。

"好，哥哥让阿银说话。"

说完，他正要去取席银口中的麻核，忽听张铎道："等等。"

岑照的手顿了顿。

"朕告诉你，拿出来是让你说话，过会儿，不管你看到什么，不管朕做什么，你都不准当着朕的面在外人面前哭。"

席银借着岑照的手，一口将麻核吐了出来，甚至连一口气都不曾缓，便抬起头冲着张铎喊道："那你自己红什么眼啊？！"

张铎一怔。

席银才不管他有没有变脸色，仰头直直地看着他的眼睛。

"你就那么厉害，到现在还觉得我蠢，说我听不懂你的话，你觉得我愚蠢，你来找我做什么啊？！还要以罪人之态，你……"她说着说着，不觉泪流满面，"江州城不是弃了吗？弃就弃了啊，你就当我死了，不就好了吗？江大人那么会劝你，说得出那么多那么多的大道理，怎么就拦不住你？我……我被哥哥利用了那么多次，我以为我终于可以赢一次，结果，张退寒！你居然说我写得不通，你……你还是让我输！"她有太多的话要说，此时也没有章法，只管拣想说的，一股脑地冲着他倒。

张铎没有打断她，直到她自己被自己的迫切噎住，方寻了空当儿道："说够了没有，朕让你——"

"没说够！张退寒，你个糊涂蛋，是你说的，不准我拿你的尊严去接济别人，你现在，把尊严给我拿回去！出去，不要回来。"

第二十四章

# 冬酿

...

一夕则生，一夕则死，
荣极之后，不欠世道，也不欠自己。

席银一股脑地吐完所有的话，终于在他面前佝偻着腰，喘得面红耳赤。但是麻核伤到了她的喉咙，她不敢吞咽，又不愿意让口涎狼狈地流出来，只得抿了唇，浑身颤抖地望向张铎。

"骂够了？"

席银说不出话来。

谁知他竟然看着她笑了一声："朕凭什么要听你的话？"

他说着，朝席银走了两步，素净的衣衫随风扬起一角，半挽着袖的手臂上那道被她咬后留下的伤痕清晰可见。席银看书的时候，曾看到过一些皇帝的画像，他们大多被裹在繁复厚重的冕服里，看不清体态。然而，她却见多了张铎这般衣衫单薄的模样，不见华服遮护，单就一层素缎裹着血肉之躯，不经意间露出的伤痕，如同他从不刻意回避的过去……精神的刚硬和肉身的脆弱，两相辉映。他一直是一个杀人时不肯防御的人，一剑要封人喉，也舍得把胸膛送到敌手的刀下。

岑照看着张铎走向席银，忽然开口道："想带她走吗？"

张铎在席银面前蹲下去，神色竟有一时的落寞。他摸了摸席银的脸颊，应他道："不是。"他说着，随性地笑笑，"你不是说你一直在输吗？这次你没有输。话也说了不少了，你做你要做的事吧。至于你……"他挪了挪拇指，替席银擦去脸上的余泪，"能不能不要再对着我哭了？"

席银血脉偾张，哪里肯听，她别开他的手，凄惶道："你明明知道哥哥不会杀我的，你究竟为什么……还要这样来找我？"

"如果我就这么在你眼前杀了岑照，你还会跟我说话吗？"

席银一怔。然而她还来不及去细想这句话究竟含藏着多少他不足为外人道的脆弱，便听面前的男人自解道："席银，原则是最伤人的。我处死张平宣，我的母亲这一生都不会再原谅我，但这就算了，而你不一样。其实我要赢这洛阳城的任何一个男子都不难。但我无法承受你说了喜欢我之后又不得不恨我这件事。"说完，他仰头看向岑照："所以，这局，朕让你。"

席银再也无法克制，泣不成声，从前无论受过多么大的委屈和痛苦，她都没有流过这么多的眼泪。她想说话，但她说不出来，只能任凭胸中那撕心的悲切随着眼泪肆无忌惮地宣泄而出。

好在张铎将她搂入了怀中："席银，不用这样，我就是一个自私的男人而已，我比岑照，好不到哪里去。"

"不是啊……我……可我喜……"夹着眼泪和口涎的话，黏腻在一起，连单个的字都吐不出来。

张铎低下头笑道："在说什么，能不能别哭了？"

"是啊，阿银，你能不能别哭了？"

这一声来自岑照。

席银怔怔地抬起头，岑照立在张铎身旁，也静静地望着她。这个苦心经营十几年的复仇之人，却从来没有流露出一丝阴狠的神色，时至此时，他也没有暴怒，没有狂喜，摘掉了松涛纹青带的那双眼蕴山藏水，仍如当年街市初见时。

"张退寒。"而岑照好像有什么不忍，终把目光从席银身上撤了回来，"你不是一直以为攻心为下吗？为何如今也用了这不入眼的招数？什么这局让我，是让她来恨我一辈子吧。"说完，他垂下眼帘，怅然叹道："阿银啊，你如果没有喜欢上他，那该多好。"

席银拼命地摇头，张口似欲说些什么。

岑照却道："你什么都不要说，你知道的，我也不想一直做一个眼不盲而心盲的人，我也不想一直骗你。但是，阿银，对不起，我苟延残喘十几年，就是为了复这一仇。"

说完，他转过身，从佛案上取下一把匕首。

"张退寒，褪衣。"

张铎听完这句话，回头看了席银一眼，依言背过身，单手解开了衣襟。禅衣褪至地上，如此一来，席银能看见的又只剩下他那伤痕累累的背脊了。

他教女人如何尊重衣冠。将近三十年的人生里，除了刑罚，他从来没有剥过任何一个女人的衣衫。其言或许不假，他不是那么喜欢男女之事，所以从来不在女人的皮肉和屈辱上寻找乐趣。

认识张铎的两年间，席银逐渐明白，正视自己的躯体、收放欲望，这些都是高尚而难得的修炼，而张铎自身却似乎并不在意所谓的君王"冠冕"、士人"衣冠"。如他所言，他生于乱世，在儒道、佛教都在演化经典，敷面染唇地试图欺世之时，他的残酷反若污泥上的血梅，风流刻骨，清白入世。

"张退寒……"

张铎听见了席银的声音，却只是轻轻地蹙了蹙眉，没有回头，也没有理她，屈膝跪坐下来，对岑照道："岑照，子时快到了。"

岑照握着匕首点了点头。

"我知道。"

张铎轻笑。

"你从前拿过刀吗？"

岑照怔了怔，瞳孔几不可见地一缩。

白衣不染尘，君子不沾污。

陈望还在的十几年里，他被洛阳文坛保护得太好了，山中英华如何会暴虐，高山晶莹雪如何会杀人？他从前拿过刀吗？没有，从来没有。

"你知道，人的要害在什么地方吗？"

这一句话，如同一根针扎在岑照的背脊上，明明不是侮辱的言语，却令他耳后发烫，好似并驾齐驱的人生忽然在某一处输掉了一段经历，然而在人世与张铎同活时，他并没有觉得那段经历可以使他们分出什么高下。他却在最后一局，因此落了下乘，手和心都仓皇不已。

岑照面上的那一丝惶恐，入了张铎眼底。但他没有再问下去，沉默了须臾，终抬起手臂指胸口处："此处下刀三寸可抵心脏。若是长剑、板斧……"他将手移到脖颈处，"还可在此处着力。但你手上拿的是一把短匕，要毙人性命，"他挪回手重新点着胸口，"只能落在这里。"说完，他垂下手，"没有去过战场，都觉得杀人是莽夫的行径。儒、佛都重教化，所以文人都不肯轻易脏了手。张奚如此，陈望如此，但今日你已经走到这一步，就试试吧。"

话音落下，他已闭上了眼睛。彻底陷于黑暗之前，他还是朝着面前的无名处最后暗含埋怨地说了一句："别哭了。"

\* \* \*

三寸寒刃，如同他所教的那样，没入了他的血肉，而后又一把抽了出来。伤口处迸溅出的血铺洒了一地。然而也不知道他是不是故意与席银隔着一段距离，竟没有一滴血污沾染席银的衣裙。他当真对她过于温柔，而对其余的一切都过于残酷，包括对他自己。

席银很想告诉他，别的都已经不再重要，对自己好些。可是她同时也明白这个人处世的原则和法度。他杀人如麻，且从不后悔，所杀之人不乏张奚、陈望这般举世的清流，但席银从来无法把他视为奸佞。

其实，不光是她，包括之后冗长的史辩，冠冕堂皇的人做完冠冕堂皇的论述、言语纠缠、辞令游戏之后，也不能就那么轻易地将他和"暴虐""无道""残忍""苛刻"这些判词拴在一起。他不能不守住"残酷"，这是他从乱葬岗活下来的原因，也是他区别于洛阳那些杀女为乐的二等风流最重要的一点。

席银不敢再哭，也不愿意再哭。至此，她已是张铎全部的尊严，她若懂他的风度和抉择，他就不是英雄气短。相反，哭泣即侮辱。她想到这里，拼命地把泪水吞下去，口中气息滚烫而酸苦："张退寒啊，我不怕的……"她说着，望向张铎的背影，凄怆而恳切地又道，"你信我，我知道怎么面对江大人他们，我也知道以后怎么生活……我一定会记住你对我说过的话——皮开肉绽，心安理得，做一个配得上你的女子……"

张铎面色苍白地笑笑，肩头一软，再也支撑不住身子。

岑照蹲下去，撑住他的手臂，轻声道："我只把她交给你两年而已，她竟然能说出这样的话。"

张铎已然脱力，笑而无声。

子时过后，山门外聚起了火光。

江凌破入寺中，陆封率人一把将岑照摁跪在地。岑照没有挣扎，只是艰难地抬起被摁压在地的头朝席银看去："阿银，对不起。"

席银低头望向岑照，其声哀若秋雁："哥哥，你利用我去杀这个世上对我最好的一个人，这辈子、下辈子、下下辈子，我都不会再原谅你。在你死之前，我不会再见你，我会把你教我的话全部都忘了，把张退寒教我的事，一生一世、完完整整，全部记在心里面。"

岑照泫然无语。

江凌喝道："先把此人带走，去召梅医正来！"

此令一下，自然有人应声而出。陆封看向席银，迟疑道："内贵人……不是，此女如何处置？"

江凌望着席银："锁拿，看押。"

话音刚落，便听席银道："锁我可以，让我守着他！"

陆封闻声也迟疑了。

观音堂外，江沁被内禁军拥来，见此情景，立时呕出一口血来，再听见席银这句话，厉声喝道："此祸国之女，罪大恶极，还有何道理存活于世，现于君王眼前？！江凌！"

江凌还不及出声，席银仰头冲着江沁道："我可以受刑，可以服罪，但我求求

251

你，江大人，不要把我带走——"

江沁举起颤抖的手："住口！是我等无能，才叫你活至如今。今儿绞杀了你，吾等自奉人头。拖下去！"

席银被内禁军从山门里架了出来，腿伤未愈，她根本挣扎不得。

内禁军中的多数人都感怀这个女子对江州万人的大义，绞杀的绳索是备好的，也绕上了席银的脖颈，但临着收绞时，却无人肯上前去做行刑的人。

江沁从山门后走出来。是时，邓为明、黄德、许博等人也到了，夜风把火把吹得呼呼响，人影在壁，犹如百鬼缭乱。席银一个人跪在地上，手腕被反绑，无法去擦拭脸上的眼泪，也无法自护体面，但她还是尽力将胸中的悲意吞下去，抬头迎向江沁、邓为明等人的目光。

张铎不在，席银也不怯了。但她依然记得两年前，张铎在东后堂替她稳住手中茶盏的那一幕。朝臣来往的东后堂，一日之间，万千机务，他什么也没有说，却令她逐渐开始懂得，不要惧怕这些人物，不要自卑于微贱，不要困顿于身份地位。

"你还有什么话要说吗？"

江沁低头问席银。

席银摇了摇头，脖子上的绳索冰冷地摩擦着皮肤："我无话可说。在大人眼中，席银一直是陈家余孽的细作，是蛊惑陛下的罪人，该杀一万次。可若要席银自己评述自己，那么我不是细作，也不是罪人，我是个勇敢的女子，我不愧为陛下唯一的女人。我可以死，但我不准你侮辱我，因为你侮辱我也是侮辱他。"

江沁被这最后一句话逼退了言辞。

邓为明忙道："还不快堵了她的嘴？"

席银转头看向邓为明："你们为何不敢听我说话？我说的并不是妖言，没有那么可怕。"

邓为明结舌哑然，席银则回看江沁，说道："席银记得，从前在清谈居的时候，江大人对席银并不是现在这个样子。席银想知道，为何当年大人觉得席银不该死，如今却视席银为罪人。"

江沁沉默，须臾之后方仰头叹出一声。

"因为，你逆了门第尊卑。"他说完，提声正音，再道，"奴为内妾，须卑行于庭，受中宫约束、管教，然陛下专宠你，迟迟不立中宫，致使子嗣空虚，国姓无继，只此一条，你已当受凌迟。"

席银垂目："所以……为奴者，永不得与君王并行吗？"

江沁沉声道："此问粗鄙，不受教化！"

"可我不觉得大人的话是对的。"

江沁何曾敢想，此女临死之际还是如此姿态，直驳他下给她的判词，不由得额前渗汗，抬起手，颤抖着指向席银："放肆！"

"不是放肆！"她说着，弯腰伏身，行过一礼，虽双手反绑，她还是尽力周全了仪态，"众位大人，席银命如尘埃，若陛下身故，席银甘受火焚，做陛下陵中一层灰。可是，陛下绝不是你们口中受女子蛊惑的君王。"说着，她的声音有些哽咽，"我……我只陪了他两年……就连我这样一个卑微愚钝的人，跟着他，也逐渐明白敬重和自重、谦卑自倚、勇敢地活下去。江大人，席银不能认这个罪，这是我的尊严，也是陛下的尊严。"

黄德听完席银这一席话，摁在剑鞘上的手慢慢地松垂下来，他侧身向江沁道："不如等陛下醒来再处置此女吧？"

江沁摇了摇头："草莽不须顾后世，厮杀风流就够了，而国统毕竟不是草莽，须延续、发扬、传承。此女令君王有失，不论她说什么，都必须受死。"

说完，他看向席银："塞口，绞杀。"

席银闭上眼睛，张铎那张好像从来都不笑的脸恍然出现在她眼前。

"我没有辜负你吧？"席银在心里默默地问了他一句。

眼前的人终于笑了，难得冲她温和地摇了摇头。

冰冷的绳索陡然收紧，席银一下子失掉了呼吸。这已然不是她第一次受这样的刑法，但那种疼痛的感觉一点也没有麻木。她张开嘴，想再唤一声张铎的名字，可是那个姓氏勉强出了口，后面的两个字却被绞在喉咙里。


"住手！"

山门前忽然响起一名女子清亮的声音。

江沁等人抬起头，见竟是张平宣。她没有多说什么，而是径直上前，拽住了绞杀席银的绳索。内禁军本就不忍绞杀席银，此时见长公主亲自动了手，皆不敢跟长公主对抗，松了绳索。

席银的身子猛然跌落在地，张平宣忙蹲下去将她护在怀中，抬头泪声斥道："你们这些大臣，枉称仁义，用的手段竟和我一样卑劣。"

席银艰难地睁开眼睛，轻唤了一声："殿下……"

张平宣回头看向她，腾出一只手摘下她脖子上的绳索道："还殿下呢，回头……回头我就去骂张铎，说好了带你回来嘛，怎么又让人杀你。"

席银一连嗽了好几声："陛下……陛下不想的。"她面色由红转白，呕意不止。

张平宣忙安抚她道："好了好了，你别说话……"

江沁见此，转身对黄德道："把殿下带走。"

张平宣抬起头："我看谁敢碰我。"

江沁道："殿下不可胡闹。"

"胡闹？你们才胡闹！"

"殿下！"

张平宣根本没有理会江沁的话，转向行刑的内禁军道："还有你们，你们驻守江州这么多日，亲自护送百姓和伤兵撤退，亲眼看着江口决堤，水淹江州数日之久，你们不明白，到底是谁救了这一城的人吗？你们还定她的罪，还要杀她，你们良心不亏吗？啊？"

行刑之人被说得面红耳赤，其中一个屈膝跪地，掩面道："江大人，末将自请死罪，末将不能。"

江沁见此，扼腕叹了一声，低头对张平宣道："殿下糊涂，此女本就是陈家余孽派到陛下身边的细作，陛下因他才受重伤，如今生死未卜，殿下怎可救此等罪大恶极之人。"

"我看你才糊涂，你不是不知道，这两年，洛阳宫只有她一个内贵人，她若是细作，不用等到现在，她早就把张退寒杀了！"

"殿下不得妄言啊！"

张平宣的话，显然逾越了朝臣的底线，邓为明听后也白了面色。江沁双膝跪地，拱手陈道："殿下替其遮罪，此女今日更不得活，臣请殿下顾全大局。"

席银伸手拽了拽张平宣的袖角："殿下……不要争……"

张平宣低头掰开她的手："是你说的，有你在，没有人能侮辱我。我也告诉你，有我在，谁也不能取你的命。"说完，她从袖中取出那只金铎，"你给我的东西，我现在还给你。"

江沁见此忙道："殿下，万万不可！"

张平宣回头道："这本来就是她的东西，本来就是护她的。而江州被淹，消息无以传递，她把这个交给我，才让江凌得以叩开阳郡的城门，令阳郡收纳江州万民。我如今物归原主，为何万万不可？"

江沁无言以对，悬掌却不知落向何处。

黄德见在场的内禁军，包括江凌、陆封在内，都面有动容之色，又见江沁胸口起伏，手指颤抖，料知此女杀不得了，忙上前道："殿下，请听末将一言，如今陛下重伤，此女……又确实与陈家余孽有所关联，末将知道其中或有隐情，但也须加以审理。不如暂将此女押在营内，等陛下无恙之后再行定罪。"

张平宣还要说什么，却听席银断断续续应道："多……多谢……黄将军……"

黄德拱手向她行了一礼。

"末将不敢受内贵人的谢，内贵人大义，救了我江州一城，也救了末将的妻子儿女，末将虽不能替内贵人脱罪，但末将要谢内贵人的恩德。"

说完，他朝江沁走了几步："江大人，此时最重要的是救治陛下，清扫刘军余党。末将本不该在大人面前妄言，但末将身为江州守将，不能令江州万民寒心，若此时身在阳郡的百姓知道末将枉杀内贵人，末将便再无颜面接百姓们回城。"

江沁听完黄德的话，怆然摇头。

"自诩性情，殊不知，这根本就不是国运长续之道。"说完，他一把甩开身旁人的搀扶，朝着落花道跌跌撞撞地独行而去，此间长叹凄厉，令人闻之胆寒。

席银在张平宣怀中闭上眼睛，轻声道："谢谢殿下。"

张平宣伸手理顺她脸上的乱发："不要谢我，我若救不了你，我亦此生自恨。"

席银摇了摇头："我……我想去见陛下……"

黄德蹲下身应道："内贵人恕罪，末将……暂不能让内贵人见陛下。"

张平宣道："为何？她绝不是什么细作。"

黄德道："末将明白殿下的意思。但是，陛下的确是在寺内遇刺，末将身为江州驻将，肩负陛下安危和城中安定，不得不委屈内贵人。"

说完，他抬头对陆封道："岑照收押在江州府牢，立即审问。内贵人……就暂时交给你与将军，在营中看守。若有必要，再提审。"

陆封应道："是，末将领命。"

张平宣道："为什么还要这样对她？"

黄德道："殿下放心，我等绝不敢为难内贵人，还请殿下不要令我等为难。"

席银摇了摇张平宣的手臂，轻声道："殿下……我没事，此时江州……还乱，我也不能给黄将军他们再添乱了。您……去替我看看陛下吧，我不放心。"


几场雷雨过后，江州仓皇入夏。

城内封锁了皇帝身受重伤的消息，城门紧闭。而南方则捷报频传，刘令余部被歼灭于南岭，刘令自己也被斩杀于残阵之中，历时一年的刘鞏之乱彻底平息。顾海定在洛阳被披枷戴锁下狱，廷尉正李继请奏押解岑照等人入洛阳受审，但迟迟没有收到江州过来的回批。

江沁与邓为明为稳定洛阳朝廷，于五月初登船先行回京，告知朝上，皇帝要在江州亲审刘鞏余党，审结后即回洛阳。李继立遣廷尉狱左右监南下江州协同审理。

与此同时，江州城外驻扎的大部军队陆续开拔班师，留下伤兵万余人在城内休养。

五月中旬，城中残淤已被清冲殆尽。

黄德率领城内驻军开了北门，出发去阳郡迁百姓回城。他的队伍一起行，江州城便逐渐清静下来。草木经过洪水的浩劫，重新从容茂盛。百花无人踩，在街巷中堆了一层又一层。

一座城的生息，终于与人的宿命关联起来。

席银被锁上了镣铐，但江凌与陆封并没有禁锢她，仍由着她像从前一样，在伤兵营中浣衣、熬药。她很温顺，尽力配合洛阳廷尉狱遣吏的讯问，廷尉右监很少见到这样的女犯，不论是出于怜美之心还是感怀她救城的勇气，总之，并没有在讯问时过多地为难她。

而席银自从听梅辛林讲过张铎的伤情之后就再没有提过要去见张铎，只是偶尔在煎药时怔怔地出神，被人唤回之后，她也只揉揉眼，朝黄德官署的方向看那么一眼，又挽起袖子去做手边的事了。

江凌与陆封对这位内贵人的气度实在无话可说。她丝毫没有借着皇帝的喜爱而索要任何东西，只是安安静静偏安在她自己的地方，话也不多，受他照顾的伤兵都对她赞不绝口。这使得江凌也开始觉得，这样锁着她，有些愧疚。私底下，他从营中取了好些伤药，但碍于她的身份，不得私近，只好转交给张平宣，请她代为尽意。

这日夜里，张平宣来替席银上药。她托起席银的手腕，小心地挪开镣铐，用竹篾子挑起药膏，试着力，涂到她被镣铐擦破的皮肉上。也不知道是因为疼还是冷，她全身都在隐隐发抖。

张平宣放下药膏，轻声劝道："还不如被关着呢，你这是何必呢？"

席银摇了摇头："哪怕要判死罪，也不能就这样等死啊，他要是醒来知道，又会骂我。"说完，她干净地笑了笑。

青色素衣，垂肩长发，不施一丝脂粉，在张平宣眼前淡淡地结出了一圈疮痍的影子。

"对了，胡娘呢？"

"哦，她在外面。"

席银稍稍坐直身子，轻声道："殿下让她进来吧，有样东西我还没替她解下来。"

张平宣道："什么要紧东西啊，还要你来解？"

席银看着自己的脚腕，铜铃铛硌出来的伤口已经不疼了，但那圈痕迹还在。

"那是给她救命的，不能让她一直戴着，不然就会像我这样。"

张平宣怅然。这段时间，她一直不太敢去想岑照这个人，今忽而在此处被惊鸿掠水般地提起与他相关的事来，她难免踟蹰。毕竟她尚不知道究竟该如何面对那个差点让她输尽人生的阶下囚。

席银看出了她的心事，轻轻握了握她的手掌。

"没事，殿下，都会过去的。"

张平宣望着她点了点头。

"我都明白……"说完，她叹了一口气，把药膏留在榻边，起身抖了抖袖子，"我去唤胡氏进来。"

说完，她出帐唤人，自己则避了出去。

胡氏进来，看见席银的模样，心疼不已，伏在席银榻边啜泣道："都是奴没照顾好内贵人，都是奴害了内贵人。"

席银撑着她站起身，含笑道："傻话，有罪是该认，但不是这样乱认的。"

胡氏抬起头："若奴能与内贵人一道回洛阳，奴此生愿永远侍奉内贵人和陛下。"

席银摇了摇头："这不叫侍奉。"

胡氏一怔："那……叫什么啊？"

"在人前，也许这叫侍奉，可是，我们自己得明白，我们愿意用一生陪着一个人，是因为他很好，他值得我们尊重、爱慕。我们陪着他，是希望他那么好的人不要因为误解而过于孤独。"

胡氏轻轻握着席银的手："内贵人爱慕……陛下吗？"

席银的耳根渐渐泛红，她低垂眼睑，收敛了发烫的鼻息。

"是啊……"说完，她羞赧地低下了头，转而道，"好了，你坐下来，我帮你把你脚腕上的铃铛解下来。"

胡氏依言坐下，撩起裙摆。席银弯下腰，寻到机巧处轻轻一掐，环锁应声而开。

席银将那串铃铛攥入手中，须臾之后方将它交到胡氏手中。

"你把它交给江将军，请他替我还给岑照。顺请转告他，救命之恩不敢忘，若他准许，席银肯请为他担待身后事。"

胡氏从她的眼底看见了晶莹之物，不忍多言。

胡氏走后，外面下起雨来。唯一的灯火被风吹熄，席银疲倦得厉害，不愿再

去点，她闭上眼睛，听着满耳的风雨声，靠着背后的木柱渐渐地睡去。

恍惚中有一只手在摩挲她的脸颊，她浑浑噩噩地睁开眼睛，那盏孤灯不知什么时候重新被点亮了，面前的人穿着病中的燕居服，胸口翻出鹅黄色的衣襟。

"睡着了还在哭，你梦到什么了？"说完，那人盘膝在莞席上坐下来，用手指抬起她的下巴，笑道，"梦到朕了吗？"

席银动容，也顾不上场合、礼数，伸手抱住了他的手臂，慢慢地将脸颊贴靠上去。

张铎被她拽得身子一歪，轻咳了一声，敛平气息，低头看着她道："抱着可以，不要用力拽，朕还没好全。"

"管你啊。"

他听完这句话，不由得笑了一声，不带一丝斥意地说了一句："放肆。"

她明明不想哭的，可是听到这两个字，却不知是被触碰到了哪里，四肢百骸之中竟陡然流窜开一股又酸又烫的疼痛，以致她整个身子都蜷缩了起来，紧紧地靠在他身边。

张铎稍稍皱了皱眉。伤口过深，虽然已大半愈合，被她这么一牵扯还是有些疼，但他没有动，伸出一只手托着背让她靠得舒服些。

"你是不是不听话啊，能不拽得这么用力吗？朕没说这会儿要走。"

席银摇了摇头："我不是怕你走。"

张铎撩开她额前的乱发："那你怕什么？"

身边的人没有应声，反将他的手臂拽得更紧了。

"还好我没有把你害死。"

张铎笑笑，把袖子盖到手指上，侧身擦了擦她脸上的余泪。

"这话不是该朕说吗？"

不知是不是因为他还在养伤，动作温和，就连身上的衣料都是温暖而柔软的。

"我没那么容易死。"

他换了自称，声音也跟着放得平柔。说着，他抬了抬胳膊，低头道："你也不是第一次看见我狼狈了，不要这个样子。只要伤不致命，最后都会好的。"

"我知道……我知道……"

"你知道还难过什么？"

席银又没了话，只顾拽着他的胳膊。

将将入夏的雨夜，虫鸣还不算盛，但因城中人寡而一声幽过一声。

张铎无奈地看着身旁紧闭双眼的人，叹道："你到底要干什么，问你话又不答，只管这么拽着像什么样子。"说完，他屈着一条腿，又道，"靠这儿吧，把手我的臂放了……嘶……"他一时没忍住从齿缝里漏出了一声。

席银忙抬头朝他的伤处看去："我……我是不是……"

"没有，不疼。"他抬臂安抚地揉了揉席银披散的头发，"我让人把你身上这些刑具取了。"

席银握住张铎的手臂，镣铐上的铁链带着她的体温，轻轻撞在张铎的腕骨上："没事，我至今问心无愧。"

张铎轻轻地摩挲着席银手腕上的伤处，那里已经被张平宣上过药，摸起来有些发凉、发腻。

"不痛吗？"

席银摇头，依着他刚才的话，将手叠在他的膝盖上，弯腰轻轻地靠了过去。张铎的鼻息温暖地扑向她的脖颈，卸掉冠冕、战甲，陪着她一道坐在孤灯下的张铎，仿佛一下子退回清谈居时的模样，仍然孤独而沉默，却拥有世上最温暖的躯体。

"我可以……叫你的名字吗？"

"你可以叫我的字——退寒。不管在什么地方，你都可以叫这样叫我。"

席银靠在他膝上笑了一声："那样江大人会斥责我的。"

张铎笑了笑："放心，他不敢。"

席银想起江沁那几句诛心的话，不由得一阵瑟缩。

张铎伸出一只手，将席银搂入怀中。

"不是不怕了吗？"

"那是你不在的时候。"她说着，捏住了张铎的袖口，"退寒。"

身旁的人似乎还不是那么习惯有人这么唤他，沉默了须臾，才"嗯"了一声。

席银闭上眼睛，嗅着他袖中已经渐淡的沉水香。

"你为什么一直不立皇后啊？"

张铎低头看着她那发红的耳郭，含笑轻声道："你把江沁的话听进去了？"

"不是，我就是……"

"因为放不下你啊。"他没听席银做过多的解释，径直说了出来。说出来之后，似乎就连他自己也觉得松快了，松了肩膀。

席银怔住，这是自从遇见张铎以来，她从张铎口中听到的最温柔的一句话。哪怕帐外厚重的雨声噼里啪啦地灌入她的耳中，仍然无法冲刷掉这一句中饱含的暖意。

"席银，我到现在都还想得起两年前把你吊在矮梅下鞭责的那一幕……"说

着，他伸手摸了摸她的背脊，"我是一个人长大的，陪着我的只有乱葬岗的野狗。我从小就不知道怎样才是对一个姑娘好，就逼着你像我一样活着，让你受了很多苦。你以前一直想离开，那个时候，我其实很怕，但我又不知道该怎么做。对我而言，这两年来，最难的事情就是让你不要恨我。我也不知道为什么，我从未为谁心痛过，包括我的母亲。我早就习惯了被放弃，但我就是不能让你走。"

席银撑起身子，伸手环抱住张铎的腰，小心地将头靠在他的胸前。

"你不要这样说，我没有怪过你。虽然你说我写给你的东西不通，但那都是我的心里话。我至今仍然很怀念你教我写字读书的时光，字倒是学了个七七八八，书……还是念得乱七八糟。"

"时间还长，不用急。我带你回洛阳，慢慢教给你。"

席银抬头望着他的眼睛："那你答应我，好好养伤，等廷尉狱审结我和哥哥的逆案，我会清清白白地跟你回去。"

战乱初平，洛阳的刑狱和司法还没有从被军权凌驾的窘境里脱离出来。廷尉右监也明白，这个案子里最主要的两个刘姓之人已经身死，剩下的两个人，一个是长公主的驸马，另一个是皇帝身边唯一的内贵人，身份敏感，李继尚且不多言。所以，他被遣过来，除了例行讯问，就是给皇帝当个翻书典的人。因此当他将卷宗收理齐全以后，原本是想按律将张平宣名字也补上去的，回过神来之后，又删掉。而后他一连拟了几个刑责奏疏都不敢往上递，最后索性不写奏疏，只把卷宗一水儿裹起，直接递了上去。

这日雨将将停下，日破薄云，在庭院里一蒸，地上便反出了一层潮气。

张铎歇了个把时辰的午觉起来，梅辛林求见，替张铎的伤处换药。

这日宋怀玉也在旁伺候，但却不敢去搭手，看着梅辛林解衣露出那道已然结疤却依旧触目惊心的伤口，不禁背脊发寒，屏息侍立在一旁。

梅辛林查看了一番白绢之下的伤口，抬头道："臣说过，陛下这几日还不能牵拉左臂。"

张铎正在看廷尉右监递上的卷宗，并没有太集中注意力在应付梅辛林上，他这一提，才想起前几日席银拽他手臂的事，看着卷宗随口说了一句："她能有什么大力。"

"陛下在说什么？"

张铎一怔，这才发觉自己失言，遮掩道："哦，没什么。"说着低头看了一眼自己的伤处，"朕之后会留意、慎重。"

梅辛林无意深究，给伤口换了药，示意宋怀玉过来替张铎更衣，一边收拾药箱，一边道："臣听说，江大人回洛阳了。"

张铎"嗯"了一声。

梅辛林又道："是哪一日回去的？"

"初五。"

"陛下是故意调他回洛阳的吧？"

张铎听了这句话，暂时弃了卷宗，抬臂饮了一口茶，侧面道："你也要考虑他如何自处。"

梅辛林笑了笑，淡应道："是。在江州，他的主张是落不实了。"

张铎半举着茶盏，试着抬起左手，试图翻手底下的卷宗。宋怀玉听过刚才二人的对话，此时忙站起身，替下张铎的手，不留意多翻了一页，刚要请罪，便听张铎道："朕就看这一页。"

说完，他抖了抖袖口，搁盏取笔，继续道："朕并不大想在席银的事上和你们拉锯，朕病着，也没顾上她的性命，江沁的主张落不实，关键不在于朕。"

梅辛林看了一眼张铎手底下的卷宗："连廷尉右监都不敢定罪。"他说着顿了顿，摇头笑道，"此案陛下打算在此处审定，不再发回洛阳廷尉狱了？"

"不。"张铎落笔圈了一处，"岑照的罪行，朕可以在江州直接判定。至于席银，朕已经写了诏，与这些卷宗一并发回，让洛阳下判，朕再批审。"

梅辛林道："陛下连赦她，都不肯对朝廷下一点姿态。"

张铎喉中笑了一声："她心局不小，问朕要清白，朕哪怕向你们退一步，给她的都不是清白，对不住。"

他眼底闪过一丝少有的明快，梅辛林亦有些错愕。

"还是头一回听陛下说这样的话。"

张铎握笔笑道："病中难免，你听过就算了。"

梅辛林将目光撤了回来，垂眼道："可是陛下再喜欢这个人，她这一生也只能做洛阳宫的内宫人。"

张铎望着笔锋，说道："不重要，在朕心里没有别个人，所以也无人能逾越她。"说着，他侧面看向梅辛林，"朕跟你说一句心里话，人生四情，喜怒哀乐。前面'喜怒'二字，朕过去尝过，但其后'哀乐'两项都是她给的。"

梅辛林闻言，摇头长叹无话。末了，他终开口道："臣明白了。"

晌午就这么过去了，梅辛林辞出去后，宋怀玉替张铎披了一件袍子，想问什么又张不开口。

张铎仍在看刚才的卷宗，足足百页，纵然翻得粗略，此时也才看到一半。他伸手端茶，见宋怀玉的模样，随口道："想说什么？"

宋怀玉忙躬身道："是……老奴糊涂，刚才听陛下与梅医正说话，也不知听对了没有……内贵人……不会被判死罪吧？"

"嗯。"

宋怀玉听到这么一句话，着实松了口气，一时顾不上情绪道："胡氏她们几个这几日担忧得一直哭，老奴去给她们递个话，也好叫上下都安心。"

他正说着，门外通禀道："长公主殿下来了。"

张铎抬起头，见张平宣立在隔扇外面，她立在背阳处，看不清眉眼。

"何事？"

张平宣抬起头，屈膝行了一礼。

"有事相求。"

张铎放下案卷，点了点头道："进来讲吧。"说完，示意宋怀玉摆一方席垫。

张平宣走进内室，却并没有坐，而是在屏风前慢慢地跪下，行了一个叩拜大礼。过后也不肯直身，任由额头贴在手背上，沉默不语。

张铎低头看着她，半晌方道："你这个样子让朕说什么好？"

"陛下不用说什么，听平宣说就好。"

张铎沉默了半晌，撑着下巴低下头："那你说吧。"

张平宣直起身望向他："听说，廷尉右监的卷宗呈上来了。"

张铎用手指了指面前的案面："都在此处，你要看吗？"

"不敢。"

"你不要告诉朕，你要为岑照求情。"

张平宣摇了摇头："我只是想知道陛下要如何处置他。"

张铎看着架在笔山上的毫锋沉默了须臾："还没定。"

"难道不是议的凌迟吗？"

张铎不答，反问道："你受得了吗？"

张平宣听完，忽然身子一晃，有些跪不住。宋怀玉见状，忙跪过去扶住她。谁知她竟别开宋怀玉的手，撑着地，重新跪直身，颤声道："我受得了。"

张铎抬手示意宋怀玉退下，起身走到张平宣面前。

"让你看着朕杀他第二次，朕觉得对你有些残忍。"

张平宣抬头望向他："其实最该被治罪的那个人是我才对。"说完，她拽住张铎的袍角，"对不起，我是你唯一的妹妹，你容忍我、维护我这么多年，我却一直在责怪你，一意孤行，害了席银，害了赵谦，也害了你，最后害了自己……"

262

她说至此处，难忍哽咽。

张铎向来不是一个善于回忆的人，但此时望着张平宣，他仍然能想起十几年前在张府时的一些情景。那个时候，她是个五六岁的小姑娘，不论走到哪里都喜欢牵着他的衣角，惹了祸事就往他身后躲，但当他被张奚和徐婉责罚的时候，也只有她会哭着去求父母饶恕他，甚至不惜承认她自己的错处去解他的困。偶尔，她也会冲他发些脾气。有的时候，张铎也会庆幸，庆幸徐婉改嫁之后给他生下这么一个血缘相关的妹妹。但张奚死后，他与张平宣之间好像斩断了那一丝原本就稀薄的亲缘，变得水火不容起来，这实非他本愿。

"这样吧，朕后日遣江凌送你回洛阳，你——"

"不必，我能面对他，我不会再像十二年前那样，我会安安静静地送他走。"

她说完，眼泪夺眶而出。

张铎侧头看向宋怀玉道："去取一方绢帕过来。"

宋怀玉忙应声取来。张铎伸手接过，弯腰递到张平宣面前。

"你们怎么这么喜欢对着朕哭？"

张平宣接过绢帕，狠狠地揉了揉眼睛："我不是想让你对我心软。"

"朕没有心软，朕也差点杀了你，如果赵谦不来江州寻你，你也活不下来。"

"没事。"她凄婉地笑了笑，"我若泉下有知，料见当下，我只会赞你果断，不会怨恨你。"

张铎凝视着她的目光道："既然话说到这个地步，有些话，朕一并对你说了吧。张奚虽然不是朕杀的，但的确与朕有关。朕知道他一定会自尽，但朕没有救他，也不想救他，甚至最后帮了他一把，也就是你在永宁寺塔下看到的那一幕。所以……"他说着，撩袍忍着伤痛蹲下去，"对于你，朕不能说是完全问心无愧，朕让你没了父亲，也让朕和你的母亲从此再不见天日，更何况，是朕没有护好你，让你被人伤成这样。"他说着，朝张平宣伸出一只手。

张平宣一怔，抬头道："你做什么呀？"

"你小的时候，不是喜欢这样出气吗？"

张平宣听完这句话，心痛难忍，抿着唇握紧了手掌。至今她才忽然明白，虽然张铎什么也不会说，但是从小到大他都没有变过，他一直是当年那个在张府中沉默地替她挨罚的哥哥。

"平宣，朕赦你，你……也原谅哥哥，好吗？"

张平宣忍泪道："我还能叫你哥哥吗？"

张铎点了点头："我不逼你。你也不用逼你自己。"说完，他伸手搀着她站起

来，转而问道，"你刚才说有事相求，是要求什么事？"

张平宣定了定神，望了一眼案面上厚厚的那一沓卷宗，轻声道："我想在岑照行刑前去看看他。"

"去吧。"

张铎没有犹疑："你自己一个人去吗？"

"对，就我自己一个人去。"说完，她从怀中取出那只金铎，"这个，你替我还给席银。我可能不会再跟她相见了，但我想谢谢她。"

五月底，李继和江沁因为席银而起的拉锯战逐渐演变成了尚书省与江沁等言官的拉锯，而张铎始终没有为席银说一句话。日常除了处理四处送来的奏疏，他一直在安安静静地养伤。一如他对梅辛林的配合，内禁军营里的席银也一如既往地配合着洛阳廷尉狱一轮又一轮的讯问。

自始至终，席银都没有觉得疲倦或者委屈。在江州城的一间偏室中沉默地陪着她的那个人，给了她无穷的勇气。藏于人后固然有平宁的人生，但踽踽独行未必不能功德圆满，更何况张铎就在江州，没有走。

对席银而言，江州城是她和张铎的人生真正交会的地方，亦如洛阳在张铎身上烙下疮痍。江州的所有经历，如一抔干燥的灰尘落了她满身，在言官笔下，她永远不可能留下字面上的清白，但她并没有因此再难过。

她很喜欢，她独自一个人面对洛阳千夫所指的这段时光。那是完完整整，属于席银自己的一次对抗。在完成这次对抗之前，她一直不知道张铎从前所走的那条路多么孤独。但如今她逐渐开始明白，很多曲解和误会根本不需要开口辩驳，人活到最后，在世人眼中都是残缺的。

五月过后，对席银的处置，终于在李继平和的一段判词下有了定论。

这日，宋怀玉亲自来见席银。他示意内禁军替席银解开镣铐，含笑对她道："老奴来接内贵人。"

席银看着地上卸掉的刑具，它们如同那些遥远的、喧闹的偏见和恶意，一点一点平息下来，最终化为灰尘，堆在她身边。她抬头轻声道："廷尉大人定了怎么处置我吗？"

宋怀玉点了点头："是，除宫籍，逐出洛阳宫。以后，老奴也不能再称您为内贵人了。"

宋怀玉原本以为她会难过，正想宽慰她几句，谁知她却抱着膝盖点了点头，淡淡地应了一声："好。"而后又问道，"岑照呢，如何处置？"

宋怀玉不知道如何开口，倒是一旁的江凌应道："判了凌迟。后日是刑期。"

宋怀玉觉得这话对席银来说过于血淋淋，不由得阻道："江将军……"

江凌没有应宋怀玉，而是走近席银道："席银姑娘，陛下说，如果你还想再见他一面，明日可以随末将去。"

席银垂下眼睑，默默地摇了摇头。

江凌道："既如此，末将就去回禀。"

"等等。"

江凌停住脚步，回身等她言语。

席银迟疑一时，起身望着江凌道："殿下呢？"

"殿下昨日去过江州府牢，不过，只逗留了半个时辰便离开了。"

"那殿下此时在何处？"

江凌摇了摇头。

席银忽然朝江凌走了几步，语声有些急切："你们看着殿下。"

江凌仍旧摇头，寡声应道："陛下不准。"

席银无言以对，她忽然想起她在江上和张铎一起看过的那一丛又一丛的荣木悬棺。虽然她无意将那些草木的命运和它们内在的枯槁与张平宣的人生联系起来，但是她还是敏感地预见到了九月花盛一日、夕则残败一地的凄艳之兆。这不是她能逆转的，甚至不是张铎能逆转的。

"陛下呢？"

她试图将这一抹惨景从眼前挥去，转而问起了张铎。

宋怀玉应道："陛下在江边见一个人。"

"何人？"

宋怀玉回头看向江凌："还是江将军来说吧。"

江凌没有迟疑，径直应道："岑照。"

＊　＊　＊

岑照再一次看见天光的时候，眼前是浩浩汤汤的江水，耳边浪声轰鸣，江边葱茏的高树碧冠参天。树下的巨石上平铺着一方朴素的莞席，莞席上放着琴案，张铎穿着一件素色袍子，与岑照一样，不曾束冠，盘膝坐在案后，正扼袖拨着青铜炉里的沉水香。

陆封上前，替岑照卸掉刑具，而后退到一旁，示意押解他的人也退下，仍由他一个人朝张铎走去。

"坐。"

案后的人没有多余的话，甚至没有看他。

岑照低头看着案上的酒盏笑了笑："后日就是行刑之日，刀下见就罢了，何必让我这一残命暴殄天物？"

"一杯酒而已，不算吧？"

他说完，抬手将酒盏递向岑照。

岑照笑着接了过来，盘膝坐下。他在府牢中受了刑，遍体鳞伤，任何一个动作都痛得令他骨颤。他忍着痛，仰头一口饮尽杯中物，搁盏道："你能喝酒了吗？"

张铎自斟一盏："已经好得差不多了。"

岑照笑了一声："下刀三寸，真的足以毙命吗？"

"足够了。"

"那我下了几寸？"

"第一次亲手杀人，难免欠那么一寸半寸。"

岑照看着酒盏上的金饰，笑着摇头道："好毒辣的话啊。"他说着抬起头，"从我的父亲，到张奚，再到如今的我，洛阳所有的文人，都败给了你，张退寒……如今我也承认，你有这个资格蔑视我们。"

张铎抬手再斟了一盏，推递到他面前："'蔑视'二字是你说的，并不是我的想法。"

岑照端起酒盏，十几年来，他自遮双目，不见面目，此时看见酒水中自己的面目，竟觉得有些陌生。可见玉色仙容都是虚妄，如同那些和"春山""晶雪"关联的雅名一样，只能在诗集里浪荡一时。

"你是从什么时候知道我是陈孝的？"

"我一直都知道。"

"为什么？"

张铎摇了摇头，饮酒不答。

江上的浪涛滚滚入耳，虽是夏季，但由于江风过于冷冽，还是将原本不该在此时离枝的树叶吹落一大片。

岑照伸手轻轻地拂去落在肩头的叶子，忽道："你为什么不肯说当年放我走的人就是你……"

张铎端酒的手指稍稍一僵："你又是什么时候知道的？"

岑照摇了摇头："张退寒，当初陈家满门下狱候斩，而你是监刑的主官，放眼当时的洛阳，若不是你首肯，绝不会有人敢私自放了我，就算有人敢，我也不可能平安地在北邙山寻到一安身之所。我活下来，但至今我也想不明白你当时为什么要放我走。"

"不重要了。"

他说着，仰头一饮而尽。

"你们只用杀我一个人就够了，但我要杀的人实在太多。陈望也好，张奚也好，每一次我都在想，有没有可能留他们一条性命，但事实上，哪怕我为此让步过，最终还是要取他们的性命。其中没有输赢的快感，反生一种胁迫。我大多时候无暇与此抗争，不过当我有一时余力，也会想去和这种胁迫争输赢。"说完，他仰面一笑，"可惜，我最后也没能赢过它。张奚被我逼死，你要受凌迟之刑，至于我的妹妹……也活不下来，我的母亲……"他忽然间，不肯再往下说了。

岑照听他说完，即笑了一声，这声笑里藏着某种荒谬的悲悯，来自一个即将死去的死囚对一个皇帝的悲悯。

"你也是个可怜人。"说完，他伸手拨了一根琴弦，那幽玄的声音一下子被风声卷入云天，岑照顺着那风去的方向抬头望去。

"我死以后，替我告诉张平宣，陈家灭门绝后，也容不下她与我的后代。她和席银不一样，我对她，没有情，也没有愧疚，没有过去和将来，她从头至尾都只是我用来挟制你的一颗棋子而已。我一个人死就够了，她不用跟着我来，因为即便她跟着我来，黄泉路上，我也会把她弃了。"

张铎望着岑照拨弦的那只手，因为刑讯，他的指甲早已经磨损了，嶙峋的手指带着和席银一样的风流之态。张铎只看了一眼，就将目光收了回来。

"她一生敬重张奚，必有同命之患，你我无论是温言还是绝情语，都无非是在帮她做了断而已。"

岑照握了握手指："这么说，你原谅她了？"

张铎摇了摇头："原谅是假的。"他说着闭上眼睛，"同样的问题，我也问你，黄泉路上也要弃了她，这话是真的吗？"

岑照望弦沉默，良久，方摇了摇头。

"好好照顾我的阿银，从今日起我把她交给你了。至于你的妹妹……"他哽了一声，"我准你把她放在我身边。"

张铎笑笑，并没有应他的话。

"陆封。"

"末将在。"

"把他带回去。"

陆封应道："是。"

内禁军即刻将岑照从莞席上拽起，岑照顺从地伸出手，由着自己重新被戴上刑具，侧面对张铎道："张退寒，就此别过。"

此句尚未说完，押解的人已然将他拖下了巨石。

张铎望着江上翻卷起的白沫，直到岑照行远了，方起身拱手朝那人远去处拱手行了一礼，埋头道："别过。"

＊　＊　＊

岑照死后的第三个月，席银在洛阳收到了张平宣写给她的最后一封信。

胡氏将信带来的时候，怀中还抱着一个婴孩。

"殿下生下这个孩子不久，就在驸——不是，在岑照的坟前自尽了。送信的人已经去琨华殿报丧了。"

席银伸手将那孩子搂到怀中，抬头向天际看去。

已是九月的黄昏，城中的荣木花此时尽露衰亡之相。一夕则生，一夕则死，荣极之后，不欠世道，也不欠自己。

席银在婴孩的啼哭声中回过神来，忙摇着手臂哄它，胡氏逗弄着孩子的小手。

"是个姑娘呀。"

席银点了点头。

"对了，等送信的人从琨华殿回来，我想见见他。"

胡氏摇了摇头："恐怕……也回不来了。"

席银一怔："为什么？"

"听说，送信的人，是赵谦赵将军……"

268

尾声

# 银盘里煎雪

. . .

张铎自始至终，都从属于席银，
正如尊贵，终将陨落成卑微。

席银最终没有去问张铎他对赵谦的处置是什么，她甚至没有去读张平宣的那封信。

事实上，很多话已当面讲过，她们只是尚来不及也不忍心面对面地告别。

遇见张铎的第二年，她跟着张铎走进洛阳宫，之后又从洛阳宫里走了出来，她若只关照她自身的命运，可谓凋零，亦可谓繁盛。但是，人生所目睹、经历的一切，皆若鞭痕烙印，残酷、绚烂。席银逐渐明白，它们不是为了教化自己而存在的，它们只是为了给个体的人生一个自圆其说的解释而疯狂地推演、嬗变，最后终结。

在江州的最后一个月，席银用了很长的一段时间去收拾岑照残破的躯体，这个过程比她想象得艰难。她原本以为自己会崩溃，可是当她独自面对岑照凌乱的身后事时，除了一直忍不住的眼泪，她并没有那种拆骨割肉的悲恸之感。

凌迟是为了震慑叛逆，是为了向江州三万人交代，是为了鼓舞奋勇杀敌的将士，是为了给一场战争定性，为了给皇权立威。

但对于岑照而言，这些应该都与他无关。他活着的时候，不关照江山百姓，只关照一个家族的冤屈。所以他濒死时所有失声的喊叫也好，甚至因疼痛而失禁的躯体也好，一切的一切，一如他所愿，将他身上那些虚华的名声、不堪的罪孽全部剥夺干净了。他最终归于肉体的腥膻。

席银洗刷掉这些腥膻，只不过是为了给史官一个可堪下笔之处，因为他们要写的是一个人的下场。他是一个衣冠齐整、恶贯满盈的罪人，有生平有来历、阴谋算计……而不是一堆残骨碎肉。

\* \* \*

岑照最后是死在江州的。

江州数万人目睹了罪人的下场，有人悲悯，有人气愤，也有人惋惜。

当刑场撤去之后，席银没有从张铎面上看出什么得胜的狂喜，亦如她没有在刑场上看见岑照面上的悲色。席银记得，自己从刑场回来之后在庭中站了很久，夏日里，无论风怎么吹，都无法将她手上的血吹干，那种黏腻的感觉，从手指开始，一直蔓延到汗水淋漓的背脊。

张铎坐在窗后看书，一抬头就能看见立在月下的席银。但他并没出声去催促她，就那么一直等着，直到她一个人推门进来，怔怔地站在屏风后面，那一身被血迹染红的淡色衣裳纠缠着她，就像经受了一场针对她但并没有最终得手的凌虐。

"过来。"

张铎把书放在膝上，平和地对她说了这么一句。

席银则迟疑了好一会儿，才慢慢走向张铎。她没坐，只是抱着膝盖蹲下来，将头埋进散垂的长发中。

张铎弯腰摸了摸她的膝盖："你很难过吗？"

"不是。"

她说着摇了摇头，耳边的珍珠坠子轻轻晃动。

与此同时，一个温暖的怀抱轻轻地拥住了她的身子。那种包裹感带着某种暗含占有欲的野心，但却克制得很好，既不让她觉得被侵犯，又让她明白她被需要。

她想到这里，从鼻腔里呼出了一阵潮热的气，将头枕在张铎肩上，闭着眼睛轻声道："你要干什么？"

张铎感觉到了她身上轻微的颤抖，偏头挨着她的耳朵，将手指穿入她的发中揉了揉："不干什么。"说完，拖来一张凭几抱着她靠下，伸手慢慢地解开她鲜血淋淋的衣襟，"你可以闭着眼睛，不用看我。"

席银点了点头，她真的很累很累，好像不是肢体上的疲倦，而是从胸口逐渐涌出来的一种无力感，就像她生平第一次从一个混沌的梦中醒来一样，不想睁眼，也不想说话。但她的意识是清醒而敏感的。她感觉到自己被渐渐地脱光了所有的衣衫，绸裤的边沿跟随着张铎手指的骨节一起，从腰上褪至臀下，而后又至膝弯、脚踝，最后划过她的脚趾。皮肤暴露在灯火温柔的烘烤之中。那些血腥气逐渐离她远去，而她就那么赤裸地靠在张铎身边。

张铎认真地避开了与她的触碰，即便她侧着身子蜷缩着腿，把光滑如丝缎的后背、雪白饱满的后臀全部暴露在他眼前，他也没有违背她的情绪，私自冒犯一分。他身上长年修炼的那种对爱欲近乎变态的克制，在当下给了席银全部的尊重。

此时此刻，席银很想在张铎身上要这样一次收容，收容她的身体，还有她暂时无法内化的伤痛。


过了不久，张铎托住席银的腰背和膝弯，低头在她耳边道："抱着我的脖子。"

"你的伤好了吗？"

"就是还没好完，才让你也使点力。"

席银伸手搂住了张铎的脖子，那毫无遮蔽的肢体像一团柔雪，被张铎从地上抱了起来。

在江州的这段时光，她汲取所有的痛苦去成长，但除去衣冠以后，本能地想要把自己交出去。彻底地交出去，就那么一会儿就好。于是她扣紧了双手，把自己的身子往他的怀中缩去。

张铎低头看着她："怎么了？"

"没有……"她终于睁开眼睛，温柔地望向他，"我有没有抓痛你啊？"

张铎笑了一声，在她耳边道："没事，我也想抱你一会儿。"

说完，他朝外下令道："宋怀玉，传水。"

\* \* \*

那是张铎在江州的最后一夜。他陪着席银沐浴，帮她浇发、擦拭手指。席银缩在浴桶之中，跟他说了好多话，张铎只是听着，偶尔"嗯"一两声。后来席银安静地睡在他身边，柔软的衣物彼此贴靠，偶尔因翻身而摩挲，他们都没有起念，但却都不肯离开对方。

第二日清晨，张铎登上了回洛阳的船，临行时，席银站在引桥下送他。

张铎理了理她被江风吹乱的耳发，问她："什么时候回来？"

"等我把哥哥的身后事了结就回来。"

张铎点了点头："回洛阳以后，你想住在什么地方？"

席银垂头想了一会儿："清谈居吧。我想把雪龙沙也带回来，陪着我。"

张铎应道："好，回去以后，你遣宋怀玉去做吧。"说完，他垂下手，"我走了。"

"等等。"

"嗯。"

"要我……带殿下一起回来吗？"

张铎抬起头，朝灰白色的天际看了一眼，说道："不必了。"

夏尽之时，席银把岑照葬在了江边。等她再回到洛阳的时候，已经渐近深秋，铜驼御道边的榆柳郁郁葱葱，像一片永不知散的阴影。

洛阳宫除了她的宫籍，她再也不能和那个虚妄的繁华、和那些"高傲"的头颅产生关联，但她并没有泯灭于诟病之中。就像带着她从泥沼里爬出来的张铎一样，在文官时不时的文鞭字敲中，她心安理得地享受着和张铎之间的情爱，心安理得地过着自己的生活。

洛阳城的人都知道，皇帝喜欢一个女奴，那个女奴住在皇帝曾经的居所之中，皇帝为了她，不曾立后，不曾纳妃。但他们不明白，这世上女人千万，而人欲如虎口，本该吞咽无度，可这荒唐的罪孽好像永远无法冠到张铎身上。

残酷与仁义、龌龊与清白、卑微与尊贵，这些论辩在文史之中演绎、立定、驳斥，偏倒了千百遍，到最后，就连洛阳城的史官也开始怀疑，不愿轻易落笔了。

＊　＊　＊

张平宣的丧讯传回洛阳宫的那一日，张铎亲捧丧告，独自入金华殿。直至黄昏，整个洛阳宫没有一个人敢进去询问。

毕竟就算是皇帝的挣扎和决定，也不是对世人的教化，谁也无法从中获得从容活下去的启示，他们只能战战兢兢地立在金华殿外面，伸长脖子，窥探着徐婉的结局。

黄昏时，席银一个人站在铜驼御道上等待张铎的车马。她穿着青灰色的袖衫，银簪束发，像一道不实的影子。不知道为什么，她在淡淡的秋风里闻到了和三年前那个春雪之夜相同的血腥气。

赶车的人仍然是江凌，而那拉车的马也像认识她一般，在她的面前垂下头，鼻孔里呼出一大片潮气。席银伸手摸了摸那马的头，它就温柔地凑了过来，轻轻地蹭着她的脸。

"上来吧。"

车内的人这么说了一句。

席银撑着江凌的手臂，登上车子。

车帘一揭开，她就明白那一阵血腥味来自何处。他坐在车内，身上披着一件玄袍，而玄袍里没有着禅衣，隐约露着一片伤痕刺眼的皮肤。伤口并不深，看起来也毫无章法，不是宫人施的刑法，单单承载着另一个女人身为母亲的痛苦和绝望。

席银什么都没有说，伸手将张铎轻轻地拥入怀中。

张铎闭着眼睛，笑道："怎么了？"

席银摇了摇头，反问他："疼吗？"

"不疼。"他说完这句话，任由自己的身子松弛下来，靠在席银怀中，"你怎么知道我会来找你？"

273

席银捏着他的耳朵，轻声应道："我不知道，我只是很想见你，很想……"她低下头，看着他因痛苦而拧缠在一起的眉头，"很想这样抱你一会儿。"

车外晃过一丛又一丛灯焰，在席银脸上落下时明时暗的斑点。

"睡会儿吧，到了我唤你。"她温声劝道。

张铎则摇了摇头。他伸手握住她捏着他耳朵的手："你不想问问我发生了什么？"

席银低头看向怀中人，他依然年轻，眉目俊朗，只是一直不肯舒开五官，从而显得有些阴郁。

"殿下死了，金华殿娘娘……很难过吧？"

张铎"嗯"了一声。

席银没有试图开解他，甚至不再往下问，只是伸手环住他的肩膀，将脸颊靠在他的头上。

"没事的，回去我给你上药，很快就会好的。"说完，她朝车外看了一眼道，"过会儿……宋怀玉和宫内司的人也会来吗？"

"不会。"张铎的声音放得很轻，"就我一个人，跟你回去。"

席银没有立即回应她，半晌，方温声道："为什么把自己说得那么可怜？"

张铎张口刚想说话，却因为背脊上的疼痛，哽了一口气在喉咙里，舒不出来，便变成了一阵咳嗽。席银忙替他拢紧了披在身上的袍子："别生气，我不该在你这么难受的时候还说这样的话。"

张铎抑住咳意，摆了摆手："也没说错，只是我从前不准自己这么想，也不准别人这样想。"他一面说着，一面将手臂伸向席银背后，在看不见的地方，悄悄地抓住席银身上的衣角，一如席银当年害怕被他遗弃那般胆怯，却又不能够让她知道。

人世的因果，有的时候如同戏法一般，叫人哭笑两难。

张铎用最严酷的方法逼席银去做一个有勇气活在他身边的人，在这个过程中，他不准她胆怯，不准她后退，她的确做到了。可是，这样的一个女子，可堪一人抵御整个儒门对她的偏见，于是不能也不再需要宫妃的名分来给予她尊贵。这样的席银，他爱至极处。可是，她也不再属于洛阳宫，不再从属于他。她美好而孤独地生活着，好像随时都可以离开他一样。所以，如今，在得与失之间，反而是他怯了。

"你……"

他吐了这么一个字，却半晌不知该如何说下去。

274

席银没有催问，静静等着他尚未出口的话。

"席银。"他索性唤了她一声，顺势调整了自己的呼吸。无论要说出多么卑微的话，他都不愿意让自己看起来那么狼狈。

席银"嗯"了一声，依旧温顺地等着他。

"你……不会离开洛阳吧？"

他终于说出这句话，身旁的人却沉默下来。

等待她回应的过程，令张铎心中一时闪过千百个念头，可是，不论如何惶恐不安，他内心的骄傲也只准许自己问这一遍。

"你别害怕呀。"

她突然开了口，声音很轻，像沉浮在水面上的一片光。

"我不会害怕……"

他下意识地否认，然而说完之后又忽然觉得这一刻的辩解毫无必要，她已经知道了，不仅知道，还在他承认之前想好了宽慰他的话。

"我很喜欢洛阳城，就像我喜欢你那样喜欢，如果不是你，我根本不敢抬着头在这条铜驼御道上行走。所以，我会像你教我的那样，做一个不卑不亢、知书识礼的姑娘，也会一直一直陪着你，而你……"她温柔地笑笑，伸手拂开他眼前遮目的头发，"你不要害怕，纵我命微若尘，也会落在你的身边保护你呀。"

诚如她所言，能"保护"张铎的人，一直只有席银。

就像最初在铜驼御道上遇见她的时候一样，他很想要这个女人陪着他安安静静地养几日伤。

事实上，他最狼狈、最痛苦、最孤独的时候，身边只有席银这么一个人，与其说她那双手疗愈的是皮肉，不如说疗愈的是他拼命压制，从不外露，却一直摆脱不掉的"脆弱"。

"下车吧，到了。"

不知不觉，已行至官署门前。

席银轻轻松开他的肩膀，踩着车辕下了车。

雪龙沙听见席银的脚步声，撒着欢儿跑了出来。它之前一直被养在洛阳宫的兽园，席银迁入张铎从前的府邸之后，宋怀玉来问过几次她的所需，席银别的没提，只说想要把雪龙沙带回来。

因着不是内禁库的事，宋怀玉回宫后，事务一多，竟一时没有想起。交秋的时候，还是江凌去兽园亲自过问，才把雪龙沙送了回来。

脱离内侍的管束，再回到自己熟悉的地方，这条狗也比从前自在欢快了不少，

加上很久没见席银了，但凡席银在府中，它就要黏着，一刻也不走。今日一日不见席银，这会儿见席银蹲下来，它就蹭头蹭脑地靠了过来，拿那湿漉漉的鼻子去摩挲席银的手掌。

席银揉了揉它的脑袋，偏着头笑了笑："是饿了吗？这么乖，今儿我出去了一日，都没喂你。"

胡氏正巧出来点灯，见张铎的车辇停在门口，忙要去牵雪龙沙。

"贵人陪陛下进去吧，奴牵它下去喂。"

这话刚说完，雪龙沙像是嗅到了什么气息，忽地抬起头朝张铎的车驾看去，只看了一眼就朝后面撤了几步，呜咽着匍匐下来。

席银转身看去，张铎正下车。他沉默地看着雪龙沙，雪龙沙却连眼也不敢抬。

席银无奈地笑笑，刚要过去牵它，却听背后的人道："你过来。不准过去。"说完，他又看向雪龙沙，低声又道："过来。"

雪龙沙听着这一声，噌的一下站了起来，虽胆怯，却还是一刻不敢停地向张铎跑去。跑至他面前，又小心翼翼地趴了下来，仍旧把头垂在前腿上。

席银走回张铎身边，低头望着雪龙沙道："都这么久了，它还是只听你的话。"

张铎摇了摇头："它只是因为怕而已。"

他说完，就要朝里走，席银却轻声唤住了他。

"你摸摸它的脑袋，它就不会怕了。"

张铎停住脚步："我不会做这种事。"

谁知道他刚说完，席银已经牵住他的手："你身上有伤，我扶着你慢慢地来。"

在言语上，张铎可以拒绝席银很多次，但是肢体上的接触，他从来无法抗拒，哪怕他不想，但席银要他蹲下，他就只有忍着疼慢慢地蹲下。

雪龙沙趴在地上根本不敢动，哪怕它眼中的神色惊恐万分，看起来像是以为张铎要掐死它。

"别怕。"

席银哄着地上的狗，一面牵着身旁人的手，慢慢地朝雪龙沙的头顶摸去。手掌触碰到它头顶温暖柔和的皮毛时，张铎心底有一种异样的感觉，他说不上来，但他并不抗拒。

当年在乱葬岗，他那么痛恨这些畜生，恐惧、仇视、鄙夷等情绪折磨了他整个少年时代。可是这一刻，在席银的手指和这一丛温暖的毛发下，那些他从来不肯正视的情绪好像一下子全部消弭了。

"是不是很可爱呀？"席银说着，吸了吸鼻子。雪龙沙竟然也抬起头，学着席银的样子，冲张铎吸了吸鼻子。

"退寒。"

"啊？"

他还在一种不可自明的情绪里纠缠，含糊地应了席银一声。

"你还会怕狗吗？"

"我怎么会怕狗？"

"你既然不怕，为什么以前都不肯摸摸它？"

张铎一怔。面前的女子松开他的手，也摸了摸他的额头，她没有去逼着他纠结、自问，转而道："等你的伤好了，我带你去永宁寺塔看金铃铛吧。"

"你带我去？"

"对啊，席银带你去，我给你指，哪一只最像你、哪一只最像我。"

"哈……不都长得一样吗？"他不自觉地说了一句不合时宜却特别扫兴的话，一时有些懊悔。

席银却并没有在意，她望着他渐红的耳根笑了笑："不一样的，我去看过了，西面的那一只最像你。"

"为什么？"

"嗯……"她似乎真的认真地想了想，"因为它的铃舌最重，平时都听不见它的声音，必有高风起时，它才会鸣响。"

张铎笑了一声。

"那你呢？"

"我啊……我像东面一只。"

"有什么特别吗？"

席银摇了摇头："没有什么特别啊，就是因为温暖的风都是从东面来的，我怕冷。"她说完也笑出了声，"我没有要揶揄你的意思，我只是想让你今天不要那么难过。"说完，她牵着他的手站起身，"走，回清谈居，我给你上药去。上完药，我们去庭院里烤牛肉吃。"

＊　＊　＊

闻得丧讯，家法加身。这一夜，席银与张铎都不肯在情欲上起心，但这并阻碍他们倚靠彼此。

秋夜，繁星若幕。

替张铎上过药后，席银为他换了一身干净的禅衣，又在廊上给他铺了一张垫子。张铎坐在门廊下，看着她蹲在火堆旁用一根金杆穿起肉块，架在火上烤。雪龙沙蹲坐在她身旁，时不时地叫两声，她听着了，就腾出一只手来拍拍它的脑袋。

"别叫，就好了。"

"席银。"

张铎这声是伴着犬吠声响起的。

席银侧身脱口道："让你不要叫，还——"她说着说着忽然又觉得不妥，忙起身回头看向张铎。

"我……"

"别跪。"

"对不起，我没有想要——"

"我知道，席银，你对我说什么都可以。"

席银展颜："你相信我吗？"

张铎点了点头。

"我相信你。"

入冬之后，时间就过得特别快，一连很多日下大雪，府邸外面的道路都被积雪封住了。

年关前，张铎有几日没来清谈居，席银在睡梦中，总是时不时地听见远道上有帚尾扫起雪沙的声音，有些躁乱，似洛阳惶惶跳动的人心声。

这一日雪小，席银推开大门，门前扫雪的胡氏便一脸欣喜地朝她道："贵人，宋常侍来了。"

席银抬头，见宋怀玉在道旁向她行了礼。

席银亦屈膝还礼："宋翁有话要传？"

宋怀玉直身道："不是，陛下命老奴来给贵人送东西。"

正说着，雪龙沙探头探脑地从门后钻了出来，惊得宋怀玉一连退了几步。

席银无奈地摇摇头。

"快回来。"

席银一唤，那狗儿还真的听话跑了回来，在她面前坐下，得意地摇晃着尾巴，扫起了一层又一层雪粉。

席银摸了摸它的脑袋，一面道："吓着您了，它不咬人的。"

宋怀玉心有余悸道："听兽园的人说过，它凶悍得很，今儿这么见着，倒不像呀。"

胡氏在旁笑道："宋翁，那也得看它在谁身边养着。"她说着，一时口舌快了没慎重，竟拿人比道，"从前陛下在宫里也——"

"放肆。"宋怀玉直身呵斥了一声，"纵你出宫跟着贵人，可不是叫你轻狂来的，这说的什么话？该带下去，杖毙。"

胡氏已经很久没有听到这么见血的话，忙伏身跪下，瑟瑟地不敢出声。

席银低头看着胡氏道："是不那么慎重。"

宋怀玉仍蹙着眉："今日老奴便带她回去处置，再让宫内司遣好的宫人来给贵人差遣。"

席银摇了摇头："算了，既给了我，就让我来教训、处置吧。我一个人住在这里也用不了那么些人，要她也不是为了服侍我，只是因为我们彼此熟悉，能在一处说说话而已。"

宋怀玉听她这么说，也不去违逆她，低头斥道："还不谢了恩，下去思过？"

"是。"

胡氏忙叩了头绕到席银身后。

席银拍了拍她的手背："好了，进去吧，瞧着我灶上的汤，别离了火。"

胡氏应声辞了进去，宋怀玉这才慢慢缓和了容色，朝席银再次行了一礼，叹道："也不怪她胡乱说话，或许，她这眼里是真看了些不该看的。"

席银抬起头，雪轻盈地落在她的发上，零星若纱堆的细花。

"陛下还是老样子？"

"是啊……"

宋怀玉叹了一口气，便摇头，不再言语。他是内侍官，历经两朝，早就有了自己的道理，即便是在席银面前，有关东后堂，有关朝廷和张铎本人，不该出口的话，他是不会说的。但洛阳城从来就不是一座万马齐喑的城，很多声音虽然匿于城中，却也有其各自从容的声调，传入不同人的耳中。


清谈居外的张铎并没有任何柔和的转变。他一手清理了所有的刘姓余众，即使其中的很多人早已是手无缚鸡之力的垂垂老者。

席银曾在铜驼御道上看到由铁链牵连的人队，他们曾经是洛阳又或者各州郡最尊贵的人物，对奴婢、伶人生杀予夺，熔金造池，斗富享乐，如今，他们被束缚手脚、身着囚服从席银面前走过。有些人认出她是张铎的宠婢，甚至不顾自己从前的脸面和风骨，跪在她面前苦苦哀求一线生机。不需要席银说什么，自有内禁军将这些人拖走。但她望着那些狼狈的身影，经年之后，人世大变的惆怅由心而生。


"洛阳宫……今日有宫宴吗？"

她把话转了，宋怀玉也识趣地顺着她应道："有。"

"那……金华殿娘娘会在席吗？"

宋怀玉摇了摇头："金华殿娘娘大病，已绝了药食。"

"陛下呢？"

"陛下……每日都在金华殿亲奉汤药，不过……娘娘不吃，陛下也不会求，跪一个时辰就出来了。"

席银垂下头："宋翁，有件事……我想你帮帮我。"

"贵人请说。"

席银轻道："你先不要急着应我，这件事是我自作主张，并不打算让陛下知道。"

宋怀玉听罢，迟疑一时，还是问道："什么事？"

席银抬头："殿下和哥哥的孩子，如今在我这里照看，我想请宋翁把这个孩子送回宫中，交给金华殿娘娘。"

宋怀玉在雪中沉默了须臾，试探道："陛下对这个孩子……"

席银接道："他很少提起她，也不会去看她。但我知道，他不是不喜欢这个孩子，只是不忍心而已。他对金华殿娘娘也是一样的，说到底，都是不忍心。"

宋怀玉默默地点了点头。

席银叠手向他行了一礼："多谢宋翁。"

"不敢。都是贵人的玲珑心思。"

席银蹲下身子，揉了揉雪龙沙的脑袋，笑了笑道："我哪里有什么玲珑心思，仗着胆子大而已。之后，怕不知要被言官口诛笔伐成什么样了。"她说完，眼底有些落寞。

宋怀玉看向席银，犹豫了一下，还是忍不住开口道："贵人真的不在乎那些恶言吗？"

席银逗弄着雪龙沙的鼻头："怎么会不在乎呢？每一句都会伤到我，可我知道，那些话同样也会伤到陛下。我难过的时候会在陛下身边哭，但陛下难过的时候却什么都不能说。这世上的人觉得他残酷、严苛，又不敢说，才会转而斥责我。如果不是陛下，我留不下污名，也留不下姓名。"这话听起来，说不清是喜还是悲，她似乎是想给这段话一个情绪上的交代，露了一个温暖的笑容，"陛下他……真的挺好的，甚至……说句大不敬的话，您别责我……"

宋怀玉忙拱手道："不敢。"

席银抿了抿唇，把手埋入袖中："他特别想别人对他好一点。我每次想到这个，就觉得把他一个人放在洛阳宫太可怜了。所以，言官们骂就骂吧，我想得过去的时候就忍着，想不过去的时候也会写些糊涂话来骂他们。"她说完，自顾自地笑弯了眉目，"说起来，都是陛下教的，以前哪会写什么诗啊文的？这半年，我是越写越没限、越写越没礼了。"

宋怀玉怅然地点点头："是啊，连老奴也读过贵人的诗文，那遣词造句……越来越像陛下了。"

席银笑道："江大人他们看了过后，气得不轻吧？"

"是啊……"宋怀玉也跟着她笑出了声，"贵人对陛下……是真的好。"

席银没有否认，转而道："跟宋翁说话说得都忘了，我今儿是要去盐市和牛羊市的。"

宋怀玉道："贵人亲自采买？其实陛下已经送来了好些东西。"

席银摇头笑笑："他又不爱吃那些。今日……是初三了，不论陛下来不来，我这儿也是要过正月的。若他来寻我，自然是他的口福；若宫门关得早，他不来，那我也不能亏待了这狗儿。"

"你在胡说些什么？"

宋怀玉闻声一怔，回头见张铎独自立在雪墙下，身着灰底素袍，手擎雪伞。

宋怀玉忙行礼退让，席银却仰起头温和地笑道："你不是说，我对你什么都能说吗？"

张铎笑着摇了摇头，伸手道："去什么地方，我跟你一块儿去。"

席银提起裙摆朝他走去，继而牵着他的手道："去盐市，过后还要去纱市和牛羊市看看。"

张铎点点头，一面握紧她的手，将伞倾向他，一面回头对宋怀玉道："不用跟着，回去吧。"

＊　＊　＊

他们牵着手在市坊中行走，雪若流华，一丛一丛地从他们伞旁掠过。

席银抬头看向张铎的侧面："你今日不列席宫宴了吗？"

张铎"嗯"了一声，低头看着她道："累了。"

"那你不怕我累啊？"

"那怎么样，我给你煮碗面？"

席银捏了捏他的手："你煮的面，怕是雪龙沙都要嫌弃。"

张铎抬手拂去沾在席银耳边的雪末："你以前就喜欢拿我和它比。"

"我——"

张铎抬头打断她的话："不用说什么，我听过很多比拟，奉承、讽刺都有，就

你这样听起来很暖心。"

席银站住脚步，细细想着"暖心"这两个字。

显然，张铎还有没有表达的暗意，而这一层暗意和从前一样卑微、虔诚。如果说，他这一辈子都痛恨那些在乱葬岗和他抢食的畜生，那么唯一让他情愿把自己和这些毛茸茸的东西关联上的理由就是席银这个人。他要天下都属于自己，但却想要自己属于席银，被她抚摸，被她保护。

"哎……"

"干什么？"

"干什么，要你付银钱呀。"

"朕没带——"

"你说……什么……朕……"

他一时脱口，席银慌不迭地去捂张铎的嘴。

贩者倒是没有听出什么端倪，反被席银的动作逗笑了，忍不住道："夫人与这位郎君真是情好。"

张铎笑了一声，口中的热气喷到席银手上，她连忙松了手，脸颊绯红。

张铎看着她道："不要站在这儿了，回去叫宋怀玉拿银钱。"

席银跟着他道："一去一回，这边就散了。"

张铎朗声道："那你煮碗面来吃。"

"大正月，吃什么面啊……"

张铎停住脚步，回头道："是觉得委屈了我吗？"

席银愣了愣，忽然开窍，明白了这句话的言外之意。

"你……"

张铎放下伞，张开手臂道："来，我抱你回去。"

对张铎而言，每一次动念之后，他都需要漫长的前场来做足准备，像所有很少得到人世间爱意的男子一样，为人极尽孤狠，却异常地渴求肢体上的触碰。

席银被他一路抱着走回清谈居。

直至张铎脱去鞋履，赤脚站在地上，为席银拍掉满身的雪气，脱去她的鹤羽氅时，他的每一次呼吸、每一个动作都像在为他之后的那场人间荒唐提前做注解。

"哎，等等……"

她身上就只剩下一件抱腹了，亵裤就堆在她脚边，她原本试图提起来穿上，但是看到张铎僵在自己身边的手，她又作罢了。

"还没把香和炭点上呢。虽然是在我这儿，也不能将就啊。"她说着，索性把那解了一半的抱腹也脱下来，赤脚从那堆凌乱的衣衫里走出来，从箱屉里取了一段沉水香，走到博山炉前，慢慢地蹲了下去。

从背面看，那是一尊天工雕琢的玉像。她露出了所有曾经令她羞耻的地方，把自己的身子完全信任地交给他的目光。

张铎静静地望着席银的身影，她松开一条腿，在博山炉前半跪下来，臀部线条和那弯曲的腰身浑然一道，而她专注于那一炉香，丝毫不刻意遮蔽什么，而这似乎都还不是最激情欲的……张铎从她背后，隐隐瞥见了她胸口的一隅。他曾捏过一次，而后再也不肯轻易触碰。那个时候，他还不确定这副躯体是否真正属于他。而基于他对肉欲要命的观念来说，如果席银不愿意让人揉捏她自己，那他之后所有的行为都是对席银的凌虐。也许是出于这个执念，哪怕后来行房，张铎也没有肆意地揉捏过那两处温热的软肉。

如今，灯还燃着。席银点完香，赤裸地转过身，与张铎目光相触时，还是难免羞涩地拿手遮挡。她的一只脚悄悄地挪到后面，时踮时放，脸颊通红，眼神之中饱含着对张铎的情欲，却又不忸怩，不淫荡。但她毕竟是个女人，脱去衣衫后就不敢与他那样直直地对视，垂头想说什么，喉咙里却不受控地漏出一声呻吟。一旦失声，便再也绷不住任何的矜持，她眼眶一红，抿紧了嘴唇。

"怎么了？"

他温声问她。

"没什么，就是不知道为什么，有些想哭，还有委屈。"

"那你害怕吗？"

席银摇了摇头："没有，我不害怕。"

张铎伸出手臂："过来。"说完，他温柔地将这副赤裸的身子拥入怀中。

怀中的人忽然浑身一颤，两股之间流出一股黏腻温暖的春流，若不是张铎抱着她，她几乎有些站不稳。

她的舌头打了一战，仍然不敢把淫词艳句轻易出口。

张铎放开手指，那突如其来的松弛令她一下子叫了出来。

"席银，你说什么都可以。"

他说着，将她拥到陶案前，搂着她的肚子，抱着她慢慢地跪下来。

席银只觉得凉意陡然传遍全身，她不禁仰起头和脖子，如幼兽般轻叫了一声。

张铎解衣的手指一顿，捏着衣襟静静地在席银身后跪坐下来，哽道："我让你不舒服了吗？"

趴在陶案上的席银半晌没有说话。

窗外的雪静静地飘落，室中的人虽然相隔，却在墙壁上纠缠成一团乱影。

而这一段沉默几乎令张铎慌乱，他再也坐不住，起身抓起自己的袍子想要给席银罩上，却忽然听她说道："没事，退寒。"

说完，她稍稍撑起上半身，浑圆顶翘，雷光裂脑。

张铎怔怔地立在原地，席银回过头，红着眼看向他。

"我……也很想要这样。你脱衣服……吧，跪久了我冷……"

那是张铎与席银交合得最痛畅的一夜。到最后，席银几乎哭得喘不过气来，张铎将她抱在怀中，直至天明，她的双腿还在颤抖。

"还没睡着吗？"

他嗅着她的头发轻声问她："天都要亮了。"

"你要去朝会吗？"

"嗯。"

"那……"她动了动肩膀，"我起来替你更衣。"

张铎轻轻摁住她："不用了，还能再睡会儿。"

"那……"她忽然抬起头，眼睛亮亮地望着他，"那你捏着我的……"

张铎轻轻笑了一声："还不够吗？"

"够了，我只是想这样睡会儿。"

张铎点了点头。

席银将自己的身子往他怀中蜷了蜷，伸手摸着他的脸颊。

"你以后不怕了吧？"

"怕什么？"

"怕我会离开你。"

张铎"嗯"了一声："我不怕了。"

"张退寒啊。"

"听着呢。"

"你说一句你爱我吧。"

"好。"他说着吻了吻她的额头，"席银，我很爱你。"

\* \* \*

若要给故事一幅画面来结尾，应该是观音像下相挨而卧的两个人。

对于他们而言，尊贵和卑微并非相互离弃的两样东西。

若你要问二者的结局，那么请不要诧异。

卑微之后，是生息、成长的漫漫余年，尊贵则因盛极而必遭反噬。

张铎自始至终，都从属于席银，正如尊贵，终将陨落成卑微。

全文终
2020年春夏之交

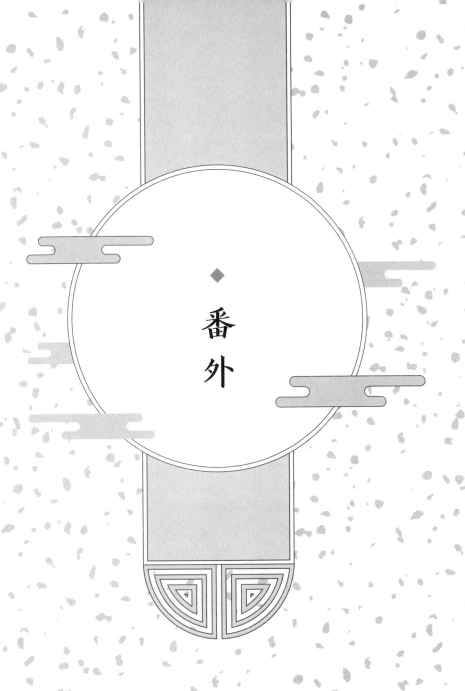

番外

我修的无非是俗世道，
起初皮开肉绽，最后心安理得。

番外一

# 清谈居笔记

...

我此生所有的因缘都起于张铎，
所以我爱他，如春木谢江水。

张铎教我写字的第五个年头，我终于能临摹出他的八分功力。

后来我甚至逐渐发觉，写诗作赋这些事并没有我想象中那么难。在张铎不再执着于逼我练他的字体以后，我开始练卫夫人的那一手女体，并以"清谈主人"为号试着写一些诗文，遥遥地和洛阳文坛试探、博弈。

即便如此，洛阳朝廷的御史言官对我出身的诟病依旧没有停歇，我这个人，包括我的子嗣，都是张铎无以辩驳的罪名。而我倒是明白，不论张铎是个多么刚硬强势的皇帝，也无法堂皇地向朝廷解释我的存在。

不过，他还是和从前一样，并不在这些虚妄的名声上纠缠，爽快时就写几个字回批，没什么内容，多半是些敷衍之词；不爽快时就动雷霆，御史们看过杀鸡，便能收一阵猴爪子。

我则安安静静地生活着，久而久之，斥骂我的人虽然没有减少，但也有一些人逐渐摸清了面对张铎的为臣之道。清谈居偶尔会收到一两封试探性的拜帖，我没有拿给张铎看，也没有刻意地收拾，张铎有的时候捡起来看见也不说什么，随手就搁火上烧了。

我和张铎如今有了一个女儿，快四岁了。张铎给她取的名字叫张玦，但阿玦好像一直不太喜欢这个名字。张铎每次叫她的名字，她都爱搭不理的，自个儿坐在矮梅下玩她的木雕。那些木雕大部分都是张铎从繁忙的政务中间抽出时间来亲自雕的，有狗儿，也有仙子……嗯，姑且叫仙子吧，诚意满满，但雕工却是真的不咋样，但是张铎没放弃，我的阿玦也不是很嫌弃。于是，没过多久，清谈居的箱屉就收不下这些东西了，我便让宋怀玉在宫内司替我造了一口红木大箱，将阿玦的宝贝都转移进去了。

张铎闲暇的时候，常常坐在木箱子前，把那些丑木头拿出来打磨。我知道他是怕刮着阿玦的手，看见了也当没看见，免得他这个皇帝难为情。说起来，胡氏等人也是在有了阿玦以后才逐渐看清张铎的本质，他对阿玦的耐心也好、纵容也好、呵护也好，和洛阳宫中个凌厉孤寒的形象大相径庭。

阿玦喜欢在他膝盖上睡觉，而且一睡就是两个时辰。

有一回我带她去永宁寺玩累了，她一回来就往张铎的腿上蹭。张铎那日在处置西北的军政要务，情绪并不算太好，但阿玦一蹭上去，他就没了辙，放下奏疏捏了捏阿玦的耳朵，摇头笑了笑。

我倚着他坐下道："我把她抱走吧，她这样睡，得睡到明日去了。"

张铎重新捡起刚才的事务，轻声道："我看得晚，没事。"

阿玦似乎知道他纵容，越发肆无忌惮起来，张着嘴呼噜呼噜地，流了他满膝的口水。

我抱膝看着阿玦的模样，轻声道："这丫头真像你。"

"我不觉得。"他侧面看了我一眼，又低头看向阿玦，"像你才是。"

我笑着摇了摇头："只是长得像我吧，脾性跟你是一样的，不过也好的……"

他像是知道我要说什么似的，认真地望着我问道："为什么？"

我也没有再遮掩，伸手摸了摸阿玦的额头："她长大了，一定不会像我那样被人欺负。"

张铎听完笑了一声，展开手臂将我揽入怀中，仰头叹道："在这个清谈居里，只有你们两个作弄我的。"

这话倒是不假。

这一夜，张铎将就阿玦在案前坐了一晚上，第二日我醒来去看他们，张铎伏在案上睡得正熟，阿玦趴在他面前，用手指蘸着那些指点江山的朱砂往他脸上抹。胡氏站在我身后，想开口又不敢开口，只得轻声道："贵人想个法子，这还有半个时辰宋常侍就要过来请陛下了。"

阿玦才不管这些，张牙舞爪地把手指伸向张铎的鼻孔，张铎这才睁开眼睛，轻轻捏住阿玦的手："别闹了。"

阿玦不肯就范，扭着脖子闹："爹爹闭上眼。"

张铎只好松开手，又把眼睛闭了起来，一面道："不要戳这儿，娘亲要骂你。"

他就是这样，不知道是为了补偿从前对我的凶狠，还是为了弥补自己少年时的遗憾，对着阿玦的时候，真的是一点脾气都没有，哪怕要说她，也要把我搬出来，好像都是我授意他做的，他自己则是半分凶阿玦的意思都没有。

不知道为什么，这一幕把我过去所受的委屈、伤害都融化了。在世人眼中，我和张铎究竟是什么样的人，都不再重要，重要的是，我明白了应该怎样心安理得地生活，不卑不亢地在洛阳城中为张铎守住这一处居室，让他能够在这个地方放下戒备和阴谋，诚实地爱我，爱他的后代。

"娘亲……"

阿玦看见我，张开手臂跌跌撞撞地扑向我，一头撞进我怀里，回头指着张铎道："你看爹爹的脸。"

张铎坐直身子，抬袖就要去擦，我忙阻拦道："哎，你别擦，擦了就花大了。"

胡氏忍不住，立在我身后笑出了声。

张铎抬头看向我道："是什么样？"

我把阿玦交给胡氏，示意胡氏带她出去，而后亲自端了水进来，拧帕子弯腰替他擦拭："怎么不说她呀？"

张铎半仰起头，迁就着我的手："你当我舍不得吧。"

＊　＊　＊

我的改变是显而易见的，就连梅辛林也不得不承认。而张铎的改变自始至终只有我和胡氏两个人看得见。

六年的春天，我怀了第二个孩子。

那年年生很好，风雨平顺，西北羌人一族换了新王，向张铎臣服，金衫关外的战事彻底平息了。张铎跟我说，等我生产以后，他要带我去金衫关上看看。

然而，就在这一年的春天，朝廷上发生了很大的变故。

张铎开始清除六年前从龙居功的几个功臣，江沁的名字赫然在上面。

我对江沁这个人最深刻的印象还是在清谈居，他为衣衫褴褛的我寻来一件衣裳，对我说："姑娘，是不是被郎主吓到了？"那时，他只是个温和的老者，而如今他却是张铎眼中适时而拔的硬刺。

我从前不明白，朝廷上的这些文人为什么要结党，为什么要不断地凝聚势力。可后来在洛阳住得久了，我逐渐懂得君臣之间的搏杀是从来不会停歇的。江沁当年平和，只是因为他当时是把自己当成家奴，而不是一朝的重臣。

张铎并不会向我避讳他的杀意，但他会避着阿玦。阿玦在他身边玩耍的时候，他就会放下与江沁等人有关的奏疏和卷宗。

有一天夜里，我刚才煮好粥米，端进清谈居，却看见他穿着一身玄袍沉默地走出来。

"你去什么地方？"

"回东后堂。"

"这会儿……"我看了一眼天时，秋风阵阵扫进院中，夕阳的余晖落了张铎一身。

292

"你……是不是要拟旨了？"

"嗯。"他拢了拢我的衣襟，"差不多了。"

我不知道应该说什么好。

张铎低头看了看我手中的粥："我晚些时候还会回来，你等等我，别一个人睡。"

我轻轻拽住张铎的衣袖："为什么不在这里拟啊？"

张铎回头朝清谈居里看了一眼。

"阿玦在。"说完，他轻轻拍了拍我的肩膀，向门前跨去。

我转过身唤了一声他的名字。

"张退寒。"

他停住脚步，有些无措地回头看我。

"怎么了？"

我没有说话。

他竟有些急了，走回我身边道："我知道你怀孕的时候脾气不好，但有什么你要跟我说。"

我抿了抿唇："我哪里有脾气不好？"

他听我出声，肩膀明显地松弛下来："是不是江凌来求过你？"

我点了点头："他在我这里跪了一天，但又不敢让你知道。你的女儿啊，也是个傻姑娘，看见江凌跪着不肯起来，还拿你的杯盏倒水去给他喝呢，吓得江凌连叩了几个头。"

正说着，阿玦揉着眼睛赤脚从清谈居里跑了出来，一把抱住张铎的腿，迷迷糊糊地呢喃着："爹爹不要走，要爹爹……抱着睡……"

张铎弯腰将阿玦抱起来，轻轻拍着她那双小脚丫子上的灰："没走。"

阿玦下意识地捏住他的耳朵："爹爹今日是不是不开心啊？阿玦给你唱曲子。"

"什么曲子？"

"娘亲教我的。"说完，她糊里糊涂地把我教给她的几首乐府错句乱章地唱了一遍。唱着唱着，她就不知道自己唱的是什么了，羞红了脸直往张铎怀里钻。

张铎脱下自己的袍子裹住阿玦，阿玦从袍子里冒出头来，扒着张铎的肩膀，问道："爹爹，今天有一位大哥哥跪在娘亲面前不肯起来，我给他水喝，他也不喝，我看他很难过，满身都是汗水，特别可怜……爹爹。"

她又去捏张铎的耳朵，拽着耳根处，让自己攀得更高些："爹爹，娘亲说，你是皇帝，是天下人的主人，你能不能帮帮那个大哥哥？"

张铎偏着头："那个大哥哥跟阿玦说了什么？"

"大哥哥说，他要他的爹爹。"说完，她搂住张铎的脖子，"阿玦也要爹爹，爹

爹最好了。"

　　我不知道，最后救下江沁性命的人究竟是江凌还是我的阿玦。

　　总之，那天晚上，阿玦抱住张铎的腿把他留在了清谈居里，之后不肯放他走，抓着他的肩膀呼噜呼噜地睡了一夜，张铎也就没有动笔。那道已经用过印的诏书一直放在书案上，第二日他回宫的时候顺手递给了我，让我替他烧了。

　　后来我托胡氏去打听，知道廷尉狱改定了江沁流刑。在这之后，江凌又来清谈居找了我好几次，我都避着，没有见他。

　　但阿玦好像很喜欢江凌，抓着我的手又是扯又是拽地闹："娘亲，见大哥哥……大哥哥可怜。"

　　我被这丫头拽得没有法子，只好牵着她出去。

　　江凌双眼通红地要下拜，却被阿玦抓住了手指："大哥哥的衣裳，好好看。"

　　江凌一怔，他那日穿了鳞甲，绑着硬质护腕，怕伤到阿玦，僵在那儿，还真的就不敢动了。

　　我撑着膝盖小心地弯下腰，摸了摸阿玦的头，抬头对江凌道："不用谢我，我什么都没有做，要谢啊就谢这个丫头。"

　　江凌听我说完这话，没有详问，迁就着阿玦的手，屈膝跪下。

　　阿玦朝后退了一步："大哥哥，你做什么呀？"

　　江凌伏下身朝她叩了一首，轻声道："末将谢小殿下救父之恩。"

　　阿玦没有听懂，但却被他这个动作吓到了，红着脸跑到我身后藏起来，露出半张不甘心的小脸出来，偷偷地看着他。

　　"她不好意思了。"

　　江凌站起身，拱手道："是末将的错。"

　　我摇了摇头道："不是，她呆呆地养在我身边，还不懂什么'殿下'不'殿下'的。"

　　江凌低头看向阿玦："无论如何，末将以后都会誓死护好小殿下，以报此恩。"

　　我还没有出声，那小丫头却鬼灵精一般听懂了什么似的，奶声奶气地说了一句："谢谢大哥哥。"

　　江凌一愣，脸一下子红了。他在张铎身边，一直都是个尊卑观念很强的人，显然一时间还适应不了阿玦的随性。

　　我笑着捏了捏阿玦的脸，随口问江凌："江大人走后，将军还会留在洛阳吗？"

　　江凌点了点头："是。陛下赦了父亲，末将愿为陛下肝脑涂地。"

　　我有些感怀他的心念。事实上，我和张铎都不是世人眼中的好人，而江凌却使忠、孝真正地两全了。所以我无话可说，但却忍不住去想，照理他不会不知道当年江州淹城时江沁弃城的主张。当时他自己也是江州三万人中的一个。然而，这件事以后，我却从来没有从江凌口中听到任何一句对江沁的埋怨。

"末将知道贵人在想什么。"他见我一直沉默，索性开了口，我忙笑着掩饰。

他倒是没有在意，径直道："有些恨，是想有但不敢有，末将是这样，陛下也是这样。"

我自然明白他说的是什么事。

自从长公主自尽以后，金华殿的大门至今没有开启过。而之后张铎身上大半的伤都是来自那个痛苦的女人。但他从来都不说什么，该问安的时候就去问安，徐婉不进汤药的时候，他也会去跪求。自始至终，他对这个母亲都没有什么指望，却希望她活着，一直活着。

所以我一直很庆幸我当年自作主张把长公主的女儿送进金华殿，不管那算不算得上安慰，至少徐婉因此活了下来，张铎那稀薄而脆弱的亲情需求总算还残存着一个寄托。

我真的很爱张铎，爱他的每一段过去，爱他受过的每一道伤，爱他戾气之下不肯轻易外露的悲悯。相伴七年，我太熟悉他了，以至他不用再对我说什么，他的挣扎过程、他与他自己的和解过程，我通通感觉得到。

所以我跟阿玦说："我们要保护好你爹爹。"

那时，阿玦正在跟着我学写字，捏着自己的小笔抬起头来看着我道："可是，爹爹，他那么厉害呀……"

我笑着问她："哪里厉害？"

阿玦开心地指着自己的宝箱子，自豪地说道："都是爹爹雕的。"

我看着她那得意的模样，笑着把她的手摁下来："快写。"

"席银，你让她跟你写，不怕她把手写废了吗？"

阿玦听到这一声，开心地丢了笔，朝门前跑去。

我抬起头，见张铎立在门廊下的夕阳余晖里单手搂住阿玦，望向我道："你自己有多久没写过《急就章》了？"

我笑应道："那你今日还有政务要处理吗？"

张铎弯腰一把将阿玦抱了起来："没有了。"

"那你要看书吗？"

张铎抱着阿玦在案后坐下："不看。"

我挪了挪膝盖和阿玦一道蹭到他身边："那我去煮一壶茶，你教我们写字吧。"

阿玦道："娘亲也要跟着爹爹写字吗？"

我凑近阿玦，刮了刮她的鼻头："你爹爹以前教娘亲写字的时候啊，可凶了。"

"啊？"

阿玦抬起头看向张铎："爹爹……凶……"

张铎的脖子僵硬，头也不敢低，他生硬地说："没有。"

阿玦抿着嘴唇，眼看着就要红眼。

张铎手足无措地看着阿玦，肩膀渐渐垮下来，压低声音，半晌才憋出一句："爹爹不凶……"

我看着他的模样，笑得伏在案上直不起身。

张铎无可奈何地看着我："席银啊……"

"哈……干什么？"

他看了一眼阿玦，确定她没有看自己，这才抬头对我仰了仰下巴，无声地张嘴道："帮帮我。"

我笑得腰都疼了，半天没直起腰来，只好趴在案上捉住阿玦的手："阿玦，不许哭哦，刚才你答应娘亲什么了？"

阿玦一下子就不肯哭了："阿玦知道。"

张铎见我和阿玦在他面前打哑谜，低头问道："阿玦答应你什么？"

我笑着摇头，撑着案边站起身："我去煮茶，阿玦。"

"是，娘亲……"

"帮你爹爹铺纸，我们今儿要跟着爹爹学好多好多字。"

"嗯！"阿玦答应得倒是快，但压根儿就没有听清楚我说了什么，径直伸手，就要去抓张铎的朱砂。

张铎赶忙拉住她的手，抬头对我道："席银，不要让她再画我的脸了。"

我端着茶壶回头道："你自己和她说呀。"

张铎似乎提了一大口气，低头看着阿玦那双扑闪扑闪的眼睛时就又泄了，慢慢松开阿玦的手，由着她抓了一大把朱砂。


我去廊上煮茶，风细细地穿过花缝，沁入口鼻。万物的影子在初升的月光下温柔地摇曳着。

雪龙沙不知道从什么地方蹿了出来，扑到我脚边要东西。我对它做了一个噤声的手势，它也就乖乖地趴下来，眼巴巴地看着我。

我慢慢蹲下身，哄它道："我在煮茶呢，不能沾荤腥，你去找胡娘，叫她喂你。"

雪龙沙摇了摇尾巴，一溜烟儿蹿得没了影。

清谈居里，传来阿玦的笑声和张铎无奈的叹息声。

我扶着腰直起身，仰头朝天暮看去。静月流云映衬着歇山顶长满青苔的兽身，连那原本狰狞的表情此时都似乎安宁下来。

其实我很庆幸江沁这些人除掉了我的宫籍，他们看似逼我后退，事实上却推着我向前，我不再属于任何一个地方、任何一种身份，得以独自承担起清谈居里的一切——我爱的男人、我的阿玦、胡娘、狗儿……他们的人生与我原本如同尘埃一般漂浮不定的性命关联起来，让我再也不敢怯懦，再也不敢后退。而张铎却走向我的反面，他诚实地把他自己交给我，要我不断地去收纳他情绪上的敏感。所以，我要和阿玦一起保护好他，这句话，并不只是说说而已。

* * *

那夜燃灯之后，张铎把阿玦抱在怀里，捏着她的小手，一笔一画地教她写他曾经教我写的那一手字。

着实难，阿玦写了半个时辰就写得龇牙咧嘴了，一会儿要喝水，一会儿又要吃胡饼，一会儿又要去外面抓雪龙沙的毛，折腾得够呛。

张铎还是老样子，根本不肯说她一句，反而让阿玦抓了一身的墨。我则温顺地听从张铎的话，安安静静地跪坐在他身边，写那本几乎快被我翻烂的《急就章》。其字笔锋凌厉，但骨架厚稳。

也许是写了太多次，我逐渐能够体会出张铎写这本帖子时的心境。我明白他对这个世道有诸多悲哀的体悟，和他所受的那些刑伤一起，深入肌理、颅脑，贯通一生所行，无论从任何一个方面来看，他都是这个世上难得知行合一的人。

"这一笔错了。"

他在我身边看了半晌，终于开了口，扼袖移灯到我手边："手给我。"

我顿下笔，抬头看她："压不住你自己的丫头，就来压我。"

张铎笑笑，没有应我，仍道："手给我。"

我把自己的手交了出去，他跪直身，手臂轻轻靠在我的肩上，握着我的手悬腕走笔。

"你和阿玦的约定到底是什么？"

"你去问阿玦。"

他无言以对，我便忍不住发笑，侧面看向他道："其实写字还是要靠打的。"

张铎手腕一顿："不准打她。"他说完，忽然握着我的手沉默下来。

我像刮阿玦那样抬起另一只手刮了刮他的鼻子，他整个人一怔，差点一屁股向后栽倒。

我转过身拉他坐起来："退寒，过去的事……别想了。"

只要张铎不去想过去的事，我和他的房中事，就像他那些邪门书上一样春光旖旎。

只不过因为我的月份渐渐大了起来，张铎在这方面很克制，后来甚至把那些邪门的书都收了起来，哪怕我动了念头，他也如泥塑一般，喝水就喝水，看书就看书。这不禁让我想起我怀着阿玦的时候，他也是像现在这样身心干净地等着阿玦到来，在清谈居里穿着素净的袍衫，挨着我时，坐卧都很慎重，还总是觉得我那会儿脾气很不好。

其实我觉得，我也就是在那段时间话多了一点而已。女人嘛，有了身孕以后，都是有些啰唆的。他看书的时候，我总是忍不住要在旁边叨叨念念，他被我念得看不进去了，就会把书搭在膝盖上抬头听我说。我说的都是些特别零碎的事情，比如说下午觉得饿，又多吃了两块胡饼，又比如说身上这件衣裳紧了，该去裁一件新的。

后来，我私底下听见张铎问胡氏，我下午到底吃了几块胡饼，具体哪一件衣裳紧了，惯在什么地方裁衣，为什么我吃酸的吃得眯眼睛，还是一刻不停地把腌梅往嘴里塞……

这些家常事，一回忆起来就没有尽头了。当时，胡氏端端正正地站着，张铎挺直脊背坐着，两个人各有各的严肃，说的又都是我孕中那些琐碎的小事，张铎丝毫不懂，一来二去，总是切不住要害。胡氏没有办法，硬着头皮和他掰扯，那一幕落在我眼里，让我乐了好久。

这一次我怀孕，张铎总算从容了一些。而我孕中依旧贪嘴，一直想吃从前在北市中吃的青梅子。恰好那日阿玦也不自在，闹着要出去逛逛，我只好带着她一道出去，将要出门的时候，就遇见张铎从洛阳宫中回来。

"你们去什么地方？"

他还在拴马，阿玦已经习惯性地伸手要他抱了。

我去牵阿玦过来，将她揽在身前道："带阿玦出去走走。"

说这话的时候，我还是犹豫了一阵。北市的后面就是乐律里，虽然我对乐律里的那段经历已经渐渐淡忘了，但还是不太愿意带着张铎去看那个我曾经挣扎的地方。然而阿玦根本不会体谅我，仰起头对张铎道："娘亲要带我去吃青梅子。"

"阿玦……"我低头唤了阿玦一声，阿玦不明白我为什么忽然压低了声音，回头疑惑地望着我。

我有些尴尬，只好岔开道："你不是传话来说要留在宫里吗？"

"嗯。"他抬起手臂揉了揉脖子,"决廷尉狱审结的案,原本以为要些时辰,后来看得快,横竖无事,还是过来了。"

"哦,那要不你歇着,我带阿玦逛逛就回来。"

"不要……"阿玦拽着我的袖子摇晃道,"要爹爹一块儿去。"

张铎弯腰把阿玦抱了起来,我也就不知道应该再说什么。

"你不想让我去吗?"

"不是。"

我说完抿着唇垂下了头,几丛落花打着旋儿从我裙边溜走,风细细的,我却莫名地起了一身薄汗。

"席银。"

他唤我,我不得不捏着手抬起头。

他看着我笑笑,开口道:"想吃青梅子。"

我其实不确定张铎究竟知不知道我要带阿玦去什么地方,但他就是这样什么也没问地抱着阿玦跟着我一路走到了北市。

洛阳城坊、市分离,市有市墙,与坊里相隔断,即便是如此,还是能听见乐律里或嘈切或婉转的乐声。

我一个人走在前面,阿玦见我不说话,就挣扎着从张铎怀中下来,乖巧地来牵我的手。

"娘亲,你怎么了?"

我摇了摇头:"娘亲想起了一些以前的事。"说完,又觉得自己声音大了一些,怕张铎会听到,忙回头看向他。他本就是个无法泯然于众的人,此时虽着常衣宽袍,立在来往的人流里依旧引人注目。他在看一把琴,而卖琴的女人则在看他,时不时地指着琴身跟他说材质、工法。张铎其实听不懂,却还是点头表示他在听。

不知道为什么,我忽然有些不开心,忍不住唤了张铎一声。那个与他说话的女人听我唤他,错愕地看了我一眼。

张铎看了看那个女人,又看了看我,不禁笑了笑,一手按着琴弦应道:"什么?"

我喉咙哽了哽:"我……"

我说不出口,他也没让我难堪,向我招招手道:"过来看。"说着抬手挽起衣袖,在靠近燕柱的地方拨了几下,虽不成调,但每一声都铮然有力。

阿玦显然喜欢那个能发声的东西,松开我的手就朝琴架走去。她还太矮,根本够不着琴身,踮着脚摸了半天,也只能抓着琴穗。

张铎搂着阿玦把她抱起来,阿玦一下子看见了琴的全貌,喜欢得不了。张铎

一弯腰，她就迫不及待地把整只手都按了上去。要命的是，那个卖琴的女人只顾着看张铎，一句话都没有说。

我怕这没轻重的父女俩伤着别人的琴，忙跟过去捉住阿玦的手。

"别跟着你爹爹瞎玩，他是不会的。"

阿玦看着我道："那娘亲会吗？"

"娘亲……"我下意识地朝张铎看去，张铎也正低头看我，和往常一样没有多余的话："喜欢这把琴吗？"

"之前你买给我的那一把都不知道去什么地方了……"

"再买一把。"

我摇了摇头："我……不弹筝了。"

"为什么？"

我低头望着那把琴，没有说话。

"是因为我吗？"

"不全是。太久没弹了，自己也生疏了。"说着，我抚了抚尾弦，手指的记忆仍然在，跟着就想要拨几个音，我忙握了手指，缩回袖中。

张铎有无法释然的过去，我也有。

"我……还能弹琴吗？"

不知道是不是出于怀念，我忍不住又问了他一句，说完便后悔。

谁知张铎抬手捏了捏我的耳朵，平和地道："可以。"

＊　　＊　　＊

张铎买了那把琴，阿玦特别开心，当夜点了灯，就一直抓着张铎陪她一道折腾。

我和胡氏在灶房里熬粥，胡氏实在听不下去了，挽着袖子走进院子，站了一会儿，又怯怯地走了回来："您也不去说说陛下和殿下，这……多难听啊。"

我淘着米，笑而不答。

胡氏道："听说您以前在此技上一绝啊。"

我摇了摇头："哥哥是，我不是。"

"您说……驸马呀。"她说完，又后悔不该提这个称谓，低头捡柴掩饰。

我没有避讳，点头"嗯"了一声。

"我不过学了些皮毛。"

"那也比陛下强吧？"她说完，又朝清谈居看了一眼，"说起来，陛下好像什么都会，就是不通音律。"

我也抬起头顺着胡氏的目光看去，张铎的影子映在清谈居的窗纱上，淡淡的，像一堆灰色的烟。

我很感谢他从前对我的狠厉，那毕竟是我一生的指引。而这几年相处，他改变了不少，也是因为年岁的积累，他没有从前那么沉重、偏执，整个人逐渐地松弛下来。不管他明不明白，我的人生是被他斩断的，所以，能给我勇气去回溯过去的人也只有他。也许张铎并没有意识到这一点，但他已然不动声色地做到了。

时隔七年，我坐在张铎身边再一次拨出弦音。琴并不是什么好琴，声音素而稳重。

阿玦已经玩累了，趴在他腿上睡得正香。张铎一只手撑着我的腰，一只手扶着琴，静静地听完最后一缕余音。

我侧头看他："不如洛阳宫的乐伶吧？"

他摇头，将手放在我手边，学着我的样子，半弓起手背。

"是这样吗？"

我笑道："你要做什么啊？"

他还在模仿着我的手势调整自己的手势："等你教我。"

我无奈道："你那是写章体的手。还有啊，士者都奏七弦，谁作贱自己来弹筝乐呢？"

张铎似没听见我的声音一样："拨个音。"

我没有办法，只好拨了一个音。张铎认真地看着我的手指，跟着也拨了同一根弦，然而却拨呲了。他不甘心，屈指又拨了一个，音还是呲了。我无可奈何地捏住他的手指。

"不是这样的，你的手腕太僵了，这又不是写字。"

他笑了笑："你比我教你写字的时候，耐心多了。"

我怔了怔，正巧阿玦听着琴声醒来，踩着张玦的腿爬上琴案："娘亲偏心。"

我怕她摔着，正要去抱他，张铎已经先一步捏护住阿玦的胳膊。阿玦不自在，扭着胳膊道："爹爹也不好，偷偷跟娘亲学，也不叫醒阿玦。"

张铎看着她笑道："爹爹根本没学会。"

阿玦也跟着笑了："娘亲教爹爹，爹爹你都学不会，爹爹可真笨。"

我忙道："傻丫头，不许这样说你爹爹。"

"哦……"

阿玦垮着脸，张铎却看着我笑。

阿玦牵着我的袖子道："娘亲，你教阿玦吧，阿玦学会了教爹爹。"

我低头问她:"你想学什么?"

阿玦却抬头问张铎:"爹爹想学什么?"

张铎把阿玦抱了下来:"你娘亲肯教爹爹什么,爹爹就学什么。"

\* \* \*

后来张铎用了近两年的时光,才学得七七八八。他的确比阿玦要笨得多,所以在这个过程之中,他时常惶然,但他一直没有放弃。他用一个君王的"无措",带我回到从前的时光里去捡拾属于我自己的东西。

岁月不可回头,但人生可以。不可以怯,不可以退,也不要鄙弃从前那个不太好的自己。

毕竟因果轮回,十年,于我们而言,不过俯仰之间。我们并没有过长的阳寿在尘世间修得菩提。身为张铎身边的女人,我身上从来不缺污名诟病,但我活着,就要心安理得地接受自己。

\* \* \*

我和张铎的第二个孩子出生于我认识张铎的第八年,是个长得很像张铎的小子。张铎把他带进了洛阳宫。他离开清谈居的那一日,阿玦很落寞。我靠在榻上问她怎么了,她说:"娘亲这么好,但弟弟不能在娘亲身边,他好可怜。"

我摸了摸阿玦的头:"你长大了以后,也有自己的路要走。"

阿玦看着我道:"会和娘亲一起吗?"

"不会呀。"

阿玦听完就嘟起了嘴。

"那阿玦不要走。"

我撑着身子坐起来,把阿玦搂到怀里:"娘亲从前也没有想过,有一天会单枪匹马,独自上路。"

"那娘亲害怕吗?"

我摇了摇头:"不怕。"

"为什么?"

"因为……"

没有别的原因,我此生所有的因缘都起于张铎,所以我爱他,如春木谢江水。

302

番外二

# 东后堂笔记

· · ·

爱一个人时不受缚，
恨一个人时不沉沦。

席银说清谈居的藏酒一直不见少，问我是不是以后都不喝酒。事实上和赵谦喝完最后一顿酒以后，我就不再沾酒了。最近这几年，旧伤时常隐隐作痛，酒也是催发的原因之一。梅辛林辞官之后，很多生活上的习惯不能再放任，除了戒酒，我开始听席银的话，试着吃些胡饼、素菜。

一开始很难习惯，后来吃惯了她的手艺，对肉食就没那么大的执念了。

席银是在怀上阿玦之后，开始喜欢亲自做菜的。不过，那个时候她的脾气真的不是很好，而且很容易饿，一饿就在我面前念叨。我如果不听她说话，她还要生气。我起初不知道应该怎么办，只好私底下问胡氏她一日究竟要吃多少饭食。胡氏支支吾吾地，说不清楚。于是我就让胡氏每日多做些胡饼放着。席银知道后，说这不是持家之道。胡氏听了以后就不敢再做，我只好想另外的办法。

但这种事实在太琐碎了，且清谈居也不是我能做主的地方，所以后来我决定每日不吃那个胡饼，留给席银饿了吃，可是她也不高兴，说我不懂养生之道。我活到这个年纪，从来没有被人这样琐碎地数落过。但我没有生气的念头，因为她是席银。

我至今仍然不是一个完整的人，但席银是。她比我更明白悲悯的含义，比我更懂得如何不违背本性地去宽恕这世上其他的人，当然，她不敢像当年我教她时对我耳提面命，日复一日地逼我多吃一口菜、多喝一口白水。我后来逐渐感受到身体的疗愈也是内在的修复，生活中大部分的事上，席银都是对的。


席银身孕月份大了以后，我把清谈居里所有的奇书都收了起来。这件事情不能假手于人，又不能让席银知道，有好几次我都是在席银睡熟了以后点灯起来去翻检。有一回她忽然醒了，靠在榻上看着我笑。

"你在做什么呀？"

我不是一个准许自己遮掩的人，席银看见了，我就不能再藏。

"你就知道看这些书。"

她分明在笑我，但又带着三分羞赧。

"没有人教过我，我懂得不多。"

席银望向我："我一直想问你的。"

我把书放下，在案后端坐下来："你问吧。"

席银看着我手边的书："你现在不会觉得这些书是淫艳不堪的东西吗？"

"不会。"

席银将头枕在手臂上："你以前是那么克制、冷静的一个人，我一直想不到你也会看这些邪门的东西。"

她说这是邪门的书，那一瞬，我真的有点尴尬。

"哦……不不不，不邪门，我乱说的。"

她说完，面色有些不安。

这一直是我和她之间的一个误会。她很害怕我不说话，总以为我不说话就是被她伤到了，事实上，有的时候是，但大部分的时候无非是因为我不知道怎么不失脸面又不失温和地回答她而已。

我过于习惯从前残破的生活方式，以致如今我想学她做一个完整的人时，总是迟钝又笨拙，我要想很久才能好好地表达自己的想法，所以我需要她等等我，奈何她一直在保护我。

"你又不说话了……"

"不是不说话。"我把手从陶案上收了回来，放在膝上，"我看这些书是不想伤到你。"

这是我最初的想法，到现在也没有改变过。

我在男女的这些事上开窍得晚，而席银又是一个被我压抑得对此近乎胆怯的人，我们最初的几次房事一直不好，我不知道问谁，也不能去问谁，所以我让宋怀玉私底下找来这几本"邪门"的书。

席银一定不会相信我看这几本书看得多么困难，所有感官上的刺激退去之后，它们对我而言真的类似于一种邪门的功法，我试图从那些花里胡哨的图示里找到要害之处。但同样，我不能让席银看见我的艰难，不是因为我自己丢体面又或者尴尬，而是我觉得，她看见了会不那么自在。

"你其实挺好的。"

我还在习惯性迟钝地去想下一句回答她的话。

她忽然冲着我笑了笑："无论哪一样都挺好的。那个……你懂我在说什么吧？"

我点了点头。

席银松了一口气："我……也想看。"

我摇头道："可以看，但这段时间不行。"

"哦。"她低头看了看自己的肚子，"有了他以后，我也发觉我变得麻烦了不少。"

"不是麻烦，是脾气不好。"

席银听了不乐意，急切道："我没有脾气不好，我就是话变多了。"

我没有去驳她，沉默下来，点了点头。

席银撑着榻面要起来，我便伸出一只手去扶她，她慢慢地在我身边坐下来，试着把脚缩到我的披袍里去暖着，而后抱膝看着我道："我是想对你好点。我以前不能，现在我可以了。"

我摸了摸她的额头："知道。"

她听我说完，这才安心地靠在我的肩膀上。

"退寒。"

"嗯？"

"我真的已经什么都不怕了。"

"什么？"

"不怕江大人，不怕御史言官们。"她说这话的时候，轻轻地闭着眼睛，脸上细细的白绒在灯下清晰可见，"梅医正离开洛阳的时候来见过我一次。"

"嗯。"

我没有打断她，只是应了一声，示意她我在听。

席银别过耳边的碎发："他跟我说了好多话，大多是关于你的旧伤，要从饮食和起居习惯上慢慢地去调理，我都一点一点记下来了。"

"哈……难怪。"

"难怪我话变多了，是吧？"她说着自己也笑了，"他后……来还说了一句话。"

我侧头看向席银："他说了什么？"

"他说我不是有罪的人。"她说完把头挪到我的肩窝处，坐得更舒服了些，"我想，他最后认可了我的想法和做法，所以，虽然他已经走了，我还是释怀了很多。"

我想抱一会儿席银。

在我不明白自己的心之前，我不曾体谅在我拧转席银的过程中，她究竟经受了什么样的凌迟。我鞭笞她的身体，她也在鞭笞她自己的内心，过去的想法被打碎，和我偏激又狠厉的观念混在一起，如果我再激进一点，或者她再脆弱一点，或许她就千疮百孔地死在我的手中了。

在我意识到这一点之后，我也想过要放席银走，让她离开洛阳城，去江州——那个人人都爱她、对她良善以待的地方。只要她活得开心、自在，我愿意一个人留在洛阳城，偶尔去看看她，或者不看也成，偶尔写几封私信给她问问近况，她想回就回，不想回也没事。

诚然，我这一生没有太多的悲悯和温柔，但仅剩的那么一点是她帮我保存下来的，我想全部留给她。

但是席银好像不是这样想的。梅辛林走后，我看过席银以"清谈主人"这个名号写的诗文，虽然文辞质朴，偶尔还会用错典故，但字里行间没有一丝埋怨、私恨，她平和地讲述她的生活，描绘清谈居、洛阳城，甚至描绘北邙山的四时风物，敏锐、细腻、灵气、纤巧，不卑不亢地和洛阳文坛博弈，哪怕偶尔露出一丝忧哀，也是淡淡的。

去年春天，她带着我去参加了洛阳文士的临水会。到了会上，她却又把我留在半山的独亭上。我看着她一个人走向浩然的文阵，忽然想起了张平宣，想起从前的洛阳诗会，魏丛山那些人不惜重金也要买她一提拔的往事。

"刑可上大夫，礼亦下庶人。"这是我一直相信的道理，直至如今，洛阳城里只我一个人倚靠皇权，在践行前一句。而席银是我孤行至此最大的宽慰。她勇敢地践行了后一句。至此，我再也不能把我的席银当作我在清谈居的私藏。所以，她并不属于我，她还在我身边，也许是因为，在她眼中，我还算值得的吧。

"手给我呀。"

她清甜的声音打断了我的思绪："做什么？"虽然在问，手却下意识地伸了过去。

席银捏住我的手腕，轻轻地把我的手掌带到她隆起的小腹上。

"我就特别希望，我们这个孩子是个女儿。"

我有些僵硬地坐着，手也不敢动，又不知道怎么应她的话了，好在她没有等我，自顾自道："我有好多好多的道理想要教给她。然后……她也有好多好多道理要教给你。"

"孩子能教我什么？"

席银温和地笑笑，仍然靠在我肩膀上，却没有说话。

席银生下阿玦的那一天，我像根木头一样坐在矮梅下，看着胡氏等人进进出出。

席银没有喊疼，但她一直在哭，那一刻，我也很想流泪。于是我忽然有些明白，席银为什么希望我们的孩子是一个女儿。也许是因为我无法允许我对她施以暴厉，我会逼着我自己蹲下来，含着眼泪去拥抱她。

我太需要一段对自己的救赎。岁月不可回头，我的人生也不可以回头，但席银可以拽着我向前，试着换一种态度去走，就好像她不断地问我"怕不怕"。

其实我很怕，所以我要紧紧地跟着席银，我要握紧她的手，只要她不离开，我就一辈子都不松开她。

席银说什么都是对的。

我们的第一个孩子，果然是个像她一样好看的女儿。她是我的第一个孩子，也是这一朝的第一位公主，因为生在洛阳宫外，没有人恭贺，没有诗赋附和，她的降生就只关乎我与席银两个人。所以，席银生产的那天晚上，连胡氏都不要，只要我一个人陪着她们。

她那会儿很怕光，连灯也要远远地点着。我还记得那是隆冬时节，洛阳大雪，天地间满是簌簌的落雪声。

胡氏在屏风外面照看着炭火，室内的灯也笼上了罩子，席银躺在榻上沉睡，女儿躺在她的身边，却是醒着的。她睁着眼睛看我，有些胆怯、害怕，但又没有哭。

我一直不太敢去触碰这个孩子，就连胡氏把她从产室里抱出来让我抱的时候，我都不敢接。她太小、太弱了，像一团偶然凝聚的水汽，我从自己对上对下的一贯作风中找不到任何一种合适的态度来对她，我怕她哭，尤其是被我弄哭。好在她倒是不怎么哭，开心的时候甚至会伸出手来抓我。我还是不敢动手，但又很想和我的女儿亲昵，只好在席银的榻边坐下，弯腰凑得离她近些。

她的手指触到我的额头，一路无力地滑下，滑到我的鼻梁上，我原本下意识地想要避开，但看到她咧开嘴开心地冲着我笑，我又舍不得动了，于是索性闭着眼睛，任凭她在我脸上戳戳点点。

不多时，另外一只手轻轻地把那只小手带了回去。

我睁开眼，见席银正摁着女儿的手，她刚刚睡醒，声音还有些疲倦。

"你让她戳一次，以后就都要被她戳了。"

我摸了摸自己的鼻子，笑着说了一声："没事。"

席银侧头看了一眼孩子，温声道："你这个小丫头，怕是洛阳城里胆子最大的姑娘。"

我看向席银，轻问她："你还痛吗？"

席银摇头："我不痛，就是累，睡不醒。"

她说完朝陶案看了一眼："你不看书吗？"

我摇头，她又问："是不是灯太暗了？"

我笑了笑："你的话怎么还这么多？"

"那我跟你说个正经事。"

"嗯。"

"你给我们女儿取个名字吧。"

其实不用她问，我早就想好了。

"玦"这个字，从玉，音同"决"，当年鸿门宴上，范增曾三次举起玦来向项羽示意，暗示他下决断。我一直很喜欢这个通意，我希望，我和席银的女儿以后无论面对什么样的境地，都可以从容、决绝。

"张玦，张玦……"席银靠在枕上品着这个名字，品到最后笑道，"还真像你取的名字。阿玦，你自己说这个名字好不好。"

虽然知道她在玩笑，但我还是有些紧张。阿玦并没有给我什么实质意义上的回应，反而蜷起小腿，蓄力踢了我一脚。

我被阿玦踢得怔住，不知道如何是好，席银抓住阿玦的腿笑道："这丫头啊……"

阿玦好像真的不太喜欢这个名字，后来她长大了一点，我叫她，她也不理。


阿玦喜欢坐在矮梅下玩，那几年，我在政务之余，学着做了一些木雕——狗儿啊，猫儿啊，还有阿玦喜欢的仙子。席银每次看见我雕的东西，都是一副一言难尽的样子，但是阿玦很喜欢。有的时候，她甚至会过来搂着我的胳膊说："爹爹，我明日还想要个仙子。"

席银在旁道："你爹爹明日不会回来。"

阿玦转头问道："为什么呀？"

席银握着她的手放在自己的膝上："因为西北在打仗，你爹爹有很多政务要处理。"

"打仗是什么，阿玦问过胡娘，但胡娘不跟我说。"

此时席银和我都遇到了一个最难回答的问题。

正如我当年教席银时一样，哪怕我爱她，我唯一能做的也就是把我对世道的理解如实地告诉她：战争因夺权而生，十万人去，一万人回，粮草不继，则杀人为食，如修罗地狱，万分惨烈。但此时我无法对着阿玦重复当年对席银说过的话语。

"你教过我的，怎么不说呀？"

席银开口问我，我沉默，掩饰。

席银撤回落在我身上的目光，抽出手来摸着阿玦的脸庞道："打仗会令很多的人活不下去，但每一个上战场的人的想法、理由都是不同的，有的人是为了争夺权力，有的人是为了争取功勋。不过，这些对阿玦来说，都不重要。阿玦只要记着，他们保护过我们这一朝的疆土，保护过我们，所以，不论以后阿玦有多么尊贵的身份，都要懂得敬重征战过的人。"

我静静地听完席银跟阿玦说的这番话，在此后的几十年间，无论是朝堂论辩

还私宴清谈，我再也没有听到过比这更平整的观念。

席银并不自知她说得有多好，至于阿玦的理解，就更令我意外了。

她牵着席银的手应道："嗯，阿玦懂了，所以阿玦要对大哥哥好。"

我问席银阿玦口中的大哥哥是谁。

席银无奈地笑笑："还能是谁？能跟着你一块儿来清谈居的人，除了宋怀玉，就只有江凌了。你这个女儿啊，看了一眼他穿鳞甲的样子就说自己也要穿，还逼着胡娘带她去西市做呢。胡娘被她逼得没有办法了，就跟她说了，那是打仗的人穿的。"

江凌不会知道，因为席银的那番话，阿玦后来从我手中把他父亲的性命拽了回来。

荆州一战之后，我一直在剪除当年有从龙之功的官党。登极七年，我早已不肯受任何人的掣肘，是以江沁于我而言，越来越面目可憎。

我下旨将江沁下狱的那一日，很多人在东后堂外跪求。我问宋怀玉，江凌在不在其中。宋怀玉回来后回道："江将军下值后出了阊春门。"

我猜到了他会去清谈居找席银，也猜到了席银不会见他。但我忘了阿玦说过那句"要对大哥哥好"。

在我准备回洛阳宫拟诏的那一日，阿玦抱住了我，事实上，阿玦那一晚什么都没说，只是在我身边安稳地睡了一觉。我看着膝上的女儿，重新审视在我身边几十年的那对父子。若说我从前不知道"共情"为何物，那么如今的我逐渐有些开悟了，这也就是席银说的，她有好多好多的道理要教给阿玦，阿玦也有好多好多道理要教给我。

\* \* \*

阿玦三岁那年，席银和我有了第二个孩子。

这一回席银和我都比之前从容了一些，她不再吃很多，我也不再做从前那些糊涂事。但她好像比之前更喜欢吃酸的东西，我不止一次地听胡氏说她想念北市的酸梅子。

酸梅子究竟有多好吃，其实我不知道，只不过席银喜欢吃的东西，再奇怪我也想去尝尝，但她不会带我去北市，而我隐约知道原因，却不能问她。

直到阿玦跟席银说："要带爹爹一块儿去。"她还在犹豫。

我问她是不是不想让我去。她沉默了好久，终于说："不是。"

我知道席银对于过去的事已经不想再回头，毕竟其中包含着有关岑照的记忆——北邙山、青庐的时光，以及乐律里不堪的经历。所以，自从她学会写字以后，就再也不碰琴了。而我一直很想再给她买一把琴。

我不想因为我的苛责而让席银把她过去所有的记忆全部抹杀。我爱席银，是因为她就像一株春木，从泥泞里抽芽长枝，慢慢地伸展、茂盛。她从来不是被突兀地捧来我面前的珠玉，她是千疮百孔、不断修弥的一段成长。所以当她问我她还能不能再弹琴的时候，我告诉她，可以。不光她可以，阿玦和我也想要学。

不过，说起学琴这件事，那可就真的太难了。

我以为我这一生可以自如地驾驭很多事，包括音律，虽然我当时并不通，那也是因为我之前没有把精力投在此道上，可是跟席银学琴以后，我不得不承认，这样东西，是必须要靠天赋的。

席银比我当年教她写字的时候要耐心得多。尽管我弹奏得连胡氏和阿玦有的时候都听不下去，席银也不准他们笑。她跟我说，如果我实在不得要领，就去永宁寺塔下听听那四只金铎的声音，那不是人间的俗音，也不是所有人都能听明白的。

我不知道她为什么会觉得我这样一个音痴能听懂上天的乐律，但我真的听了她的话，去永宁寺塔下听过那塔顶上的铎鸣。如席银所言，它们有节律，有高低，悠扬悦耳，又时而铿锵有力。

我记得，很多年以前，是我带着席银来永宁寺看这些大铃铛的，它们对我而言，有很深刻的意义。我当初给我自己取名为"铎"，是要为我所行之道、为我所坚持的人生找到一个印证，我要它们的形、意、位置来附和我，但我从来没有认真听过它们的声音。

"你就跟这些大铃铛一模一样。"

席银抬手指着塔顶对我说。

是时高风起，青燕从云霄俯冲，大片大片的天光在雨后蓄满了力，从容地破云而出。那塔顶的铃声错落高低，把我说不出口的话都说了。

我们的第二个孩子，叫张修。这个名字是席银给他取的。我记得，取名的时候，席银说，别的都不重要，只是希望他长得好一点。

我起初不太喜欢这个名字，但后来叫得多了，也就慢慢习惯了。

阿修虽然一直住在洛阳宫，性子却并不十分像我。相反，他是一个柔和的孩子，他的存在，后来成了我和徐婉和解的一个契机。

＊　＊　＊

我所在的洛阳宫一直很安静。

阿修和平宣的女儿，是宫中仅有的两个孩子，天真、稚气，宫内人都很喜欢他们，就连宋怀玉这样稳重的人也时常在大雪天里被阿修他们追着跑。平宣的女儿叫阿颖，听说这个名字是徐婉给她取的。不过，她没有姓，宫内人也不敢私问，只有宋怀玉带着宫正司的人来询了一次对阿颖的称谓。我问他们，如今是怎么唤的。宫正司不敢回话，宋怀玉只好在一旁小心道："唤的是小殿下。"

我点点头，说，我并未废黜她母亲，这么唤自然合理。

宋怀玉说阿颖长得很像张平宣。而我从来没有去看过阿颖，不是因为我对自己妹妹还有什么恨意，只是因为见则思故人，我不忍而已。

直到有一日，阿修牵着阿颖的手满身是泥地走进琨华殿，站在我面前对我说："爹爹，阿姊摔伤了。"

宋怀玉跟来，跪在阿修身后道："陛下，是老奴不好，一时没瞧着，让两位殿下爬到金陵台上去玩了，这才……"

我看向阿修，他身上的缎袍有几处擦破了，脸上也有几处淤伤。他见我不说话，便轻轻松开阿颖的手，上前几步跪下道："儿臣知错，请爹爹责罚。"

话音未落，一个清脆的声音已打断了阿修的话。

"跟阿修没有关系的，是我……是我要去金陵台上玩，阿修不要我上去，我还非拉着他一块儿上去。如果不是为了拽着我，他也不会摔成这样，陛下要责罚，就请责罚我！"

对我而言，这话中的声调、语气真的太熟悉。我不由得侧头朝她看去，她立在屏风前，穿着朱银相错的间色裙，头上簪着一对银环，就连身段行仪也是那么像平宣。她说完就要上前去拉阿修起来。

宋怀玉惶恐地拽住她，低劝道："小殿下，此处是琨华殿，小殿下不能放肆。"

阿修则抬起头对我道："不是，是儿臣没有拽住阿姊，让阿姊摔伤的。阿姊刚才流血了，爹爹，儿臣请您传太医给阿姊治伤。"

我低头看向阿修："欺君何罪，你知道吗？"

阿修肩头一耸："儿臣不敢。"

阿修其实并算不上是多么刚硬的孩子，此时却死咬着自己刚才的话，不肯改口。

阿颖抿了抿唇，走到他身边与他一道跪下道："他就是怕你罚我。"说着，她抬起头来看向我，梗了梗脖子道，"祖母讲过，说你动不动就要杀人……可是……可是没关系，我不怕，我自己犯的错我自己担着，你总不会——"

"小殿下！"

宋怀玉几乎被这个丫头吓出冷汗了。

我摇头笑笑，一时怅然。

"陛下……"

宋怀玉见我一直没有出声，忍不住唤了我一声。

我示意宫人先把两个孩子扶起来，低头对宋怀玉道："传太医过来。"

宋怀玉应声，忙辞了出去。我这才示意阿修过来，拉起他的袖子看他的伤处。

阿修的目光一直向后面看，人也不安分，我放下他的手臂，说道："朕不会责怪她，放心。"

阿修听了这句，终于松开了眉头。

不多时，宋怀玉从外面回来躬身回话："陛下，金华殿娘娘来了。来寻……小殿下。"

殿内所有的人都有些惶恐，毕竟同在洛阳宫中，虽然我偶尔会去看徐婉，徐婉却从来不肯踏出金华殿。

"娘娘听说小殿下出事，急坏了。"

宋怀玉躬身又添了一句。

阿颖看着我道："我要回去。"

我没有应她什么，对宋怀玉道："送她出去，也让太医去金华殿。"

宋怀玉得了我的话，忙牵起阿颖的手带她出去。

阿修看着阿颖和宋怀玉走出去，起身理好自己的衣衫，又重新跪下，伏身下拜。我问他为何下拜，他说是为了谢我不责阿颖。

我伸手撑着他站起来，他赶忙自己擦掉脸上的灰土。

我问他："为什么要一个人把错都担下来？"

他放下手臂，抬头看着我道："因为我要保护好姐姐。"

我不知道张平宣能不能听到阿修的这句话。但我想起小的时候，我也曾经像阿修一样保护过她，而她也曾像阿颖那样维护过我。这么多年过去了，我在祠堂罚跪时，她偷送来的馒头的滋味，我至今仍然记得。如果她泉下有知，我很想她听我说，她一直都是我唯一的妹妹，如果可以重来一次，我想我会尽力把她护得更好一些。

那日夜里，我在清谈居中把这件事跟席银说了。

席银靠在我身旁问道："我们阿修是不是长大了？"

我点了点头："是啊，和阿玦一般高了。"

席银笑了笑："难怪，这么懂事了。"她说着，喝了一口茶水，仰头道，"我很

久没有看见殿下的女儿了。她长成什么样了呀？"

我低头看着她道："比阿玦大些，长得很像平宣。"

"那一定也是个好看的小姑娘。"

她说完，唤了一声："阿玦。"

阿玦正坐在一旁写字，听见席银叫她，便搁了笔跑过来，一头扑进她怀里。

"娘亲，我不想写了。"

席银捏了捏她的鼻子："娘亲才说呢，你要被你姐姐比过去了，你又偷懒。"

"姐姐？"

阿玦的脑袋从席银怀中钻出来："阿玦还有姐姐吗？"

席银搂着她道："有啊，我们阿玦有姐姐的。"

"那她为什么从来不和阿玦一起玩啊？"

"嗯……"

席银不知道该如何回答她，侧头看向我。我弯腰对阿玦道："想和她一块儿玩吗？"

"想，我要给姐姐玩我的仙子。"她说着，一脸开心地指向她的那个小箱子。

"好，中秋那一日，爹爹答应，带她和阿修来和你玩。"

"好。"她几乎从席银怀中蹦了出来，惊得伏卧在旁的雪龙沙也撑起了前爪。

席银看着道："退寒，丫头就说说，何必呢？能带阿修一块儿来我们就已经很开心了。至于殿下的女儿……算了吧。"

我知道席银在担心什么，但就算不为了阿玦，我也想试试。

\* \* \*

中秋那一日，我立在金华殿外等了整整两个时辰。上灯时，阿修终于牵着阿颖的手从殿内走了出来。

"爹爹，老娘娘准许阿姊跟着我们去找娘亲了。"

阿颖抬起头看着我："你要带我出宫吗？"

"嗯。"

"真的要出宫？"

阿修晃着她的衣袖道："真的要出宫啊。你放心，我娘亲很温柔，很和善，还会做好多好多好吃的。"

阿颖避开阿修的手，有些抗拒地退了一步。

我屈膝蹲下身，朝她伸出一只手："你不是不怕我吗？"

她听我这样说，这才拽住我的手："对，我不怕你。"

我牵着她站起身，回头忽然看见徐婉立在金华殿的殿门前。她已经有些苍老，两鬓花白，背脊也稍稍有些佝偻。我望着她，她也静静地望着我。

我们至今没有找到一个令我们母子两个都能接受的相处方式，但至少她不再用"死"来处罚我。她还活着，还愿意看看席银和我的孩子，这对我来说就已经足够了。

阿颖朝徐婉挥了挥手，同时也带起我的手一道挥动。

"祖母，阿颖很快就回来陪你。"

徐婉冲着她笑了笑，转身走回竹帘后。

十几年了，那是我第一次看见徐婉笑。

* * *

十二年的中秋，应该是我此生过得最热闹的一个中秋。

席银在清谈居的矮梅下置了一张木案，烤好的牛肉、胡饼并各色果子，摆得满满当当。

阿玦原本就是个欢快的丫头，拉着阿颖逗弄趴在地上的雪龙沙，阿修在旁不断地提醒道："阿玦，你小心些，它不认识阿姊，会凶她的。"

阿玦道："那你还站得那么远？"

阿修听了不乐意了，夯着胆子跨到阿颖前面："阿姊不怕。"

这一幕，看得宋怀玉都笑出了声。

席银放下手中的杯盏，走到我身旁，看着那三个孩子道："你带小殿下出来，娘娘没有责备你吧？"

我摇了摇头："不是我带她出来的。"

"那是谁？"

我看向阿修。席银顺着我的目光看去，含笑道："真好。哎？"

"什么？"

"他开始读书了吗？"

"读了。"

"读的什么？"

"我命文士周令为其师，从《易》起，教他学儒。"

席银听了之后，有些疑惑："你……如此不信儒道、佛教，为什么还要周令来做阿修的老师？"

我看着挡在阿颖面前的阿修，说道："他适合。"

说完这句话，我不由得想起了陈孝。

陈孝受刑之后，我就再也不提"岑照"这两个字了，我一直觉得那就是他的一层皮而已，而真正的陈孝是什么样子的人，他所拥有的才华、气度，我甚至比席银还要清楚，是以我无法像江沁那些人一样，写出万万字来贬斥他。

他死后固然沉默，而我活着，也是空余沉默。

其实，若遇良年，我这样的人会跪在刑场上受刑，陈望、陈孝、张奚，这些人的道则会发扬光大。是以我从来不觉得儒、法两家本身有任何优劣可论，它们的高下，无非是世道的取舍而已，所以我不为杀人愧疚，但倘若他们内心的精魄尚在，我也想替他们存下来，留给后世子孙，再做一次取舍。

这个想法，我并不是一开始就有。

红尘若修罗地狱，人最初大多为了求生，求一副有知觉的躯体来经历酷法、酷暑严寒、鞭笞杖责、饥饿疲劳……虽然我并不信佛，但我认同某些宗派的修炼法门，躯体受尽折磨，甚至挫骨扬灰，继而忘我，以至无我，最后渡至彼岸，把心神交给佛陀。

而我修的无非是俗世道，起初皮开肉绽，最后心安理得。我的肉身终会和陈孝一道消弭。虽如此，然身魂分离之后，我们所留给后来人的道义理据都不会少。

这些……着实有些复杂了，甚至陷入了没有现实意义的清谈。即便我说给席银听，席银也是不愿意去想的。她更愿意关照她愿意关照的人和事，简单平静地陪着我生活。

"阿玦。"

"嗯？"

"过来娘亲这儿。"

阿玦松开阿颖，蹦蹦跳跳地跑回来："娘亲怎么了？"

席银把阿玦的一件袖裳递给她："去问问你姐姐冷不冷。"

阿颖似是听到了席银的话，回头道："我不冷。"

席银怔了怔，似也有些不大习惯她的直、硬，然而她并没有外显，牵着阿玦走到她身边道："那我拿一些腌肉，你和阿玦一起喂给狗儿吃好不好？"

她低头似在犹豫，席银没有催问她，静静地等着她回答。过了好一会儿，她终于轻声应了一声："好。"席银笑开，伸出手试探着拢了拢她的头发。

"看看，这玩得，过会儿我帮你和阿玦从新梳梳，好出去看热闹。"

阿玦乐道："娘亲梳的头发可好看了。"说完，又转身对我道："爹爹，阿玦一会儿要出去骑肩肩。"

阿颖捏着手里的腌肉，没有说话。

阿修见她不开心，忙问她："阿姊，你怎么了？"

阿颖摇了摇头。

席银看着阿颖的模样沉默了须臾，牵起她和阿玦的手道："我带这两个丫头进去梳洗梳洗。"

我并不知道席银在内室和阿颖和阿玦说了什么。我只知道，中秋街市上，阿玦一手牵着席银，一手牵着阿修，一路上谁也不放。阿颖独自走在我身边，沉默不语，看着席银在路旁给阿玦买灯，她也只是站在我身旁等着。

我弯腰问她："你想不想要一盏灯？"

她摇了摇头，忽然转身问我道："我的娘亲和爹爹，他们为什么不在了？"

我低头问道："你的祖母没有跟你说过吗？"

阿颖摇头："没有，但我听旁人说过，说他们……是有罪的人。"

她说完这句话，我沉默下来，她抬起手臂，揉了揉眼睛。

"阿玦她有爹爹和娘亲真好。"

"不要哭。"

"我才没有哭呢。"

小丫头的这句话从来都是信不得的，尾音还没有落尽，她就已经流了眼泪。但她也是真的倔，抿着唇，怎么都不出声。

我有些惶恐地看向席银，席银笑着指了指了街市上抱着孩子看水灯的人。我没有了法子，只好蹲下身，伸开手臂道："不要哭了，抱你去看水灯。"

正说着，阿修也跑了过来，将一盏桃灯递到阿颖手中："阿姊别哭，我的灯也给你。"

阿玦也凑了上来："还有我的。"

阿颖捏着那两盏小灯，终于慢慢地止住了眼泪，然而她看向我的肩膀时还是有些犹豫。

席银把阿玦和阿修唤了回去，我一直蹲着没有动。她站在我面前又迟疑了好一会儿，终于伸手搂住了我的胳膊。

我很难去描述这个孩子带给我的温暖，和阿玦和阿修的都不一样。她的笑容，意味着我身上很多无解的死结开始慢慢地松开了。

夜里，席银躺在我身边，孩子们也在偏室内睡得香甜。

席银翻身问我："你明天什么时候带两个孩子走啊？"

"卯时便走，明日有朝会。"

席银轻轻搂住我的胳膊："真舍不得。清谈居好久没这么热闹了。"

我低头吻了吻席银的额头："谢谢。"

席银笑了一声："谢我做什么？"

她明知故问，我索性不答了。

"退寒，我想，殿下和我哥哥都能看见阿颖……哎，对了，"她翻身坐了起来，"明年春天，我想去江州和荆州走走。"

"我陪你一起去。"

席银摇了摇头："不用了，江州葬着殿下和我的哥哥，他们都是这一朝的罪人，你去了，洛阳……会有非议吧。"

我想告诉她我并不在意这些，谁知她接着说道："我想一个人去，如果可以，也想带着阿玦和阿颖一道去。"

我迟疑了一阵。

"你想跟阿颖说什么？"

席银摇头："我什么都不会和她说，那已经是上一辈人的事情了。我只想带着她去看看她的爹爹和娘亲。"

我沉默须臾，终于点头答应。

"好，我让江凌送你们去。"

"嗯。谢谢你。"

"到我问你谢我什么了。"

"谢你愿意陪着我，也愿意偶尔放开我。"

*    *    *

第二年春天，我亲自在洛水岸送席银南下江州。

她这一去，我们分别了半年之久。其间，她给我写了很多封信，说她在江上路过当年的荣木悬棺，说她去看望了江州的黄德夫妇，又在曾经我养伤的居室内住了几日，后来又渡江去了荆州，去城中看了她一直想要看的晚梅。

然而最让我意外的是最后一封信，她如下写道：

> 退寒，我在江州遇见了赵谦。他换了名姓，投在黄德的军中。

他问及你的近况，事无巨细，我都说了，有些事可能会令你下次见到他的时候难免被他取笑，你不要怪我。

至于赵谦，他还是老样子，没怎么变，还是"小银子，小银子"地叫我，一说话就笑，一笑就乱说话。

我问他什么时候回洛阳来看我们，他说，等你不想杀他的时候，他就回来。我也不知道这是不是真话。后来我们带着阿颖一起去看了哥哥和殿下的墓，哥哥的墓是我垒的，而殿下的墓是赵谦造的。我知道，他一直都很喜欢殿下，所以我把阿颖的身世告诉了他，但他好像还是不懂荣木花的意思，一直跟丫头说，要等秋天的时候带她去江边摘她娘亲喜欢的荣木花。我想了很久要不要把荣木朝生夕死的意义告诉她，但最后还是没有说出口。

退寒，我想，我们都有很多遗憾，这一辈子也无法弥补，但我希望，我可以再勇敢一点，像你教我的那样，哪怕是一个人单枪匹马，也要保护好我能保护的人。我也会慢慢教会我们的女儿如何在世上行走，爱一个人时不受缚，恨一个人时不沉沦。

我在东后堂读完这封信，慢慢地将我正在写的这一册笔记合上。

窗外月明风清，松竹的影子静静地落在窗纱上。

我和席银的故事之后仍然冗长而无趣，至中年糊涂、老年昏聩……而下一辈的人，也有他们的挣扎与和解，谅我私心在席银一人身上，就此搁笔，来世再会。

番外三

# 兴庆旧年事

...

软肉切铜骨，卑魄诛烈魂。

正月还没有过完，洛阳城天寒地冻，铜驼道两旁的官坊高门深闭，只有一阵一阵的暖烟混着酒肉的辛辣气味从墙内散出来。都说兴庆初年的年生好，南方的粮食丰收，洛阳一斗米不到八文钱，连城里的老贫户也可以过个饱腹的年。

一壶滚茶冷了大半，门户敞着一个口子，炉子里的火星子被漏进来的风吹得往案上落。

莞席上的两个人双双抬头。

"司马大人也没有别的法子了吗？"

张奚浅咳了一声，拂去袖旁的炉灰，没有出声。

"都知道这是冤杀，是冤杀啊……"

面前的人说着便哽咽起来，惶然地看着面前的张奚："司马大人啊，陈家就此……绝了吗？"

张奚依旧没有回答。

酒饭的气味搅混了茶香，即便当日雪风风流，满地吹银沙，可惜仍旧荡不清冷这一丰年的俗意。

这便是风流为贵的年份，雪意之美胜过丰年之乐。

陈家一门的血，供出大片大片的清艳文章，洛阳文坛星辉大耀，随着陈家满门的惨死，迎来了自己的盛世。

\* \* \*

廷尉狱中，内狱吏们酒肉满腹，散坐着剔牙闲谈。

角门突然敞开一半，雪风找到缝隙，猛地就往里灌，呼呼作响。

一个浑身是血的人被从门后拎了出去，身上只穿着一件灰色的麻衣，宽大透风，并不合身，一看就是匆忙换上的。

带他出来的狱吏正要关门，却被那人一把箍住了脚腕子，嶙峋的手指竟十分有力。

"回去……"

狱吏嗤笑道："糊涂啊，出都出来了，想什么回去？"说着便要掰他的手。

然而那人的手指死死地抓着他的裤腿，声音嘶哑："回去……"

狱吏叹了一口气："我在廷尉狱这么多年，还没见哪个判了死罪的囚犯能活着出来。"说完蹲下身，"是有人为你通了天呀。"

那人听完，怔了怔，手慢慢地松开，捏握成拳，一下一下地砸在雪地里。

"你……"

狱吏想再说些什么，却见那人竟然蜷起双腿，扶着冰冷的墙壁，痛哭起来。

狱吏以为他在感怀救他性命的人，便劝道："既知道是谁为你通的天，就等这风头过了再行报恩……"

这话一说完，那人顿时浑身战栗。

狱吏也不敢再多说，忙改口道："好了，这人不收命啊，还有老天爷收命，赶紧走吧，趁着天还没黑完，找个地方容身，不然明天一早就是雪里头的一把无名骨了。"

雪果然下了一夜。

天亮之后，铜驼道旁抬走了几具无名的冻死骨。

出了正月，陈家满门被从廷尉狱里带了出来，在白雪皑皑的刑场上，尽被腰斩。

这是兴庆年间最大的一桩案子，刑后清算，东郡一带与陈氏有姻亲关联的氏族又被牵拉出不少。门阀之间姻亲关系庞杂，陈家灭门之后，连洛阳城内也开始隐隐动荡起来。

中书监官署的门是死的，撬不开，赵谦在营内不堪其扰，索性在军内告了假，带着人去北邙山狩猎了。

暮春时节的山间林道上，荣木花正开得绚烂，风起时花落林道，远看如一阵艳丽的红烟，烟下隐隐透出茅舍的一角，屋顶的茅草还是青绿色的，一看便知是近来新结的庐屋。

赵谦从山上下来，在林道旁歇脚喝水，打眼望了一眼那座新庐，随口问道："又是哪家清谈的地儿？"

随行的人道:"将军说笑了,若是清谈所,怎会这般小、陋?"

赵谦笑了一声道:"大人们不是喜欢那副清贫模样吗?"说完提溜起手里的空水壶,"去要些水喝。"

随行的人道:"将军,恐怕要不到。"

赵谦不屑道:"怎的?主人有来历?连口水也不给路人?"

"自然不是什么大来历,不过倒也有些名声。将军最近可听过一位琴师?"

"叫什么?"

"只知姓岑。"

赵谦笑道:"这北邙山里结一间草庐,继而妄图学那'商山四皓'的人多了去了。"

他说着,环顾周遭,静谧青山之中,偶尔飞出一两只白鸟,鸣叫着蹿入深云之中,颇有些不甘之态。

"不住乐律里的就不是乐师,都是要博名声的。"

随行的人附和道:"将军说的是。"

赵谦嗤笑道:"也是当下洛阳的一种活法。"


正如他所说,兴庆初年的洛阳城,坚固的门阀根基之下,三教九流各有各的活法。

乐律里圈着一方优伶,虽都是贱籍,但也分贫富,有的是清谈会上的座上宾,有的难免败落自身,屈辱地流落于富贵人家的床榻,也有的恐自己容颜老去,再博不得银钱,就骗捡些孤苦的孩子,好将一身技艺传授,为自己养个送终的人。


这一日,坊中的水井边伏睡着一个女孩子,衣衫褴褛,长年不曾梳洗的头发纠缠成结,乱七八糟地堆在她脸上。

几个女子站在井旁掩着口鼻,其中一个红衣女子开口道:"这丫头来我们这坊里有几年了,早就有人说要了她去侍奉来着,怎么没拿回去?"

另一个黄衣女子偏下头,轻声道:"瞧这眉眼,虽说没长开吧,倒也能看出几分意思来,再长个几岁,不得了。"

红衣女子道:"那你不捡了去?"

黄衣女子摇了摇头:"你没见她手臂上有疮病吗?养不大的。怕是咱们没老,就先送了她。"说着朝她怀里看去,只见那双脏兮兮的手瘦得如同柴棍一样,死死地抱着几个僵冷的蒸馍馍。

"也是可怜。"

话音刚落，便听后面一个声音道："你们若是可怜她，每日买两个馍给她，也是你们的功德了。"

女子们回头，见是走摊卖馍的贩子，不禁驳道："这功德，你怎么不做？你既是在坊间做馍的，一日多做两个，又怎的了？"

那人道："嘿，我怎没做这功德？这丫头，三天两头蹲我那炉下偷馍，被我瞧见了，就一副可怜样子，只知道趴着磕头，我能怎的，不都是睁一只眼闭一只眼，由着她去吗？你看她手里那俩馍馍，还是我昨日给的呢。"

女子们回过头："说起来，她怎么没吃啊……"

黄衣女子朝她挪近了几步，蹲下身子，渐渐有些担忧："怕不是病了吧？"说着伸手撩开她脸上的乱发，试探着摸了摸她的额头，"烧得真厉害，人该糊涂了。"

红衣女也凑了过来，捡起一根树枝，戳了戳她的胳膊，摇头道："别说糊涂了，我看这身子都要僵了，怕是……要死了吧。"

周围的人听她这么一说，都不出声了。

半晌，黄衣女子才站起身："长得好看，可惜福气太少。"说着看了一眼红衣女，"走吧，今儿还要侍奉东面府上呢。"说罢，推着旁人，叹息着散了。


女孩一个人缩在井边，不由自主地把手臂上长着脓疮的地方放入口中，试图用舐舔来缓解疼痛。她已经难受得没有什么意识了，即便饥饿，也提不起力气来咀嚼吞咽手里的馍馍，只觉得有无数只手在地下拽她。她既害怕又不甘心就这么坠下去，恍惚间竟猛地咬紧了自己的手臂。

疼痛唤醒了一丝丝意识，她努力地想要睁开被糊住的眼皮，忽觉有人握住了她的手，似乎要抢她的馍馍，她一下子慌乱了，一口朝那人的手背咬了过去。

面前响起很轻很轻的闷哼，不过立即收手了，随后传来一声"别怕"。

那声音不大，恰好在她的头顶。

"别怕。"

那声音并没有催促她松开牙关，只是平稳地又重复了一遍，接着便有一块柔软的衣料摩挲她的皮肤，她甚至闻到了一阵淡淡的松木香气，从鼻腔沁入心肺，逐渐令她松弛下来。她慢慢地松开了唇齿，努力地想要睁开眼睛，却只是睁开一道缝，隐隐约约看见一双温和的眼睛。

这样的眉眼，她以前从来没有看见过，即便之后很多年这双眉眼都藏在一条松涛纹青带后面，她也能够回想起它的轮廓来。

"我……冷得很……"

"我知道了。"

那人说着，弯腰将她抱了起来。瘦得皮包骨头的她就像一匹薄缎一样，挂在那人的手臂上。但她还是能感觉到，抱着她的这个人很年轻，身材并不魁梧，甚至有些清瘦，但步伐是稳的。

"去哪儿……"

"不是冷吗？"那人低下头，"回去屋子里就不冷了。"

万丈红尘里有一只托身的手，伸向身处绝境的女子，哪个不想要呢？更何况，她流落在这末等之地，年幼懦弱，无一技傍身，衣衫褴褛，病入膏肓，又是末等之末等。她早就忘了躺在温暖的床榻上是什么感觉，早就忘了肉糜的味道，更别说"回去"。

回到什么地方去呢？

洛阳之大，没有屋子，但到处都是地狱。

＊　＊　＊

窗外，春山在望。

她从一个饥寒交迫的睡梦里醒来，眼前的火还残留着几道重影。

屋内萦绕着山中特有的草木清香。她撑着身子坐起来，看见一枝海棠插在木质的琴案旁。案后的人正低着头，静静地看着药炉里的火。

她忽然意识到，她入了生人之地，猛地惊颤起来，朝墙角缩去，将床上铺的褥子也一道卷进了角落。

药炉后的男子闻声抬起头，放下蒲扇笑了笑。

"你多大了？"

她捏着被褥的一角，迟疑了一阵，方才摇了摇头。

"还有亲人吗？"

她不出声，只是摇头。

"有名字吗？"

她仍然用摇头来回应。

"哦。"

男子没有再问下去，挽起袖子将药罐中的汤汁倒入碗中，一面对她说道："我姓岑，单名照，你可以唤我先生。"

话音刚落，忽见她噌地跪坐起来，将床头的一只梨藏入怀中，抬头见岑照没有动，这才缩回角落，低头啃起来。

"你……"岑照失笑，"我给你取一个名字吧。"

她吞咽了一大口："我以前有名字的，但我……忘了。"

"我也是。"

他将手叠放在膝上，含笑望着她。

"我以前也有名字，但后来……和你一样，也忘了。如今这个名字，不是真的。"

他说着便站了起来，正准备出去取水，忽听角落里传来一阵窸窸窣窣的声音。

那女孩忍着身上的伤痛爬了起来，屈膝挪到了榻边，有些慌乱地看着他。

他便没再动了，低头问她道："怎么了？"

"嗯……你……你去哪儿呀？"

原是怕他走了。

"去打些水回来，你有脓，要洗一洗。"

"哦……"

她应着声怯怯地低下了头。

岑照这才要转身，谁知刚走了一步，袖子却被牵拉了起来。身后传来细如蚊叫的一声。

"哥哥。"

她没有听他的话称他"先生"，反叫"哥哥"。

就这脆脆的两个字，忽如一根寒刺，猛地戳入了他的心肺。

在亲缘尽断的痛苦刚刚平复之时结下这种荒唐的缘分，他始料未及。一时之间，酸楚入肝肠，开春时的雪地刑场如一道大幕，重新降落在他的眼前。

那时他像一只即将冻死的畜生一样，蜷缩在人群之外的空地上。刑台上除了他的父母亲族，还有一个人。他的父母没有看见他，但那个人好像看见他了，即便身处百尺之外，他根本看不清那个人的面目，他也能清晰地感觉到那个人的目光就落在他身上。他甚至能感觉到，那道目光里暗藏着挑衅、讽刺、怜悯，还有零星的……相惜之情。

那情绪之复杂，令他痛恨之余，又生五分惶恐。

他很清楚，那个人就是为他通天的人。那个人虽然有父母兄妹，却跟他如今一样，也是个孤人。但他明显比自己狂妄，不怕斩草不除根，而是把他放回纷乱的洛阳城，把他剥得像他一样，身世凄惨，然后再逼他出来比较一场。

张退寒，实是个狂妄的疯子。

327

铜墙铁壁，可用干戈来破。

铜心铁魂，拿哪把刀杀进去呢？

就算再来一次，他又该怎么赢？

岑照想着，不禁呛了好几声。


"哥哥。"女孩有些惶然地望着他，"你怎么了？"

"没事……"

"哥哥，你家里的人呢？"

"都死了。"

他索性直言，任凭平复不久的悲痛复苏，流窜全身。

"那你也是一个人啊……"

她一边说又一边低头啃了一口梨，慢慢地咀嚼着，面上慌乱的神色比刚才减了大半。

"哥哥，你不要难过了。"

"我没有难过。"

"嗯……你给我……你就给我取名字吧。"

她说着，放下手里的梨子，提着裙子站起身，看着他的眼睛，有些犹豫地伸出双手，见他没有出声，这才捏住他腰间的衣料，把脸颊轻轻地贴在他的背上："我跟着哥哥呀。"

不知道为何，岑照忽觉背脊上的皮肤像被刀刃划开了一道口子。这把刀对他来说有着宿命般的意义，他急于想要握住它，然而当下惊惶不已，甚至有些恐惧。不得已，他抬腿朝前跨了一大步。

"哥哥怎么了……"

"……"


\* \* \*


至此，席银有了跟随她一生的名字，有些拗口难念，以致席银自己起初都不是那么喜欢。


"席……什么……"

她咬不清后面那个字。

"席银。"岑照重复了一遍，温声解给她听，"莞席的席，金银的银。以后，我

328

叫你阿银。"

"好……"她说着把梨捧出来,"那阿银可以把这个梨吃完吗?"

"可以。"

席银轻轻弯眉。她的模样虽然稚嫩,但无瑕如瓷的皮肤、清凌凌的眼珠、红润的嘴唇已渐窥姿色。

"哥哥。"

"嗯。"

"你给我取了名字,我以后是不是就可以跟着你了……"

"是。"他说着顿了顿,"可是我身体不大好,恐怕……养不大阿银。"

"不怕的不怕的,阿银养哥哥。"

岑照笑道:"阿银还小。"

"阿银不小了,阿银可以去坊里偷馍馍。阿银一天偷两个馍馍,都给哥哥吃……"

"阿银不怕挨打吗?"

"怕……不怕!不怕挨打……"

"是啊……"他说着,撩袍在榻边坐下,含笑说道,"阿银就这么轻柔柔地说话,谁也舍不得伤着阿银。"

* * *

北邙山青庐岁月,一晃已过去很多年。

岑照逐渐摸到了当年令他害怕的那道刀刃,它从席银逐渐婀娜的身子上劈出来,无时无刻不摩挲着他的心防。

他养出了洛阳城最美的娇伶,她像一只在情欲边缘踩踏的小狐一样,一抬头、一弯腰就能将周遭撩拨出水汽来。她静止时,期期艾艾地藏着爪子,行动时不经意间翻出肉垫子,他人才要伸手去摸,她又有些惊恐地缩回去。这样的风姿情韵,令席银不需刻意,便已在乐律里落下了艳名。

岑照习惯轻轻地抚摸席银的长发。

她的头发十分柔顺,像流水一样淌过岑照的掌心,但他分明能感觉到,刀刃在旁,寒嗖嗖,冷冰冰,令他生畏。

有的时候,他甚至像当年畏惧张铎一样,畏惧席银。

329

　　她逐渐长成了他期待的模样，到了他要将她送到那个人身边去的时候。

　　软肉切铜骨，卑魄诛烈魂。

　　他迫切地想要看到这两个身在两极的人在他眼前好好地"厮杀"一场，但他同时也很害怕把她交给那个人。

　　席银是个没有骨架的人，而张铎是个没有皮肉的人。

　　皮肉吞噬骨架的那一天，的确是张铎落败之日，但他自己是不是也输了？

　　剔骨之日，他想明白了这件事。

　　刑场之上，他忽觉释然。

**图书在版编目（CIP）数据**

朕和她：大结局 / 她与灯著. —北京：北京联合
出版公司，2022.8（2025.6重印）

ISBN 978-7-5596-6096-1

Ⅰ. ①朕… Ⅱ. ①她… Ⅲ. ①长篇小说—中国—当代
Ⅳ. ①I247.5

中国版本图书馆CIP数据核字（2022）第049803号

**朕和她：大结局**

| | |
|---|---|
| 作　　者：她与灯 | 出版监制：辛海峰　陈　江 |
| 出 品 人：赵红仕 | 责任编辑：牛炜征 |
| 特约监制：穆　晨 | 特约编辑：丛龙艳 |
| 产品经理：张梦璇　陈隽萱 | 内文制作：任尚洁 |
| 封面设计：吴思龙@4666啊 | |

北京联合出版公司出版
（北京市西城区德外大街83号楼9层　100088）
联合读创（北京）文化传媒有限公司发行
天津中印联印务有限公司印刷　新华书店经销
字数 390千字　710毫米×1000毫米　1/16　21.25印张
2022年8月第1版　2025年6月第8次印刷
ISBN 978-7-5596-6096-1
定价：49.80元

阅 读 创 造 生 活

故事里，再相遇
lvbaoshi@lhdcbook.com

爱读书 爱自己
yueji-lifestyle@lhdcbook.com

做时光沉淀的童书
wcs@lhdcbook.com